DISCARD

BESTSELLER

[!]

Mary Higgins Clark es uno de los más destacados autores del género de intriga, y cada nuevo título suyo se convierte inmediatamente en un enorme éxito internacional. *En defensa propia* es su vigésima tercera novela. También es autora de varias colecciones de relatos y un libro de memorias. Su obra ha merecido los más prestigiosos premios y galardones nacionales e internacionales de su género.

Viuda durante muchos años, se casó por segunda vez en 1996 y disfruta de una extensa familia de cinco hijos y seis nietos. Vive habitualmente en Saddle River, New Jersey.

MARY HIGGINS CLARK

En defensa propia

Traducción de
Encarna Quijada

Título original: *No Place Like Home*

Primera edición en México, 2006
Primera edición para EE.UU., 2007

© 2005, Mary Higgins Clark
© 2006, Random House Mondadori, S.A.
      Travessera de Gràcia, 47-49. 08021 Barcelona
© 2006, Encarna Quijada Vargas, por la traducción

D. R. 2007, Random House Mondadori, S. A. de C. V.
      Av. Homero No. 544, Col. Chapultepec Morales,
      Del. Miguel Hidalgo, C. P. 11570, México, D. F.

www.randomhousemondadori.com.mx

Comentarios sobre la edición y contenido de este libro a:
literaria@randomhousemondadori.com.mx

Random House Mondadori México
      ISBN: 978-970-780-719-8
      ISBN: 970-780-719-9
Random House Inc.
      ISBN: 978-0-307-39134-6
      ISBN: 0-307-39134-5

Fotocomposición: Revertext, S. L.

Impreso en México / *Printed in Mexico*

Distributed by Random House, Inc.

En memoria de
Annie Tryon Adams.
Espíritu dichoso y amada amiga

Agradecimientos

El año pasado, mi amiga Dorothea Krusky, que es agente inmobiliaria, me preguntó si sabía que en Nueva Jersey existe una ley que obliga a las inmobiliarias a informar al posible comprador si la casa que está a punto de adquirir tiene algún estigma que pueda afectarle psicológicamente.

—A lo mejor ahí tienes un libro —me sugirió.

En defensa propia es el resultado de esa sugerencia. Gracias, Dorothea.

Estoy profundamente agradecida a aquellas personas que siempre están a mi lado desde el momento en que empiezo a contar una historia.

Michael Korda ha sido mi amigo y editor por excelencia durante tres décadas. El editor sénior Chuck Adams también ha formado parte de nuestro equipo en los últimos doce años. Les estoy agradecida a ambos por todo lo que hacen para guiar a esta autora a cada paso del camino.

Mis agentes literarios, Eugene Winick y Sam Pinkus, son verdaderos amigos, buenos críticos y fuente de apoyo. Les quiero.

La doctora Ina Winick de nuevo ha aportado su buen hacer en psicología para ayudarme con mi manuscrito.

El doctor James Cassidy contestó a mis numerosas preguntas sobre el tratamiento de una niña traumatizada y su forma de expresar sus emociones.

Lisl Cade, mi publicista y eterna amiga, siempre está a mi

9

lado. Una vez más, me quito el sombrero ante el director asociado de Copyediting, Gypsy da Silva. Muchísimas gracias también al corrector Anthony Newfield.

Barbara A. Barisonek, de la inmobiliaria Turpin, me dedicó con generosidad su tiempo y sus conocimientos para ponerme al corriente de la historia de Mendham y los detalles técnicos de la práctica de la venta inmobiliaria.

Agnes Newton, Nadine Petry e Irene Clark están siempre a mi lado durante mis viajes literarios. Y sobre todo gracias a Jennifer Roberts, socia del centro de negocios de The Breakers, Palm Beach, Florida.

Dos libros me han sido particularmente útiles para profundizar en mi conocimiento de la historia y las casas de Mendham. Son *Images of America: The Mendhams*, de John W. Rae, y *The Somerset Hills, New Jersey Country Homes*, de John K. Turpin y W. Barry Thomson, con introducción a cargo de Mark Allen Hewit.

Lo más maravilloso es que, cuando he terminado de contar mi relato, llega el momento de celebrarlo junto con los hijos y los nietos y, por supuesto, con él, mi perfecto marido, John Conheeney.

Y ahora espero que vosotros, mis queridos lectores, disfrutéis con mi libro y que después de leerlo estaréis de acuerdo en que, realmente, en ningún sitio se está como en casa.

Lizzie Borden cogió un hacha
y dio cuarenta hachazos a su madre;
cuando vio lo que había hecho
le dio cuarenta y uno a su padre.

Prólogo

Liza, de diez años de edad, estaba en mitad de su sueño favorito, el del día que tenía seis años y ella y su padre estaban en la playa de Spring Lake, en Nueva Jersey. Estaban en el agua, cogidos de la mano, saltando cada vez que una ola rompía cerca de ellos. Y entonces vino una ola mucho más grande y su padre la cogió en brazos.

—Agárrate, Liza —le gritó, y un momento después estaban bajo el agua, a merced de la ola. A Liza le dio tanto miedo...

Aún podía sentir el golpe que se dio en la frente cuando la ola los arrojó contra la orilla. Había tragado agua, y tosía, los ojos le escocían, y no dejaba de llorar, pero su padre la sentó en su regazo.

—¡Eso sí que ha sido una ola! —dijo, limpiándole la arena de la cara—. Pero juntos la hemos vencido, ¿verdad, Liza?

Esa era la mejor parte del sueño, cuando su padre la abrazaba y ella se sentía tan segura.

Pero antes de que llegara el verano siguiente su padre murió. Y ella nunca había vuelto a sentirse segura. Ahora siempre tenía miedo, porque mamá había echado de casa a Ted, su padrastro. Ted no quería el divorcio, y no dejaba de molestar a mamá para que le dejara volver. Liza sabía que ella no era la única que tenía miedo. Su madre también tenía miedo.

Liza trató de no escuchar. Quería volver al sueño donde estaba en brazos de papá, pero las voces no dejaban de despertarla.

Alguien estaba llorando y gritaba. ¿Había gritado mamá el nombre de papá? ¿Qué decía? Liza se incorporó y se levantó de la cama.

Mamá siempre dejaba la puerta de la habitación de Liza ligeramente entornada para que pudiera ver la luz del pasillo. Y, hasta que se casó con Ted un año antes, siempre le había dicho que si se despertaba y estaba triste podía ir a su habitación y dormir con ella. Pero desde que Ted llegó a la casa no había vuelto a dormir con su madre.

La que oía ahora era la voz de Ted. Le estaba gritando a mamá, y mamá chillaba:

—¡Suéltame!

Liza sabía que su madre le tenía miedo a Ted, y desde que lo echó siempre tenía la pistola de papá guardada en su mesita de noche. Corrió por el pasillo, descalza, moviéndose sin hacer ruido sobre el suelo enmoquetado. La puerta de la salita de mamá estaba abierta y vio que Ted tenía a su madre sujeta contra la pared y la estaba zarandeando. Liza corrió a la habitación de su madre. Rodeó la cama a toda prisa y abrió el cajón de la mesita de noche. Temblando, cogió la pistola y volvió a la salita.

Desde la puerta, apuntó a Ted con la pistola y chilló:

—Suelta a mi madre.

Ted se volvió, sujetando todavía a su madre, con los ojos muy abiertos y furiosos. Las venas se le marcaban en la frente. Liza vio las lágrimas que caían por las mejillas de su madre.

—Claro —gritó él.

Y, con un brusco movimiento, arrojó a su madre contra ella. Cuando chocaron, la pistola se disparó. Liza oyó una especie de borboteo y su madre se desplomó. Liza la miró, miró a Ted. Él empezó a avanzar hacia ella, pero esta le apuntó con la pistola y disparó. Y disparó otra vez y otra más, hasta que Ted cayó al suelo y tuvo que arrastrarse tratando de llegar hasta ella para quitarle el arma. Cuando no salieron más balas, Liza dejó caer la pistola, se tiró al suelo y rodeó a su madre por el cuello. No emitía ningún sonido, y supo que su madre estaba muerta.

Después de eso, Liza solo conservaba un recuerdo borroso de lo que sucedió. Recordaba la voz de Ted al teléfono, la policía y alguien que la arrancaba del lado de su madre.

Se la llevaron, y nunca volvió a ver a su madre.

1

Veinticuatro años más tarde

No me puedo creer que esté en el mismo lugar donde estaba cuando maté a mi madre. Me pregunto si será una pesadilla o está pasando realmente. Al principio, después de aquella terrible noche, tenía pesadillas continuamente. Me pasé buena parte de mi infancia dibujándolas para el doctor Moran, un psicólogo de California, donde fui a vivir después del juicio. Esta habitación salía en muchos de los dibujos.

El espejo que preside la chimenea es el mismo que mi padre escogió cuando restauró la casa. Está empotrado, con un marco, y forma parte de la pared. Veo mi reflejo en él. Mi rostro está mortalmente pálido. Mis ojos ya no parecen azul oscuro, sino negros, en un reflejo de las terribles imágenes que pasan por mi cabeza.

El color de mis ojos lo heredé de mi padre. Los de mi madre eran más claros, azul zafiro, un tono perfecto con su pelo dorado. Mi pelo sería rubio oscuro si lo llevara al natural. Pero me lo tiño de oscuro desde que volví a la Costa Este hace dieciséis años para estudiar en el Instituto Tecnológico de Diseño en Manhattan. Además, soy siete centímetros más alta que mi madre. Y sin embargo, conforme me hago mayor, creo que cada vez me parezco más a ella en muchos sentidos y trato de evitarlo. Siempre me ha dado miedo que un día alguien me diga: «Me suena tu cara...». Cuando pasó, la imagen de mi madre apareció en todos los medios de comunicación, y sigue apareciendo periódicamente cuando publican alguna historia donde se recuerdan las circunstancias de su muerte. Así que si alguien me dice que mi cara le suena, sé que es en ella en quien están pensando. A mí, Celia Foster Nolan, antiguamente Liza Barton, la niña que las revistas sensacionalistas bautizaron como «Pequeña Lizzie Borden», no es probable que se me reconozca como la niña de rizos dorados y carita regordeta que fue absuelta —aunque no exculpada— del asesinato premeditado de su madre y el intento de asesinato de su padrastro.

Mi segundo marido, Alex Nolan, y yo llevamos seis meses casados. Yo pensaba que hoy íbamos a llevar a mi hijo Jack de cuatro años a un espectáculo con caballos en Peapack, una localidad acomodada del norte de Nueva Jersey. Pero Alex se desvió hacia Mendham, un pueblo vecino. Y entonces me dijo que tenía una maravillosa sorpresa para mi cumpleaños y condujo hasta esta casa. Alex aparcó y entramos.

Jack me tira de la mano, pero yo estoy petrificada. Está lleno de energía y quiere explorar, como la mayoría de niños de cuatro años. Le doy permiso para irse y al momento ya ha salido de la habitación y está corriendo por el vestíbulo.

Alex está detrás de mí. Aunque no le miro, puedo intuir su entusiasmo. Está convencido de que ha encontrado una bonita casa para nosotros, y es tan generoso que ha puesto los papeles solo a mi nombre. Es su regalo de cumpleaños.

—Yo alcanzaré a Jack, cielo —dice para tranquilizarme—. Tú echa un vistazo y empieza a pensar cómo la quieres decorar.

Cuando sale de la habitación, le oigo decir:

—No vayas abajo, Jack. Aún no hemos terminado de enseñarle a mamá su nueva casa.

—Su marido me ha dicho que es usted diseñadora de interiores —me dice en ese momento Henry Paley, el de la agencia inmobiliaria—. Esta casa se conserva muy bien, pero las mujeres siempre necesitan dar su toque personal, sobre todo con una profesión como la suya.

Todavía no me siento capaz de hablar, así que me limito a

mirarle. Paley es un hombre menudo, de unos sesenta años, con pelo ralo y canoso, y lleva un impecable traje a rayas azul marino. Me doy cuenta de que está expectante por ver mi entusiasmo por el maravilloso regalo de cumpleaños que mi marido acaba de ofrecerme.

—Como quizá ya le habrá dicho su marido, yo no soy el agente que le enseñó la casa —me explica—. Mi jefa, Georgette Grove, le estaba enseñando a su marido varias propiedades por esta zona cuando él vio el cartel de SE VENDE en el césped. Por lo visto se quedó prendado en cuanto la vio. Sencillamente, esta casa es un tesoro arquitectónico, y ocupa cuatro hectáreas de terreno en el mejor lugar de la mejor localidad.

Sí, sé que es un tesoro. Mi padre fue el arquitecto que la restauró cuando era una mansión ruinosa del siglo XVIII y la convirtió en un hogar encantador y espacioso. Miro más allá de la figura de Paley y estudio la chimenea. Mamá y papá trajeron la repisa de Francia, de un castillo que iban a demoler. Papá me explicó el significado de las diferentes figuras que hay esculpidas en ella, los querubines, las piñas, las uvas...

Ted sujeta a mamá contra la pared...

Mamá está sollozando...

Yo le apunto con la pistola. La pistola de papá...

Suelta a mi madre...

Claro...

Ted arroja a mamá contra mí...

Los ojos aterrorizados de mamá me miran...

La pistola se dispara...

Lizzie Borden tenía un hacha.

—¿Está usted bien, señora Nolan? —me pregunta Henry Paley.

—Sí, por supuesto —consigo decir haciendo un esfuerzo.

Me siento la lengua tan pastosa que casi no puedo pronunciar palabra. No dejo de pensar que no debería haber permitido que Larry, mi primer marido, me hiciera jurar que no le contaría a nadie la verdad sobre mi pasado, ni siquiera a un marido. En estos momentos estoy furiosa con Larry por haberme obligado a hacerle esa promesa. Antes de casarnos, cuando le hablé de mi vida, se había mostrado tan bueno..., pero al final me falló. Mi pasado le avergonzaba, tenía miedo del efecto que pudiera tener sobre el futuro de nuestro hijo. Y ese miedo me ha traído hasta aquí.

La mentira ya se ha convertido en una cuña que nos separa a Alex y a mí. Los dos lo sentimos. Él dice que le gustaría que tengamos hijos pronto. Y yo me pregunto: ¿Cómo se sentiría si supiera que la madre de sus hijos es la pequeña Lizzie Borden?

Han pasado veinticuatro años, pero cuesta mucho enterrar esa clase de recuerdos. ¿Me reconocerá alguien del pueblo? No sé. Supongo que no. Pero, aunque accedí a vivir en la zona, no accedí a vivir en este pueblo, o en esta casa. No puedo vivir aquí. No puedo.

Para evitar la curiosidad de los ojos de Paley, me acerco a la repisa de la chimenea y finjo estudiarla.

—Es bonita, ¿verdad? —pregunta, y su entusiasmo profesional de agente inmobiliario resuena en su voz algo chillona.

—Sí, muy bonita.

—El dormitorio principal es muy grande, y tiene dos baños separados bellamente equipados. —Abre la puerta que da a la habitación y me mira con aire expectante.

Yo le sigo, a desgana.

Los recuerdos me asaltan. Por la mañana, los fines de semana, yo me metía en la cama con mamá y papá. Papá traía café para mamá y chocolate caliente para mí.

Por supuesto, la cama extragrande con el cabezal ya no está. El suave tono melocotón de las paredes se ha convertido en verde oscuro. Si miro por las ventanas de atrás, puedo ver el arce japonés que papá plantó hace tanto tiempo y que ahora ya es un árbol adulto y bonito.

Las lágrimas se acumulan en mis párpados. Me dan ganas de salir corriendo. Si es necesario, tendré que romper mi promesa y contarle a Alex la verdad. No soy Celia Foster, de soltera Kellogg, hija de Kathleen y Martin Kellogg de Santa Barbara,

California. Soy Liza Barton, nacida en este pueblo, la niña a la que un juez absolvió de mala gana de los cargos de asesinato e intento de asesinato.

—¡Mamá, mamá! —oigo que grita mi hijo, mientras sus pies claquetean sobre la madera sin enmoquetar del suelo.

Entra corriendo en la habitación, tan lleno de energía, tan pequeño y robusto, tan vivaracho, mi pequeño, mi corazón. Por la noche entro a hurtadillas en su habitación para escuchar el sonido regular de su respiración. A él no le interesa lo que pasó hace años. Le basta con que esté aquí para contestar cuando me llama.

Cuando llega a mi lado, me inclino y lo cojo en brazos. Jack tiene el pelo castaño claro de Larry y la frente alta. Sus bonitos ojos azules son como los de mi madre, aunque también Larry tenía los ojos azules. En aquellos últimos momentos de conciencia, Larry me susurró que no quería que Jack tuviera que estar siempre pendiente de las revistas sensacionalistas cuando fuera al instituto. Siento otra vez en mi boca el regusto amargo de saber que su padre se avergonzaba de mí.

Ted Cartwright jura que esposa desquiciada suplica reconciliación...

Psiquiatra del estado declara que la pequeña Liza Barton, de diez años, está mentalmente capacitada para cometer voluntariamente un asesinato...

¿Tendría Larry razón cuando me hizo prometer que guardaría silencio? En este momento, no estoy segura de nada. Le beso la coronilla a mi hijo.

—Este sitio me gusta mucho mucho —me dice entusiasmado.

Alex acaba de entrar en el dormitorio. Ha planificado esta sorpresa con tanto esmero... Cuando nos acercábamos por el camino, he visto que estaba decorado con globos de cumpleaños, que se mecían con la brisa de este día de agosto... todos con mi nombre y las palabras: «Feliz cumpleaños». Pero la alegría exuberante con que me ha entregado las llaves y la escritura de la casa han desaparecido. Me conoce demasiado bien. Sabe que no estoy contenta. Se siente decepcionado y herido, y ¿cómo no iba a estarlo?

—Cuando les conté a los de la oficina lo que había hecho, dos de las chicas me dijeron que, por muy bonita que sea una casa, ellas siempre preferirían poder decidir por sí mismas si la quieren o no —dijo con voz triste.

Tenían razón, pienso yo mirándole, mirando ese pelo cobrizo que tiene y sus ojos marrones. Alex es alto, de hombros anchos... y tiene un aire fuerte que le hace enormemente atractivo. Jack le adora. Jack se aleja de mí y rodea con el brazo la pierna de Alex.

Mi marido y mi hijo.

Y mi casa.

2

La agencia inmobiliaria Grove estaba situada en East Main Street, en la atractiva localidad de Mendham, Nueva Jersey. Georgette Grove aparcó su coche delante y se apeó. Aquel día de agosto era inusualmente fresco, y las nubes amenazaban lluvia. Su vestido de lino de manga corta era demasiado fino para aquel tiempo, así que la mujer caminó con rapidez hacia la agencia.

Georgette, de sesenta y dos años de edad, era una mujer guapa y delgada con pelo corto y ondulado de color gris oscuro, ojos de color avellana y mentón enérgico. En aquel momento, tenía emociones encontradas. Estaba muy satisfecha por la facilidad con que se había cerrado la venta de la casa que había ayudado a vender. Era una de las más pequeñas del pueblo, y su precio llegaba a duras penas a las siete cifras, pero, incluso teniendo que dividir la comisión con otro vendedor, el cheque que llevaba en las manos era como maná caído del cielo. Sería como un cojín que le permitiría seguir adelante unos meses, hasta que consiguiera cerrar otra venta.

Por el momento aquel año estaba siendo desastroso, y únicamente se salvaba por la venta de la casa de Old Mill Lane a Alex Nolan. Esta venta le había permitido ponerse al día con las facturas de la oficina. Le hubiera gustado mucho estar presente cuando Nolan se la enseñara a su mujer. Espero que le gusten las sorpresas, pensó Georgette por enésima vez. Tenía miedo de que el hombre se hubiera arriesgado demasiado. Ella había tratado de advertirle, de hablarle de la historia de la casa, pero a Nolan no parecía importarle. También le preocupaba que, dado que la casa estaría a nombre de la esposa, si a ella no le gustaba, pudiera demandarla por ocultar información.

Según el código civil de Nueva Jersey, un comprador potencial debe ser informado si la casa tiene algún tipo de estigma, es decir, si hay algún factor que pueda afectarle a nivel psicológico y provocarle miedo o aprensión. Y, puesto que hay personas que no querrían vivir en una casa donde se ha cometido un crimen o alguien se ha suicidado, el agente inmobiliario estaba obligado a informar a sus posibles compradores de dicha historia. El estatuto incluso establecía que había que informar al cliente si se decía que la casa estaba encantada.

Traté de decirle a Alex Nolan que se había producido una tragedia en la casa de Old Mill Lane, pensó Georgette a la defensiva mientras abría la puerta de la agencia y entraba en recepción. Pero el hombre la interrumpió y dijo que, tiempo atrás, su familia solía alquilar una casa con doscientos años de antigüedad en Cape Cod, y que la historia de algunas de las personas que habían vivido allí era para poner los pelos de punta. Pero esto es diferente, pensó Georgette. Tendría que haberle explicado que por aquí la gente conoce este lugar como la casa de la pequeña Lizzie.

¿Se habría puesto nervioso Nolan? En el último momento le había pedido a Georgette que estuviera en la casa cuando llegaran, pero ella ya había quedado para cerrar la otra venta y le había resultado imposible cambiar la hora. Así que tuvo que mandar a Henry Paley a que recibiera al señor Nolan y su esposa y contestara cualquier pregunta que la señora Nolan pudiera tener. Henry se había mostrado algo reacio, y al final ella tuvo que recordarle, con bastante poca delicadeza, que no solo debía cubrirla, sino que debía resaltar los muchos rasgos destacables de la casa y la propiedad.

Por petición expresa de Nolan, se había decorado el camino de acceso con globos, todos ellos con las palabras FELIZ CUMPLEAÑOS, CELIA, y se había colocado papel maché en el porche.

También había pedido que dentro estuvieran preparados el champán y el pastel de cumpleaños, las copas, los platos, la cubertería y las servilletas.

Cuando Georgette señaló que en la casa no había ningún mueble y se ofreció a llevar una mesa y unas sillas plegables, Nolan pareció preocupado. Fue a toda prisa a una tienda de muebles cercana, encargó una mesa y unas sillas de jardín carísimas y dio instrucciones al vendedor para que las instalaran en el comedor.

—Las pondremos en el jardín cuando nos instalemos o, si a Celia no le gustan, las donaremos para caridad y así nos desgravará cuando hagamos la declaración de la renta —le había dicho.

Se gasta cinco mil dólares para un conjunto para el jardín y el hombre habla de darlo para caridad, había pensado Georgette, pero sabía que lo decía en serio. El día antes le había llamado para que se ocupara de que hubiera una docena de rosas en cada habitación de la planta baja, y en el dormitorio principal.

—Las rosas son las flores favoritas de Celia —le explicó—. Cuando nos casamos, le prometí que nunca le faltarían.

Es rico. Guapo. Encantador. Y se nota que quiere a su mujer con locura, pensó Georgette al entrar, y automáticamente echó un vistazo a la recepción para ver si había algún cliente. A juzgar por los matrimonios que he visto, es una mujer condenadamente afortunada.

Pero ¿cómo reaccionará cuando empiece a escuchar historias sobre la casa?

Georgette trató de apartar aquel pensamiento de su cabeza. Ella era una vendedora nata, y había pasado rápidamente de trabajar como secretaria y agente inmobiliaria a tiempo parcial a crear su propia empresa. La recepción de su negocio era algo de lo que estaba particularmente orgullosa. Robin Carpenter, su secretaria recepcionista, estaba situada ante una mesa de caoba a la derecha de la entrada. A la izquierda había un sofá y sillas con una llamativa tapicería en torno a una mesita auxiliar.

Allí, mientras los clientes tomaban un café, un refresco o un vasito de vino, Georgette o Henry les pasaban unas cintas de vídeo para que vieran las propiedades disponibles. En ellas se mostraban meticulosamente detalles del interior, el exterior y la zona circundante.

—Grabar estos vídeos adecuadamente requiere su tiempo —explicaba Georgette con orgullo a sus clientes— pero les ahorran a ustedes mucho tiempo y, saber qué les gusta y qué no nos permite hacernos una idea bastante aproximada de lo que buscan.

«Haz que la deseen antes de que pongan el pie allí», ese era el lema de Georgette. Le había funcionado muy bien durante casi veinte años, pero en los últimos cinco, las cosas cada vez estaban más difíciles, y cada vez había más y más agencias poderosas que abrían en la zona, con agentes jóvenes y dinámicos que suspiraban por hacerse con cada casa.

Robin era la única persona que había en recepción.

—¿Cómo ha ido? —le preguntó a Georgette.

—Bastante bien, gracias a Dios. ¿Ha vuelto ya Henry?

—No, creo que aún está tomando champán con los Nolan. Aún no me lo puedo creer. Un hombre maravilloso que compra una casa maravillosa para el trigésimo cuarto cumpleaños de su mujer. Es justo la edad que tengo yo. ¡Qué suerte! ¿Por casualidad no sabrás si Alex Nolan tiene un hermano? —Robin dio un suspiro—. No, supongo que es imposible que haya dos hombres así —añadió.

—Esperemos que, cuando se recupere de la sorpresa y oiga la historia de la casa, Celia Nolan siga considerándose afortunada —espetó Georgette algo nerviosa—. Porque si no, es probable que nos encontremos con un bonito problema.

Robin sabía muy bien a qué se refería. Robin era una mujer menuda, delgada y muy guapa, con la carita en forma de corazón y debilidad por los volantes. Por su aspecto, parecía la típica rubia tonta. Que es justamente lo que había pensado Georgette cuando la chica solicitó el empleo un año atrás. Sin embargo, tras cinco minutos de conversación, no solo cambió de opinión, sino que la contrató en aquel mismo momento, con un sueldo más alto del que tenía pensado inicialmente. Ahora Robin estaba a punto de conseguir su licencia de agente inmobiliario, y a Georgette le encantaba la perspectiva de tenerla trabajando con ella como agente. La verdad, Henry ya no rendía como antes.

—Pero trataste de advertir al marido sobre la casa. Yo puedo corroborarlo, Georgette.

—Algo es algo —dijo Georgette, y se dirigió hacia su despacho, en la parte posterior del edificio. Pero entonces se volvió bruscamente y miró a la otra mujer—. Solo traté de advertirle sobre los antecedentes de la casa una vez, Robin —dijo poniendo mucho énfasis—. Y estaba sola con él en el coche. Fue cuando íbamos a ver la casa de Murray en Moselle Road. Es imposible que me oyeras.

—Estoy segura de haberte oído mencionarlo una de las veces que Nolan estuvo aquí —insistió Robin.

—Se lo mencioné una vez en el coche. Nunca he dicho nada estando aquí. Robin, mintiendo a los clientes no me haces ningún favor, ni a ti tampoco —le espetó—. Tenlo presente, por favor.

La puerta de la calle se abrió. Las dos se dieron la vuelta y vieron que era Henry Paley.

—¿Cómo ha ido? —preguntó Georgette, visiblemente nerviosa.

—Yo diría que la señora Nolan fingió maravillosamente que le encantaba el regalo de cumpleaños de su marido —contestó Paley—. Creo que le convenció. Pero a mí no.

—¿Por qué? —preguntó Robin antes de que Georgette tuviera tiempo de preguntarlo.

La expresión de Henry Paley era la de quien acababa de llevar a cabo una misión que sabe que está condenada al fracaso.

—Ojalá lo supiera —dijo—. Quizá se ha sentido abrumada y nada más. —Miró a Georgette, temiendo que pensara que le había fallado—. Georgette —dijo con tono de disculpa—. Te lo juro, cuando le estaba enseñando a la señora Nolan el dormitorio principal, no podía quitarme de la cabeza la imagen de aquella niña disparando a su madre y su padrastro en la salita hace años. Es raro, ¿verdad?

—Henry, esta agencia ha vendido esta casa tres veces en los últimos veinticuatro años, y tú participaste al menos en dos de esas ventas. Nunca te había oído decir nada parecido —comentó Georgette protestando enérgicamente.

—Nunca había tenido esa sensación. A lo mejor es por todas esas estúpidas flores que el marido encargó. La casa de la pequeña Lizzie olía como una funeraria. Sobre todo el dormitorio principal. Y me ha dado la impresión de que Celia Nolan sentía algo parecido.

Henry se dio cuenta de que, sin querer, había utilizado las palabras prohibidas para referirse a la casa de Old Mill Lane.

—Lo siento, Georgette —musitó pasando de largo junto a ella.

—Ya lo puedes decir, ya —dijo Georgette amargamente—. Ya me imagino las vibraciones tan positivas que le estabas transmitiendo a la señora Nolan.

—Después de todo, a lo mejor te conviene que corrobore lo que le dijiste a Alex Nolan sobre la casa —sugirió Robin con un toque de sarcasmo en la voz.

3

—Pero, Celia, de todos modos es lo que queríamos. Solo que lo haremos un poco antes. Y así Jack ya podrá empezar la guardería en Mendham. Llevamos seis meses apretujados en tu apartamento, y no has querido venirte al mío en el centro.

Era un día después de mi cumpleaños, un día después de la gran sorpresa. Estábamos desayunando en mi apartamento, el mismo apartamento que Larry, que se convertiría en mi marido, me contrató para decorar hacía seis años. Jack se había tomado a todo correr un vaso de zumo y un cuenco de cereales y, con un poco de suerte, ahora se estaría vistiendo para ir a la guardería.

Juraría que no conseguí pegar ojo en toda la noche. No, estuve tendida en la cama, con mi hombro contra Alex, con la vista clavada en la oscuridad, recordando, siempre recordando. Ahora, envuelta en una bata azul y blanca de lino, con el pelo recogido en un moño, trataba de parecer tranquila mientras daba sorbitos a mi café.

Frente a mí, en la mesa, impecablemente vestido como siempre con su traje azul oscuro, camisa blanca y corbata estampada azul y roja, Alex comía a toda prisa su tostada y un tazón de café, su desayuno de todos los días.

Mi propuesta de que, aunque la casa era bonita, quería redecorarla por completo antes de que nos instaláramos, se había encontrado con la oposición de Alex.

—Ceil, sé que ha sido una locura comprar la casa sin consultarte, pero era exactamente lo que buscábamos. Tú estabas de acuerdo con la zona. Habíamos hablado de Peapack o Basking Ridge, y Mendham solo está a cinco minutos de los dos. Es un sitio con clase, con fácil acceso a Nueva York y, además del hecho de que la empresa me traslada a Nueva Jersey, podré salir a montar por la mañana. Central Park no me sirve. Y quiero enseñarte a montar. Dijiste que querías aprender.

Estudié a mi marido, su expresión era de contrición, suplicante. Tenía razón. Realmente, mi apartamento era demasiado pequeño para los tres. Alex había tenido que renunciar a muchas cosas para casarse conmigo. Su enorme apartamento en SoHo incluía un enorme estudio, con sitio para un espléndido equipo de sonido y un piano de cola. Ahora el piano estaba en un guardamuebles. Alex tenía un don natural para la música, y disfrutaba enormemente tocando. Sé que lo añora. Ha trabajado muy duro para conseguir lo que tiene. Y, aunque era un primo lejano de mi difunto marido, que era rico, decididamente Alex era un «pariente pobre». Sé lo orgulloso que está de poder comprar esta casa.

—Decías que querías volver a la decoración —me recordó Alex—. Cuando nos instalemos, tendrás todo el tiempo del mundo para hacerlo, sobre todo en Mendham. En esa zona hay dinero, y se están construyendo muchas casas nuevas. Por favor, inténtalo, hazlo por mí, Ceil. Los vecinos te han hecho una buena oferta por el apartamento, y tú lo sabes. —Rodeó la mesa y me abrazó—. Por favor.

No había oído entrar a Jack.

—A mí también me gusta la casa, mamá —dijo—. Alex me va a comprar un poni cuando vivamos allí.

Miré a mi marido y a mi hijo.

—Bueno, parece que tenemos casa nueva... —dije tratando de sonreír.

Alex se muere por tener más espacio, pensé. Le encanta la idea de tener cerca un club hípico. Tarde o temprano encontraré otra casa en alguno de los pueblos de los alrededores. No creo que me cueste convencerle de que nos vayamos. Después de todo, él mismo ha reconocido que fue un error que la comprara sin consultarme.

Un mes más tarde, los camiones de la empresa de mudanzas salían del 895 de la Quinta Avenida y se dirigían hacia el túnel Lincoln. Su destino era el número 1 de Old Mill Lane, en Mendham, Nueva Jersey.

4

Con los ojos encendidos por la curiosidad, Marcella Williams, de cincuenta y cuatro años de edad, observaba en pie desde la ventana de su sala de estar la larga caravana de camiones que pasaban lentamente ante su casa. Veinte minutos antes, había visto el BMW plateado de Georgette Grove subir la colina. Georgette era la agente que había vendido la casa. Marcella estaba segura de que el Mercedes sedán que había visto llegar poco después pertenecía a los nuevos vecinos. Había oído decir que tenían prisa por instalarse porque el hijo de cuatro años tenía que empezar la guardería. ¿Cómo serían?

La gente no solía durar mucho en aquella casa, reflexionó, y no le extrañaba. A nadie le gusta vivir en un lugar que todos conocen como «la casa de la pequeña Lizzie». Jane Salzman fue la primera que la compró después de que a Liza Barton le diera por dispararle a todo el mundo. La consiguió imperdonablemente barata. Jane siempre dijo que la casa le producía escalofríos, pero claro, Jane creía en todas esas pamplinas de la parapsicología, en cambio ella no. Aun así, que todo el mundo la conozca como «la casa de la pequeña Lizzie» acababa por desquiciarlos a todos, y la broma que les gastaron por Halloween a los anteriores propietarios, Mark y Louise Harriman, fue lo último. Cuando vio la señal en el césped y la muñeca de tamaño natural con una pistola en la mano en su porche la mujer se puso histérica. De todos modos, ella y Mark ya tenían pensando trasladarse a Florida al año siguiente, así que simplemente lo adelantaron un poco. Se marcharon en febrero, y desde entonces la casa había estado vacía.

Aquello llevó a Marcella a preguntarse dónde estaría Liza Barton. Marcella ya vivía allí cuando se produjo la tragedia, y aún veía a la pequeña Liza, con diez años, pelo rubio y rizado, carita redonda y maneras tranquilas y maduras. Desde luego, era una niña lista, pensó Marcella, pero tenía una forma de mirar a la gente..., incluso a los adultos, como si los estuviera calibrando. A mí me gustan los niños que se comportan como niños. Yo hice lo posible por ser agradable con Audrey y Liza cuando Will Barton murió. Y me alegré mucho cuando Audrey se casó con Ted Cartwright. Le dije a Liza que debía estar contenta porque iba a tener un nuevo padre. ¡La muy impertinente! Nunca olvidaré la forma en que me miró y dijo:

—Mi madre tiene un nuevo marido. Yo no tengo un nuevo padre.

Lo dije durante el juicio, se recordó Marcella a sí misma con cierta satisfacción. Y les dije que yo estaba en la casa cuando Ted recogió los efectos personales que Will Barton había dejado en su estudio y los dejó guardados en unas cajas en el garaje. Liza no dejaba de gritarle, y se llevaba las cajas a su habitación. No le dio ni una oportunidad a Ted. Le puso las cosas muy difíciles a su madre. Y era evidente que Audrey estaba loca por Ted.

Al menos al principio, claro, pensó Marcella, corrigiéndose mientras veía el segundo camión subir colina arriba detrás del primero. ¿Quién sabe lo que pasó de verdad allá adentro? Desde luego, Audrey no le dio al matrimonio el tiempo suficiente para que funcionara, y aquella orden de alejamiento que consiguió contra Ted era totalmente innecesaria. Estoy convencida de que Ted no mentía cuando dijo que Audrey le había llamado y le había pedido que fuera a verla aquella noche.

Ted siempre me estuvo muy agradecido por mi apoyo, recordó Marcella. Mi testimonio le ayudó en la acusación civil que presentó contra Liza. Bueno, el pobre se merecía una compensación. Es muy duro tener que ir por la vida con una rodilla destrozada. Todavía cojea. Fue un milagro que aquella noche no acabara muerto.

Cuando Ted salió del hospital después de aquello, se había ido a Bernardsville, una localidad cercana. Se había convertido en un importante promotor inmobiliario de Nueva Jersey, y el logo de su empresa de construcción se veía con frecuencia en avenidas y autopistas. Su idea más reciente había sido aprovechar la moda del fitness abriendo gimnasios por todo el estado y construir una zona residencial en Madison.

A lo largo de los años, Marcella se había topado con él en diferentes actos sociales. La última vez fue el mes pasado. Ted no había vuelto a casarse, pero tenía una larga lista de novias y, según se rumoreaba, su última ruptura era bastante reciente. Siempre decía que Audrey había sido el amor de su vida y no podía olvidarla. Pero desde luego tenía un aspecto estupendo, y hasta había dicho algo de que saliéramos juntos alguna vez. Seguro que le interesará saber que la casa tiene nuevos propietarios.

Marcella tuvo que reconocer para sus adentros que, desde su último encuentro con Ted, había estado buscando una excusa para llamarlo. El pasado Halloween, cuando unos niños escribieron CASA DE LA PEQUEÑA LIZZIE ¡CUIDADO! con pintura roja en el césped, los periódicos se habían puesto en contacto con Ted para que hiciera algún comentario.

Me pregunto si esos críos le harán algo parecido al nuevo propietario. Si hay jaleo, seguro que los periódicos se ponen en contacto con Ted. Quizá sería bueno que le diga que la casa ha cambiado de manos otra vez.

Satisfecha por tener una excusa para llamar a Ted Cartwright, Marcella se dirigió hacia el teléfono. Mientras cruzaba la espaciosa sala de estar, dedicó una fugaz sonrisa de aprobación a su reflejo. Su figura reflejaba su régimen diario de ejercicio. Su pelo rubio enmarcaba una cara sin arrugas, más tersa gracias a varios tratamientos recientes con Botox. Estaba convencida de que el nuevo lápiz de ojos y el rímel resaltaban el color avellana de sus ojos.

Ya hacía diez años que se había divorciado, pero su marido, Victor Williams, seguía diciendo sardónicamente que Marcella tenía tanto miedo de perderse algún chisme que dormía con los ojos abiertos y receptores en las orejas.

Marcella llamó a información y pidió el número de la oficina de Ted Cartwright. Después de seguir las dichosas instrucciones, «si desea esto, pulse 1, si desea lo otro pulse 2, si desea...», consiguió llegar al buzón de voz. Tiene una voz tan bonita..., pensó mientras escuchaba el mensaje.

Y ella, con voz claramente coqueta, dijo:

—Ted, soy Marcella Williams. He pensado que te gustaría saber que tu antigua casa ha vuelto a cambiar de manos y que los nuevos propietarios ya se van a instalar. Acaban de pasar dos camiones de mudanzas ante mi casa.

El sonido de una sirena policial la interrumpió. Un momento después vio un coche patrulla pasar a toda velocidad ante su ventana. Ya tienen problemas, pensó estremeciéndose de gusto.

—Ted, te llamaré más tarde —dijo sin aliento—. La policía se dirige hacia tu antigua casa. Ya te contaré qué ha pasado.

5

—Lo siento mucho, señora Nolan —dijo Georgette tartamudeando—. Yo misma acabo de llegar. He avisado a la policía.

La miré. La mujer estaba tratando de arrastrar una manguera por el sendero de sulfato de cobre, imagino que con la esperanza de eliminar parte de los destrozos del césped y la casa.

La casa estaba situada a unos treinta metros de la carretera. En el césped habían pintado en grandes letras rojas las palabras:

CASA DE LA PEQUEÑA LIZZIE
¡CUIDADO!

Había salpicaduras de pintura en las tablillas y la piedra caliza de la fachada de la casa. Vi que habían grabado una calavera y dos huesos cruzados en la puerta de caoba. Y habían apoyado una muñeca de paja con una pistola de juguete en la mano contra la puerta. Supongo que esa era yo.

—¿Qué significa todo esto? —espetó Alex.

—Seguramente habrán sido los niños. Lo siento —explicó Georgette Grove muy nerviosa—. Haré que vengan a limpiarlo enseguida, y avisaré al jardinero. Arrancará el césped y lo replantará hoy mismo. No puedo creerme que...

Cuando nos miró, se quedó sin voz. Era un día caluroso y sofocante. Los dos vestíamos con ropa informal, camisetas de manga corta y pantalones. Yo llevaba el pelo hacia atrás, suelto sobre los hombros. Menos mal que llevaba gafas de sol. Estaba junto al Mercedes, con la mano apoyada en la puerta. Alex estaba furioso y preocupado, y era evidente que no pensaba conformarse con aquel ofrecimiento de limpiar el destrozo. Quería saber por qué había pasado aquello.

Yo te lo diré, Alex, pensé yo. Aguanta, me dije a mí misma desesperada. Sabía que si dejaba de apoyarme en la puerta del coche me caería. El sol de agosto caía a plomo, y hacía brillar la pintura roja.

Sangre. No era pintura. Era la sangre de mamá. Me sentía los brazos, el cuello y la cara pegajosos a causa de la sangre.

—Celia, ¿estás bien? —Alex me había puesto la mano en el brazo—. Cariño, lo siento. No entiendo por qué iba a querer nadie hacer algo así.

Jack se había apeado del coche.

—Mamá, ¿estás bien? ¿Estás mareada?

La historia se repite. Jack, que solo tiene un vago recuerdo de su padre, sintió el miedo instintivo a perderme a mí también.

Me obligué a concentrarme en él, en su necesidad de que lo tranquilizara. Luego vi la preocupación y la angustia del rostro de Alex. Una terrible posibilidad me pasó por la cabeza. ¿Lo sabe? ¿Es esto una broma cruel y horrible? Pero descarté la idea en cuanto apareció. Por supuesto que Alex no tenía ni idea de que yo había vivido allí. El de la inmobiliaria, Henry Paley, me había dicho que Alex iba a ver otra casa que estaba tres manzanas más allá cuando vio el cartel de SE VENDE en el césped. Fue una de esas cosas terribles que a veces pasan, una espantosa coincidencia. Pero, Dios mío, ¿qué hago?

—No pasa nada —le dije a Jack, obligando a salir las palabras, porque me sentía los labios entumecidos y torpes.

Jack fue corriendo hasta el césped.

—Sé leerlo —dijo con orgullo—. P-p-peque-ña L-l-li-z-lizzie...

—Ya basta, Jack —dijo Alex con firmeza. Miró a Georgette—. ¿Tiene alguna explicación para esto?

—Traté de explicárselo la primera vez que vimos la casa

—se disculpó la mujer—. Pero no pareció interesarle. Hace casi veinticinco años aquí hubo una tragedia. Un niña de diez años, Liza Barton, mató accidentalmente a su madre y le disparó a su padrastro. Y, debido al parecido de su nombre con el de la infame Lizzie Borden, la prensa sensacionalista la bautizó como «la pequeña Lizzie Borden». Desde entonces, de vez en cuando se produce algún incidente en la casa, pero nunca había pasado nada parecido. —Georgette estaba a punto de echarse a llorar—. Tendría que haber insistido.

El primero de los camiones de las mudanzas acababa de entrar en el camino de acceso. Dos hombres se apearon de un salto y corrieron a la parte de atrás para abrir las puertas y empezar a descargar.

—Alex, diles que paren —exigí, y entonces tuve miedo, porque me di cuenta de que mi voz era casi un chillido—. Diles que den media vuelta y vuelvan a Nueva York ahora mismo. No puedo vivir en esta casa. —Demasiado tarde, me di cuenta de que Alex y la agente inmobiliaria me miraban con expresión perpleja.

—Señora Nolan, no tiene que pensar de ese modo —protestó Georgette Grove—. Lamento muchísimo que haya pasado esto. No sabe lo mucho que lo siento. Estoy segura de que ha sido una broma pesada de algún crío. Pero no les va a hacer tanta gracia cuando la policía los encuentre.

—Cielo, estás exagerando un poco —se quejó también Alex—. Es una casa muy bonita. Lamento no haber escuchado a Georgette cuando me dijo lo que había pasado aquí, pero hubiera comprado la casa de todos modos. No dejes que unos críos estúpidos te lo estropeen. —Me puso las manos en el rostro—. Mírame. Te prometo que antes de que el día se acabe, todo este desorden habrá desaparecido. Ven a la parte de atrás. Quiero enseñarle a Jack la sorpresa que tengo para él.

Uno de los hombres de las mudanzas se dirigía hacia la casa, y Jack iba correteando a su lado.

—Ven, Jack, vamos al granero —le gritó Alex—. Venga, Ceil —me apremió—. Por favor.

Yo quería protestar, pero entonces vi las luces intermitentes de un coche patrulla que venía a toda velocidad por la carretera.

Cuando me apartaron del cadáver de mi madre, me hicieron sentarme en el coche patrulla. Iba en camisón, y alguien me dio una manta y me arropó en ella. Y entonces llegó la ambulancia y se llevaron a Ted en una camilla.

—Venga, cielo —insistió—. Vamos a enseñarle a Jack su sorpresa.

—Señora Nolan, yo me ocupo de hablar con la policía —se ofreció Georgette Grove.

No soportaba la idea de encontrarme cara a cara con la policía así que, para evitarlos, me fui a toda prisa con Alex. Nos dirigimos hacia los extensos terrenos que había en la parte de atrás. Me di cuenta de que las hidrangeas azules que mamá había plantado siguiendo la línea de los cimientos de la casa habían desaparecido. Y me sorprendió comprobar que, en el mes que había pasado desde la vez anterior, se había habilitado un cercado para poder montar.

Alex le había prometido a Jack que le compraría un poni. ¿Ya lo había traído? Seguramente Jack se estaba preguntando lo mismo, porque fue corriendo hasta el cobertizo. Abrió la puerta, y entonces oí que gritaba de alegría:

—Es un poni, mamá —gritó—. ¡Alex me ha comprado un poni!

Cinco minutos más tarde, con los ojos brillando de alegría y los pies asegurados en los estribos de su nueva silla de montar, Jack iba a lomos del poni por el cercado, con Alex a su lado. Yo me quedé del otro lado de la verja, observándolos, contemplando la expresión de felicidad de Jack y la sonrisa de satisfacción de Alex. Me di cuenta de que mi hijo había reaccionado ante su regalo como Jack esperaba que yo reaccionara con la casa.

—Esta es otra de las razones por las que sabía que este sitio sería perfecto, cariño —dijo Alex cuando pasaron delante de mí—. Jack tiene las cualidades que necesita para convertirse en un excelente jinete. Ahora podrá montar todos los días, ¿verdad, Jack?

Oí que alguien se aclaraba la garganta detrás de mí.

—Señora Nolan, soy el sargento Earley. Lamento mucho el incidente. Esta no es la forma de darle la bienvenida a Mendham.

No había oído acercarse al policía y a Georgette Grove. Me volví a mirarlos sobresaltada.

Él debía de rondar los sesenta, y tenía la complexión de un hombre que ha vivido siempre al aire libre, con pelo ralo y rojizo.

—Sé muy bien a qué niños tengo que preguntar —dijo con aire sombrío—. Confíe en mí. Sus padres pagarán cualquier arreglo que sea necesario en la casa o el césped.

Earley, pensé. Conozco ese nombre. La semana pasada, cuando empaqueté mis archivos, leí de nuevo el que tengo escondido, el que empezaba la noche que maté a mi madre. En el artículo se mencionaba a un agente que se llamaba Earley.

—Señora Nolan, llevo más de treinta años en la policía de este pueblo —siguió diciendo—. Y es tan acogedor como el que más.

Alex, al ver al sargento y a Georgette Grove, dejó a Jack con el poni y vino a reunirse con nosotros. Grove le presentó al sargento.

—Sargento, estoy seguro de que comparto la opinión de mi esposa si le digo que no quiero que empecemos nuestra vida aquí poniendo una queja contra los hijos de ningún vecino —dijo—. Pero espero que cuando encuentre a esos vándalos les haga comprender que tienen mucha suerte de que seamos tan generosos. De hecho, pienso vallar la propiedad e instalar cámaras de seguridad inmediatamente. Así, si a algún otro niñato se le ocurren más gamberradas, no llegará muy lejos.

Earley, pensé yo. En mi cabeza estaba repasando los artículos que la prensa sensacionalista escribió sobre mí, los que me hicieron sentirme tan mal cuando los releí hacía solo una semana. Había una fotografía de un policía echándome una manta sobre los hombros en la parte de atrás del coche patrulla. Su nombre era Earley. Luego comentó a la prensa que nunca había visto a una niña tan compuesta como yo. «Estaba cubierta con la sangre de su madre, y sin embargo, cuando la arropé con la manta me dijo "Muchas gracias, señor policía", como si le acabara de dar un helado.»

Y ahora tenía ante mí al mismo hombre, y seguramente esperaba que volviera a darle las gracias por el servicio que iba a realizar por mí.

—Mamá, me encanta mi poni —me gritó Jack—. Quiero que se llame Lizzie, como ponía en el césped. ¿No te gusta?

¡Lizzie!

Antes de que pudiera contestar, oí que Georgette Grove musitaba con horror:

—Oh, Dios, tendría que haberlo imaginado, aquí viene doña cotilla.

Al poco me estaban presentando a Marcella Williams. La mujer me estrechó la mano y dijo:

—Hace veintiocho años que vivo aquí al lado, y me complace darles la bienvenida. Estoy deseando poder conocerles a usted, a su marido y su hijo.

Marcella Williams. ¡Aún vive aquí! Testificó contra mí. Los miré a todos, uno a uno: Georgette Grove, la agente inmobiliaria que le había vendido la casa a Alex; el sargento Earley, que hace mucho tiempo me arropó con una manta y luego, como si nada, declaró ante la prensa que yo era una especie de monstruo insensible; Marcella Williams, que corroboró todo cuanto Ted dijo al tribunal, ayudándole a conseguir una compensación económica que me dejó prácticamente sin nada.

—Mamá, ¿te gusta si le llamo Lizzie? —me gritó mi hijo otra vez.

Tengo que protegerle, pensé. Esto es lo que me pasará si se enteran de quién soy. Por un momento, el sueño que a veces tengo de estar en el océano y tratar de salvar a Jack me vino a la cabeza. Estoy otra vez en el océano, pensé histérica.

Alex me miraba con expresión desconcertada.

—Ceil, ¿te parece bien si Jack llama Lizzie al poni?

41

Podía sentir los ojos de mi marido, del policía, la vecina y la agente inmobiliaria clavados en mí. Me dieron ganas de salir corriendo. De esconderme. Jack, inocentemente, quería ponerle a su poni el nombre de la niña infame por quien se me tenía.

Tenía que deshacerme de mis recuerdos. Tenía que hacer el papel de una recién llegada preocupada por un acto de vandalismo. Eso y nada más. Me obligué a esbozar una sonrisa.

—No dejemos que unos niños estúpidos nos estropeen el día —dije—. Me parece bien. No quiero firmar una queja. Y Georgette, por favor, haga que arreglen los desperfectos cuanto antes.

Tenía la sensación de que el sargento Earley y Marcella Williams me estaban evaluando. Se estaría preguntando alguno de los dos: «¿A quién me recuerda?». Me di la vuelta y me apoyé contra la verja.

—Puedes llamar a tu poni como quieras, Jack —le dije.

Tengo que ir adentro, pensé. El sargento Earley y Marcella Williams... ¿cuánto tiempo pasará antes de que empiece a resultarles familiar?

Uno de los hombres de las mudanzas, de veintipocos años, con hombros anchos y cara de niño, se acercó corriendo por el césped.

—Señor Nolan —dijo—, han venido los de la prensa. Quieren tomar fotografías de los desperfectos. Uno es reportero de una cadena de televisión, y quiere que usted y la señora Nolan hagan una declaración ante la cámara.

—¡No! —Miré a Alex con gesto suplicante—. Definitivamente no.

—Tengo una llave de la puerta de atrás —se apresuró a decir Georgette Grove.

Pero era demasiado tarde. Cuando traté de escapar, los periodistas aparecieron por la esquina de la casa. Los flashes se dispararon y, mientras levantaba los brazos para cubrirme la cara, noté que las rodillas me cedían y un manto de oscuridad me envolvió.

6

Dru Perry, periodista del *Star-Ledger*, iba conduciendo por la Ruta 24, de camino al juzgado del condado de Morris, cuando recibió aviso para que acudiera a cubrir un acto vandálico en la casa de la pequeña Lizzie. Dru, una mujer de sesenta y tres años y reportera veterana con cuarenta años de experiencia, era huesuda y tenía una melena canosa hasta los hombros que siempre parecía algo desordenada. Las grandes gafas acentuaban la mirada penetrante de sus ojos marrones.

En verano, su atuendo habitual era una blusa de manga corta de algodón, pantalones de color caqui y zapatillas de tenis. Ese día, como sabía que seguramente en la sala del tribunal el aire acondicionado estaría muy fuerte, había tenido la precaución de meter un suéter ligero en su bolso, donde también llevaba una libreta, el monedero, una botella de agua y la cámara digital que utilizaba para no olvidarse los detalles puntuales de cada historia.

—Dru, olvídate del tribunal. Sigue hasta Mendham —le ordenó su editor cuando la localizó en el teléfono del coche—. Ha habido otro acto de vandalismo en la casa que llaman de la pequeña Lizzie, en Old Mill Lane. Chris ya va de camino para hacer las fotografías.

La casa de la pequeña Lizzie, pensó Dru mientras pasaba por Morristown. El pasado Halloween, ella se encargó de cubrir la noticia cuando unos críos pusieron una muñeca con una pistola en el porche de la casa y pintaron unas palabras en el césped. La policía se había mostrado muy severa: los críos acabaron ante un tribunal de menores. Era increíble que hubieran tenido el descaro de intentarlo otra vez.

Dru echó mano de la botella de agua, su infatigable compañera de viaje, y bebió con aire pensativo. Pero ahora estaban en agosto, no en Halloween. ¿Por qué iban a hacer unos críos una gamberrada como aquella sin más ni más?

Supo la respuesta en cuanto llegó a Old Mill Lane y vio los camiones de mudanzas y los hombres entrando muebles en la casa. Quien ha hecho esto quería poner nerviosos a los nuevos propietarios, pensó. Y entonces se quedó sin respiración al ver la magnitud de los destrozos.

Aquello iba en serio, pensó. No creo que se puedan tapar esas tablillas. Habrá que pintarlas otra vez, y habrá que aplicar algún tratamiento a la piedra caliza, por no hablar del estropicio que han hecho en el césped.

Aparcó en la carretera, detrás de la furgoneta de la televisión local. Cuando iba a apearse, oyó el sonido de un helicóptero.

Vio que dos reporteros y un cámara corrían hacia la parte de atrás de la casa. Dru echó a correr también y les alcanzó. Sacó su cámara justo a tiempo para captar la imagen de Celia desmayándose.

Luego esperó junto con los otros periodistas, cada vez más numerosos, hasta que llegó la ambulancia y Marcella Williams salió de la casa. Los periodistas se arremolinaron a su alrededor y la acribillaron a preguntas.

Está en la gloria, pensó Dru mientras la señora Williams explicaba que la señora Nolan estaba mejor y que solo estaba algo alterada. Luego, mientras posaba para las fotografías y hablaba para el micrófono de la televisión, se puso a contar en detalle la historia de la casa.

—Yo conocí a los Barton. Will Barton era arquitecto, y restauró personalmente la casa. Fue una tragedia.

Era una tragedia que ella tuviera tantas ganas de recordárselo a la prensa con tanto detalle, incluyendo su opinión de que, a sus diez años, Liza Barton era plenamente consciente de lo que hacía cuando cogió la pistola de su padre.

Dru se adelantó.

—No todo el mundo cree esa versión —dijo algo brusca.

—No todo el mundo conocía a Liza Barton tan bien como yo —le espetó Marcella a modo de respuesta.

Cuando Williams volvió adentro, Dru fue a la parte delantera para estudiar el cráneo y los dos huesos que habían grabado en la puerta. Con un sobresalto, se dio cuenta de que en las cuencas de los ojos de la calavera había unas iniciales... una L en la izquierda y una B en la derecha.

La persona que ha hecho esto es realmente perversa, pensó Dru. Aquello no era algo espontáneo. Un corresponsal del *New York Post* acababa de llegar y se puso a examinar la calavera y los huesos. Le hizo una seña a su cámara.

—Coge un primer plano de esto —le indicó—. Creo que ya tenemos la fotografía para la primera plana de mañana. Veré qué puedo averiguar de los nuevos propietarios.

Eso era exactamente lo que Dru pensaba hacer. Su siguiente parada sería en la casa de la vecina, Marcella Williams, pero una corazonada hizo que esperara un poco por si salía alguien en representación de los nuevos propietarios a hacer una declaración.

Su corazonada tuvo su recompensa. Diez minutos más tarde, Alex Nolan apareció ante las cámaras.

—Como podrán entender, esto es algo lamentable. Mi esposa está bien. Está agotada por el traslado y la impresión de este acto de vandalismo ha sido demasiado para ella. En estos momentos está descansando.

—¿Es cierto que le compró la casa como regalo de cumpleaños? —preguntó Dru.

—Sí, es verdad, y Celia está encantada.

—Ahora que conoce la historia de la casa, ¿cree que querrá quedarse?

—Eso depende de ella. Y ahora, si me disculpan. —Y, dicho esto, se dio la vuelta, entró en la casa y cerró la puerta.

Dru dio un largo trago de agua a la botella. Marcella Williams había dicho que vivía calle abajo. Iré a esperarla allí. Luego, cuando haya hablado con ella, decidió Dru, comprobaré todos los detalles que hay sobre el caso de la pequeña Lizzie. Me pregunto si las transcripciones del juicio estarán aún bajo secreto de sumario. Me gustaría escribir un artículo sobre el tema. Yo trabajaba con el *Washington Post* cuando pasó. ¿No sería increíble si consiguiera averiguar dónde está Liza Barton ahora y lo que ha sido de su vida? Si mató deliberadamente a su madre y trató de matar a su padrastro, lo más probable es que haya tenido problemas en algún momento.

7

Cuando abrí los ojos, estaba tumbada en un sofá que los de la compañía de mudanzas habían colocado a toda prisa en la sala de estar. Lo primero que vi fue la mirada de pánico de Jack. Estaba inclinado sobre mí.

La mirada de terror de mi madre en sus últimos momentos de vida... los ojos de Jack eran iguales. Instintivamente, estiré el brazo y lo acerqué a mi lado.

—Estoy bien, hijo —susurré.

—Me has dado miedo —me susurró él a su vez—. Me ha dado mucho miedo. No quiero que te mueras.

No te mueras, mamá, no te mueras. ¿Acaso no había pronunciado yo esas mismas palabras mientras mecía el cuerpo sin vida de mi madre en mis brazos?

Alex estaba hablando por el móvil, preguntando con indignación por qué tardaba tanto la ambulancia.

Una ambulancia. Llevaron a Ted en una camilla hasta una ambulancia...

Abrazada todavía a Jack, me incorporé apoyándome en un codo.

—No necesito una ambulancia —dije—. Estoy bien, de verdad.

Georgette Grove estaba a los pies del sofá.

—Señora Nolan, Celia, realmente creo que sería mejor si...

—Tendría que hacerse un chequeo completo —dijo Marcella Williams interrumpiendo a Georgette.

—Jack, mamá está bien. Y ahora los dos nos vamos a levantar.

Bajé los pies del sofá y, sin hacer caso de un vahído que me dio, apoyé una mano en el brazo del sofá para mantener el equilibrio y me puse en pie. Veía la expresión de protesta de Alex, su mirada de preocupación.

—Alex, ya sabes lo ajetreada que he estado toda esta semana —dije—. Lo único que necesito es que los de las mudanzas instalen tu sillón y un cojín en alguna de las habitaciones y descansar un par de horas.

—La ambulancia ya viene de camino, Ceil —me dijo él—. ¿Dejarás que te hagan un reconocimiento?

—Sí.

Tenía que deshacerme de Georgette Grove y Marcella Williams. Las miré directamente.

—Supongo que comprenderán que quiera descansar un rato a solas —dije.

—Por supuesto —concedió Grove—. Yo estaré fuera para supervisar el trabajo de los hombres.

—¿No le apetece tomar un té? —propuso Marcella Williams, que evidentemente no tenía intención de marcharse.

Alex me sujetó por debajo del brazo.

—No queremos hacerle perder más tiempo, señora Williams. Y ahora, si nos disculpa...

El sonido de una sirena nos indicó que la ambulancia había llegado.

El sanitario me examinó en la habitación de la primera planta donde, en otra época, estuvo mi cuarto de juegos.

—Yo diría que ha sufrido una fuerte impresión —comentó—. Teniendo en cuenta lo que ha pasado ahí fuera, lo entiendo. Si es posible, repose el resto del día. Y una tacita de té con un buen chorro de whisky no le iría mal.

El sonido de los muebles yendo arriba y abajo parecía venir de todas partes. Y me hizo recordar cuando, después del juicio, los Kellogg, unos primos lejanos de mi madre, de California, vinieron a llevarme con ellos. Yo les pedí que pasáramos con el coche delante la casa. En aquellos momentos, se estaba subastando todo lo que había dentro: muebles, alfombras, apliques, porcelana, cuadros...

Y recuerdo que vi que se llevaban la mesa que yo tenía en un rincón, la que utilizaba cuando dibujaba bonitas casas. El recuerdo de aquel terrible momento, metida en un coche con unas personas que eran prácticamente unas desconocidas para mí, hizo que las lágrimas empezaran a caerme por el rostro.

—Señora Nolan, quizá debería ir al hospital. —El sanitario tendría cincuenta y tantos, y era un hombre con aire paternal, dotado con una buena mata de pelo canoso y unas cejas muy pobladas.

—No, definitivamente no.

Alex se había inclinado sobre mí y me estaba limpiando las lágrimas.

—Celia, tengo que salir un momento y decir algo a los periodistas. Vuelvo enseguida.

—¿Dónde ha ido Jack? —susurré.

—Está en la cocina. Uno de los hombres le ha pedido que le ayude a desempaquetar la comida. Está bien.

No me sentía capaz de hablar, así que me limité a asentir. Noté que Alex me ponía un pañuelo en la mano. Me quedé sola y, aunque lo intenté desesperadamente, no fui capaz de contener el mar de lágrimas que brotaba de mis ojos.

No puedo seguir escondiéndome, pensé. No puedo vivir con el miedo a que alguien descubra la verdad sobre mí. Tengo que decírselo a Alex. Tengo que ser sincera. Es mejor que Jack lo sepa por mí ahora que arriesgarme a que se entere de cualquier forma de aquí a veinte años.

Cuando Alex volvió, vino a mi lado y me hizo sentar en su regazo.

—Celia, ¿qué tienes? No puede ser solo la casa. ¿Qué te preocupa?

Sentí que por fin las lágrimas cesaban y una calma glacial se adueñaba de mí. Quizá aquel era el momento.

—Esa historia que Georgette Grove ha contado sobre la

49

niña que mató accidentalmente a su madre... —empecé a decir.

—Lo que Georgette ha dicho no coincide con lo que me ha contado Marcella Williams —dijo Alex interrumpiéndome—. Según ella, tendrían que haberla condenado. Debía de ser un monstruo. Después de matar a su madre, siguió disparándole a su padrastro hasta que la pistola se quedó sin balas. Marcella dice que en el juicio se dijo que hacía falta mucha fuerza para apretar el gatillo. No era una de esas armas con un gatillo muy suave que puedes apretar sin más.

Me debatí tratando de librarme de sus brazos. Si ya tenía aquella imagen preconcebida, ¿cómo le iba a contar la verdad?

—¿Se han ido ya? —pregunté, y me alegró comprobar que mi voz sonaba más o menos normal.

—¿Te refieres a la prensa?

—La prensa, la ambulancia, el policía, la vecina, la de la agencia inmobiliaria. —Me di cuenta de que la ira me daba fuerzas.

Alex había aceptado tranquilamente la versión de Marcella Williams.

—Todos excepto los de la mudanza.

—Entonces será mejor que me recomponga un poco y les diga dónde quiero las cosas.

—Ceil, dime qué te pasa.

Te lo diré, pensé, pero solo cuando pueda demostrarte a ti y al resto del mundo que Ted Cartwright mintió sobre lo sucedido aquella noche, y que cuando empuñé aquella pistola lo hice para defender a mi madre, no para matarla.

Pienso decirle a Alex y a todo el mundo quién soy, pero lo haré cuando haya averiguado más cosas, cuando sepa por qué mi madre le tenía tanto miedo a Ted. Aquella noche ella no le dejó entrar voluntariamente. Lo sé. Después de la muerte de mi madre lo recuerdo casi todo como en un borrón. No pude defenderme. Debe de haber una transcripción del juicio, un informe de la autopsia. Y tengo que encontrarlos y leerlos.

—Ceil, ¿qué pasa?

Lo rodeé con mis brazos.

—Nada y todo, Alex —dije—. Pero eso no significa que las cosas no puedan cambiar.

Él dio un paso atrás y me puso las manos en los hombros.

—Ceil, hay algo que no funciona entre nosotros. Lo sé. Francamente, seguir en el apartamento que habías compartido con Larry me hacía sentirme como una visita. Por eso cuando vi esta casa pensé que era perfecta para nosotros y no pude resistirme. Sé que no tendría que haberla comprado sin consultarte. Tendría que haber dejado que Georgette Grove me contara toda la historia en vez de interrumpirla. Aunque por lo que sé ahora, en mi defensa puedo decir que seguramente habría resumido bastante los hechos.

Alex tenía lágrimas en los ojos. Esta vez fui yo quien se las enjugó.

—Todo irá bien —dije—. Te prometo que haré lo posible para que todo vaya bien.

8

Jeffrey MacKingsley, fiscal del condado de Morris, tenía un especial interés en que las gamberradas que una vez más se habían cebado con la casa de los Barton se acabaran de una vez por todas. Cuando aquella tragedia tuvo lugar hacía veinticuatro años, él tenía catorce y estaba en su primer año de secundaria. En aquella época, vivía más o menos a un kilómetro de la casa de los Barton y, cuando la noticia se difundió por el pueblo, corrió a la casa a mirar y vio cómo la policía se llevaba el cadáver de Audrey Barton en una camilla.

Ya entonces sentía una fuerte atracción por el mundo del crimen y el código penal, así que, aunque era un crío, leyó todo lo que pudo sobre el caso.

A pesar de los años, seguía teniendo la duda de si Lizzie Barton había matado accidentalmente a su madre y había disparado a su padrastro en un intento por defender a su madre o era una de aquellas criaturas que nacen sin conciencia. Porque las hay, pensó Jeff con un suspiro. Desde luego que las hay.

Jeff, con el pelo rojizo, ojos marrón oscuro, cuerpo delgado y atlético, metro ochenta y dos de altura y sonrisa fácil, era de esos hombres en quienes los ciudadanos temerosos de la ley confiaban de forma instintiva. Llevaba cuatro años ocupando el cargo de fiscal del condado de Morris. Anteriormente había trabajado como ayudante del fiscal, y enseguida comprendió que, la mayor parte de las veces, si en lugar de llevar la acusación hubiera estado en el papel de la defensa, habría podido encontrar fácilmente algún tecnicismo legal para exculpar a los criminales, incluso a los más peligrosos. Por eso, aunque le ofrecieron puestos potencialmente lucrativos en importantes bufetes de abogados, él había preferido seguir en la oficina del fiscal, donde muy pronto se convirtió en una estrella.

Y, como resultado, cuando el fiscal para el que trabajaba se retiró hacía cuatro años, el gobernador lo propuso inmediatamente para ocupar el cargo.

En la fiscalía todos sabían que era un hombre muy recto y se mostraba severo con los criminales, pero también entendía que muchos delincuentes, con la combinación adecuada de supervisión y castigo, podían rehabilitarse.

Jeff tenía un nuevo objetivo en mente: presentarse para gobernador cuando terminara el segundo mandato del actual. Entretanto, tenía intención de ejercer su autoridad como fiscal para asegurarse de que el condado de Morris era un lugar seguro.

Lo cual significaba que los actos reiterados de vandalismo contra la casa de los Barton le enfurecían y suponían un reto para él.

—Esos críos privilegiados no tienen otra cosa que hacer que desenterrar esa vieja tragedia y convertir una bonita casa en una casa maldita —le dijo Jeff de mal humor a Anna Malloy, su secretaria, cuando tuvo noticia del incidente—. Cada Halloween cuentan disparatadas historias sobre fantasmas que les miran desde la ventana del piso de arriba. Y el año pasado dejaron una muñeca en el porche con una pistola de juguete.

—A mí no me gustaría vivir en esa casa —dijo Anna muy práctica—. Estoy convencida de que cada lugar emite unas vibraciones. A lo mejor sí que es verdad que han visto fantasmas.

El comentario hizo que Jeff pensara, y no por primera vez, que aquella mujer sabía cómo sacarle de quicio. Pero entonces se recordó que seguramente era la secretaria más trabajadora y eficiente del juzgado. Tenía casi sesenta años, estaba felizmente casada con otro funcionario y nunca perdía ni un minuto en llamadas personales, como hacían la mayoría de secretarias más jóvenes.

—Póngame con la comisaría de Mendham —dijo, sin añadir el «por favor», lo cual era poco frecuente en él, aunque le hizo comprender que estaba preocupado.

El sargento Earley, a quien Jeff conocía muy bien, lo puso al corriente.

—Yo contesté a la llamada de la mujer de la inmobiliaria. Una pareja que se apellida Nolan ha comprado la casa.

—¿Cómo han reaccionado ante todo esto?

—Él estaba furioso. La mujer estaba muy afectada, de hecho, se desmayó.

—¿Cuántos años tienen?

—Él andará entre los treinta y cinco y los cuarenta. Ella debe de tener unos treinta. Son gente con clase. Ya me entiende. Tienen un hijo de cuatro años que tenía un poni esperándole en el cobertizo. Y, créaselo, el niño supo leer lo que habían escrito en el césped y quiere ponerle a su poni el nombre de Lizzie.

—Estoy seguro de que a la madre no le habrá hecho mucha gracia.

—Pues parece que estaba de acuerdo.

—Por lo que me dice, esta vez la persona que lo ha hecho no se ha conformado con destrozar el césped.

—Sí, esto sobrepasa todo lo que habíamos visto hasta ahora. Me fui derecho a la escuela para charlar con los chicos que hicieron la gamberrada en Halloween del año pasado. Michael Buckley es el cabecilla. Tiene doce años y es un listillo. Me ha jurado que no ha tenido nada que ver, pero luego ha tenido la cara de decir que está bien que alguien haya avisado a los nuevos propietarios de que tienen una casa maldita.

—¿Cree que dice la verdad?

—Su padre le apoya, dice que anoche los dos estuvieron en casa. —Earley vaciló—. Mire, Jeff, creo al chico, no porque no sea capaz de engañar a su padre y salir de su casa en plena noche, sino porque esto no ha sido la broma de unos críos.

—¿Cómo lo sabe?

—Esta vez han utilizado pintura de verdad, no aquella porquería que se va con agua. Y también han manchado la fachada de la casa. Y por la altura a la que está situado el grabado, tiene que haber sido alguien bastante más alto que Michael. Y, otra cosa, la calavera y los huesos de la puerta los ha hecho alguien con sentido artístico. Cuando los examiné más de cerca vi que habían grabado unas iniciales en las cuencas de los ojos. L y B. Por Lizzie Borden supongo.

—O Liza Barton —propuso Jeff.

Earley lo pensó.

—Oh, sí, claro. No se me había ocurrido. Y además, la muñeca que han dejado en el porche no era de tiradillo como la otra vez. Esta es de las caras.

—Eso le facilitará las cosas.

—Eso espero. Estamos trabajando en ello.

—Manténgame informado.

—El problema es que, incluso si descubrimos a los responsables, los Nolan no quieren formular una queja —siguió explicando Earley, visiblemente contrariado—. Pero el señor Nolan ha dicho que vallará su propiedad e instalará cámaras de seguridad, así que no creo que haya más incidentes.

—Clyde —le advirtió Jeff—. Si hay una cosa que usted y yo sabemos es que, sea cual sea la situación, nunca hay que dar por sentado que no habrá más problemas.

Como les sucede a tantas personas, Clyde Earley tendía a levantar la voz cuando hablaba por teléfono. Cuando Jeff colgó, era evidente que Anna lo había oído absolutamente todo.

—Jeff —le dijo—. Hace un tiempo leí un libro que se llama *Psychic Explorations*. El autor decía que, cuando se ha producido una tragedia en una casa, las paredes retienen las vibraciones y, cuando alguien con unos antecedentes parecidos se instala en la casa, la tragedia debe completarse. Cuando se instalaron en la casa, los Barton eran una pareja joven y acomodada con una hija de cuatro años. Por lo que ha dicho el sargento Earley, los Nolan son una pareja acomodada de aproximadamente la misma edad, y tienen un hijo de cuatro años. A ver qué pasa, ¿no?

9

A la mañana siguiente, cuando desperté, miré el reloj y me sorprendí al ver que ya eran las ocho y cuarto. En un acto reflejo, volví la cabeza. La almohada que tenía al lado todavía conservaba la forma de la cabeza de Alex, pero en la habitación la sensación era de vacío. Y entonces vi que había dejado una nota apoyada contra la lamparita de su mesita de noche. La leí.

> Querida Ceil:
> Me he levantado a las 6. Me alegra ver que duermes después de todo lo que tuviste que pasar ayer. He salido para montar una hora en el club. Hoy trabajaré menos, y estaré en casa para las tres. Espero que a Jack le vaya bien en su primer día de colegio. Estoy deseando oír lo que cuenta. Muchos besos para los dos, A.

Hace años, leí una biografía de la gran estrella de la comedia musical Gertrude Lawrence escrita por su marido, el productor Richard Aldrich, después de su muerte. El libro se llamaba *Gertrude Lawrence como señora A*. En los seis meses que llevábamos casados, cada vez que Alex me dejaba una nota, firmaba invariablemente como «A». Me gustaba ser la señora A, e incluso en aquellos momentos, a pesar de la abrumadora sensación que me producía estar allí, sentí que mi corazón se alegraba. Quería ser la señora A. Quería tener una vida normal y poder sonreír con indulgencia y satisfacción por el hecho de que mi marido se levantara temprano para poder salir a montar.

Me levanté, me puse una bata y fui a la habitación de Jack. Su cama estaba vacía. Volví al pasillo y lo llamé, pero no contestó. De pronto sentí miedo y empecé a llamarlo más fuerte —«Jack... Jack... Jack...»— y me di cuenta de que en mi voz había un toque de pánico. Me obligué a cerrar la boca, censurándome a mí misma por ser tan ridícula. Seguramente había bajado a la cocina y estaba comiendo sus cereales. Es un niño muy independiente, y con frecuencia lo hacía cuando vivíamos en el apartamento. Pero, mientras corría escaleras abajo, mientras iba de una habitación a otra, lo único que encontré fue un silencio inquietante. No había ni rastro de mi hijo. En la cocina no había ningún cuenco de cereales o un vaso de zumo vacío en el mármol o en la pica.

Jack era un niño muy lanzado. ¿Y si se había cansado de esperar a que yo me levantara y se había ido solo y se había perdido? No conocía la zona. ¿Y si alguien lo veía solo y se lo llevaba?

Incluso en medio de aquellos momentos breves pero interminables, sentí pánico al pensar que, si no lo encontraba enseguida, tendría que llamar a la policía.

Y entonces, en un maravilloso instante de liberación, supe dónde estaba. Por supuesto. Se habría ido corriendo a ver a su poni. Corrí a la puerta que comunicaba la cocina con el patio y la abrí bruscamente, y entonces di un suspiro de alivio. La puerta del cobertizo estaba abierta y vi su pequeña figura, con el pijama puesto, allí dentro, mirando al poni.

El alivio fue seguido rápidamente por la ira. La noche antes habíamos puesto la alarma después de buscar un código. El 1023. Habíamos elegido esos números porque Alex y yo nos conocimos el 23 de octubre del año pasado. Pero el hecho de que la alarma no se hubiera disparado cuando Jack abrió la puerta significaba que Alex no la había vuelto a conectar cuando se fue. Si lo hubiera hecho, yo habría sabido que Jack estaba fuera.

Alex se esforzaba, pero aún no estaba acostumbrado a la paternidad, me recordé mientras me dirigía hacia el cobertizo.

Traté de mantener la calma, concentrándome en aquella bonita mañana de septiembre, con un leve toque de frescor que presagiaba la llegada del otoño. No sé por qué, pero el otoño siempre ha sido mi estación favorita. Incluso cuando mi padre murió y mamá y yo estábamos solas, recuerdo que pasábamos las tardes juntas en la pequeña biblioteca que había junto a la sala de estar, concentradas en nuestros libros, mientras el fuego crepitaba en la chimenea. Yo me recostaba contra el brazo del sofá, lo bastante cerca para tocar a mi madre con los pies.

Mientras caminaba por el patio, un pensamiento me vino a la cabeza. Aquella última noche, mamá y yo estuvimos juntas en el estudio y vimos una película que terminó a las diez. Antes de subir a nuestras habitaciones, ella conectó la alarma. Ya de niña tenía el sueño ligero, y estoy segura de que me habría despertado si la alarma se hubiera disparado. Pero no lo hizo, así que mamá no supo que Ted estaba en la casa. ¿Habría salido aquello en la investigación de la policía? Ted era ingeniero y en aquella época acababa de abrir una pequeña empresa de construcción. Seguro que habría podido desactivar el sistema fácilmente.

Tengo que empezar un cuaderno de notas. Anotaré cualquier cosa que recuerde y que pueda ayudarme a demostrar que aquella noche Ted entró sin permiso en la casa.

Entré en el cobertizo y le revolví el pelo a mi hijo.

—Eh, me has asustado —le dije—. No quiero que vuelvas a salir de la casa si no estoy levantada. ¿De acuerdo?

Jack percibió el tono firme de mi voz y asintió con gesto tímido. Mientras hablaba, me giré para mirar el cubículo donde estaba el poni.

—Solo quería hablar con Lizzie —dijo él muy serio, y añadió—: ¿Quiénes son esa gente, mamá?

Me quedé mirando la fotografía de periódico que alguien había pegado al poste del cubículo. Era una copia de una instantánea en la que aparecíamos mi madre, mi padre y yo en una playa de Spring Lake. Mi padre me tenía cogida con un brazo y con el otro rodeaba a mi madre. Recuerdo la fotografía porque la hicimos al final de aquel día que la ola nos derribó a mí y a mi padre en la orilla. Tenía una copia de la fotografía y del artículo del periódico en mi archivo secreto.

—¿Sabes quién ese señor y la señora y la niña? —preguntó Jack.

Y, por supuesto, tuve que mentir.

—No, Jack, no lo sé.

—¿Y por qué han dejado aquí la fotografía?

Sí, justamente, ¿por qué? ¿Era aquello otro ejemplo de mal gusto o es que alguien me había reconocido? Traté de controlar la voz.

—Jack, es mejor que no le digamos nada de la fotografía a Alex. Se enfadaría mucho si se entera de que alguien ha venido aquí y la ha puesto en nuestro cobertizo.

Jack me miró con la inteligencia de un niño que intuye que ha pasado algo muy malo.

—Será nuestro secreto —dije.

—¿La persona que ha puesto la foto cerca de Lizzie ha venido cuando estábamos durmiendo? —me preguntó.

—No lo sé. —Tenía la boca seca.

¿Y si esa persona estaba en el cobertizo cuando Jack había entrado? ¿Qué clase de mente enferma había planeado aquel destrozo en el césped y la fachada y cómo había llegado aquella fotografía a sus manos? ¿Qué le habría hecho a mi hijo si hubiera entrado mientras aún estaba allí?

Jack estaba de puntillas, acariciando el morro del poni.

—Lizzie es muy guapa, ¿verdad, mamá? —preguntó, olvidando por completo la fotografía, que ahora estaba en el bolsillo de mi bata.

El poni era de color herrumbre, con una pequeña marca blanca sobre el morro que, según cómo, podía parecer una estrella.

—Sí, es muy guapa, Jack —dije, tratando de no demostrar el miedo y las ganas que tenía de cogerle en brazos y salir corriendo de allí—. Pero creo que es demasiado guapa para que la llames Lizzie. Pensaremos otro nombre, ¿te parece?

Jack me miró.

—Me gusta Lizzie —dijo con tono obstinado—. Ayer dijiste que la podía llamar como quisiera.

Tenía razón, pero quizá encontraría la forma de hacerle cambiar de opinión. Señalé la marca blanca.

—Un poni con una estrella en la frente tendría que llamarse Estrella —dije—. Ese es el nombre que yo le pondría a Lizzie. Ahora será mejor que nos preparemos para ir al cole.

Jack empezaba la guardería a las diez, en Saint Joseph, la escuela a la que yo asistí hasta cuarto curso. Me pregunté si alguno de mis antiguos profesores seguiría allí, si mi cara les resultaría familiar.

10

A base de súplicas, halagos y de ofrecer bonitos pluses, Georgette Grove consiguió encontrar a un jardinero dispuesto a arrancar el césped arruinado y replantar uno nuevo en la casa de los Nolan. Aquella misma tarde, también se aseguró la colaboración de un pintor que tapara la pintura roja de las tablillas. Aún no había podido encontrar a un albañil que reparara los daños ocasionados en la pared, ni un experto en carpintería que pudiera eliminar la calavera y los huesos grabados en la puerta.

Los acontecimientos del día habían desembocado en una noche de insomnio casi completa. A las seis de la mañana, cuando Georgette oyó que el servicio de reparto de los periódicos pasaba, se levantó de un salto. Cada noche, antes de acostarse, dejaba preparada la cafetera para que por la mañana no tuviera más que darle al botón. Y eso fue exactamente lo que hizo, sin pararse siquiera a pensar, cuando pasó a toda prisa por la cocina para salir por la puerta lateral y recoger los periódicos de la rampa de acceso.

El temor a que Celia Nolan la demandara exigiendo que se invalidara el contrato de venta de la casa la oprimía como una pesada losa. Es la cuarta vez que vendo la casa en veinticuatro años, se recordó Georgette. Jane Salzman la consiguió a muy buen precio gracias a la publicidad que se hizo del caso, pero nunca fue feliz en ella. Decía que cada vez que encendía la calefacción se oía como una detonación, y eso le hacía pensar en disparos. Ningún fontanero logró arreglarlo, y, después de diez años, decidió que ya había tenido bastante.

Pasaron dos años antes de que volviera a venderse, esta vez a los Green. Vivieron en la casa casi seis años, y luego la pusieron a la venta. «Es una casa muy bonita, pero no puedo evitar la sensación de que volverá a pasa algo terrible, y no quiero estar aquí cuando llegue el momento.» Eso fue lo que le dijo Eleanor Green cuando la llamó para decirle que la pusiera en venta.

Los últimos propietarios, los Harriman, tenían una casa en Palm Beach y pasaban allí la mayor parte del tiempo. El año anterior, cuando los niños gastaron aquella broma en Halloween, decidieron repentinamente mudarse de forma permanente a Florida en lugar de esperar otro año. «Se respira un aire tan distinto en la casa que tenemos allí... —le había dicho Louise Harriman cuando le entregó las llaves—. Aquí tengo la sensación de que todo el mundo me ve como la mujer que vive en la casa de la pequeña Lizzie.»

En los últimos diez meses, cuando Georgette enseñaba la casa y explicaba la historia, la mayoría de posibles compradores decían que les resultaba inquietante la idea de tener una casa donde se había cometido un asesinato. Y, si ya vivían en la zona y conocían la historia, se negaban directamente a verla. Hizo falta un comprador tan especial como Alex Nolan para desdeñar sus esfuerzos decididamente vagos por explicar los antecedentes de la casa.

Georgette se sentó a desayunar en la barra americana y abrió los periódicos. El *Daily Record*, el *Star-Ledger* y el *New York Post*. El *Daily Record* dedicaba la primera plana a una fotografía de la casa. En el artículo que la acompañaba, deploraba los actos de vandalismo que impedían que aquella tragedia local pudiera superarse. En la tercera página, el *Star-Ledger* publicaba una fotografía de Celia Nolan en el momento de desmayarse. Aparecía con la cabeza ladeada, las rodillas doblándose, y su pelo oscuro flotando detrás de ella. Junto a esta fotografía, aparecía otra en la que podían apreciarse los daños causados en la parte delantera de la casa. El *New York Post* publicaba en su tercera página un primer plano de la calavera y los huesos de la puerta, con las iniciales L y B en las cuencas de los ojos. Tanto el *Post* como el *Star-Ledger* volvían a recordar aquel caso sensacionalista. «Desgraciadamente, con los años la "casa de la pequeña Lizzie" ha ido adquiriendo una siniestra reputación», escribía el reportero del *Daily Record*.

El citado reportero había entrevistado a Ted Cartwright. El hombre había posado para el diario en su casa, en la cercana localidad de Bernardsville, con su bastón en la mano. «Nunca he podido superar la muerte de mi esposa, y me sorprende que haya gente tan retorcida como para recordarnos aquel terrible suceso —había declarado—. No necesito que me lo recuerden, ni física ni emocionalmente. Aún tengo pesadillas en las que veo la expresión de aquella cría cuando empezó a disparar. Era como una encarnación del diablo.»

La misma historia que ha estado contando durante casi un cuarto de siglo, pensó Georgette. No quiere que nadie lo olvide. Fue una pena que Liza estuviera demasiado traumatizada para defenderse. Daría lo que fuera por escuchar su versión de los hechos. He visto la forma en que Ted Cartwright lleva su negocio. Si se saliera con la suya, en Mendham y Peapack tendríamos zonas comerciales en vez de pistas para pasear a caballo, y piensa seguir intentándolo hasta el día que se muera. A lo mejor engaña a otros, pero yo he estado en el comité de zona y le he visto en acción. Detrás de esa fachada de caballero y desconsolado esposo es un hombre implacable.

Georgette siguió leyendo. Obviamente, Dru Perry, del *Star-Ledger*, había investigado a los Nolan. «Alex Nolan, socio de Ackerman y Nolan, un bufete de abogados de Nueva York, es miembro del Club Hípico de Peapack. Su esposa, Celia Foster Nolan, es la viuda de Laurence Foster, anterior presidente de Bradford y Foster, una empresa de inversiones.»

Aunque traté de advertir a Alex Nolan sobre el estigma que pesaba sobre la casa, pensó Georgette por enésima vez, sigue estando a nombre de su esposa, y ella no sabía nada. Si descubre que existe una ley, podría exigir que se invalide la venta.

Con lágrimas de impotencia en los ojos, Georgette contempló la fotografía de Celia Nolan en el momento de desmayarse. Seguramente podría defenderme diciendo que se lo advertí al marido y dejar que me llevaran a juicio, pero, desde luego, una fotografía como esta impresionaría mucho a un juez.

Cuando acababa de levantarse para ponerse otro café, el teléfono sonó. Era Robin.

—Georgette, supongo que habrás visto los periódicos.

—Sí, los he visto. Te has levantado temprano.

—Estaba inquieta. Sé que estás muy preocupada por lo de ayer.

Georgette agradeció el tono de preocupación que notó en la voz de Robin.

—Gracias. Sí, he leído todos los artículos.

—Lo que me preocupa es que cualquier otra inmobiliaria podría ponerse en contacto con Celia Nolan y contarle que puede invalidar el contrato, y luego añadir que estarían encantados de ayudarla a encontrar una nueva casa —dijo Robin.

Sus esperanzas de que de alguna forma las cosas acabaran bien se desvanecieron.

—Por supuesto. Tienes razón. Lo más probable es que alguien lo haga —repuso ella lentamente—. Nos veremos en la oficina, Robin.

Georgette dejó el auricular en su sitio.

—No hay escapatoria —dijo en voz alta—. No tengo salida.

Y entonces frunció los labios. Lo que está en juego es mi sustento, pensó. Quizá los Nolan no presenten cargos, pero si pierdo esta venta, alguien va a salir muy mal parado. Cogió de nuevo el auricular, llamó a la comisaría y preguntó por el sargento Earley. Cuando le dijeron que hasta dentro de una hora no llegaría, se dio cuenta de que aún no eran las siete.

—Soy Georgette Grove —le dijo a Brian Shields, el agente de la recepción, a quien conocía desde que era un crío—. Brian, sin duda ya sabe que yo vendí la casa de Old Mill Lane que fue objeto de los actos vandálicos de ayer. Es posible que pierda la venta por culpa de lo que pasó, y quiero que Clyde Earley comprenda que hay que encontrar a los responsables e imponerles un castigo ejemplar. En Halloween, Mike Buckley confesó que él había pintado las letras en el césped y había dejado la muñeca. Me gustaría saber si ya le han interrogado.

—Señora Grove, eso se lo puedo decir yo mismo —se apresuró a decirle Shields—. El sargento Earley fue a la escuela donde estudia Mike Buckley y le hizo salir de clase. Tiene coartada. Su padre confirmó su versión de que no salió de la casa durante toda la noche de anteayer.

—¿Y estaba sobrio? —preguntó Georgette con tono mordaz—. Por lo que he visto, Greg Buckley se emborracha a base de bien con bastante frecuencia. —No esperó una respuesta—. Dígale al sargento Earley que me llame a mi oficina en cuanto llegue.

Colgó el teléfono, se dirigió hacia las escaleras con la taza de café en la mano y entonces se detuvo bruscamente, porque vio un resquicio de esperanza. Alex Nolan es miembro del club de hípica. Mientras estaban mirando casas, el hombre le había dicho que su bufete quería que dirigiera su nueva oficina en Summit, así que ya tiene un par de buenas razones para querer vivir en la zona. Hay algunas casas que podrían interesarles a él y su esposa. Si me ofrezco a enseñarle a Celia Nolan otras casas e incluso renuncio a mi comisión por la venta, quizá decidan seguir conmigo. Después de todo, Alex Nolan ha reconocido públicamente que traté de avisarle.

Era una posibilidad, desesperada, sí, pero al menos era una posibilidad.

Georgette entró en su habitación y empezó a deshacer el nudo de su bata. O quizá ya es hora de que cierre la agencia, pensó. No puedo permitirme seguir perdiendo dinero. La casa de madera que había comprado tan barata en Main Street hacía veinticinco años se vendería en un abrir y cerrar de ojos. A su alrededor todas las demás viviendas se habían convertido en oficinas. Pero ¿qué otra cosa puedo hacer?, se preguntó. No puedo permitirme retirarme, y no quiero trabajar para nadie.

Intentaré hacer que los Nolan se interesen por otra casa, decidió. Mientras se duchaba y se vestía, se le ocurrió otra posibilidad. La casa de Old Mill Lane tuvo unos comienzos muy felices cuando Audrey y Will Barton la compraron. Él vio las muchas posibilidades que tenía aquella mansión ruinosa y la convirtió en una de las residencias más encantadoras de la localidad. Recuerdo que a veces pasaba por delante con el coche para ver cómo avanzaban las obras y veía a Will y Audrey trabajando juntos, plantando flores mientras Liza jugaba en su corralito en el césped.

Nunca creí ni por un momento que Liza quisiera matar a su madre o tratara de matar a Ted Cartwright. No era más que una niña, por el amor de Dios. Si aquella ex novia de Ted no hubiera declarado que, después de cortar con él le dio una paliza, Liza seguramente habría acabado en un centro de menores. Me pregunto dónde estará ahora, y qué recuerda de lo sucedido aquella noche. La verdad, nunca entendí qué había visto Audrey en un hombre como Ted. No era digno de ocupar el lugar de Will Barton. Pero hay mujeres que necesitan estar con un hombre, y creo que Audrey era de esas. Si yo no hubiera animado a Will a tomar clases de equitación...

Media hora después, con el refuerzo de un zumo, una tostada y otra taza de café, Georgette salió de su casa y subió a su coche. Mientras bajaba marcha atrás por la rampa, dedicó una mirada apreciativa a la casa de tablillas amarillas que había sido su hogar en los últimos treinta años. A pesar de sus preocupaciones con el trabajo, nunca dejaba de alegrarle el aire acogedor de aquella antigua cochera, con el peculiar arco que presidía la puerta y que se había añadido de forma inexplicable al edificio original.

Quiero pasar el resto de mi vida aquí, pensó, y tuvo un escalofrío.

11

Mi madre y mi padre fueron enterrados en el cementerio de la iglesia de Saint Joseph. La iglesia fue construida en West Main Street en 1860. En 1962 se añadió una nueva ala para una escuela. Detrás de la escuela hay un cementerio donde están enterrados algunos de los primeros habitantes de Mendham. Entre ellos están mis antepasados.

El apellido de soltera de mi madre era Sutton, apellido que se remonta a finales del siglo XVIII. En aquella época, entre los campos de las granjas, se repartían los molinos de grano, aserraderos y forjas. Originariamente, nuestra casa familiar estaba situada cerca de la hacienda de los Pitney, en Cold Hill Road. La familia Pitney sigue siendo la propietaria de esa casa. A finales del siglo XVIII la casa de los Sutton fue demolida por un nuevo propietario.

Mi madre, hija de unos padres ya mayores que por suerte no vivieron para verla morir prematuramente a los treinta y seis años, se crió en Mountainside Road. Como tantas otras, su casa fue bellamente restaurada y ampliada. Recuerdo vagamente haber estado en la casa de mis abuelos de pequeña. Pero lo que sí recuerdo con claridad es que las amigas de mi abuela le decían a mi madre que a mi abuela nunca le gustó Ted Cartwright.

Cuando yo estudiaba en Saint Joseph, la mayoría de las profesoras eran monjas. Pero esta mañana, cuando he recorrido los pasillos de camino al aula de la guardería con Jack cogido de la mano, he visto que ahora casi todos los profesores eran laicos, que es como se llama a los no religiosos.

Jack ya ha estado en la guardería en Nueva York, y le encanta estar con otros niños. Aun así, cuando la profesora, la señorita Durkin, se ha acercado para recibirlo, se ha aferrado con fuerza a mi mano y con tono de preocupación, me ha preguntado:

—Volverás a por mí, ¿verdad, mamá?

Hace dos años que su padre murió. Seguramente, cualquier recuerdo que pudiera tener de Larry se habrá borrado y ha sido reemplazado por un temor indefinido a perderme. Lo sé porque, desde el día que un cura de Saint Joseph vino a casa acompañado del propietario de los establos de Washington Valley para decirnos que el caballo de mi padre se había desbocado y que él había muerto de forma instantánea en una caída, siempre tuve miedo de que le pasara algo a mi madre.

Y le pasó. Por mi propia mano.

Mi madre se culpaba por el accidente de mi padre. Ella era una amazona nata, y siempre decía que le habría gustado cabalgar junto a mi padre. Al mirar atrás, creo sinceramente que a mi padre en el fondo le asustaban los caballos y, por supuesto, eso es algo que los caballos intuyen. Para mi madre, cabalgar era algo tan básico como respirar. Después de llevarme a la escuela, inevitablemente se iba a los establos del club hípico de Peapack, donde encontraba consuelo para su dolor.

Noté que me tiraban de la mano. Era Jack, que esperaba que lo tranquilizara.

—¿A qué hora terminan las clases, señorita Durkin?

La mujer entendió perfectamente por qué lo preguntaba.

—A las doce —dijo.

Jack sabe leer la hora. Yo me arrodillé para que nos pudiéramos mirar al mismo nivel. Jack tiene un surtido de pecas repartidas sobre la nariz. Su boca forma una sonrisa con facilidad, pero en sus ojos a veces veo un destello de preocupación, incluso miedo. Le puse mi reloj ante la cara.

—¿Qué hora es? —pregunté con fingida seriedad.

—Son las diez, mamá.

—¿A qué hora crees que volveré?

Él sonrió.

—A las doce en punto.

Le besé en la frente.

—De acuerdo.

Me puse en pie rápidamente mientras la señorita Durkin le cogía de la mano.

—Jack, quiero que conozcas a Billy, a ver si puedes ayudarme a que se anime.

Billy estaba llorando. Estaba claro que habría preferido estar en cualquier sitio que no fuera aquella clase de la guardería.

Cuando Jack se volvió hacia él, salí sin hacer ruido de la clase y me alejé por el pasillo. Cuando pasé ante la puerta de secretaría, detrás del mostrador vi a una mujer mayor que me pareció familiar. ¿Me estaría equivocando o realmente aquella mujer estaba cuando yo estudié aquí? Sí, estaba. De eso estaba segura, y también estaba segura de que acabaría recordando su nombre.

En el mes que había pasado desde mi cumpleaños, había evitado bajar a Mendham. Cuando Alex sugería que tomáramos las medidas de las habitaciones para comprar muebles y alfombras y para tratar la madera de las ventanas, yo ponía toda clase de excusas para evitar tener que verme en la posición de encargar nada destinado a mi antigua casa. Le decía que quería vivir en la casa y empaparme de su atmósfera antes de decidir.

Resistí la tentación de ir al cementerio a visitar las tumbas de mis padres. En vez de eso, subí al coche y bajé por Main Street, con la intención de parar en el pequeño centro comercial a tomar un café. Ahora que me había quedado a solas, los acontecimientos de las pasadas veinticuatro horas no dejaban de venirme a la cabeza, una y otra vez.

Aquel acto vandálico. Las palabras escritas en el césped. El sargento Earley. Marcella Williams. Georgette Grove. La fotografía del periódico que encontré por la mañana en el cobertizo.

Al llegar al centro comercial, aparqué, compré los periódicos y entré en la cafetería, donde pedí un café solo. Me obligué a leer hasta la última palabra de lo que habían escrito sobre la casa y me encogí al ver mi fotografía, con las rodillas cediendo.

Si algo había que me reconfortara, fue que todos los periódicos se referían a nosotros como «los nuevos propietarios de la casa». La única información personal que se citaba era que yo era viuda del filántropo Laurence Foster, y que Alex era miembro del club de hípica y estaba a punto de abrir una sucursal de su bufete en Summit.

Alex. ¿Qué le estaba haciendo a mi marido? El día antes, Alex, siempre tan considerado, había contratado a más gente para que ayudara, así que a las seis la casa estaba todo lo ordenada que podía estar en el día del traslado. Por supuesto, no teníamos suficientes muebles, pero la mesa, las sillas y el armario estaban en su sitio en el comedor, y lo mismo podía decirse de la sala, con los sofás, lámparas, mesas y alguna silla. Las habitaciones —nuestro dormitorio y el de Jack— estaban relativamente bien. Las bolsas para trajes estaban guardadas en los armarios, y la ropa ya estaba fuera de las maletas.

Recuerdo lo herido que se sintió Alex y lo desconcertados que parecieron los de las mudanzas cuando no quise que desempaquetaran la vajilla buena, la cubertería y las copas. Hice que lo colocaran todo en una de las habitaciones de invitados junto con otras cajas que llevaban la etiqueta de «Frágil», palabra que en aquellos momentos me parecía más apropiada para describirme a mí que la vajilla.

Veía cómo la decepción aumentaba en los ojos de Alex con cada caja que yo mandaba guardar en la habitación de invitados. Él sabía que, seguramente, aquello significaba que nuestra estancia en la casa sería de semanas, no de meses ni años.

Alex quería vivir en aquella zona, y yo ya lo sabía cuando me casé con él. Di un sorbito a mi café y reflexioné sobre este hecho. Summit solo está a media hora de aquí, y él ya era miembro del club hípico de Peapack cuando nos conocimos. ¿Es posible que, inconscientemente siempre, haya deseado volver aquí, a revivir las escenas que tengo grabadas en mi cabeza? Después de todo, generaciones de antepasados míos han vivido aquí. Desde luego, nunca se me habría pasado ni por la imaginación que Alex pudiera comprar la casa de mi infancia, pero si algo me han demostrado los acontecimientos de ayer y las fotografías de esos periódicos es que estoy cansada de huir.

Me bebí mi café muy despacio. Quiero limpiar mi nombre. Quiero descubrir de alguna forma por qué mi madre acabó teniéndole tanto miedo a Ted Cartwright. Lo que sucedió ayer me ha dado la excusa que necesito para investigar, pensé. Soy la nueva propietaria de la casa, así que a nadie le parecerá raro que vaya al juzgado e investigue, con la excusa de descubrir la verdad sobre la tragedia sin dejarme guiar por los rumores y las historias sensacionalistas. Si intento liberar a la casa del estigma que pesa sobre ella, quizá hasta es posible que encuentre la forma de limpiar mi nombre.

—Disculpe, pero ¿no es usted Celia Nolan? —Me pareció que la mujer que estaba junto a la mesa tendría cuarenta y pocos. Asentí—. Soy Cynthia Granger. Solo quería que supiera que en el pueblo todos nos sentimos muy mal por lo que pasó en su casa. Queremos darle la bienvenida. Mendham es un bonito lugar. ¿Monta usted?

Eludí la pregunta.

—Me lo estoy pensando.

—Estupendo. Le dejaré que se instalen y luego les invitaré. Espero que usted y su marido vengan a cenar con nosotros alguna noche.

Le di las gracias y, cuando la mujer se iba, repetí su apellido para mis adentros. Granger. Granger. Había un par de niños con ese apellido en los cursos superiores cuando estudiaba en Saint Joe's. Me pregunté si alguno de ellos pertenecería a la familia del marido de Cynthia.

Salí de la cafetería y, durante la siguiente hora estuve conduciendo por el pueblo. Subí por Mountainside Road para echar un vistazo a la casa de mis abuelos, por Horseshoe Bend, siguiendo Hilltop Road. Pasé delante de Pleasant Valley Mill, propiedad más conocida como «la granja del cerdo». Desde luego, había una cerda pastando en el cercado. Igual que a los otros niños de la localidad, mis padres también me habían llevado a ver la camada de cerditos en primavera. Y yo llevaría a Jack.

Con algo de prisa compré algo de comida y volví a Saint Joe's mucho antes de las doce para asegurarme de que Jack me veía allí en cuanto saliera de la guardería. Luego nos fuimos a casa. Cuando Jack engulló su sándwich, me suplicó que le dejara montar a Lizzie. Yo no había querido volver a montar después de la muerte de mi padre, pero mis manos sabían de forma espontánea cómo ensillar al poni, cómo apretar las cinchas, cómo comprobar los estribos, cómo enseñarle a Jack a sujetar las riendas correctamente.

—¿Dónde has aprendido a hacer eso?

Me di la vuelta. Alex me estaba sonriendo. Ni Jack ni yo habíamos oído llegar el coche. Supongo que lo habría dejado frente a la parte delantera de la casa. No me habría sentido más abochornada si me hubiera pillado registrándole los bolsillos.

—Oh —dije tartamudeando—. Ya te lo dije. A mi amiga Gina le encantaba montar cuando éramos pequeñas. Yo solía ir a verla cuando tomaba sus clases. Y a veces la ayudaba a ensillar el poni.

Mentiras. Una mentira detrás de otra.

—No recuerdo que me lo hayas dicho —dijo Alex—. Pero ¿qué más da? —Cogió a Jack y me abrazó—. El cliente con el que tenía que pasar la mayor parte de la tarde ha cancelado la cita. La mujer tiene ochenta y cinco años y quería volver a cambiar su testamento, pero se ha hecho daño en la espalda. Cuando he sabido que no venía, he venido corriendo.

Alex se había desabrochado el último botón de la camisa y se aflojó la corbata. Besé la base de su cuello y su brazo me apretó con más fuerza. Me encanta ese aire tan informal que tiene, la piel morena, los reflejos dorados en su pelo castaño.

—Cuéntame cómo te ha ido tu primer día en el cole —le exigió en broma a Jack.

—¿Puedo dar un paseo con Lizzie antes?

—Claro. Y luego me contarás lo que has hecho hoy.

—Sí, porque nos han dicho que contemos el día más emocionante del verano, y yo he hablado de cuando nos mudamos aquí y vino la policía y todo, y que hoy salí para ver a Lizzie y había una fotografía...

—¿Por qué no se lo cuentas cuando hayas dado tu paseo, Jack? —dije yo interrumpiéndole.

—Buena idea —dijo Alex.

Comprobó la silla, pero no encontró nada que ajustar. Me pareció que me dedicaba una mirada burlona, pero no hizo ningún comentario.

—Jack acaba de comerse un sándwich, pero puedo preparar la comida para nosotros.

—¿Qué te parece si comemos en el patio? —propuso—. Hace un día demasiado bueno para comer dentro.

—Eso me gusta —dije con precipitación, y entré en la casa.

Subí corriendo al piso de arriba. Mi padre había rediseñado la primera planta de forma que en las esquinas quedaran dos grandes habitaciones que pudieran utilizarse para cualquier propósito. Cuando yo era pequeña, una de ellas era su despacho, la otra era mi cuarto de juegos. Yo había indicado a los de las mudanzas que pusieran mi escritorio en el despacho de mi padre. Mi escritorio es una antigüedad que compré cuando tenía mi negocio de interiorismo, y lo elegí sobre todo por una razón. Uno de los grandes cajones para guardar archivos tiene un panel oculto que se asegura mediante una cerradura con combinación que parece un adorno. El panel solo puede abrirse si conoces la combinación.

Saqué los archivos del cajón, marqué el código con el índice y el panel se abrió. El grueso archivo sobre la pequeña Lizzie Borden estaba allí. Lo saqué, lo abrí y cogí la fotografía de periódico que había encontrado sujeta al poste del cobertizo.

Si Jack finalmente se lo contaba a Alex, evidentemente, Alex querría verla. Y entonces Jack quizá se acordaría de que me había prometido no decírselo y seguramente también se le escaparía. «Ay, se me había olvidado, le prometí a mamá que...»

Y yo tendría que cubrirme con más mentiras.

Después de meterme la fotografía en el bolsillo de los pantalones, bajé. Como sé que a Alex le encanta, había comprado salmón ahumado en el supermercado. Y, en aquellos seis meses, había conseguido que a Jack también le gustara. Así que lo puse en una ensalada con alcaparras, cebolla y rodajas de huevo duro que había cocido mientras Jack se comía su sándwich. El juego de mesa y sillas de hierro forjado que Alex había comprado para que pudiéramos celebrar mi cumpleaños estaba ahora en el patio. Coloqué los manteles individuales, los cubiertos, las ensaladas, el té helado y el pan caliente.

Cuando les llamé porque la mesa estaba puesta, Alex dejó al poni atado a un poste del cercado. Lo dejó ensillado, lo que significa que tenía intención de dejar que Jack siguiera montando más tarde.

Cuando llegaron al patio, se había producido un cambio tan grande en el ambiente que el aire se podía cortar. Alex parecía serio, y Jack estaba al borde de las lágrimas. Hubo un momento de silencio y luego, con tono neutro, Alex preguntó:

—¿Hay alguna razón por la que no quisieras hablarme de la fotografía que habéis encontrado en el cobertizo, Ceil?

—No quería preocuparte —dije—. Solo era una fotografía de los Barton que sacaron de algún periódico.

—¿Y no crees que me preocupa descubrir por casualidad que alguien ha entrado en nuestra propiedad durante la noche? ¿No crees que la policía tendría que saberlo?

Solo había una respuesta plausible.

—¿Has visto los periódicos de hoy? —le dije muy tranquila—. ¿Crees que quiero que esto continúe? Por favor, dame un respiro.

—Jack me ha dicho que salió a ver al poni antes de que te levantaras. ¿Y si se hubiera encontrado con alguien en el cobertizo? Empiezo a preguntarme si no habrá un loco suelto por aquí.

Lo mismo que pensaba yo, pero no podía decírselo.

—Jack no hubiera podido salir si hubieras vuelto a conectar la alarma —dije muy cortante.

—Mamá, ¿por qué estás tan enfadada con Alex? —preguntó Jack.

—Por qué, sí, eso digo yo —preguntó Alex echando su silla hacia atrás, y entró en la casa.

No sabía si seguirle y disculparme u ofrecerme a enseñarle la fotografía arrugada que tenía en el bolsillo. La verdad, no sabía qué hacer.

12

Una mañana después de que sus nuevos vecinos se instalaran, Marcella Williams estaba disfrutando de su segunda taza de café y devorando los periódicos cuando el teléfono sonó. La mujer descolgó el auricular y musitó:

—¿Diga?

—¿Por casualidad no estará libre a la hora de comer una bella dama?

¡Ted Cartwright! Marcella sintió que el pulso se le aceleraba.

—No hay muchas bellas damas por aquí —dijo ella tímidamente—. Pero conozco a alguien que estaría encantada de comer con el distinguido señor Cartwright.

Tres horas más tarde, después de arreglarse cuidadosamente para su cita, con pantalones tostados y una llamativa blusa de seda estampada, Marcella estaba sentada frente a Ted Cartwright en el pub del Black Horse Tavern, en West Main Street. Le contó con todo detalle lo que sabía sobre sus nuevos vecinos.

—Cuando vieron lo que habían hecho, Alex Nolan se puso furioso, y la mujer, Celia, estaba muy muy alterada. Es normal, ¿verdad? La pobre se desmayó, por el amor de Dios. Seguramente ya estaba muy cansada con todo el ajetreo del traslado. Por mucho que haya gente que te ayude, la mayoría de las cosas las tienes que hacer sola.

—Sigo pensando que es un poco exagerado —comentó Cartwright con escepticismo.

—Tienes razón pero, por otra parte, era una escena que impresionaba. De verdad, Ted, esa calavera con los huesos en la puerta, y las iniciales de Liza en las cuencas de los ojos... era espeluznante, y parecía mismamente que la pintura roja del césped era sangre de verdad. Y la muñeca, la muñeca con la pistola también daba miedo.

Marcella se mordió el labio cuando vio la expresión de Ted Cartwright. Por Dios, pensó para sus adentros, la noche que Liza les disparó lo que había por todas partes era su sangre, y la sangre de Audrey.

—Lo siento —dijo—. Soy una estúpida, ¿verdad? —Impulsivamente, estiró el brazo y le oprimió la mano.

Cartwright esbozó una sonrisa forzada, cogió su vaso y dio un largo trago a su Pinot noir.

—No necesito oír esos detalles, Marcella. He visto las fotografías de los periódicos y para mí eso es bastante. Háblame de tus nuevos vecinos.

—Son muy atractivos —dijo Marcella con empatía—. Ella tendrá entre veintiocho o treinta y pocos. Él creo que ronda los cuarenta, y el niño, Jack, es un encanto. Y se preocupa mucho por su madre. No dejaba de agarrarse a ella cuando estaba tendida en el sofá. El pobre tenía miedo de que se hubiera muerto.

De nuevo Marcella tuvo la sensación de estar pisando terreno peligroso. Hacía veinticuatro años, la policía había tenido que arrancar a Liza del cuerpo de su madre, mientras Ted yacía en el suelo, a escasos metros.

—Ayer por la tarde me pasé por el despacho de Georgette Grove para ver cómo estaba —se apresuró a añadir—. La pobre estaba tan alterada... y, la verdad, me quedé muy preocupada.

Marcella se comió el último bocado de su ensalada y dio el último trago de Chardonnay.

Al ver las cejas de Ted arqueadas y la sonrisa divertida de su cara, supo perfectamente lo que estaba pensando.

—Me conoces demasiado bien —dijo riendo—. Quería ver

lo que pasaba. Supuse que la policía informaría a Georgette si hablaban con alguno de los chicos sospechosos. Georgette no estaba, así que hablé con Robin, la secretaria o recepcionista, o lo que sea.

—¿Y qué averiguaste?

—Robin me dijo que los Nolan solo llevan casados seis meses y que Alex le compró la casa a Celia como sorpresa para su cumpleaños.

Cartwright volvió a arquear las cejas.

—La única sorpresa que un hombre debería dar a una mujer es de las que se miden por kilates —dijo.

Marcella le sonrió. Desde hacía generaciones, el pub del Black Horse era el lugar favorito de la gente que vivía en la zona para comer. Se acordaba de un día en que ella, Victor, Audrey y Ted habían comido juntos allí. Fue solamente unos meses antes de que Ted y Audrey se separaran. En aquel entonces, era evidente que él estaba loco por ella, y ella también parecía muy enamorada. ¿Qué se interpuso realmente entre ellos?, se preguntó. Pero eso había sido hacía veinticuatro años y, por lo que sabía, la última novia de Ted ya había pasado a la historia.

Ted también la observaba. Sé que tengo un aspecto inmejorable, pensó Marcella y, si algo sé de hombres, diría que él también lo piensa.

—¿Quieres saber qué estoy pensando? —dijo desafiándolo.

—Por supuesto.

—Pienso que muchos hombres que rondan los sesenta empiezan a perder su buena apariencia. Empiezan a perder pelo, o se quedan calvos. Aumentan de peso. Y chochean. Y en cambio tú eres mucho más atractivo ahora que cuando éramos vecinos. Me encanta cómo te sienta el pelo blanco. Con esos ojos tan azules, la combinación es perfecta. Siempre has sido corpulento, sin un gramo de grasa. Y eso me gusta. Victor siempre pareció un alfeñique.

Marcella se olvidó del que había sido su marido durante veintidós años, junto con el irritante hecho de que, unos meses después del divorcio, hacía diez años, Victor se había vuelto a casar y ahora era padre de dos hijos y, según su red de cotilleos, un hombre inmensamente feliz.

—Me halagas, y no me importa decirlo —dijo Ted—. ¿Te apetece tomar un café? Luego te llevaré a tu casa. Tengo que volver a la oficina.

Ted le había sugerido que se encontraran en el Black Horse, pero ella le pidió que la fuera a buscar.

—Yo quiero tomar vino, y no me gustaría tener que ponerme después al volante —le había explicado la mujer.

Lo cierto era que quería poder estar a solas con él en el coche y poder prolongar la salida.

Media hora después, Ted paraba frente a su casa. Aparcó, bajó del coche y lo rodeó para ir a abrirle la puerta. Cuando Marcella se apeó, vieron pasar un coche lentamente por la calle. Los dos reconocieron al conductor. Era el fiscal general del condado de Morris, Jeff MacKingsley.

—¿Qué está pasando? —preguntó Ted bruscamente—. El fiscal no suele intervenir en casos de simple vandalismo.

—No tengo ni idea. Desde luego, ayer el sargento Earley se comportó como si se tratara de una investigación en toda regla. Me pregunto si habrá pasado algo más. Trataré de averiguarlo. Tenía pensado preparar unos bollitos de canela y llevárselos a los Nolan por la mañana. Te llamaré si me entero de algo —dijo, y lo miró, tratando de decidir si aún era demasiado pronto para que lo invitara a cenar. No quiero ahuyentarlo, pensó. Y entonces algo en la expresión con la que Ted Cartwright seguía con la mirada el coche del fiscal la dejó sin respiración. Era como si hubiera caído una máscara. Su expresión era sombría y preocupada. Pero ¿por qué iba a preocuparle que el coche del fiscal doblara la esquina? Y se le ocurrió que, quizá, Ted solamente la había invitado a comer para sacarle alguna información sobre lo que pasaba en la casa de sus vecinos.

Bueno, yo también sé jugar a eso, pensó.

—Ted, ha sido muy agradable —dijo—. ¿Por qué no vienes

a cenar el viernes? No sé si lo recordarás, pero soy una gran cocinera.

La máscara volvía a estar en su sitio. Con expresión afable, Ted la besó en la mejilla.

—Lo recuerdo, Marcella. ¿Te parece bien a las siete?

13

Jeff MacKingsley pasó la mayor parte del día en el club de golf Roxiticus, participando en un torneo en beneficio de la Sociedad Histórica del Condado de Morris. Era un excelente golfista, con un hándicap seis, y aquella era la clase de evento del que hubiera disfrutado en un día normal. Sin embargo, a pesar del tiempo perfecto y de lo buenos amigos que eran los cuatro participantes, ese día no podía concentrarse. Las historias que habían publicado los periódicos de la mañana sobre el acto de vandalismo de Old Mill Lane le habían irritado.

Y la fotografía de Celia Nolan en el momento de desmayarse cuando trataba de huir de la prensa le había alterado e irritado especialmente. Si ha sido un acto deliberado, pondremos el pueblo patas arriba hasta que descubramos quién ha sido, pensaba una y otra vez. Esto no es ninguna gamberrada como lo de Halloween. Ha sido algo perverso.

Al final de la mañana, había perdido frente a sus tres compañeros de partido. El resultado fue que tuvo que pagar una ronda de Bloody Marys en la barra antes de que comieran todos juntos.

El club estaba decorado con esbozos y cuadros sacados del museo en que se había convertido el que fuera cuartel general de George Washington. Jeff era un aficionado a la historia, y no dejaba de valorar el hecho de que buena parte de la zona en la que estaba había sido conquistada durante la guerra de la Independencia. Pero durante aquella comida sus ojos miraban todos aquellos objetos históricos sin verlos. Antes del café, llamó a su despacho y Anna le aseguró que era un día tranquilo. Pero no dejó que colgara hasta que le comentó las historias que había leído en los periódicos de la mañana.

—Por las fotografías que han publicado, se ve que esta vez la persona que lo ha hecho se ha empleado a fondo —dijo con cierto tono de alivio en la voz—. De camino a casa pasaré por allí para echar un vistazo yo misma.

Jeff no dijo que él pensaba hacer exactamente lo mismo. Solo esperaba no toparse con su omnipresente secretaria. No, no había peligro: él pasaría por allí hacia las tres, mientras que Anna no podía salir del despacho antes de las cinco.

Cuando finalmente terminaron de comer, y tras disculparse una vez más por haber jugado tan mal, Jeff corrió hacia su coche y, en menos de diez minutos, ya estaba llegando a Old Mill Lane. Mientras conducía, recordaba aquella noche hacía veinticuatro años. Excepcionalmente, él estaba levantado, poniéndose al día con los trabajos de la escuela, y en un impulso encendió la radio, que era su posesión más preciada. Estaba equipada con la frecuencia de onda corta que utilizaban los coches de la policía. Y entonces lo oyó. «Varón necesita ayuda en el número 1 de Old Mill Lane. Le han disparado y su esposa está muerta. Los vecinos dicen haber oído disparos.»

Era la una de la mañana, recordó. Mamá y papá dormían. Yo cogí mi bicicleta y fui hasta allí, y me quedé en la carretera con algunos de los vecinos de los Barton. Señor, fue una noche fría y terrible. En cuestión de minutos, la prensa estaba por todas partes. Vi que sacaban a Ted Cartwright en una camilla, y dos sanitarios iban a su lado sujetando las bolsas de suero. Y luego sacaron la bolsa con el cuerpo de Audrey Barton y la metieron en la ambulancia. Hasta recuerdo lo que pensé: la recordaba cuando montó en el espectáculo ecuestre, y que se había llevado el primer premio en salto.

Jeff se había quedado allí hasta que el coche patrulla se llevó a Liza Barton. Ya entonces me pregunté qué tendría en aquellos momentos en la cabeza.

Y seguía preguntándoselo. Por lo que sabía, después de darle las gracias a Clyde Earley por arroparla con una manta, estuvo meses sin decir una palabra.

Cuando pasó ante el 3 de Old Mill Lane, vio un hombre y una mujer en la rampa de acceso. La vecina, pensó, la que tenía tanto que contar a la prensa. Y el que está con ella es Ted Cartwright. ¿Qué estará haciendo por aquí?

Jeff sintió la tentación de pararse a hablar con ellos, pero prefirió no hacerlo. Por las cosas que había dicho a la prensa, era evidente que Marcella Williams era una chismosa. Lo que menos falta me hace es que esa mujer ande por ahí diciendo que tengo un interés personal en este caso, pensó.

Redujo la velocidad hasta que el coche prácticamente no avanzaba. Ahí estaba, la casa de los Barton. La casa de la pequeña Lizzie. Una furgoneta de alguna clase de empresa estaba ante la casa, y en aquellos momentos un hombre vestido con un mono de trabajo estaba llamando al timbre.

A primera vista, aquella mansión de dos plantas del siglo XIX, con su inusual combinación de cimientos de piedra caliza y estructura de madera, no había sufrido grandes daños. Pero cuando Jeff detuvo el coche y se apeó, vio que se había aplicado una base de pintura en muchas de las tablillas salpicadas, y que aún se veían salpicaduras de rojo en la piedra de la base. Además, las zonas donde la hierba era nueva contrastaban demasiado con el resto del césped. Jeff hizo una mueca cuando se dio cuenta del tamaño que debía de tener la frase que habían pintado en el césped.

Vio que la puerta se abría y aparecía una mujer. Bastante alta y delgada. Debía de ser Celia Nolan, la nueva propietaria. Habló con el trabajador un momento y cerró la puerta. El operario volvió a la furgoneta y empezó a sacar una lona para proteger el suelo y herramientas.

Jeff solo quería pasar por delante de la casa, pero, movido por un impulso, se acercó para ver por sí mismo los daños que aún eran visibles antes de que los repararan. Evidentemente, eso significaba que tendría que hablar con los propietarios. No quería molestarlos, pero no hubiera quedado muy bien que el fiscal general del condado de Morris se dedicara a pasear por su propiedad sin darles una explicación.

El operario resultó ser un albañil al que había contratado la agente inmobiliaria para que puliera la piedra caliza. Un hombre huesudo, de casi setenta años, con la piel ajada y una nuez protuberante, y que se presentó como Jimmy Walker.

—Como el alcalde de Nueva York de la década de los veinte —dijo con una risa sentida—. Hasta escribieron una canción para él. —Jimmy Walker era muy hablador—. El pasado Halloween, la señora Harriman, que era la propietaria, también me hizo venir. Uf, estaba histérica. El producto que los críos usaron salió enseguida, pero creo que lo de la muñeca sentada en el porche con la pistola la asustó de verdad. Cuando abrió la puerta por la mañana fue lo primero que vio.

Jeff se dio la vuelta para dirigirse hacia el porche, pero Walker siguió hablando.

—Creo que las mujeres que viven en esta casa se vuelven muy nerviosas. He visto el periódico de esta mañana. A nosotros nos traen el *Daily Record*. Está bien leer el periódico local. Te enteras de lo que pasa. Traía un artículo muy largo sobre la historia de la casa. ¿Lo ha leído?

Me pregunto si le pagarán por horas, pensó Jeff. Porque si es así, está estafando a los Nolan. Apuesto a que, si no consigue encontrar a quien le escuche, habla solo.

—Tengo los periódicos, sí —dijo Jeff escuetamente cuando llegaba por fin a los escalones del porche.

Había visto la fotografía de la calavera y los huesos en los periódicos, pero aun así, tenerlo delante era algo completamente distinto. Alguien había grabado las bonitas puertas de caoba, alguien lo bastante hábil para grabar la calavera con una perfecta simetría y colocar la L y la B justo en el centro de las cuencas de los ojos.

Pero ¿por qué? Apretó el timbre y oyó el tenue sonido de unas campanillas en el interior.

14

Cuando Alex se fue traté de serenarme y de tranquilizar a Jack. Me daba perfecta cuenta de que los acontecimientos de los pasados días empezaban a abrumarle: el traslado de la que había sido siempre su casa, la presencia de la policía y la prensa, el poni, mi desmayo, su primer día de guardería, y ahora la tensión entre Alex y yo.

Le propuse que, en vez de montar otra vez a Lizzie —¡cómo detestaba ese nombre!—, se acurrucara en el sofá del estudio para que yo le leyera un cuento.

—Lizzie también quiere hacer la siesta —añadí, y quizá fue eso lo que le convenció.

Jack me ayudó a quitarle la silla y luego escogió uno de sus libros favoritos. A los pocos minutos ya estaba dormido. Lo tapé con una manta ligera y me quedé mirando cómo dormía.

Minuto a minuto estuve repasando los errores que había cometido aquel día. Una esposa normal habría llamado a su marido enseguida al encontrar la fotografía del cobertizo. Una madre normal no habría conspirado con su hijo de cuatro años para mantener al padre o el padrastro en la ignorancia. No era de extrañar que Alex se hubiera molestado tanto. Pero ¿qué explicación podía darle que tuviera un poco de sentido?

El teléfono sonó en la cocina, pero Jack ni se inmutó. Dormía con ese sueño profundo tan habitual en un niño de cuatro años cuando está cansado. Corrí a la cocina. Que sea Alex, por favor, rogué.

Pero era Georgette Grove. Con voz vacilante, me dijo que si finalmente decidía no quedarme allí, podía enseñarme otras casas por la misma zona.

—Si ve alguna que le guste, estoy dispuesta a renunciar a mi comisión por la venta —se ofreció—. Y haré todo lo posible por vender su casa también sin comisión.

Era una oferta generosa. Por supuesto, la mujer daba por sentado que podíamos permitirnos comprar una segunda casa sin necesidad de haber recuperado primero el dinero que Alex había puesto en la primera, pero claro, supongo que Georgette se había dado cuenta de que, como viuda de Laurence Foster, yo tenía mis propios recursos. Le dije a Georgette que me encantaría ver otras casas con ella, y me sorprendió el tono de alivio de su voz.

Cuando colgué, me sentí más esperanzada. Cuando Alex volviera, le hablaría de mi conversación con Georgette y le diría que, si encontraba una casa adecuada, yo pondría personalmente el dinero para comprarla. Alex es imperdonablemente generoso pero, después de haberme criado con unos padres adoptivos que tenían que vigilar lo que hacían con el dinero y luego haber tenido un marido que nunca malgastaba, entendía perfectamente que no quisiera comprar otra casa hasta que aquella se vendiera.

Me sentía demasiado inquieta para leer, así que me dediqué a deambular por las habitaciones de la planta baja. El día antes los de la mudanza habían colocado los muebles de la sala antes de que yo bajara, y estaba todo mal. No creo mucho en el *feng shui* y todo eso, pero, al fin y al cabo, soy diseñadora de interiores. Antes de darme cuenta de lo que hacía, estaba arrastrando el sofá por la habitación y cambiando de sitio las sillas y las mesas y las alfombras de los diferentes espacios para que la habitación, aunque seguía siendo oscura, al menos no pareciera una tienda de muebles. Afortunadamente, habían colocado la cómoda alta de anticuario que siempre fue la favorita de Larry contra la pared adecuada. No hubiera podido moverla.

Alex se fue sin comer, y yo tampoco me molesté en hacerlo.

Tapé los dos platos y los metí en la nevera, pero en aquel momento me di cuenta de que empezaba a dolerme la cabeza. No tenía hambre, pero una taza de té me ayudaría a ahuyentar el dolor de cabeza.

El timbre de la puerta sonó antes de que pudiera dar el primer paso hacia la cocina y me paré en seco. ¿Y si fuera un periodista? Pero entonces recordé que, antes de colgar, Georgette Grove me había dicho que me mandaba un albañil para reparar los desperfectos en la piedra de la fachada. Miré por la ventana y, aliviada, vi la furgoneta aparcada en el camino de acceso.

Abrí, hablé con el hombre, que se presentó como Jimmy Walker —«El mismo nombre que el alcalde de Nueva York de la década de los veinte. Hasta le escribieron una canción para él»—. Le dije que ya le esperaba y cerré la puerta, pero no sin antes haber visto a escasos centímetros de mi cara el estropicio que habían hecho en la parte exterior de la puerta.

Cuando cerré, por un momento dejé la mano apoyada en el picaporte. Cada fibra de mi ser quería abrir esa puerta y gritarle a Jimmy Walker y al mundo entero que yo era Liza Barton, la niña de diez años de edad que temió por la vida de su madre, de decirles que, durante una décima de segundo, Ted Cartwright me había mirado y había visto la pistola en mi mano, y entonces decidió arrojar a mi madre contra mí, sabiendo que la pistola podía dispararse.

En aquella décima de segundo se decidió si mi madre vivía o moría. Apoyé la cabeza contra la puerta. Aunque la casa estaba agradablemente fresca, notaba el sudor en mi frente. ¿Aquel intervalo era algo que recordaba de verdad o algo que me habría gustado recordar? Me quedé allí, traspuesta. Hasta aquel momento, en mi recuerdo Ted se había limitado a volverse hacia mí y a gritar «Claro», y luego arrojaba a mi madre contra mí en un único movimiento.

Las campanillas de la puerta volvieron a sonar. El albañil tenía alguna pregunta, seguro. Esperé el medio minuto que había tardado en llegar a la puerta de haber estado en la habitación de al lado y abrí. Ante mí vi a un hombre que rondaría los cuarenta y tenía un aire de autoridad. Se presentó como Jeffrey MacKingsley, fiscal general del condado de Morris. Yo, casi muerta de la preocupación, le invité a pasar.

—La habría llamado para avisarla, pero no tenía pensado venir. Estaba por la zona y he decidido pasar para expresarle personalmente lo mucho que lamento el desafortunado incidente de ayer —dijo siguiéndome a la sala de estar.

—Gracias, señor MacKingsley —musité yo, y vi que sus ojos recorrían la habitación.

Me alegré de haber cambiado los muebles de sitio. Las banquetas estaban una frente a la otra a ambos lados del sofá. El confidente estaba frente a la chimenea. Las diferentes alfombras se han suavizado con los años y sus ricos colores destacaban bajo los rayos del sol de la tarde. La cómoda alta, con su lacado y los intrincados grabados, es un bonito ejemplo de la artesanía del siglo XVIII. Hacían falta más muebles pero, a pesar del hecho de que no habíamos tratado la madera de las ventanas, ni había cuadros ni objetos curiosos, el conjunto sugería que soy una mujer normal con buen gusto que se está instalando en su nueva casa.

Pensar eso me tranquilizó, y al menos fui capaz de sonreír cuando Jeffrey MacKingsley dijo:

—Es una habitación encantadora. Solo espero que olvide lo que pasó ayer y sea muy feliz en esta casa. Le puedo asegurar que mi oficina y el departamento de la policía local aunaremos esfuerzos para encontrar al responsable o responsables. No habrá más incidentes, señora Nolan, no si podemos evitarlo.

—Eso espero. —Y entonces vacilé. Supongamos que Alex entraba en ese momento y mencionaba la fotografía que yo había encontrado en el cobertizo—. En realidad... —Vacilé.

No sabía qué decir.

La expresión del fiscal cambió.

—¿Ha habido algún otro incidente, señora Nolan?

Me metí la mano en el bolsillo de los pantalones y saqué la fotografía.

—Esto estaba sujeto a un poste del cobertizo. Mi hijo lo

encontró esta mañana cuando salió para ver a su poni. —Casi atragantándome por la mentira, pregunté—. ¿Sabe quiénes son estas personas?

MacKingsley cogió la fotografía de las manos. Me di cuenta de que ponía mucho cuidado en cogerla por los bordes. La examinó. Luego me miró.

—Sí, sé quiénes son —dijo. Me dio la sensación de que trataba de sonar pragmático—. Es una fotografía de la familia que restauró la casa.

—¡La familia Barton! —Cuánto me detesté por hacer que aquello sonara tan auténtico.

—Sí —dijo él, esperando ver mi reacción.

—Creo que ya lo imaginaba. —Sé que mi voz sonaba nerviosa y tensa.

—Señora Nolan, tal vez podamos sacar alguna huella de la fotografía —dijo MacKingsley—. ¿Quién más la ha tocado?

—Nadie. Mi marido ya se había ido cuando la encontramos. Y estaba demasiado alta en el poste para que Jack pudiera cogerla.

—Ya veo. Me gustaría llevármela por si podemos sacar alguna huella. ¿Por casualidad no tendrá alguna bolsita de plástico donde pueda meterla?

—Por supuesto. —Fue un alivio poder moverme. No quería que aquel hombre siguiera estudiando mi expresión tan de cerca.

Me siguió a la cocina, y yo saqué una bolsa para sándwiches del cajón y se la di.

Él metió la fotografía.

—No quiero robarle más tiempo, señora Nolan —dijo—. Pero tengo que preguntarlo: ¿tenían usted o su marido intención de comunicar a la policía que habían tenido otro intruso en su propiedad?

—Parecía algo tan trivial... —dije con evasivas.

—Estoy de acuerdo en que no se puede comparar con lo de ayer. Sin embargo, el hecho es que alguien ha vuelto ha violar su propiedad. Quizá podamos sacar alguna huella de la fotografía, y eso podría ayudarnos a encontrar al responsable de todo esto. Necesitaremos sus huellas, para poder descartarlas. Sé que todo esto le está resultando muy estresante y no quiero molestarla haciéndola venir hasta la oficina. Lo arreglaré de forma que manden a alguien de la comisaría con un equipo para tomar huellas. Puede hacerlo aquí mismo.

En ese momento se me ocurrió una cosa. ¿Utilizarían mis huellas solo para diferenciarlas de otras que pudiera haber en la fotografía o también las comprobarían? Un chico del pueblo había admitido ser el responsable de lo que pasó en Halloween. Imaginemos que la policía decide comprobar los archivos de menores. Es posible que las mías también estuvieran.

—Señora Nolan, si sospecha que puede haber alguien en su propiedad, por favor, avísenos. Voy a pedir a la policía que pase ante la casa con regularidad.

—Creo que es buena idea.

Yo no había oído entrar a Alex, y creo que MacKingsley tampoco, porque los dos nos giramos bruscamente y lo vimos en la puerta de la cocina. Yo los presenté y MacKingsley le repitió lo que me había dicho sobre la posibilidad de encontrar huellas en la fotografía.

Para mi alivio, Alex no le pidió que se la enseñara. Seguramente, a MacKingsley le hubiera parecido muy raro que no se la hubiera enseñado a mi marido. Después de esto el hombre se fue y Alex y yo nos miramos. Me rodeó con sus brazos.

—Por favor, Ceil —dijo—. Siento haberme enfadado. Pero es que tienes que contar conmigo. Soy tu marido, ¿te acuerdas? No me trates como a un desconocido que no tiene por qué saber lo que pasa.

Aceptó mi oferta de sacar el salmón que había dejado en la mesa. Comimos juntos en el patio y le hablé de la propuesta que me había hecho Georgette Grove.

—Muy bien, empieza a mirar —concedió—. Y si al final acabamos teniendo dos casas, pues muy bien. —Y añadió—: quién sabe, quizá acabaremos necesitándolas las dos.

Sé que lo dijo como un chiste, pero ninguno de los dos

sonrió. Y me vino un viejo dicho a la cabeza. Detrás de muchas bromas se esconden grandes verdades. El timbre de la puerta sonó. Fui a abrir. Era el policía, con su equipo para tomar las huellas. Mientras pasaba las puntas de mis dedos por la tinta, pensé en la otra vez que había hecho aquello, la noche que maté a mi madre.

15

Cuando llegó a la oficina, Georgette Grove intuyó enseguida la tensión que había entre Henry y Robin. La habitual expresión de timidez de Henry se había convertido en cara de petulancia, y sus labios finos estaban apretados en un gesto de obstinación.

Robin no dejaba de arrojarle puñales con la mirada, y su lenguaje corporal sugería que estaba por levantarse de la silla y darle un puñetazo.

—¿Qué pasa? —preguntó Georgette bruscamente, con la esperanza de que entendieran que no estaba de humor para aguantar pullas entre compañeros de trabajo.

—Muy sencillo —espetó Robin—. Hoy tenemos a Henry en plan catastrofista. Y yo le he dicho que ya tienes bastantes problemas para que encima venga él a calentarte la cabeza.

—Si consideras catastrofismo una demanda potencial que podría hundir la agencia, creo que no deberías entrar en el negocio inmobiliario —replicó él a su vez—. Georgette, supongo que habrás leído los periódicos. Y espero que recuerdes que yo soy propietario de una parte del negocio.

—Del veinte por ciento —dijo Georgette con tono neutro—, lo cual, si mis cálculos no me fallan, significa que yo poseo el ochenta por ciento.

—También poseo el veinte por ciento de los terrenos de la Ruta 24, y quiero mi dinero —siguió diciendo Henry—. Tenemos una oferta. Véndela o cómprame mi parte.

—Henry, sabes perfectamente que la gente que quiere comprarla actúa en nombre de Ted Cartwright. Si pone sus manos en esa propiedad, tendrá las suficientes tierras en su poder para presionar y conseguir que se convierta en una zona comercial. Hace mucho decidimos que con el tiempo pondríamos esos terrenos a nombre del estado.

—O que me comprarías mi parte —insistió Henry con obstinación—. Deja que te diga una cosa, Georgette. La casa de Old Mill Lane está maldita. Eres la única agente inmobiliaria de la zona que aceptaría ponerla en su cartera de ofertas. Has malgastado el dinero de esta empresa promocionándola. Cuando Alex Nolan te pidió que se la enseñaras, tendrías que haberle contado la verdad. La mañana que yo se la enseñé a Celia Nolan, en la habitación donde se produjo el asesinato definitivamente se respiraba una atmósfera espeluznante. La mujer lo notó y se sintió mal. Y ya te lo dije, el sitio olía como la sala de un velatorio.

—Fue el marido quien encargó las flores, no yo —replicó Georgette indignada.

—Vi la fotografía que han publicado en el periódico de esa pobre chica desmayándose, y tú eres la responsable. Espero que seas consciente.

—Muy bien, Henry. Ya has dicho lo que querías —dijo Robin interrumpiendo con voz neutra y decidida—. ¿Por qué no te tranquilizas? —Miró a Georgette—. Esperaba poder ahorrarte esto, Georgette.

Georgette la miró con expresión agradecida. Yo tenía su edad cuando abrí esta agencia, pensó. Y Robin tiene lo que hay que tener para hacer que a la gente le gusten las casas que enseña. A Henry ya ha dejado de importarle si vende o no vende. Se muere por retirarse.

—Mira, Henry —dijo—. Es posible que todo esto tenga solución. Alex Nolan ha reconocido públicamente que me interrumpió cuando traté de advertirle sobre la casa. Los Nolan quieren vivir en la zona. Pienso comprobar todas las casas que tengo en este momento y enseñarle algunas a Celia Nolan. Si encuentro algo que le guste, renunciaré a mi comisión. Alex

Nolan ni siquiera ha querido poner una queja contra el vándalo que ha provocado los destrozos en su casa. Tengo la sensación de que los dos se avendrán a solucionar este asunto sin alboroto.

Henry Paley se encogió de hombros y se fue a su despacho sin contestar.

—Apuesto a que se sentirá muy decepcionado si consigues arreglar esto —comentó Robin.

—Me temo que tienes razón —concedió Georgette—, pero pienso solucionarlo.

La mañana resultó inusualmente ajetreada, porque se presentó una joven pareja que parecía muy interesada en comprar una casa en la zona de Mendham. Georgette pasó varias horas llevándolos a ver casas que se adaptaran a su presupuesto y luego llamó a los propietarios para pedir permiso para verlas por dentro. Se fueron con la promesa de volver con sus padres para ver una casa de la que parecían haberse enamorado.

Georgette comió un sándwich y un café en su mesa y durante las siguientes dos horas estuvo repasando detenidamente el listado de casas que había en venta en la zona con la esperanza de encontrar alguna que pudiera gustarle a Celia Nolan.

Finalmente redujo la lista a cuatro casas. Evidentemente, daría preferencia a las dos que ella tenía en cartera en exclusiva, pero si era necesario, también le enseñaría a Celia las otras dos. La agente que llevaba aquellas otras dos casas era amiga suya, y estaba segura de que podrían llegar a un acuerdo en lo referente a la comisión.

Georgette marcó el número de los Nolan con los dedos cruzados y le alivió comprobar que Celia estaba abierta a ver otras casas en la zona. A continuación, llamó a los propietarios de las casas que había seleccionado para poder verlas lo antes posible.

A las cuatro ya se había puesto en camino.

—Hasta luego —le dijo a Robin—. Deséame suerte.

Descartó tres de las casas. A su manera las tres eran encantadoras, pero estaba segura de que no eran lo que Celia Nolan buscaba. Por la descripción, la que había reservado para el final parecía una buena opción. Era una granja restaurada que ahora estaba vacía porque al propietario su jefe le había transferido a otra zona de un día para otro. Recordaba haber oído que la casa tenía buen aspecto porque hacía muy poco que la habían terminado. Estaba cerca del límite con Peapack, en la misma zona en la que Jackie Kennedy tuvo hacía tiempo una casa. Georgette no había llegado a verla porque en cuanto se puso en venta el mes anterior, recibió una oferta. Pero finalmente la compra se anuló.

Una bonita propiedad, pensó cuando llegó a la entrada. Cuenta casi con seis hectáreas, así que hay espacio de sobra para el poni. Georgette se apeó del coche para abrir la verja de hierro forjado. Este tipo de verja armoniza tan bien con el entorno, decidió cuando la volvió a cerrar. Algunas de esas verjas tan llamativas que ponen ahora en las grandes mansiones son una ofensa para la vista.

Volvió a subir al coche y recorrió el largo camino de acceso. Aparcó ante la entrada de la casa. Abrió la caja de seguridad y le alegró comprobar que las llaves estaban ahí, lo que significaba que en aquel momento no había nadie enseñando la casa. Por supuesto, pensó, si hubiera alguien, fuera habría algún coche aparcado. Entró y estuvo recorriendo las habitaciones. La casa estaba impecable. Todas las habitaciones se habían pintado recientemente. La cocina era moderna, aunque conservaba el aire de las antiguas cocinas de campo.

Lista para entrar a vivir, pensó. Aunque es más cara que la casa de Old Mill Lane, mi opinión es que, si a Celia Nolan le gusta, el precio no será problema.

Cada vez más animada, Georgette recorrió la casa, del ático al sótano. En el sótano, había un armario cerca de las escaleras que estaba cerrado, y la llave no estaba en la cerradura. Sé que Henry enseñó esta casa el otro día, pensó con creciente irritación. Me pregunto si no se la llevaría sin darse cuenta. La semana pasada no encontraba la llave de su despacho, y luego estuvo buscando por todas partes la llave de su coche. Aunque no tiene por qué ser culpa suya, claro; en estos momentos, creo que podría culparle de cualquier cosa, reconoció.

Junto al armario, vio que en la moqueta había una salpicadura de rojo. Georgette se arrodilló para examinarla. Era pintura, de eso estaba segura. El comedor estaba pintado de un intenso rojo. Seguramente en ese armario están las latas de pintura que han sobrado, pensó.

Volvió arriba, salió de la casa y cerró la puerta con llave, y luego dejó la llave en la caja de seguridad. En cuanto llegó al despacho, llamó a Celia Nolan y le habló de la granja.

—Por lo que dice creo que vale la pena ir a verla.

Suena un poco apagada, pensó, pero al menos está dispuesta a verla.

—No durará mucho en el mercado, señora Nolan —le aseguró—. Si le va bien mañana a las diez, puedo pasar a recogerla.

—No, me va bien, pero prefiero ir con mi coche. Siempre prefiero llevarlo. Así me aseguro de que llegaré a tiempo para recoger a Jack en la escuela.

—Entiendo. Bueno, entonces le daré la dirección —dijo Georgette.

Luego, escuchó mientras Celia la repetía y, estaba a punto de indicarle cómo llegar hasta allí cuando Celia la interrumpió.

—Perdone, tengo otra llamada. Nos encontraremos allí mañana a las diez en punto.

Georgette cerró su móvil y se encogió de hombros. Cuando se pare a pensar, seguramente volverá a llamarme para preguntar cómo llegar hasta allí. No es fácil encontrar esa casa. Así que esperó con entusiasmo a que su teléfono volviera a sonar, pero no lo hizo. Seguramente tendrá algún sistema de navegación en el coche, decidió.

—Georgette, quería disculparme. —Henry Paley estaba en la puerta de su despacho.

Georgette levantó la vista.

Paley siguió hablando antes de que ella pudiera contestar.

—Lo cual no significa que me desdiga. Pero quería disculparme por la forma en que lo dije.

—Disculpas aceptadas —dijo Georgette, y entonces añadió—: Henry, voy a llevar a Celia Nolan a ver la granja de Holland Road. Sé que estuviste allí la semana pasada. ¿Recuerdas si estaba la llave del armario que hay en el sótano?

—Creo que sí.

—¿Miraste lo que había en el armario?

—No. La pareja que llevé no demostró ningún interés por la casa. El precio les pareció demasiado alto. Solo estuvimos allí unos minutos. Bueno, yo me voy ya. Buenas noches, Georgette.

Cuando Henry se fue, Georgette se quedó sentada unos minutos. Siempre he dicho que puedo oler a un mentiroso a kilómetros, pensó, pero, en nombre de Dios, ¿por qué me iba a mentir Henry? ¿Y por qué, después de ver la casa, no me dijo que estaba lista para entrar a vivir?

16

Cuando vio los destrozos que habían causado en la casa de Old Mill Lane, Dru Perry volvió directamente a la redacción del *Star-Ledger* y escribió su historia. Le alegró ver que habían elegido la fotografía del desmayo de Celia Nolan para acompañarla.

—¿Qué? ¿Intentando dejarme sin trabajo? —preguntó con tono de broma Charlie, el fotógrafo del periódico que había acudido enseguida al lugar de los hechos.

—No. Solo tuve suerte y estaba allí en el momento oportuno. —Y fue entonces cuando Dru pidió a su editor, Ken Sharkey, que le dejara escribir un artículo sobre el caso Barton—. Es perfecto para mi sección de «La historia que hay detrás de la noticia».

—¿Alguna idea de dónde puede estar Barton ahora? —preguntó Sharkey.

—No.

—Lo que realmente lo convertiría en una buena historia es que puedas encontrar a Liza Barton y escuchar su versión de lo que pasó aquella noche.

—Es lo que pretendo hacer.

—Sigue adelante. Conociéndote, seguro que encontrarás algo interesante. —La breve sonrisa de Ken Sharkey era su forma de dar por terminada la conversación.

—Por cierto, Ken. Mañana me quedaré a trabajar en casa.

—Por mí perfecto.

Cinco años atrás, cuando se mudó allí desde Washington, Dru había encontrado una casa perfecta, una casa pequeña, en Chestnut Street, en Montclair. Newark, donde estaba la redacción del periódico, le quedaba relativamente cerca. A diferencia de la gente que compraba pisos y dúplex para evitar problemas con los jardines y la nieve, a Dru le encantaba cuidar el césped y tener un pequeño jardín.

Otra de las ventajas de aquella casa es que la estación de tren estaba poco más abajo, así que podía estar en el centro de Manhattan en veinte minutos sin tener que pasar por el estrés de coger el coche. Dru era una gran aficionada al cine y el teatro, así bajaba tres o cuatro tardes por semana.

A primera hora de la mañana, vestida cómodamente con una sudadera y vaqueros, con la cafetera enchufada al lado, se sentó ante el escritorio de la oficina que se había montado en casa, una habitación donde la mayoría hubieran instalado un segundo dormitorio. La pared que tenía delante estaba cubierta con un panel de corcho. Cuando Dru escribía alguno de sus reportajes de investigación, iba pegando toda la información que bajaba de internet allí. Cada vez que terminaba alguna de aquellas «historias que hay detrás de la noticia» para el *Sunday Star-Ledger*, el corcho estaba totalmente cubierto de fotografías, recortes y notas que solo tenían sentido para ella.

Se había bajado toda la información que había sobre el caso de Liza Barton. Cuando pasó, hacía veinticuatro años, estuvo saliendo en las noticias durante semanas. Luego, como suele suceder con este tipo de sucesos, el interés decayó hasta el juicio. Cuando se dictó sentencia, la historia volvió a los titulares de la prensa. Se invitó a psiquiatras, psicólogos y seudoexpertos en salud mental a que se pronunciaran sobre la absolución de Liza.

«Psiquiatras de alquiler», musitó Dru mientras leía las declaraciones atribuidas a diversos profesionales que dijeron estar muy preocupados por el veredicto y creían que Liza Barton era una de esas niñas capaces de planificar y ejecutar a sangre fría un asesinato.

Una de las entrevistas le pareció especialmente irritante. El psiquiatra en cuestión decía:

> Deje que le dé un ejemplo. El año pasado traté a una niña de nueve años que ahogó a su hermanita, un bebé. «Quería que se muriera —me dijo—, pero no que se quedara muerta.» Esa es la diferencia entre mi paciente y Liza Barton. Simplemente, mi paciente no entendía la finalidad de la muerte. Quería que el bebé dejara de llorar. Por lo que he visto, Liza Barton quería la muerte de su madre. Consideraba que su madre había traicionado a su padre muerto al volver a casarse. Los vecinos confirmaron que Liza siempre se mostró hostil a su padrastro. No me extrañaría que fuera lo bastante inteligente para fingir el supuesto trauma que no le permitió hablar durante meses.

Son personas como este charlatán las que ayudaron a perpetuar el mito de la pequeña Lizzie, pensó Dru.

Cuando empezaba a investigar para un reportaje, Dru siempre anotaba cualquier nombre que apareciera en relación con la historia. Ahora en su panel de corcho ya tenía dos columnas de notas. La lista empezaba con Liza, Audrey Barton y Ted Cartwright. El siguiente nombre que añadió fue el del padre de Liza, Will Barton. Había muerto en un accidente con un caballo. ¿Era de verdad tan idílico su matrimonio con Audrey? Tenía intención de averiguarlo.

Otro nombre que le pareció de especial interés era el de Diane Wesley. En los periódicos se la definía como «modelo y antigua novia de Ted Cartwright» y, durante el juicio, posó para los fotógrafos y comentó encantada su declaración, a pesar de que el juez le había ordenado no decir nada. Dijo a los periodistas que la noche de la tragedia había cenado con Ted y que él le dijo que últimamente se había estado viendo con su mujer en secreto, y que la causa de su separación fue el odio que la niña le tenía.

El testimonio de Diane podía haber hecho que condenaran a Liza, de no ser porque una antigua amiga suya dijo que, mientras duró su relación con Ted, Diane siempre se quejó de que la maltrataba. Si eso era cierto, entonces, ¿por qué iba a ayudarle a corroborar su historia durante el juicio?, se preguntó Dru. Me encantaría hacerle una entrevista.

Benjamin Fletcher, el abogado que se asignó a la defensa de Liza, fue otro de los nombres que hicieron poner a Dru en alerta. Cuando comprobó su historial, vio que se había sacado el título en derecho a los cuarenta y seis años, había trabajado como abogado de oficio solo dos años y luego lo dejó para abrir una notaría especializada en divorcios, testamentos y contratos de ventas. Seguía ejerciendo en Chester, una localidad no muy lejos de Mendham. Dru calculó que ahora tendría unos setenta y cinco. Creo que puedo empezar por él, decidió. Seguramente el tribunal no permitirá acceder a los archivos de los casos de menores. Pero es evidente que Fletcher no estaba especializado en casos de menores. Entonces, ¿por qué asignar la defensa de una niña acusada de asesinato a alguien relativamente inexperto?

Había muchas más preguntas que respuestas. Dru se recostó contra su silla giratoria, se quitó las gafas y empezó a menearlas... gesto que sus amigos comparaban al del zorro cuando sigue un rastro.

17

Marcella no ha cambiado nada, pensó Ted Cartwright amargamente mientras se tomaba un whisky escocés en su despacho,
en Morristown. Sigue siendo la misma chismosa, y potencialmente es un peligro. Cogió el pisapapeles de cristal de su mesa
y lo arrojó al otro lado de la habitación. Vio con satisfacción
cómo golpeaba en el centro la silla de cuero que tenía en un
rincón del despacho. Nunca fallo, pensó mientras visualizaba
las caras de la gente que hubiera querido ver en aquella silla
cuando el pisapapeles le acertó.

¿Qué estaba haciendo Jeff MacKingsley hoy en Old Mill
Lane? No había dejado de hacerse esa pregunta desde que lo
vio pasar con el coche delante de la casa de Marcella. Los fis-
cales no investigan personalmente los actos de vandalismo, así
que tiene que haber otra razón.

El teléfono sonó... el de su línea directa. Cuando ladró bruscamente «Ted Cartwright», del otro lado de la línea le llegó una
voz conocida.

—Ted, he visto los periódicos. Quedas muy bien en las fotos. Ya me imagino que fuiste un buen marido desconsolado.
Y lo puedo probar. Y, como seguramente habrás adivinado, te
llamo porque ando un poco escaso de fondos.

18

Cuando Georgette llamó para proponer que viera otras casas, acepté enseguida. En cuanto salgamos de aquí y estemos viviendo en otro sitio, seremos los nuevos habitantes del pueblo. Habremos recuperado nuestro anonimato. Aquel pensamiento me ayudó a seguir adelante el resto de la tarde.

Alex había pedido a los de las mudanzas que pusieran su despacho, el ordenador y las cajas con los libros en la biblioteca, una gran habitación que daba a la parte de atrás de la casa. El día de mi cumpleaños, cuando él y el agente de la inmobiliaria me estuvieron enseñando la casa, Alex había anunciado con entusiasmo que la biblioteca sería su oficina de casa, y señaló que también instalaría allí su piano de cola. Yo estaba nerviosa, porque quería preguntarle si había hablado con el guardamuebles para que no trajeran el piano la semana que viene, como habíamos quedado.

Después de comer, en medio de una atmósfera tensa, Alex se escapó a la biblioteca y se puso a desempaquetar los libros, al menos los que quería tener más a mano. Cuando Jack despertó, me lo llevé arriba. Por suerte es un niño que sabe entretenerse solo. Larry, encantado con su papel de padre, siempre lo colmó de regalos, aunque desde el principio se vio claro que los que más le gustaban eran los de bloques. A Jack le encantaba construir cosas, casas, puentes, y algún que otro rascacielos. Recuerdo un comentario de Larry: «Bueno, tu padre era arquitecto, Celia. Quizá lo lleva en la sangre».

La sangre de un arquitecto, pensé mientras veía a mi hijo con las piernas cruzadas en el suelo, en un rincón de lo que había sido mi cuarto de juegos. Mientras él jugaba, yo estuve repasando los archivos que hubiera querido comprobar antes de la mudanza.

Para las cinco Jack ya se había cansado de los bloques, así que bajamos. Miré en la biblioteca. Alex tenía un montón de papeles encima de su mesa. Con frecuencia se trae a casa el archivo de los casos con los que está trabajando. Pero también vi un montón de periódicos en el suelo, a su lado. Levantó la vista y sonrió cuando nos vio entrar.

—Eh, empezaba a sentirme muy solo aquí abajo. Oye, Jack, al final no estuvimos mucho rato con tu poni, ¿verdad? ¿Qué te parece si probamos otra vez?

Evidentemente, no hubo que insistir mucho. El niño salió corriendo por la puerta de atrás. Alex se levantó, se acercó a mí y me cogió el rostro entre las manos. Es un gesto de ternura que siempre me hace sentir protegida.

—Ceil, he releído esos periódicos. Creo que empiezo a entender cómo te sientes por vivir aquí. Quizá la casa está maldita. Por lo menos eso es lo que parece pensar mucha gente. Personalmente, no creo en esas cosas, pero mi principal y único objetivo es que seas feliz. ¿Me crees?

—Sí, te creo —dije a pesar del nudo que sentía en mi garganta, convencida de que Alex no necesitaba más sesiones lacrimógenas.

El teléfono de la cocina sonó y corrí a contestar. Alex vino detrás para salir al patio por la puerta de la cocina. Era Georgette Grove, para avisarme de que había encontrado una granja maravillosa que quería que viera. Quedamos en encontrarnos, pero yo corté enseguida porque oí el clic de la llamada en espera. Apreté el botón. Alex, que en ese momento salía por la puerta, debió de oírme cuando di un respingo, porque se volvió enseguida, pero entonces yo negué con la cabeza y colgué.

—Alguien que quería vender alguna cosa —mentí.

Había olvidado pedir a la compañía de teléfonos que nuestro número no apareciera en las guías. Lo que oí fue una voz ronca, forzada, evidentemente, que dijo:

—¿Puedo hablar con la pequeña Lizzie, por favor?

Los tres salimos a cenar esa noche, pero yo no podía quitarme la llamada de la cabeza. ¿Me habrá reconocido alguien?, me preguntaba inquieta. ¿O se trata de una broma de adolescentes? Hice lo que pude por mostrarme alegre con Alex y Jack, pero sabía perfectamente que no podía engañar a Alex. Cuando volvimos a casa, dije que me dolía la cabeza y me acosté.

En algún momento de la noche, Alex me despertó.

—Ceil, estabas llorando en sueños.

Y era cierto. Igual que cuando me desmayé. Sencillamente, no podía dejar de llorar. Alex me abrazó y, al cabo de un rato, me dormí con la cabeza apoyada en su hombro. Por la mañana, salió más tarde de casa para poder desayunar con Jack y conmigo. Luego, cuando Jack volvió arriba para vestirse, me dijo:

—Ceil, tienes que ir al médico, aquí o en Nueva York. Aquel desmayo y esos llantos que te dan quizá son síntoma de algún problema físico. Y, si no es físico, entonces tendrías que ir a ver a un psicólogo o un psiquiatra. Mi prima sufría depresión clínica, y todo empezó con llantos frecuentes.

—No estoy deprimida —protesté—. Es que...

Oí que mi voz se apagaba. Cuando mis padres adoptivos me llevaron a California, un psicólogo estuvo visitándome durante siete años, el doctor Moran. Y si dejé de ir fue porque me marché a Nueva York para matricularme en el Instituto Tecnológico de Diseño. El doctor Moran quería que continuara con el tratamiento en Nueva York, pero yo no quise. No me apetecía tener que andar hurgando en mi pasado de la mano de otro médico. Así que me limité a llamar de vez en cuando al doctor Moran, y sigo haciéndolo.

—Si te vas a quedar más tranquilo, me haré un chequeo —le prometí—, y casi mejor que busquemos a alguien aquí. Pero te aseguro que no me pasa nada.

—Pues asegurémonos, Ceil. Preguntaré en el club a ver si me dan algunos nombres. Bueno, tengo que irme. Buena suerte con lo de las casas.

Hay algo tan natural en el hecho de que el marido tenga que irse corriendo, le dé un beso a su esposa y vaya a toda prisa al coche... Me quedé junto a la ventana, viendo cómo se iba, con aquella chaqueta tan elegante que resaltaba la anchura de sus hombros. Cuando se alejaba, me saludó una última vez con la mano y me sopló un beso.

Luego recogí la cocina, subí arriba, me duché, me vestí e hice las camas, y mientras lo hacía pensé que tendría que empezar a buscar una asistenta y una canguro para Jack. A continuación llevé a Jack a la escuela, compré los periódicos y paré otra vez en la cafetería para tomarme un café. Hojeé los periódicos por encima, y afortunadamente descubrí que no había nada sobre lo que había sucedido en mi casa, excepto una noticia breve en la que se decía que la policía seguía investigando. Cuando terminé el café, me fui para reunirme con Georgette Grove.

Yo sabía perfectamente dónde estaba Holland Road. Mi abuela tenía un primo que había vivido allí y, de pequeña, fui muchas veces. Recuerdo que estaba en una zona muy bonita. Por un lado, la calle da al valle, por el otro, ves las casas salpicadas por la colina. En cuanto vi la casa que Georgette quería enseñarme, pensé: «Oh, Dios, esta podría ser la respuesta». Por el aspecto, supe enseguida que a Alex le gustaría, y el emplazamiento era perfecto.

La verja de hierro forjado estaba abierta, y podía ver el BMW sedán de Georgette Grove delante de la casa. Consulté mi reloj. Aún faltaba un cuarto de hora para las diez. Aparqué detrás del BMW, subí las escaleras del porche y llamé al timbre. Esperé y volví a llamar. Estará en el sótano, o en el desván, y por eso no me oye, pensé. No sabía qué hacer, así que giré el pomo y vi que la puerta no estaba cerrada. Abrí, entré y llamé a Georgette mientras iba de una habitación a otra.

La casa es mayor que la de Old Mill Lane. Además del salón y la biblioteca, hay un comedor más pequeño y un estudio.

Miré en todas partes, y hasta llamé con los nudillos en los tres aseos y luego abrí cuando vi que no contestaba.

Georgette no estaba en la planta baja. La llamé desde el pie de las escaleras, pero en el piso de arriba todo estaba en silencio. El día había empezado radiante, pero se había nublado, y de pronto la casa me pareció muy oscura. Empezaba a inquietarme, pero pensé que no había por qué preocuparse. Georgette tenía que estar en alguna parte.

Recordé que en la cocina había visto que la puerta que bajaba al sótano estaba ligeramente entreabierta, así que decidí buscarla abajo. Volví a la cocina, abrí la puerta y encendí la luz. Por los paneles de roble de la pared, se notaba que aquello no era un sótano cualquiera. Volví a llamar a Georgette y empecé a bajar, sintiéndome más inquieta a cada escalón. Mi instinto me decía que algo iba mal. ¿Habría tenido Georgette un accidente?

Apreté el interruptor que había al pie de la escalera y aquella sala de recreo se llenó de luces. La pared del fondo era toda de cristal, con puertas correderas que daban a un patio. Fui hasta ellas, pensando que Georgette quizá había salido por allí, pero estaban cerradas con llave. Y entonces noté un olor tenue pero intenso a aguarrás.

Crucé la habitación y seguí un pasillo, y pasé ante otro cuarto de baño. Al volver la esquina, tropecé con un pie.

Georgette estaba en el suelo, con los ojos abiertos, con la sangre coagulada sobre la frente. A su lado había una lata de aguarrás y el contenido se estaba derramando sobre la moqueta. Todavía tenía el trapo en la mano. La pistola que la había matado estaba en medio del charco de pintura roja del suelo.

Recuerdo que grité.

Recuerdo que salí corriendo de la casa y subí al coche.

Recuerdo que conduje hasta casa.

Recuerdo que marqué el 911 en algún momento, pero no conseguí decir una palabra cuando la operadora contestó.

Aún estaba sentada, aferrada al teléfono, cuando la policía llegó, y lo siguiente que recuerdo es que me desperté en el hospital y el sargento Earley me preguntó por qué había llamado al 911.

19

Jarrett Alberti, cerrajero, fue la segunda persona que encontró el cuerpo de Georgette Grove. Había quedado con Georgette en la granja de Holland Grove a las once y media. Cuando llegó, aparcó detrás del coche de Georgette, vio que la puerta de la casa estaba abierta y, al igual que Celia Nolan, entró y se puso a buscarla. Sin saber que estaba siguiendo exactamente los mismos pasos que Celia, fue de una habitación a otra, llamando el nombre de Georgette.

En la cocina, vio que la luz del sótano estaba encendida, así que bajó. Notó el olor a aguarrás y lo siguió hasta que giró la esquina como había hecho Celia y se encontró con el cadáver.

Jarrett era un hombre robusto de veintiocho años, un ex marine familiarizado con la muerte, porque había estado destacado en dos ocasiones en Irak antes de que lo relevaran por una herida que le había destrozado el tobillo. Pero aquella muerte era diferente... Georgette Grove era una amiga de toda la vida de su familia.

Durante un minuto se quedó paralizado, tratando de asimilar lo que veía. Luego, respondiendo con disciplina, se dio la vuelta, salió y llamó al 911, y esperó en el porche hasta que llegó la policía.

Una hora después, Jarrett observaba con cierto distanciamiento el ajetreo de la policía. Estaban acordonando la zona para mantener alejados a los vecinos y la prensa. El forense estaba con el cuerpo, y el equipo de la policía científica estaba examinando la casa y los alrededores buscando pruebas. Jarrett les aseguró que no había tocado el cuerpo ni nada de lo que había alrededor.

El fiscal Jeff MacKingsley y Lola Spaulding, una detective del departamento de policía, le estaban interrogando en el porche.

—Soy cerrajero —les explicó él—. Anoche Georgette me llamó.

—¿A qué hora le llamó? —preguntó McKingsley.

—Hacia las nueve.

—¿Y no es un poco tarde para una llamada de trabajo?

—Georgette era la mejor amiga de mi madre. Yo siempre he dicho que era mi tía adoptiva. Y si alguna vez había que arreglar o cambiar alguna cerradura en las casas que quería vender, me llamaba. —Jarrett pensó en cómo Georgette estuvo a su lado cuando su madre estaba en su lecho de muerte.

—¿Qué quería que hiciera esta vez?

—Dijo que faltaba la llave de un armario despensa en esta casa. Quería que viniera hacia las nueve para cambiar la cerradura. Yo le dije que no podía venir hasta las diez y ella dijo que entonces mejor lo dejáramos para las once y media.

—¿Y eso por qué?

—No quería que su clienta me encontrara trabajando en la cerradura, y me dijo que para las once y media seguramente ya se habría ido.

—Georgette dijo específicamente que se trataba de una mujer.

—Sí —confirmó Jarrett. Vaciló un momento, luego añadió—: Le dije que, por mi agenda, me iría mucho mejor ir a las diez, pero ella se negó en redondo. No quería que la clienta estuviera por allí cuando abriera el armario. A mí me pareció curioso, así que en broma le pregunté si pensaba que dentro había oro. Le dije: «Puedes confiar en mí, Georgette, no te lo robaré».

—¿Y...?

La fuerte impresión que sentía desde que había encontrado el cadáver empezaba a desvanecerse. En su lugar ahora había un fuerte sentimiento de pérdida. Georgette Grove había sido una parte de sus veintiocho años de vida, y ahora alguien la había matado de un tiro.

—Y ella dijo que sabía que podía confiar en mí, que era más de lo que podía decir de otros...

—¿Y no dio ninguna explicación más?

—No.

—¿Sabe dónde estaba cuando le llamó?

—Sí, me dijo que aún estaba en la oficina.

—Jarrett, cuando se lleven el cadáver, ¿podría abrirnos la puerta de ese armario?

—Para eso vine aquí, ¿no? —replicó él—. Si no les importa, esperaré en mi furgoneta hasta que me llamen. —No le avergonzó que vieran que estaba afectado.

Cuarenta minutos después vio cómo se llevaban la bolsa con el cuerpo y la colocaban en la ambulancia del forense. La detective Spaulding fue hasta la furgoneta de Jarrett.

—Le esperamos en el sótano —le dijo.

Quitar la cerradura del armario fue sencillo. Luego, sin que nadie se lo pidiera, Jarrett empujó la puerta y abrió. No sabía qué esperaba encontrar allí, pero estaba convencido de que, fuera lo que fuese, había sido el causante de la muerte de su amiga.

La luz se encendió automáticamente, y Jarrett se encontró mirando a un montón de estantes llenos de latas de pintura perfectamente colocadas, la mayoría selladas y con el nombre de la habitación a la que estaban destinadas.

—Aquí solo hay latas de pintura —exclamó—. No puede ser que hayan disparado a Georgette por unas simples latas de pintura, ¿verdad?

Jeff MacKingsley no contestó. Estaba mirando las latas que había en la estantería más baja. Eran las únicas que no estaban selladas. Tres de ellas estaban vacías. La cuarta estaba medio llena, y le faltaba la tapa. Seguramente la mancha que Georgette Grove había tratado de eliminar de la moqueta procedía de ahí, pensó Jeff. Todas las latas abiertas tenían la etiqueta de «comedor». Todas eran de pintura roja. No hace falta ser ningún genio para saber que aquí es donde los vándalos consiguieron la pintura que emplearon en la casa de los Nolan, pensó. ¿Era esa la causa de que hubieran matado a Georgette Grove? ¿Valía la pena matarla para hacerla callar?

—¿Puedo irme ya? —preguntó Jarrett.

—Por supuesto. Necesitaremos que haga una declaración oficial, pero eso podemos hacerlo más tarde. Gracias por su ayuda, Jarrett.

Jarrett asintió y se alejó por el pasillo, procurando evitar el contorno de tiza que señalaba la posición del cadáver. Cuando él se iba, Clyde Earley bajó por las escaleras, con expresión sombría. Cruzó la sala recreativa y fue hasta donde estaba Mac-Kingsley.

—Vengo del hospital —dijo Earley—. Hemos tenido que llevar a Celia Nolan allí. A las diez y diez ha llamado al 911, pero no dijo nada, se limitó a respirar agitadamente al auricular. Los de emergencias nos han avisado y por eso hemos ido a su casa. La mujer estaba en estado de shock. No respondía a nuestras preguntas. Y la llevamos al hospital. En la sala de urgencias empezó a salir del shock. Y nos dijo que había estado aquí esta mañana. Que encontró el cadáver y volvió a su casa.

—¡Encontró el cadáver y se fue a casa! —exclamó Jeff.

—Dice que recuerda haber visto el cuerpo, que salió corriendo de la casa, se subió al coche. Recuerda que trató de llamarnos. Y no recuerda nada más hasta que empezó a salir del shock en el hospital.

—¿Cómo está? —preguntó Jeff.

—Sedada, pero bien. Ya han localizado a su marido. Va de camino al hospital, e insiste en que piensa llevársela a casa con él. En el colegio parece que hubo toda una escenita cuando su hijo vio que no le iba a buscar. El niño se puso histérico. El otro día la vio desmayarse y ahora tiene miedo de que se muera. Uno de los profesores le llevó al hospital. Está con ella.

—Tenemos que hablar con ella. Debe de ser la clienta que Georgette Grove esperaba —dijo Jeff.

—Bueno, no creo que le queden ganas de comprar este sitio —comentó Earley—. Parece que tiene muy por la mano eso de vivir en la escena del crimen.

—¿Dijo a qué hora llegó aquí?

—A las diez menos cuarto. Un poco pronto.

Entonces hemos perdido más de una hora entre el momento en que ella encontró el cuerpo y Jarrett Alberti nos llamó, pensó Jeff.

—Jeff, en el bolso de la víctima hemos encontrado una cosa interesante. —La detective Spaulding llevaba puestos unos guantes y sostenía un recorte de periódico. Lo acercó para que lo viera. Era la fotografía de Celia Nolan desmayándose que había salido en el periódico el día anterior—. Parece como si la hubieran puesto en el bolso de Georgette después de matarla —dijo Spaulding—. Ya hemos comprobado las huellas, y no había ninguna.

20

Creo que lo que realmente me tranquilizó fue la expresión de pánico que vi en el rostro de Jack. Cuando entró en la cortina de urgencias donde me habían llevado, aún estaba sollozando. Normalmente está encantado de correr a los brazos de Alex, pero después del susto que se ha llevado al ver que no iba a recogerle, no ha querido apartarse de mí.

Volví a casa en el asiento trasero del coche, con Jack cogido de la mano. Alex se sentía mal por los dos.

—Dios, Ceil —dijo—. No me puedo ni imaginar lo mal que te habrás sentido. ¿Qué demonios pasa en este sitio?

Sí, eso digo yo, pensé.

Eran casi las dos menos cuarto, y todos estábamos hambrientos. Alex abrió una lata de sopa para nosotros y a Jack le preparó su favorito, un sándwich de mantequilla de cacahuete y gelatina. La sopa caliente me ayudó a sacudirme la somnolencia del sedante que el médico me había inyectado.

Acabábamos de terminar cuando los periodistas llamaron a la puerta. Miré por la ventana y vi que uno de ellos era una mujer mayor con el pelo canoso. Recuerdo que, el día del traslado, la vi corriendo hacia mí en el momento de desmayarme.

Alex salió. Por segunda vez en cuarenta y ocho horas, hizo una declaración a la prensa:

—Después del acto de vandalismo de que fuimos objeto cuando nos mudamos aquí el martes, decidimos que sería mejor buscar otra casa en la zona. Georgette Grove quedó en reunirse con mi mujer en una casa que se vende en Holland Road. Cuando Celia llegó, encontró el cadáver de la señora Grove y volvió corriendo a casa para notificárselo a la policía.

Cuando terminó su declaración, lo acribillaron a preguntas.

—¿Qué te han preguntado? —fue la pregunta que le hice yo cuando volvió adentro.

—Creo que lo que esperabas: ¿por qué no llamaste enseguida a la policía? ¿Por qué no llevabas móvil? Yo dije que pensaste que el asesino podía estar aún en la casa, y que hiciste lo más inteligente... salir de allí.

Unos minutos más tarde, Jeff MacKingsley llamó y preguntó si podía venir a hablar conmigo. Alex trató de darle largas, pero yo accedí enseguida a hablar con él. Mi instinto me decía que era importante que demostrara mi voluntad de cooperar.

MacKingsley llegó con otro hombre que tendría cincuenta y pocos. Cara regordeta, pelo ralo y maneras serias. Lo presentó como detective Paul Walsh. MacKingsley me dijo que Walsh se haría cargo de la investigación de la muerte de Georgette Grove.

Respondí a sus preguntas, con Alex sentado junto a mí en el sofá. Expliqué que queríamos quedarnos por la zona, pero que los antecedentes de la casa y el acto vandálico del primer día resultaban demasiado perturbadores para que nos quedáramos en Old Mill Lane. Le dije que Georgette se había ofrecido a renunciar a su comisión si encontraba una casa que nos conviniera y que haría lo posible por volver a vender esta, también sin cobrarnos comisión.

—¿No conocía usted la historia de la casa cuando la vio por primera vez el mes pasado? —preguntó el detective Walsh.

Noté que las manos me empezaban a sudar. Elegí las palabras cuidadosamente.

—No conocía la reputación de este lugar cuando la vi el mes pasado.

—Señora Nolan, ¿sabía usted que en Nueva Jersey hay una ley que obliga a los agentes inmobiliarios a informar a los posibles compradores si la casa tiene alguna clase de estigma, es decir, si en ella se ha cometido un crimen, o ha habido un suicidio, o si se cree que está encantada?

Aquí no fue necesario que fingiera mi sorpresa.

—No, no tenía ni idea —dije—. Entonces Georgette no estaba siendo tan generosa cuando se ofreció a renunciar a su comisión.

—A mí sí trató de avisarme, pero yo la interrumpí —explicó Alex—. Le dije que, de niño, mi familia solía alquilar una casa ruinosa en Cape Cod que los lugareños decían que estaba encantada.

—En todo caso, por lo que leí ayer en los periódicos, usted compró la casa como regalo de cumpleaños para su mujer. Y está a nombre de ella, por tanto la señora Grove tenía la obligación de ponerla al corriente de esa historia —nos informó MacKingsley.

—No me extraña que estuviera tan preocupada por lo que pasó —dije—. El martes por la mañana, cuando llegamos, estaba tratando de sacar la manguera del garaje para limpiar la pintura. —Sentí un arrebato de ira.

Podía haberme ahorrado el horror de trasladarme a aquella casa. Y entonces pensé en Georgette Grove en la décima de segundo que la vi antes de echar a correr, con la sangre seca en la frente, el trapo en la mano. Estaba tratando de eliminar la pintura de la moqueta.

La pintura roja es como la sangre. Primero se derrama, luego se espesa y luego se endurece...

—Señora Nolan, ¿había visto usted alguna vez a Georgette Grove antes de venir a esta casa?

Pintura roja en el suelo cerca del cuerpo de Georgette...

—Celia —murmuró Alex, y me di cuenta de que el detective Walsh había repetido la pregunta.

¿Había visto alguna vez a Georgette cuando era pequeña? Es posible que mi madre la conociera, pero yo no la recordaba.

—No —dije.

—Entonces, solo la había visto el día que se mudaron, y fue por un espacio muy breve...

—Eso es —dijo Alex, y noté un deje de irritación en su voz—. El martes Georgette no se quedó mucho rato. Quería volver enseguida a la oficina para buscar a alguien que se encargara de arreglar los desperfectos. Ayer, cuando llegué a casa, Celia me dijo que Georgette había llamado para enseñarle algunas casas, y a media tarde, yo estaba aquí cuando volvió a llamar y quedó con mi esposa para esta mañana.

Walsh tomaba notas.

—Señora Nolan, si no le importa, vayamos por pasos. Había quedado en encontrarse con la señora Grove esta mañana.

No hay razón para que no colabore, pensé. No respondas con tanto nerviosismo, limítate a decir lo que pasó.

—Georgette se ofreció a recogerme, pero le dije que prefería ir con mi coche porque luego tenía que ir a Saint Joe's a recoger a Jack. Dejé a mi hijo en la escuela hacia las nueve menos cuarto y entré en la cafetería del centro comercial a tomarme un café. Luego salí para ir a reunirme con Georgette.

—¿Le había indicado cómo llegar a Holland Road? —preguntó Walsh.

—No. Es decir, sí, por supuesto.

Noté una ligera expresión de sorpresa en la cara de los dos hombres, me estaba contradiciendo. Sabía que estaban tratando de adivinar mis pensamientos, sopesando mis respuestas.

—¿Tuvo alguna dificultad para encontrar la casa? Holland Road no está muy bien señalizada.

—Conducía despacio —dije.

Expliqué que encontré la verja abierta, vi el coche de Georgette, entré en la casa y me puse a llamarla, y que luego bajé abajo, noté el olor a aguarrás y encontré el cuerpo.

—¿Tocó usted algo, señora Nolan? —Esta vez quien preguntaba era MacKingsley.

Traté de recordar mis pasos. ¿De verdad hacía solo unas horas que había estado en la casa?

—Toqué el pomo de la puerta de la calle —dije—. Y no recuerdo haber tocado nada más, hasta que empujé la puerta que bajaba al sótano. En la sala recreativa fui hasta las puertas de cristal que daban al patio. Pensé que quizá Georgette habría salido. Pero estaban cerradas, así que supongo que también las toqué, porque si no no podía saber que estaban cerradas, ¿no? Y luego seguí aquel pasillo por el olor a trementina y encontré a Georgette.

—¿Tiene usted pistola, señora Nolan? —preguntó de pronto Walsh.

La pregunta llegó de improviso, y yo sabía que la intención era cogerme desprevenida.

—Por supuesto que no —protesté.

—¿Alguna vez ha disparado un arma de fuego?

Miré a mi inquisidor. Detrás de las gafas redondas, los ojos eran de un marrón fangoso. Me miraban con intensidad, tanteando. ¿Qué clase de pregunta era aquella para una persona inocente que ha tenido la desgracia de encontrarse con la víctima de un asesinato? Supe que algo de lo que yo había dicho, o de lo que no había dicho, había alertado a Walsh.

Por supuesto, volví a mentir.

—No, nunca he disparado un arma.

Finalmente, Walsh sacó un recorte de periódico de una bolsita de plástico. Era una fotografía de mí cuando me iba a desmayar.

—¿Tiene idea de por qué la señora Grove tenía esta fotografía en su bolso? —me preguntó.

Fue un alivio que Alex contestara por mí.

—¿Y por qué demonios iba a saber mi mujer lo que Georgette Grove llevaba en su bolso? —Se puso en pie. Sin esperar que contestaran, dijo—: Seguro que entiende que ha sido un día muy estresante para mi familia.

Los dos hombres se levantaron inmediatamente.

—Quizá tengamos que volver a hablar con usted, señora Nolan —dijo el fiscal—. No tienen pensado viajar a ningún sitio, ¿verdad?

Al fin del mundo, hubiera querido decirle, pero, con una amargura que no pude disimular, lo que dije fue:

—No, señor MacKingsley. Estaré aquí, en casa.

21

El rostro curtido de Zach Willet, su cuerpo musculoso y los callos de sus manos eran un mudo testimonio de una vida entera trabajando al aire libre. Zach tenía sesenta y dos años, y había trabajado para el Club Hípico Washington Valley desde los doce. Empezó limpiando los establos los fines de semana y, a los dieciséis, dejó los estudios para trabajar allí a jornada completa.

—Sé todo lo que necesito —le había dicho al profesor que protestó y le dijo que tenía buena cabeza y que debería seguir con sus estudios—. Entiendo a los caballos y ellos me entienden.

Su omnipresente falta de ambición había impedido que pasara de ser el hombre para todo en Washington Valley. Le gustaba almohazar a los caballos y sacarlos a hacer ejercicio, y con eso tenía bastante. Podía ocuparse de cualquier mal menor que sufrieran sus amigos equinos, y podía limpiarlos con destreza. Aparte, también llevaba un negocio de reventa de material para la equitación. Básicamente tenía dos clases de clientes: personas que necesitaban cambiar su equipo y personas cuyo entusiasmo por los caballos se había apagado y querían deshacerse del costoso material necesario para este deporte.

Cuando los instructores habituales estaban ocupados, Zach a veces también daba clases de equitación, pero no era lo que más le gustaba. Le irritaba ver a gente que no tenía nada que hacer a lomos de un caballo, tirando con nerviosismo de las riendas y luego muriéndose de miedo porque el animal protestaba echando la cabeza hacia atrás.

Treinta años atrás, Ted Cartwright tenía sus caballos en Washington Valley. Un par de años después, los trasladó a los establos de Peapack, que estaban allí mismo pero eran mucho más prestigiosos.

El jueves, a primera hora de la tarde, por el club se difundió la noticia de la muerte de Georgette Grove. Zach la conocía, y le gustaba. De vez en cuando la mujer lo recomendaba cuando alguien buscaba quien cuidara de su caballo. «Busca a Zach, en Washington Valley. Si lo tratas bien, él cuidará de tu caballo como si fuera un bebé», les decía.

—¿Por qué iba a querer nadie matar a una señora agradable como Georgette Grove? —era la pregunta que todos se hacían.

Zach pensaba con mucha más claridad cuando salía a montar. Con expresión concentrada, ensilló uno de los caballos que le pagaban por ejercitar y se alejó por el sendero que subía la colina que había detrás del club. Cuando estaba cerca de la cima, se desvió por un sendero por el que muy pocos jinetes se aventuraban. La pendiente era demasiado pronunciada para un jinete inexperto, aunque esa no era la razón por la que Zach normalmente lo evitaba. Lo que en él pasaba por conciencia no necesitaba recordar lo que había sucedido allí hacía muchos años.

Si eres capaz de hacerle eso a una persona que se interpone en tu camino, puedes hacérselo a otra, reflexionó mientras mantenía al caballo al paso. Sin duda, he oído lo suficiente por el pueblo para saber que Georgette se interponía en su camino. Él necesita las tierras que Georgette posee en la Ruta 24 para los edificios comerciales que quiere construir. Apuesto a que la policía encontrará su pista enseguida. Si ha sido él, me pregunto si habrá sido lo bastante estúpido para volver a utilizar la misma arma.

Zach pensó en el cartucho doblado que había escondido en su apartamento en el piso de arriba de una casa bifamiliar en Chester. La noche anterior, cuando Ted empujó hasta él el sobre en el bar de Sammy, no había error posible, le había amenazado en voz baja: «Ten cuidado, Zach. No tientes tu suerte».

Es él el que está tentando su suerte, pensó Zach, mirando al valle. En el punto exacto en que el sendero giraba bruscamente, Zach tiró ligeramente de las riendas y el caballo se detuvo. Se sacó el móvil del bolsillo, lo apuntó y apretó. Una imagen vale más que mil palabras, pensó con una sonrisa satisfecha mientras presionaba las rodillas contra el flanco del animal. Este empezó a caminar obedientemente por aquel traicionero camino.

Dru Perry había estado cubriendo la noticia de un juicio en el juzgado del condado de Morris, y por eso tardó más en enterarse de la muerte de Georgette Grove. Cuando el juez dijo que hacían un receso para desayunar, Dru comprobó sus mensajes en el móvil y llamó enseguida a Ken Sharkey, su editor. Cinco minutos más tarde, se dirigía a la escena del crimen, en Holland Road, Peapack.

Ya estaba allí cuando Jeff MacKingsley dio una breve conferencia de prensa confirmando que Georgette Grove, vecina de toda la vida de Mendham y conocida agente inmobiliaria, había sido encontrada con un disparo en el sótano de una granja que tenía que enseñar a un cliente.

El bombazo era que la persona que encontró el cadáver fue Celia Nolan, y no el cerrajero, cosa que suscitó una andanada de preguntas. Dru se sintió furiosa consigo misma cuando otro periodista preguntó por la ley que dice que el agente inmobiliario está obligado a informar a su cliente si la casa que pretende comprar tiene algún estigma. Tendría que haber estado al corriente de la existencia de esa ley, pensó. ¿Cómo se me ha podido pasar?

Los datos que Jeff MacKingsley compartió con ellos fueron mínimos: Celia Nolan había llegado a las diez menos cuarto, aunque habían quedado a las diez. Encontró la puerta abierta y entró y empezó a llamar a Georgette. Cuando encontró el cuerpo, volvió corriendo a su coche, se fue a casa y llamó al 911, pero no fue capaz de decir nada. A continuación, Jeff les habló del cerrajero, que llamó a la policía poco después de las once y media.

—Todavía estamos investigando —recalcó—. Es posible que alguien siguiera a Georgette Grove al interior de la casa, o que la estuvieran esperando dentro. El arma del crimen estaba junto a su cuerpo.

Intuyendo que ya no había nada más que averiguar en Holland Road, Dru se dirigió al hogar de los Nolan. De nuevo, llegó en el momento oportuno, solo unos minutos antes de que Alex Nolan hiciera una breve declaración.

—¿Conocía usted la existencia de la ley sobre las casas estigmatizadas? —preguntó Dru muy alto, pero Nolan ya se había vuelto para entrar en la casa.

Siguiendo una corazonada, Dru no se fue con el resto de la prensa, se quedó esperando en el coche a unos treinta metros de la casa. Estaba allí cuando el fiscal, Jeff MacKingsley, y el detective Walsh llegaron y aparcaron detrás del coche de los Nolan. Luego llamaron al timbre y entraron.

Dru se apeó inmediatamente del coche, subió por el camino de acceso y esperó. Los hombres estuvieron allí escasamente veinte minutos, pero cuando salieron los dos iban muy serios y callados.

—Mire, Dru, voy a dar una conferencia de prensa a las cinco —le dijo MacKingsley con firmeza—. Contestaré las preguntas que pueda a esa hora. Supongo que la veré allí.

—Puede estar seguro —gritó ella a su espalda mientras él y el detective Walsh se alejaban a toda prisa.

Su siguiente parada fue en la agencia inmobiliaria Grove, en East Main Street. Condujo hasta allí, medio esperando que estuviera cerrada, pero cuando aparcó el coche y se acercó a la entrada, vio que había tres personas en recepción, aunque en la puerta estaba el cartel de CERRADO.

Para su sorpresa, vio que una de esas personas era Marcella Williams. Cómo no, pensó Dru. Quería conocer la noticia de primera mano. Pero podía serme útil, concedió un momento después, cuando Marcella abrió la puerta, la invitó a pasar y le presentó a los socios de Georgette Grove.

Tanto el hombre como la mujer parecieron molestos y era evidente que estaban a punto de rechazar la entrevista, a pesar de que Dru lo planteó de la forma más inocente posible.

—Quiero escribir un homenaje a Georgette Grove, que siempre fue un pilar de esta comunidad.

Marcella intercedió por ella.

—Deberían hablar con Dru —les dijo a Robin Carpenter y Henry Paley—. En la historia que publicó ayer en el *Star-Ledger* se mostró muy comprensiva con Georgette, lo mucho que le afectó el acto de vandalismo del otro día y hasta contó cómo había tratado de sacar la manguera para limpiarlo todo antes de que llegaran los Nolan.

Eso fue antes de que supiera que posiblemente Georgette estaba infringiendo la ley porque había vendido la casa sin avisar a los Nolan, pensó Dru.

—Georgette Grove era un personaje importante en Mendham —dijo—. Creo que merece que se la recuerde por sus diferentes actividades en la comunidad.

Mientras hablaba, no dejó de estudiar los rostros de Carpenter y Paley.

Aunque los ojos azules de Carpenter estaban hinchados y se notaba que había llorado, no cabía duda: era guapa, decidió Dru. El rubio es natural, pero las mechas las ha puesto un peluquero. Una cara adorable. Ojos grandes y algo separados. Si la nariz es suya, no se puede negar que es afortunada. Labios que invitan. Me pregunto si se inyecta silicona para que se mantengan hinchados. Un cuerpo estupendo. Podría haber sido modelo, aunque no medirá mucho más de metro sesenta y eso significa que no hubiera llegado muy lejos. Y sabe cómo vestirse, pensó Dru fijándose en el pantalón de sastre de gabardina, de color crema, y el escote bajo con chorreras de la blusa estampada rosa y crema.

Pero, pensó, si lo que intenta es parecer sexy, aquí está perdiendo el tiempo, decidió concentrando su atención en Henry

Paley. Aquel hombre delgado y de aspecto nervioso, de unos sesenta años, más que apenado, parecía preocupado, pensamiento que Dru apartó momentáneamente de su cabeza para considerarlo más tarde.

Le dijeron que estaban a punto de tomar un café y la invitaron a acompañarles. Taza en mano, Dru siguió a Robin hasta el sofá y las sillas que estaban dispuestas en torno a un televisor.

—Cuando empecé a trabajar aquí el año pasado, Georgette me dijo que había rediseñado esta zona de la recepción para poder tener una entrevista amistosa con posibles clientes y enseñarles vídeos de casas que pudieran interesarles —le explicó la mujer con tristeza.

—¿Tenía un vídeo de la casa de Holand Road? —preguntó Dru, con la esperanza de que la pregunta no resultara brusca.

—No —terció Henry Paley—. La casa se vendió en cuanto salió al mercado. Ni siquiera llegamos a verla. Pero al final la venta se anuló y la casa pasó a la cartera de diferentes agencias.

—¿La fueron a ver? —preguntó Dru, cruzando los dedos mentalmente para que aquellos dos pudieran contestar algunas preguntas sobre la casa donde habían asesinado a Georgette Grove.

—Yo estuve viéndola la semana pasada —replicó Paley—. En realidad, llevé a unos posibles clientes. Pero dijeron que se salía demasiado de su presupuesto.

—Estuve allí hace un par de horas cubriendo la historia para mi periódico —dijo Dru—. Hemos tenido que quedarnos fuera, claro, pero se nota que es una casa muy bonita. Me pregunto por qué tendría Georgette Grove tanta prisa por enseñársela a Celia Nolan. ¿Le dijo Celia que no quería seguir en la casa de Old Mill Lane, o fue más bien por la ley sobre casas estigmatizadas? Si los Nolan hubieran demandado a Georgette, ¿no habría tenido que reembolsarles su dinero?

A Dru no se le pasó por alto que Henry Paley frunció los labios.

—Los Nolan querían quedarse en esta zona —dijo el hombre con voz glacial—. Georgette me dijo que había llamado a la señora Nolan y se había ofrecido a enseñarle otras casas, sin cobrarles su comisión.

Dru decidió arriesgarse y hacer otra pregunta delicada.

—Pero teniendo en cuenta que en cierto modo Georgette les había engañado al no explicarles todo lo que tenían que saber, ¿no habría sido razonable que exigieran la devolución de su dinero y buscaran otra agencia?

—Yo misma oí a Georgette tratar de contarle a Alex Nolan la historia de la casa en esta habitación, y él no la dejó acabar —dijo Robin muy encendida—. Evidentemente, si tendría que haber tratado de decírselo a la señora Nolan o no eso ya es otra historia. Soy sincera. Si yo fuera Celia Nolan, me hubiera enfadado muchísimo por el destrozo que hicieron esos vándalos, pero no me habría desmayado. Georgette tenía miedo de haber quedado en una posición legal vulnerable. Por eso estaba tan inquieta por encontrarle otra casa a Celia Nolan. Y las prisas le han costado la vida.

—¿Qué cree que le ha pasado? —preguntó Dru.

—Creo que alguien encontró la forma de entrar en esa casa y se sorprendió cuando Georgette entró, o quizá la siguieron con la idea de atracarla y quien fuera se asustó.

—¿Vino Georgette a la oficina esta mañana?

—No, y no la esperábamos. Ayer, cuando Henry y yo ya nos íbamos, nos dijo que pensaba ir directamente a la granja.

—¿Se quedó Georgette cuando ustedes se fueron porque tenía una cita con alguien?

—Esto era como un segundo hogar para Georgette. Y con frecuencia se quedaba hasta tarde.

Dru había conseguido más información de la que esperaba. Se dio cuenta de que Henry Paley estaba a punto de quejarse, y la respuesta de Robin Carpenter le dio la vía de escape que necesitaba.

—Dice que este era su segundo hogar. Hablemos de cómo era Georgette como persona. Sé que ha sido una destacada líder en los asuntos de la comunidad.

—Tenía un álbum de recortes —dijo Robin—. Mire, se lo voy a enseñar.

Quince minutos después, con su cuaderno lleno de anotaciones, Dru se disponía a marcharse. Marcella Williams salió con ella. Una vez fuera, cuando Dru se iba a despedir, Marcella dijo:

—La acompaño hasta el coche. Es terrible, ¿verdad? Aún no me puedo creer que Georgette esté muerta. Y estoy segura de que en el pueblo la mayoría aún no se han enterado. Cuando yo he llegado a la agencia, el fiscal y un detective de policía salían. Supongo que habrán venido a interrogar a Robin y Henry. He venido para ver si podía hacer algo, ya sabe, llamar a la gente por teléfono para notificarles la noticia. O lo que sea.

—Ha sido un detalle —dijo Dru secamente.

—Me refiero que... no se puede decir que Georgette le cayera bien a todo el mundo. Tenía opiniones muy fuertes respecto a lo que se tenía que construir en el pueblo y lo que no. ¿Se acuerda de aquello que dijo Ronald Reagan de que si los ecologistas se salieran con la suya llenarían la Casa Blanca de nidos para pájaros? Hay quien piensa que si Georgette se saliera con la suya en Mendham caminaríamos sobre adoquines y leeríamos a la luz de lámparas de gas.

¿Adónde pretende ir a parar esta mujer?, se preguntó Dru.

—Robin dice que Henry se puso a llorar como un crío cuando se ha enterado, y me lo creo —siguió explicando Marcella—. Por lo que me ha parecido entender, desde que su mujer murió hace unos años, ha tenido una debilidad especial por Georgette, aunque por lo visto a ella no le interesaba. Y también he oído decir que desde que está pensando en retirarse su actitud ha cambiado mucho. Le ha dicho a mucha gente que le gustaría cerrar la agencia y vender las oficinas. Usted las ha visto. Originariamente fue una casa pero ahora está en una zona comercial, y su valor ha subido muchísimo. Hace unos años Henry compró los terrenos de la Ruta 24 junto con Georgette a modo de inversión. Él quería vender, pero ella quería cederlos al estado.

—¿Y ahora qué pasará? —preguntó Dru.

—Tengo tanta idea como usted. Georgette tiene un par de primos a los que estaba muy unida en Pensilvania, así que apuesto a que los habrá recordado en su testamento. —La risa de Marcella fue de lo más sardónica—. De una cosa estoy segura, si ha dejado esa tierra a sus primos, el estado ya se puede ir olvidando. Los primos la venderán en menos que canta un gallo.

Dru había dejado su coche en el aparcamiento que había junto a Robinson, la farmacia del siglo XIX que constituía uno de los puntos de referencia del pueblo. Al llegar al coche, se despidió de Marcella y estuvo de acuerdo en mantener el contacto. Cuando ya se iba, Dru echó un vistazo a la farmacia y pensó que la visión de aquel pintoresco edificio seguramente había proporcionado un gran placer a Georgette Grove.

Dru también reflexionó sobre el hecho de que Marcella Williams se hubiera desviado expresamente de su camino para decirle que Henry Paley se beneficiaba con la muerte de Georgette Grove. ¿Tiene algo personal contra Henry?, se preguntó, ¿o es que está tratando de proteger a otra persona?

23

Charley Hatch vivía en una de las casas más pequeñas de Mendham. Una casita del siglo XIX con cuatro habitaciones. La había comprado después del divorcio. Lo mejor del lugar era que tenía un cobertizo donde guardaba todo el material que utilizaba para la jardinería y para quitar nieve. Charley era un hombre de cuarenta y cuatro años, ligeramente atractivo, con pelo rubio algo oscuro y tez cetrina, y se ganaba bien la vida en Mendham, aunque sentía un profundo resentimiento por sus clientes ricos.

Charley les cortaba el césped y podaba sus setos de la primavera hasta el otoño, y en invierno mantenía limpios los caminos de acceso a sus casas. Y siempre se preguntaba por qué no estarían cambiados los papeles, por qué no era él quien había nacido con dinero y posición.

Un puñado de sus clientes más antiguos le confiaban las llaves de sus casas cuando estaban fuera y le pagaban para que fuera a echar un vistazo después de alguna tormenta o un vendaval de nieve. Si estaba de humor, Charley a veces se llevaba un saco de dormir a alguna de las casas y pasaba la noche viendo la televisión en la sala y tomando lo que le apetecía de sus muebles bar. Esto le producía siempre una satisfactoria sensación de superioridad... la misma que experimentó cuando aceptó provocar los destrozos en la casa de Old Mill Lane.

El jueves por la noche, Charley estaba acomodado en su sillón de cuero de imitación, con los pies sobre el reposapiés, cuando su móvil sonó. Echó un vistazo al reloj mientras se sacaba el móvil del bolsillo y le sorprendió ver que ya eran las once y media. Me habré dormido mientras veía las noticias, pensó. Quería verlas, porque sabía que saldría la noticia sobre el asesinato de la Grove. Reconoció el número de quien llamaba y saludó en un gruñido.

La voz conocida, ahora cortante y furiosa, espetó:

—Charley, ¿estás loco? ¿Cómo se te ocurre dejar esas latas de pintura vacías en el armario? ¿Por qué no te deshiciste de ellas?

—¿Qué dices? —contestó él indignado—. Con toda esa publicidad, ¿no crees que unas latas de pintura roja llamarían demasiado la atención en el cubo de basura? Escucha, ya tienes lo que querías. Hice un gran trabajo.

—Nadie te pidió que grabaras esa calavera y los huesos en la puerta. La otra noche ya te advertí que escondieras todas esas tallas que tienes por ahí. ¿Lo has hecho ya?

—No creo que... —empezó a decir.

—Muy bien, hombre. No crees, ¿eh? La policía podría interrogarte. Descubrirán que te encargas de los trabajos de jardinería de la casa.

Sin contestar, Charley cerró bruscamente el móvil, interrumpiendo la conexión. Completamente despierto, presionó con el pie el reposapiés para que se plegara, y se levantó. Con una ansiedad cada vez mayor, miró a su alrededor en la atestada habitación y contó seis de sus figuras a la vista en la repisa de la chimenea y encima de las mesas. Maldiciendo por lo bajo, las cogió, fue a la cocina, cogió un rollo de papel de plástico, las envolvió y las metió cuidadosamente en una bolsa de la basura. Por un momento se quedó sin saber qué hacer, y entonces llevó la bolsa al cobertizo y la escondió en un estante que había detrás de unos sacos de sal gema de cincuenta libras.

Con gesto malhumorado, volvió a la casa, abrió el móvil y marcó.

—Solo para que puedas dormir, ya me he deshecho de todo.

—Bien.

—De todas formas, ¿dónde me has metido? —preguntó levantando la voz—. ¿Por qué iba a querer hablar conmigo la policía? Si casi ni conocía a la mujer de la agencia.

Esta vez fue el hombre que había interrumpido la siesta de Charley quien cortó la conexión.

24

«La hora de la muerte se acerca. Es hora de quitarse la máscara...»

No sé por qué, pero esa cita no dejó de venirme a la cabeza en todo el día. Alex tuvo que cancelar unas citas para volver corriendo a casa, así que, cuando el fiscal y el detective se fueron, entró en su estudio y se puso a hacer llamadas. Yo me llevé a Jack fuera para que montara un rato en su poni. Preferí ahorrarme la farsa de pedirle a Alex que me ayudara a ensillar al animal. Ya había visto que sé preparar al poni yo solita.

Después de dar unas vueltas en el interior del cercado junto a Jack, cedí a sus ruegos y dejé que llevara las riendas sin mi ayuda.

—Tú siéntate en la cerca a mirar, mamá —me suplicó—. Ya soy mayor.

¿No le había pedido yo a mi madre algo parecido cuando tenía la edad de Jack? Mi madre me inició con un poni a los tres años. Es curioso que un recuerdo como ese llegue de forma tan súbita. Siempre trataba de no pensar en mi vida anterior, ni siquiera en los momentos felices, porque me dolía demasiado recordar. Pero ahora estoy en la casa donde viví los primeros diez años de mi vida, y siento que los recuerdos estallan a mi alrededor.

El doctor Moran me dijo que los recuerdos reprimidos no permanecen reprimidos para siempre. Y si embargo hay una cosa que trato de recordar sobre aquella noche y por más que lo intento no consigo concretar. Cuando desperté, pensé que la televisión estaba encendida, pero no lo estaba. Lo que oía era la voz de mi madre, y estoy segura de que le oí decir el nombre de mi padre, o hablar de él. ¿Qué le dijo a Ted?

Y entonces, como si hubiera apretado un botón del mando a distancia y hubiera cambiado de canal, el rostro de Georgette Grove se apareció en mi mente. Tenía la misma expresión que la primera vez que la vi. Estaba muy alterada, al borde de las lágrimas. Y ahora me doy cuenta de que si estaba tan alterada era sobre todo por sí misma, no por mí. No quería perder su venta. Por eso se dio tanta prisa en quedar conmigo para ver la casa esta mañana.

¿Le ha costado nuestra cita la vida a Georgette? ¿La siguió alguien o la persona que la mató ya estaba dentro de la casa? No debía de sospechar nada. Y cuando le dispararon seguramente estaba de rodillas, tratando de limpiar la mancha.

En ese momento, cuando Jack pasaba a lomos del poni a mi lado y me saludaba, sonriendo feliz, y volvía a sujetar las riendas con la mano, vi la conexión. ¿La pintura del suelo de aquella casa era la misma que habían utilizado en mi casa?

Lo era. Estaba segura. Y estaba segura de que la policía no solo llegaría a esa misma conclusión, sino que además podría probarlo. Y entonces no solo me preguntarían porque yo encontré el cuerpo de Georgette, sino porque su muerte de alguna manera estaba ligada al acto vandálico que habían perpetrado contra mi casa.

La persona que había matado a Georgette dejó cuidadosamente la pistola sobre la mancha de pintura. Se suponía que la pintura tenía relación con su muerte. Y conmigo, pensé.

La hora de la muerte se acerca. Es hora de quitarse la máscara.

La hora de la muerte ha llegado, pensé... la muerte de Georgette. Pero por desgracia yo no puedo quitarme la máscara. No puedo pedir que me den una transcripción de mi juicio. No puedo conseguir una copia del informe de la autopsia de mi madre.

¿Cómo voy a dejar que me vean en el juzgado del condado de Morris buscando esa información?

Si descubren quién soy, ¿pensarán que llevaba una pistola conmigo, que cuando llegué a la casa y vi a Georgette limpiando la pintura que la conectaba con aquel acto vandálico la maté?

¡Cuidado! Casa de la pequeña Lizzie...

Lizzie Borden tenía un hacha...

—Mamá, ¿a que Lizzie es un poni muy bonito? —me preguntó Jack.

—No la llames Lizzie —grité—. ¡No puedes llamarla Lizzie! ¡No lo permitiré!

Jack se echó a llorar, asustado. Corrí hasta él, le rodeé la cintura con los brazos y traté de tranquilizarlo. Y entonces Jack se apartó y le ayudé a desmontar.

—Me das miedo, mamá —me dijo, y entró corriendo en la casa.

25

El viernes por la mañana, un día después del asesinato de Georgette Grove, Jeff MacKingsley convocó a los detectives asignados al caso a una reunión en su despacho. Además de Paul Walsh, había dos investigadores veteranos, Mort Shelley y Angelo Ortiz. Los tres se dieron perfecta cuenta de que su jefe estaba preocupado.

Después de saludarlos algo escueto, Jeff fue directo al grano.

—La pintura roja utilizada en la casa de los Nolan procedía de Tannon Hardware, en Mendham, y se preparó expresamente para los Carroll, los propietarios de la casa de Holland Road. Y he sido yo quien ha tenido que llamar a la señora Carroll a San Diego para averiguarlo.

Ortiz respondió con tono defensivo:

—Yo ya me había ocupado de investigarlo. Rick Kling estuvo comprobando los almacenes de pintura de Mendham junto con la policía local. El chico que estaba de encargado en Tannon Hardware era nuevo y no sabía nada de los registros de las ventas de pintura. Sam Tannon estuvo en viaje de negocios hasta ayer. Rick tenía previsto ir a verle, pero entonces encontramos las latas de pintura vacías en la casa de Holland Road.

—El martes por la tarde ya sabíamos que la persona que provocó los destrozos en la casa de los Nolan había utilizado pinturas Benjamin Moore —replicó Jeff con firmeza—. Dado que Tannon Hardware es la única tienda de la zona que tiene la franquicia para vender esa marca, creo que el detective Kling podía haber intentado localizar a Sam Tannon para preguntarle si recordaba una venta en la que hubiera tenido que hacer una mezcla especial de rojo y ocre. He hablado con el señor Tannon hace una hora y lo recordaba perfectamente. Tuvo que colaborar con el interiorista en la mezcla de todas las pinturas de los Carroll.

—Kling sabe que se ha equivocado —concluyó Ortiz—. De haber sabido que la pintura roja era parte del excedente de lo que se utilizó en esa casa, habríamos ido a Holland Road el miércoles.

Las implicaciones de lo que acababa de decir quedaron suspendidas en el aire.

—Eso no significa que hubiéramos podido salvar la vida de Georgette Grove —reconoció Jeff—. Es posible que fuera víctima de un robo aleatorio, pero si el detective Kling hubiera sido más concienzudo, habríamos abierto ese armario y habríamos confiscado las pinturas el miércoles. Ha sido bastante humillante tener que reconocer ante la prensa que no habíamos sido capaces de localizar el origen de la pintura cuando resulta que se compró aquí mismo, en Mendham.

—Jeff, en mi opinión lo importante no es cuándo descubrimos lo de la pintura, sino el hecho de que se utilizara en la casa de la pequeña Lizzie. Creo que si el arma del crimen estaba colocada encima de la mancha de pintura era precisamente para llamar nuestra atención sobre ese hecho, lo cual nos lleva de vuelta a Celia Nolan. Creo que tendríamos que investigarla.

—El tono seco de Paul Walsh rayaba la insolencia.

—La pistola fue colocada expresamente sobre la mancha de pintura —replicó Jeff—. Eso es evidente. Pero no estoy de acuerdo con su teoría de que la señora Nolan oculta algo. Creo que en los pasados tres días la pobre mujer no ha hecho más que llevarse un susto detrás de otro, y es lógico que esté nerviosa y alterada. Clyde Earley iba en el coche patrulla que acudió a su casa cuando llamó al 911 y dijo que el estado de shock no era fingido. No fue capaz de hablar hasta que la llevaron al hospital.

—Tenemos sus huellas en la fotografía que encontró en el

cobertizo y que le dio a usted. Me gustaría pasarlas por la base de datos —insistió Walsh con obstinación—. No me extrañaría que la señora tuviera un pasado que no quiere que conozcamos.

—Adelante —espetó Jeff—. Pero, si tiene que estar al frente de esta investigación, quiero que se concentre en encontrar al asesino y no ande perdiendo el tiempo con Celia Nolan.

—¿No le parece extraño que hablara de llevar a su hijo a Saint Joe's? —Walsh insistía.

—¿Y eso qué se supone que significa?

—Lo dijo como alguien que conoce muy bien el lugar. Una persona nueva en la zona llamaría a la escuela por su nombre oficial, Saint Joseph. También creo que mintió cuando dijo que Georgette Grove le indicó cómo llegar a Holland Grove. No sé si lo recuerda, pero Nolan se contradijo cuando le pregunté. Primero dijo «No», pero enseguida se corrigió, «Sí, por supuesto». Sabía que había cometido un error. Por cierto, comprobé la hora de su llamada al 911. Fue a las diez y diez.

—¿Lo que significa que...?

—Significa que, según su declaración, entró en la casa de Holland Road a las diez menos cuarto y recorrió la planta baja llamando a Georgette Grove. Es una casa grande, Jeff. La señora Nolan dijo que estaba pensando en subir al piso de arriba cuando recordó que había visto abierta la puerta que bajaba al sótano, así que volvió a la cocina, bajó, comprobó las puertas que daban al patio pero vio que estaban cerradas, luego siguió el pasillo, giró la esquina y encontró el cuerpo. Y entonces volvió corriendo al coche y se fue a su casa.

Paul Walsh sabía muy bien que lo que estaba haciendo era lo mismo que decirle a su jefe que se le habían escapado los detalles principales del crimen, pero siguió con obstinación.

—Anoche volví a la casa y cronometré el tiempo que se tarda en llegar de Holland Drive a Old Mill Road. Llegar hasta allí puede resultar bastante complicado. Cuando me dirigía hacia Old Mill, giré por la calle equivocada, así que tuve que volver atrás y empezar de nuevo. Conduciendo a una velocidad normal, es decir a diez kilómetros por encima del límite, tardé diecinueve minutos en ir de Holland Road a Old Mill Lane. Así que haga usted mismo los cálculos.

Paul Walsh lanzó una mirada a Shelley y Ortiz, como si quisiera que le confirmaran que habían seguido su razonamiento.

—Si Celia Nolan decía la verdad y llegó a la casa a las diez menos cuarto y tenía que salir de allí a menos nueve minutos y conducir sin levantar el pie del acelerador, eso significa que solo estuvo allí entre cuatro y seis minutos.

—Lo cual es posible —dijo Jeff muy tranquilo—. Algo precipitado, pero posible.

—Y eso también significaría que fue derecha a casa y que sabía exactamente por dónde girar en aquel laberinto de calles, y eso estando en estado de shock.

—Le sugiero que vaya al grano —dijo Jeff algo hosco.

—Lo que quiero decir es que, o llegó mucho antes de lo que dice y ya esperaba a Georgette o ha estado antes en la casa y por eso conocía el camino.

—Se lo vuelvo a preguntar, ¿adónde quiere ir a parar?

—Creo a la señora Nolan cuando dice que no conocía la ley estatal que le habría permitido anular la compra de la casa. Su generoso marido le compró la casa, pero ella no la quería, aunque no se atrevió a decírselo. De alguna forma se enteró de la gamberrada que hicieron los chicos en Halloween el año pasado y decidió mejorarlo. Paga a alguien para que cause algunos destrozos, llega y finge un desmayo, y ya tiene lo que quería. Ella tiene una excusa para dejar una casa que nunca ha querido, y su maravilloso marido lo entiende perfectamente. Y entonces, de alguna forma Georgette la descubre. Llevaba una fotografía de Celia Nolan haciendo el numerito en el monedero. Yo digo que su idea era enseñársela a la Nolan y decirle que no se iba a salir con la suya.

—¿Y por qué no había huellas en la fotografía, ni siquiera las de Georgette? —preguntó Ortiz.

—Quizá Nolan la tocó, pero no se la quiso llevar por si alguna otra persona sabía que Georgette la tenía. Así que limpió las huellas y se la volvió a dejar en el bolso.

—Creo que se ha equivocado de profesión, Paul —espetó Jeff—. Tendría que haber sido fiscal. Parece muy persuasivo, pero sus argumentos hacen aguas por todas partes. Celia Nolan es una mujer rica. Podía haberse comprado otra casa con solo chasquear los dedos, y en cambio convenció a su marido para que se quedaran. Es evidente que el hombre la quiere con locura. Adelante, compruebe sus huellas en la base de datos, así podremos seguir. ¿Qué tenemos, Mort?

Mort Shelley se sacó una libreta del bolsillo.

—Estamos haciendo una lista de personas que pueden haber tenido acceso a la casa para interrogarlas. Otros agentes inmobiliarios que tengan la llave de la caja de seguridad, por ejemplo, o gente que realiza algún tipo de servicio de mantenimiento, de limpieza o jardinería. Estamos investigando si Georgette Grove tenía algún enemigo, si debía dinero, si salía con alguien. Aún no hemos podido determinar el origen de la muñeca del porche. En su día debió de ser muy cara, aunque imagino que salió de la subasta de los muebles de alguna casa y durante años ha estado metida en algún desván.

—¿Qué hay de la pistola que llevaba la muñeca? A mí me pareció lo bastante real para asustarme si me la hubiera encontrado apuntándome —dijo Jeff.

—Comprobamos la empresa que las fabrica. Ya no existe. Tuvo muy mala prensa porque la pistola era demasiado real. Después de siete años, el propietario destruyó los archivos. Así que por ahí no sacaremos nada.

—Muy bien. Manténganme informado. —Jeff se puso de pie, dando la reunión por terminada.

Cuando se iban, llamó a Anna, su secretaria, y le indicó que no le pasara ninguna llamada en una hora.

Diez minutos después, Anna lo llamó por el intercomunicador.

—Jeff, hay una mujer que dice que anoche estuvo en el Black Horse y oyó a Ted Cartwright amenazar a Georgette Grove. Sabía que querría hablar con ella.

—Pásemela —dijo Jeff.

26

Después de separarse de Marcella Williams, Dru Perry fue directamente a la redacción del *Star-Ledger* para escribir su crónica sobre el homicidio de Holland Road. Luego le comentó a su editor, Ken Sharkey, que por la mañana se quedaría a trabajar en casa para preparar un reportaje sobre Georgette Grove para el dominical.

Que es la razón por la que, el viernes por la mañana, Dru estaba ante su escritorio, con pijama y bata y con un tazón de café en la mano, viendo las noticias de Canal 12, una televisión local. En aquellos momentos estaban pasando una entrevista con Thomas Madison, primo de Georgette Grove, que había venido desde Pensilvania cuando recibió la noticia. Madison, un hombre de cincuenta y pocos años con voz melosa, expresó el dolor de su familia por la muerte de Georgette y su indignación ante un crimen tan atroz. Explicó cómo iban a ser los funerales: cuando el forense terminara su trabajo, el cuerpo de su prima sería incinerado y sus cenizas se depositarían en la parcela que la familia tenía en el cementerio del condado de Morris. El lunes a las diez de la mañana se celebraría un servicio en su memoria, en la iglesia presbiteriana de Hilltop a la que asistió toda su vida.

Un servicio tan pronto..., pensó Dru. Eso significa que el primo Thomas quiere terminar con esto cuanto antes y volver a casa. Dru apagó el televisor con el mando a distancia y decidió que asistiría al servicio.

Encendió el ordenador y se puso a buscar información sobre Georgette Grove en internet. Lo que le gustaba de internet es que, cuando buscaba información, siempre topaba con cosas que no esperaba.

—¡Bingo! —dijo en voz alta una hora después, cuando encontró una fotografía de Georgette Grove y Henry Paley en el último curso de secundaria en el instituto de Mendham.

El pie de foto decía que habían ganado una carrera de fondo en la competición anual del condado. Cada uno tenía su trofeo en la mano. Henry rodeaba a Georgette con su brazo huesudo y, mientras que ella sonreía directamente a la cámara, la sonrisa fatua de Henry era solo para ella.

Vaya, parece coladito, pensó Dru... ya debía de estar colgado por ella en aquella época.

Decidió buscar más información sobre Henry Paley. Los datos pertinentes que encontró eran que había trabajado como agente inmobiliario al acabar la carrera, que se casó con Constance Liller a los veinticinco años y que a los cuarenta se incorporó a la Inmobiliaria Grove, de reciente creación. Una necrológica le indicó que Constance Liller Paley había fallecido hacía seis años.

Y luego, si había que dar crédito a Marcella Williams, trató de seducir a Georgette otra vez, pensó. Pero a ella no le interesaba, y en los últimos tiempos habían discutido con frecuencia porque él quería recuperar el dinero que puso en el negocio y en los terrenos de la Ruta 24. No me imagino a Henry matando a nadie, pensó, pero el amor y el dinero son las dos principales razones por la que se mata a la gente. Interesante, sí señor.

Se recostó contra el respaldo de su silla y miró al techo. ¿Le había dicho Henry Paley dónde estaba cuando mataron a Georgette cuando habló con él el día antes? Me parece que no, decidió. Dru tenía el bolso en el suelo, junto a la mesa. Así que se puso a rebuscar en su interior, sacó su cuaderno de notas y anotó las preguntas y los hechos que se le estaban pasando por la cabeza.

¿Dónde estaba Henry Paley la mañana del asesinato? ¿Llegó a la oficina a la hora habitual o había quedado con algún cliente? Las cajas de seguridad tienen un registro informatizado. Así que seguramente habría constancia del número de veces que Henry Paley había estado en la casa de Holland Road. ¿Conocía la existencia de las latas de pintura del armario? Él quería que la agencia cerrara. ¿Sería capaz de sabotear deliberadamente la casa de Old Mill Lane para poner a Georgette en evidencia o abortar la venta?

Dru cerró su cuaderno, lo dejó en su bolso y siguió buscando información sobre Georgette en internet. En las dos horas que siguieron, se formó una idea bastante clara de una mujer independiente que, a juzgar por los muchos premios que le habían concedido, no solo se preocupaba por la comunidad sino que luchaba activamente por preservar la calidad de vida de los habitantes de Mendham.

Seguramente había montones de personas que solicitaban cambios al comité de zona que la habrían estrangulado, pensó Dru, mientras leía en una entrada tras otra cómo Georgette impedía que se suavizaran las actuales directrices sobre el uso del territorio.

O mejor dicho, pensó corrigiéndose, más de uno le habría pegado un tiro. Los datos indicaban que Georgette había pasado por encima de mucha gente en los últimos años, pero probablemente sus acciones en pro de la comunidad no habían afectado a nadie más directamente que a Henry Paley. Cogió el teléfono y marcó el número de la agencia, medio esperando que estuviera cerrada.

Henry Paley contestó.

—Henry, me alegro de encontrarle. No sabía si abrirían hoy. Estoy trabajando en un artículo sobre Georgette y estaba pensando que sería bonito incluir algunas de esas fotografías que tiene en el álbum. Me preguntaba si podría dejármelo, o al menos si me dejaría hacer copia de algunas de las fotografías.

Después de insistir un poco, consiguió que Paley accediera a dejarle fotografiar algunas páginas.

—No quiero que ese álbum salga de la oficina —dijo—. Y no quiero que se lleven ninguna fotografía.

—Henry, me gustaría que estuviera usted a mi lado cuando haga esas fotografías. Muchas gracias. Le veré hacia medio día. No le robaré mucho tiempo.

Cuando dejó el auricular en su sitio, Dru se levantó y se apartó el flequillo de la cara. Tengo que cortármelo, pensó, empiezo a parecer un perro de lanas. Fue a su habitación y empezó a vestirse. Y, mientras estaba en ello, le vino una pregunta a la cabeza, casi una corazonada, una de esas corazonadas que hacía que fuera tan buena como periodista de investigación. ¿Henry sigue corriendo o hace footing? Y, de ser así, ¿cómo encajaría eso en todo esto?

Tendría que comprobarlo.

27

Martin y Kathleen Kellogg, de Santa Barbara, California, son los primos lejanos que me adoptaron. Cuando mamá murió, vivían en Arabia Saudí, porque él trabajaba para una empresa de ingeniería. No supieron lo que había pasado hasta que la empresa volvió a destinarlo a Santa Barbara. Para entonces, el juicio ya había terminado y yo estaba en un centro de acogida de Nueva Jersey, mientras el tribunal de menores y los servicios sociales decidían qué hacer conmigo.

En cierto modo fue bueno que no hubieran tenido ningún contacto conmigo hasta entonces. Ellos no tenían hijos y, cuando se enteraron de lo sucedido, vinieron al condado de Morris sin dar ningún tipo de publicidad al asunto y solicitaron mi adopción. Las autoridades les entrevistaron e investigaron su situación. Y, finalmente, los declararon aptos para hacer de tutores y padres adoptivos de una menor que no había pronunciado más que unas pocas palabras desde hacía más de un año.

Los Kellogg tenían algo más de cincuenta años, así que no eran demasiado viejos para hacer de padres de una niña de once. Por muy lejano que fuera el parentesco, Martin era un familiar. Y, lo más importante, su compasión era auténtica. La primera vez que vi a Kathleen me dijo que esperaba caerme bien y que, con el tiempo, llegara a quererla. Dijo: «Siempre he querido tener una hija. Me gustaría que pudieras recuperar lo que te queda de infancia, Liza».

Me fui con ellos de buena gana. Evidentemente, nadie puede ayudarte a recuperar algo que está destrozado. Yo ya no era una niña... era una reconocida asesina. Ellos deseaban con toda su alma que superara el horror de mi experiencia como pequeña Lizzie y me enseñaron lo que tenía que contar a la gente que les conocía antes de volver a Santa Barbara.

Oficialmente, yo sería la hija de una amiga viuda que, al enterarse de que tenía un cáncer terminal, les pidió que me adoptaran. Eligieron para mí el nombre de Celia porque mi abuela se llamaba Cecilia. Eran lo bastante juiciosos para saber que necesitaba conservar algún vínculo con mi pasado, aunque fuera en secreto.

Viví con ellos durante casi siete años. Durante ese período, estuve acudiendo a la consulta del doctor Moran una vez a la semana. Confié en él desde el principio. Creo que, más que Martin, fue él quien se convirtió realmente en una figura paterna para mí. Cuando no podía hablar, me hacía dibujar. Yo dibujaba las mismas escenas una y otra vez. La salita de mamá, una figura simiesca, de espaldas a mí, sujetando a una mujer contra la pared. Una pistola suspendida en el aire, con las balas saliendo del cañón, pero sin una mano que la sujetara. Y dibujé una escena que era como la Pietà al revés. En la mía, la niña sostenía en sus brazos el cuerpo sin vida de su madre.

Había perdido un curso en la escuela, pero enseguida me puse al corriente, y luego fui a un instituto de Santa Barbara. En ambos lugares se me consideró siempre una niña callada pero agradable. Tenía amigas, pero nunca dejé que nadie se acercara demasiado. Para alguien que vive una mentira, hay que evitar la verdad, y yo tenía que vigilar mis palabras. Y ocultar mis emociones. Recuerdo que una vez, en segundo curso, nos pusieron un examen sorpresa en la clase de inglés. Teníamos que escribir sobre el día más memorable de nuestras vidas.

Aquella terrible noche volvió con vividez a mi cabeza. Era como estar viendo una película. Traté de coger el bolígrafo, pero mis dedos se negaban a obedecerme. Traté de respirar, pero no conseguía que el aire llegara a mis pulmones. Y me desmayé.

Para explicar aquello dijimos que de pequeña había estado a

punto de ahogarme y ocasionalmente tenía *flashbacks*. Cuando hablé con el doctor Moran, le dije que nunca había visto con tanta claridad lo que pasó aquella noche, que por una décima de segundo había recordado lo que mamá le gritaba a Ted. Y luego se fue otra vez.

El año que yo me mudé a Nueva York para estudiar en el Instituto Tecnológico de Diseño, la empresa de Martin le obligó a jubilarse y ellos se fueron a Naples, Florida, donde consiguió un puesto en una empresa de ingeniería. Ahora ya está retirado y, a sus más de ochenta años, se ha convertido en lo que Kathleen denomina una persona «olvidadiza», aunque me temo que lo que sucede es que está en los primeros estadíos del Alzheimer.

Cuando nos casamos, Alex y yo hicimos una ceremonia discreta en Lady Chapel, en la catedral de Saint Patrick: solo nosotros dos, Jack, Richard Ackerman, el socio mayoritario de Alex en el bufete, y Joan Donlan, que era mi mano derecha cuando tenía mi negocio de diseño y que es lo más parecido que tengo a una amiga íntima.

Poco después, Alex, Jack y yo volamos hasta Naples para visitar a Martin y Kathleen unos días. Afortunadamente nos alojamos en el hotel, porque Martin tenía lapsos de memoria con frecuencia. Un día, cuando estábamos en la terraza después de desayunar, me llamó Liza. Alex no lo oyó porque en ese momento iba hacia la playa para darse un baño, pero Jack sí. Le pareció tan raro que se le quedó grabado y de vez en cuando aún me pregunta: «Mamá, ¿por qué te llamó Liza el abuelo?».

Una vez, en el apartamento de Nueva York, Alex estaba en la habitación cuando Jack me hizo la pregunta, pero su reacción fue explicarle a Jack que a veces la gente mayor olvida las cosas y confunde los nombres. «¿Te acuerdas? Tu abuelo a veces me llamaba Larry. Me confundía con tu padre.»

Después de mi arrebato con el poni, seguí a Jack al interior de la casa. Mi hijo corrió junto a Alex y se le sentó en las piernas, y le contó entre lágrimas que mamá le había asustado.

—A mí a veces también me da miedo, Jack —le dijo Alex y

sé que lo decía como una broma, pero lo cierto es que detrás de sus palabras había una verdad innegable. Mi desmayo, los episodios de llanto, incluso el estado de shock en que me sumí al encontrar el cuerpo de Georgette... todas esas cosas le habían asustado. Y era como si lo llevara grabado en la frente: estaba convencido de que yo estaba pasando por una especie de crisis.

Alex escuchó mientras Jack le contaba que yo le había gritado y le había dicho que no podía llamar Lizzie al poni, y entonces trató de darle una explicación.

—Mira, Jack. Hace mucho tiempo, en esta casa vivía una niña que se llamaba Lizzie y que hizo cosas muy malas. Nadie la quería, y la obligaron a marcharse. Y cuando oímos ese nombre pensamos en la niña mala. ¿Qué cosa hay que odies más que nada en el mundo?

—Cuando el médico me pincha.

—Pues míralo así. Cuando tu madre y yo oímos el nombre de Lizzie nos recuerda a esa niña mala. ¿Te gustaría llamar a tu poni Pinchazo?

Jack se echó a reír.

—¡Noooo!

—Pues ahora ya sabes cómo se siente mamá. Vamos a pensar otro nombre para ese poni tan bonito.

—Mamá dice que tendríamos que ponerle Estrella porque tiene una estrella blanca en la frente.

—Creo que es un nombre estupendo, y ahora tenemos que hacerlo oficial. Mamá, ¿tenemos papel de regalo?

—Sí, creo que sí. —Le estaba muy agradecida a Alex por haber tranquilizado a Jack, pero... Dios mío, aquella explicación...

—¿Por qué no haces una gran estrella para que la peguemos en la puerta del cobertizo? Así todo el mundo sabrá que ahí vive un poni que se llama Estrella.

A Jack le encantó la idea. Yo dibujé el contorno de una estrella sobre papel de regalo brillante y él la recortó. La pegamos en la puerta del cobertizo con gran ceremonia, y luego yo recité un poema que recordaba de mi infancia.

Estrella bonita, estrella brillante,
yo siempre te veo mirarme,
y ahora quiero, ahora espero,
que se cumpla mi deseo.

Ya eran las seis, y empezaba a oscurecer.

—¿Cuál es tu deseo, mamá? —me preguntó Jack.

—Deseo que los tres estemos juntos para siempre.

—¿Y tú, Alex? —preguntó.

—Deseo que pronto empieces a llamarme papá, y que el año que viene para estas fechas ya tengas un hermanito o hermanita.

Aquella noche, cuando Alex trató de atraerme a su lado, notó mi resistencia y me soltó enseguida.

—Ceil, ¿por qué no te tomas una pastilla para dormir? —me sugirió—. Necesitas relajarte. Yo no tengo sueño, creo que bajaré a leer un rato.

Normalmente, cuando necesito un somnífero, solo tomo medio, pero después del día que había tenido, me tomé uno entero y dormí profundamente durante ocho horas. Cuando desperté, casi eran las ocho, y Alex no estaba. Me puse una bata y bajé corriendo las escaleras. Jack estaba levantado y vestido, y estaba desayunando con Alex.

Alex se levantó y se acercó a mí.

—Eso sí que es dormir —dijo—. Creo que no te has movido en toda la noche. —Me besó con ese gesto suyo que tanto me gusta, cogiendo mi rostro entre las manos—. Tengo que irme. ¿Estás bien?

—Estoy bien.

Y lo estaba. Aunque aún estaba algo dormida, físicamente me sentía más fuerte de lo que me había sentido desde que llegamos a aquella casa. Sabía muy bien lo que quería. Cuando dejara a Jack en la escuela, iría a alguna de las agencias inmobiliarias del pueblo y trataría de encontrar una casa que pudiéramos comprar o alquilar de forma inmediata. No me importaba en qué estado estuviera. Si quería recuperar algo de normalidad en mi vida, lo primero era salir de allí.

Al menos, me pareció que sería lo mejor. Más tarde, cuando fui a la agencia de Mark W. Grannon y Mark Grannon me llevó personalmente a ver casas, descubrí algo sobre Georgette que me dejó sin habla.

—Georgette tenía la casa en exclusiva en su agencia —me dijo cuando íbamos en coche por Hardscrabble Road—. Los demás no queríamos ni verla. Pero Georgette siempre decía que se sentía culpable. Durante un tiempo, ella y Audrey Barton fueron buenas amigas. Fueron al instituto de Mendham más o menos por la misma época, aunque Georgette era un par de años mayor.

Yo escuchaba, con la esperanza de que Grannon no notara mi rigidez.

—Audrey montaba muy bien, ¿sabe? Era una auténtica amazona. En cambio, su marido, Will, tenía mucho miedo a los caballos y se sentía avergonzado. Quería cabalgar al lado de su mujer. Fue Georgette quien le sugirió que pidiera a Zach, del club de hípica Washington Valley, que le diera clases. Así que Will empezó las clases sin decirle nada a Audrey. La mujer no supo nada hasta que la policía llamó a su puerta para comunicarle que estaba muerto. Ella y Georgette no volvieron a hablarse.

¡Zach!

El nombre me sacudió como un latigazo. Era una de las palabras que mi madre le gritó a Ted la noche que la maté.

Zach: ¡Era parte del rompecabezas!

28

El viernes por la tarde, la secretaria de Ted Cartwright le informó de que el detective Paul Walsh, de la oficina del fiscal del condado de Morris, estaba en la sala de espera y quería hacerle unas preguntas.

En cierto modo, Ted ya esperaba la visita, pero ahora que estaba pasando, notó que las palmas de las manos le sudaban. Se las secó con impaciencia en la chaqueta, abrió el cajón de su mesa y se miró fugazmente en el espejo que siempre tenía allí. Tengo buen aspecto, pensó. En aquel momento decidió que mostrarse cordial podría interpretarse como una señal de debilidad.

—No sabía que el señor Walsh tuviera una cita conmigo —escupió al intercomunicador—. De todos modos, que pase.

El aire astroso y desaseado de Paul Walsh suscitó enseguida el desprecio de Cartwright, y eso le tranquilizó un tanto. La montura redonda de las gafas de Walsh le recordaba el color de sus botas de montar. Decidió mostrarse condescendiente con su visitante.

—No me gustan las visitas inesperadas —dijo—. Dentro de diez minutos espero una llamada importante, así que será mejor que vayamos al grano, señor Walsh, ¿no le parece?

—Tiene toda la razón —replicó Walsh, con una voz firme e inflexible que desentonaba totalmente con su aspecto dejado.

Le dio su tarjeta de visita a Cartwright y, sin esperar a que le invitaran, se sentó en la silla que había ante su mesa.

Cartwright, que tenía la sensación de que no controlaba la situación, se sentó también.

—¿Qué puedo hacer por usted? —Esta vez el tono era brusco.

—Como ya habrá imaginado, estoy investigando el asesinato de Georgette Grove ayer por la mañana. Supongo que se habrá enterado.

—Habría que estar sordo, tonto y ciego para no enterárse —espetó Cartwright.

—¿Conocía a la señora Grove?

—Por supuesto. Los dos hemos vivido en esta zona toda la vida.

—¿Eran amigos?

Se ha enterado de lo del miércoles por la noche, pensó Cartwright. Con la esperanza de desarmar a Walsh, dijo:

—Lo habíamos sido. —Hizo una pausa, y escogió las palabras con mucho cuidado—. Estos últimos años, Georgette se ha vuelto muy combativa. Cuando estaba en el comité de zona, era imposible que nadie consiguiera ningún tipo de cambio. E incluso los semestres que no estaba en el comité, no faltaba a ninguna de las reuniones y seguía poniendo pegas a todo. Por ese motivo, yo y otras personas dimos por terminada cualquier semblanza de amistad con ella.

—¿Cuándo fue la última vez que la vio?

—El miércoles por la noche, en el Black Horse Tavern.

—¿Y a qué hora fue eso?

—Entre las nueve y cuarto y las nueve y media. Ella estaba sola, cenando.

—¿Se acercó usted a ella?

—Establecimos contacto visual. Ella me hizo una seña y yo me acerqué a saludarla, y quedé muy sorprendido cuando prácticamente me acusó de ser el responsable de lo que había sucedido en la casa de Old Mill Lane.

—Una casa en la que usted había vivido...

—Correcto.

—¿Qué le dijo usted?

—Le dije que se estaba convirtiendo en una chiflada y que qué le hacía pensar que yo tenía nada que ver con aquello. Me dijo que me había compinchado con Henry Paley para sacarla del negocio y obligarla a vender los terrenos de la Ruta 24. Y que prefería verme en el infierno antes que vender.

—¿Y usted qué respondió?

—Le dije que no tenía nada que ver con Henry Paley. Que, si bien es cierto que me gustaría darle un uso a esa zona construyendo bonitas oficinas comerciales, tengo muchos otros proyectos en los que trabajar. Y ya está.

—Ya veo. ¿Dónde estuvo ayer por la mañana entre las ocho y las diez, señor Cartwright?

—A las ocho estaba montando por uno de los senderos del club de hípica de Peapack. Estuve montando hasta las nueve, me duché en el club y vine hasta aquí. Llegué hacia las nueve y media.

—La casa de Holland Road en la que fue asesinada las señora Grove tiene unos terrenos arbolados en la parte de atrás que forman parte de la propiedad. ¿No hay una pista que une la casa con el camino de Peapack?

Cartwright se levantó.

—Fuera de aquí —le ordenó indignado—. Y no vuelva. Si tengo que volver a hablar con usted o con alguien de su oficina, tendrá que ser en presencia de mi abogado.

Paul Walsh se puso en pie y fue hacia la puerta. Cuando giró el picaporte, dijo muy tranquilo:

—Volveremos a vernos, señor Cartwright. Y si habla con su amigo el señor Paley, puede decirle que él y yo también tenemos que vernos.

29

El sábado a las cuatro de la tarde, Charley Hatch aparcó su camioneta en el camino de tierra que había detrás de su cobertizo, y luego desenganchó el remolque que había utilizado para llevar el cortacésped y el resto del material que utilizaba en su trabajo de jardinero. No siempre lo hacía, pero esa noche tenía que volver a salir, porque había quedado con unos amigos en el bar para ver el partido de los Yankees. Ya estaba impaciente.

Había sido un día muy largo. El sistema de aspersores de una de las casas donde trabajaba se había estropeado y el césped estaba quemado. No había sido culpa suya, pero el dueño de la casa volvería pronto de sus vacaciones y se pondría furioso si su jardín no estaba impecable. Era uno de los trabajos más fáciles que tenía, y no quería perderlo. Así que dedicó unas horas de más para hacer venir a un técnico que arreglara el sistema y luego se quedó por allí hasta que se aseguró de que el césped se regaba adecuadamente.

Charley llevaba puestos los mismos vaqueros que el lunes por la noche, cuando estuvo en Old Mill Lane, así que, mientras esperaba al técnico, preocupado todavía por su conversación con Ted Cartwright la noche antes, se dedicó a examinarlos cuidadosamente. Descubrió tres gotas de pintura roja en la rodilla derecha, además de algunos restos en la parte posterior de la camioneta. Los vaqueros eran viejos, pero cómodos y no quería tirarlos. Intentaría quitar la pintura con aguarrás.

Tendría que ir con mucho cuidado, porque a la Grove le

habían disparado justamente cuando trataba de limpiar la pintura que él había derramado el lunes cuando se llevó las latas de pintura.

Así que, de un humor de perros, Charley dejó el remolque en su sitio y entró en la casa, y se fue derecho a la nevera. Cogió una cerveza, quitó la chapa y empezó a beber. Un vistazo por la ventana le hizo quitarse la botella de la boca. Un coche patrulla acababa de parar delante de su casa. La poli. Ya sabía que tarde o temprano irían a preguntar, porque él hacía algunos trabajos en la casa de Holland Road donde habían asesinado a la mujer de la inmobiliaria.

Charley bajó la vista. De pronto las tres gotas de pintura roja de sus vaqueros parecían de tamaño gigante. Fue corriendo a su habitación, se quitó las zapatillas deportivas y se llevó un disgusto cuando vio que la suela del pie izquierdo también estaba manchada. Cogió un par de pantalones de pana del suelo de su armario, se los puso, se puso unos mocasines bastante gastados y aún llegó a tiempo de abrir la puerta al segundo timbrazo.

El sargento Clyde Earley estaba allí.

—¿Te importa si paso, Charley? —preguntó—. Solo quiero hacerle unas preguntas.

—Claro, claro, pase, sargento. —Charley se apartó para dejarle pasar y vio que los ojos del sargento examinaban la habitación—. Siéntese. Acabo de llegar. Lo primero que he hecho ha sido abrirme una cerveza. Es curioso, el otro día ya podía intuirse el otoño en el aire y ahora de pronto parece que volvemos a estar en pleno verano. ¿Le apetece una cerveza?

—Gracias, Charley, pero estoy de servicio. —Earley escogió una silla de respaldo recto para sentarse, una de las dos que había ante la mesa de carnicero donde Charley comía.

Charley se sentó en una de las sillas que formaban parte de la sala de estar de la casa que compartía con su mujer antes del divorcio.

—Lo que pasó ayer en Holland Road es terrible —empezó a decir Earley.

—Sí, eso parece. Se le ponen a uno los pelos de punta, ¿eh?
—Charley dio un trago a su cerveza, y enseguida se arrepintió.
Earley tenía el rostro sofocado.

Se había quitado la gorra, y vio que su pelo rojizo estaba
mojado. Apuesto a que se muere por beber un poco de esto,
pensó. Seguramente no le hace ninguna gracia tenerme aquí delante bebiendo. Así que dejó la botella en el suelo como si nada.

—¿Acabas de llegar del trabajo, Charley?

—Eso es.

—¿Hay alguna razón para que te hayas puesto esos pantalones de pana y zapatos de piel? No habrás trabajado con eso
puesto, ¿verdad?

—Tuve algunos problemas con el sistema de riego. Los vaqueros y las bambas estaban empapados. Me los acababa de
quitar y me iba a dar una ducha cuando le he visto llegar, así que
me he puesto esto.

—Ya veo. Bueno, pues siento haberte privado de tu ducha,
pero es que necesito verificar algunos datos. Tú te ocupas del
jardín del número 10 de Holland Road, ¿verdad?

—Efectivamente. Empecé cuando los Carroll compraron la
casa hace unos ocho o nueve años. Cuando trasladaron al señor
Carroll me pidieron que me ocupara de la casa hasta que se vendiera.

—¿Qué quiere decir exactamente que te «ocupas» de la
casa, Charley?

—Pues que cuido lo que rodea la casa, ya sabe, corto el césped, podo los arbustos, barro el porche y el camino...

—¿Tienes una llave?

—Sí. Entro cada dos o tres días para limpiar y asegurarme
de que todo está en orden. A veces los de las inmobiliarias llevan clientes cuando llueve y lo dejan todo lleno de barro. Así
que me ocupo de limpiarlo, no sé si me entiende.

—¿Cuándo fue la última vez que estuviste en la casa?

—El lunes. Siempre voy después del fin de semana. Es cuando pasa más gente por allí.

—¿Qué hiciste en la casa el pasado lunes?

—Lo de siempre. Fue el primer sitio adonde fui porque pensé que si iba algún cliente, tenía que estar presentable.

—¿Sabías que había pintura roja en un armario trastero?

—Pues claro. Había un montón de latas de pintura, no solo roja. Me parece que cuando pintaron la casa el decorador encargó mucha más pintura de la que necesitaban.

—Entonces, ¿no sabías que alguien robó la pintura roja de ese armario y la utilizó para causar destrozos en la casa de Old Mill Lane?

—Leí lo que pasó en la casa de la pequeña Lizzie, pero no sabía que la pintura hubiera salido de Holland Road. ¿Quién iba a hacer algo así, sargento?

—Esperaba que tú me dieras alguna idea, Charley.

Charley se encogió de hombros.

—Lo mejor será que hable con alguno de esos de las inmobiliarias que no dejan de entrar y salir de la casa. Quizá alguno tenía algo en contra de Georgette Grove o de la gente que se ha instalado en la casa de la pequeña Lizzie.

—Una teoría interesante, Charley. Un par de preguntas más y te dejaré para que puedas ducharte. La llave del armario trastero ha desaparecido. ¿Lo sabías?

—La semana pasada estaba, eso seguro. Pero no me fijé si el lunes seguía allí o no.

Earley sonrió.

—Nadie ha dicho que el lunes no estuviera. No sé si estaba.

—Bueno, pues esa es la última vez que yo estuve en la casa —dijo Charley a la defensiva—. Por eso lo decía.

—Última pregunta. ¿Hay alguna posibilidad de que alguien, quizá un agente inmobiliario, haya sido tan descuidado que se dejara la puerta de la calle abierta después de haber enseñado la casa?

—Claro, puede pasar, y ha pasado. Más de una vez me he encontrado abierta la puerta de la cocina que da a la parte de atrás. Y lo mismo pasa con las puertas correderas de la sala recreativa. La gente de las inmobiliarias está tan entusiasmada por hacer una venta que se vuelve descuidada. Se aseguran de cerrar la puerta de la calle y la caja de seguridad de la forma más ostentosa, y en cambio por las otras entradas podrían colarse ejércitos enteros.

—¿Estás seguro de que siempre cierras con llave todas las puertas cuando has estado en la casa, Charley?

—Mire, sargento, me gano la vida cuidando de las casas de la gente. ¿Cree que alguno de ellos me daría una segunda oportunidad si fuera tan descuidado? Yo se lo diré. No, señor. Si no lo hiciera todo perfecto me crucificarían.

Clyde Earley se levantó para irse.

—Pues parece que alguien ha crucificado a Georgette Grove, Charley. Si se te ocurre alguna otra cosa que pueda ayudarme avísame. En mi opinión, la persona que hizo lo de la casa de la pequeña Lizzie se asustó porque la señora Grove le había descubierto y por eso tuvo que matarla. Eso sí que es indignante. Lo más que puede caerle a alguien por un acto vandálico como el de la casa de Old Mill Lane es un año más o menos y, si no tenía antecedentes, probablemente se saldría con la condicional y servicios comunitarios. Pero si ese vándalo ha matado a la Grove para cerrarle la boca, podría caerle la pena de muerte. Bueno, nos vemos, Charley. —Y salió solo.

Charley estuvo conteniendo la respiración hasta que el coche patrulla se alejó, luego cogió su móvil y se puso a marcar presa del pánico. En lugar del tono, una voz informatizada le dijo que el teléfono al que llamaba estaba desconectado o fuera de cobertura.

30

A las cinco en punto, Thomas Madison entró en las oficinas de la inmobiliaria Grove. Había pasado la noche en un motel, y había cambiado el traje azul oscuro que llevaba cuando le entrevistaron para el Canal 12 por unos pantalones y un jersey claro que le hacían aparentar bastante menos de los cincuenta y dos años que tenía. Su cuerpo delgado no era el único rasgo genético que compartía con su difunta prima. Al igual que Georgette, siempre decía muy claro lo que quería.

Henry y Robin estaban a punto de cerrar cuando llegó.

—Me alegro de encontrarles —dijo Madison—. Había pensado quedarme todo el fin de semana, pero no tendría ningún sentido, así que me iré a casa y volveré el domingo por la noche. Todos estaremos presentes para el servicio... mi esposa, mis hermanas, mis cuñados.

—Nosotros abrimos mañana —le dijo Henry—. Casualidades del destino, justamente ahora estamos a punto de cerrar varias ventas. ¿Ha pasado ya por la casa de Georgette?

—No, la policía aún no ha acabado de investigar. No sé qué es lo que esperan encontrar.

—Me imagino que algún tipo de correspondencia personal que pueda darles alguna pista —dijo Robin—. También estuvieron aquí registrando su despacho.

—Es un asunto muy desagradable —apuntó Madison—. Me preguntaron si quería ver el cuerpo. Y la verdad, yo no quería, pero no habría quedado muy bien si les digo que no. Así que fui al depósito. Casi me desmayo. La bala le acertó entre los ojos.

Notó que Robin hacía una mueca.

—Lo siento. Es solo que... —Se encogió de hombros, gesto que trasmitía su desaliento ante las circunstancias—. De verdad, tengo que volver a casa. Soy el entrenador del equipo de fútbol donde juegan mis hijos, y mañana tenemos partido. —Por un momento, una sonrisa apareció en sus labios—. Tenemos el mejor equipo de nuestra división en toda Filadelfia, o incluso en Estados Unidos si se me permite decirlo.

Henry sonrió educadamente. No le interesaba lo más mínimo si el primo de Georgette tenía el mejor o el peor equipo de Filadelfia o de Estados Unidos. Lo que le interesaba era concretar lo antes posible los detalles sobre el negocio con el heredero de Georgette.

—Tom —dijo—, según creo haber entendido usted y sus hermanas van a compartir la herencia de Georgette.

—Exacto. Esta mañana me he pasado por el despacho de Orin Haskell, su abogado. Como ya sabrán, está en esta misma calle. Él tiene una copia del testamento. Todavía hay que legalizarlo, pero eso es lo que dice. —Madison volvió a encogerse de hombros—. Mis hermanas ya han empezado a pelearse para ver qué se queda cada una. Georgette conservaba algunas bonitas reliquias familiares. Nuestras bisabuelas eran hermanas. —Miró a Henry—. Sé que usted posee el veinte por ciento de este negocio y de unos terrenos en la Ruta 24. Le diré una cosa: no tenemos ningún interés en continuar con el negocio. Mi propuesta es que lo tasen tres empresas diferentes y luego usted nos compre nuestra parte o, si tampoco le interesa, que cerremos la agencia y lo vendamos todo, incluyendo la casa de Georgette, que, por supuesto, está solo a su nombre.

—Supongo que ya sabe que Georgette quería ceder los terrenos de la Ruta 24 al estado —dijo Robin sin hacer caso de la mirada furiosa de Henry.

—Lo sé. Pero por desgracia no llegó a hacerlo, o quizá no pudo porque no contaba con su apoyo, Henry. La verdad, todos le estamos inmensamente agradecidos por no haber dejado que hiciera de Doña Generosa con el estado de Nueva Jersey. Yo tengo tres hijos, y mis hermanas tienen dos y dos respectivamente, y todo lo que saquemos de la venta de las propiedades de Georgette nos va ser de gran ayuda para pagar su educación.

—Haré que vengan a tasar la agencia enseguida —prometió Henry.

—Cuanto antes mejor. Bueno, me voy. —Madison se volvió para irse, pero se detuvo—. Los familiares comeremos juntos después del servicio. Nos gustaría que nos acompañaran. Ustedes dos eran la otra familia de Georgette.

Henry esperó hasta que la puerta se cerró detrás de Madison.

—¿Nosotros somos su otra familia? —preguntó secamente.

—Yo la apreciaba mucho —dijo Robin muy pausada—. Y en otra época tú también la apreciabas, o eso me había parecido entender —añadió.

—¿La apreciabas tanto que no te importa que el miércoles se quedara hasta más tarde en la oficina para registrar tu mesa? —preguntó Henry.

—No pensaba decir nada. ¿Me estás diciendo que también registró tus cosas?

—No solo las registró, sino que se llevó un archivo que me pertenecía. ¿A ti te quitó algo?

—Que yo sepa no. En mi mesa no hay nada que pudiera interesarle, a menos que mi laca o mi perfume le gustaran más que los suyos.

—¿Estás segura, Robin?

Aún estaban en la recepción. Henry no era alto, y los tacones de siete centímetros de Robin le permitieron mirarle a los ojos. Durante un largo momento los dos se miraron.

—¿Qué, jugamos a las adivinanzas? —le preguntó él.

31

El fin de semana transcurrió inesperadamente bien. El tiempo fue cálido. El sábado Alex salió temprano a montar y, cuando volvió, propuse que fuéramos a Spring Lake. Una clienta mía se había casado allí en julio. Nosotros fuimos a la boda y nos alojamos en el hotel Breakers. Y, como habíamos estado allí los dos juntos, no tenía que andar preocupándome de si se notaba que ya conocía el lugar.

—Ahora que ha pasado la fiesta del día del Trabajo estoy segura de que podemos hacer la reserva.

A Alex le gustó la idea. A Jack le encantó. Alex llamó al club y contrató a uno de los chicos que trabajaban en los establos los fines de semana para que viniera a casa el sábado por la tarde y el domingo por la mañana a ocuparse de Estrella.

Todo fue como esperaba. Conseguimos dos habitaciones conectadas con vistas al mar en el Breakers. El sábado pasamos toda la tarde en la playa. Después de cenar, caminamos por el paseo de tablas durante un buen rato, envueltos en la brisa salada del mar. Oh, cómo apacigua mi alma el mar... Hasta pude pensar sin alterarme en cuando yo había estado allí de niña, cogida de la mano de mi madre igual que Jack iba cogido en ese momento de la mía.

Por la mañana, a primera hora, fuimos a misa en Saint Catherine, esa preciosa iglesia que nunca deja de reconfortarme. Recé pidiendo una forma de limpiar mi nombre, de cambiar la idea que el mundo tenía de Liza Barton. Recé pidiendo que algún día pudiera vivir como las otras familias que veía a mi alrededor. Quería la misma vida que llevaban los demás.

En el banco de delante, había una pareja con dos niños pequeños que tendrían unos tres y cuatro años respectivamente, y un bebé, una niña de menos de uno. Al principio los niños se portaron bien, pero luego empezaron a inquietarse. El niño de tres años empezó a meterse con su hermano, que respondió echándose sobre él. El padre los separó con una mirada de advertencia. Luego el bebé, que casi estaba en la edad de comenzar a andar, empezó a debatirse para bajar Olde los brazos de su madre.

Yo quería poder darle a Alex la familia que él quería, con todos los inconvenientes de una vida normal.

Evidentemente, Jack y Alex también se habían fijado en los niños. Cuando la misa acabó y volvíamos hacia el coche, Alex le preguntó a Jack qué haría si su hermano pequeño le pegara.

—Le daría un puñetazo —dijo Jack muy práctico.

—¡No! Esa no es la forma en que se comporta un hermano mayor —dije yo.

—Yo también le daría un puñetazo —confirmó Alex.

Y se miraron sonriéndose. Traté de apartar de mi mente el pensamiento de que, si Alex descubría la verdad sobre mi pasado antes de que pudiera presentar una defensa concluyente, desaparecería de nuestras vidas.

Pasamos el resto del día en la playa, fuimos a cenar algo temprano a la taberna irlandesa de Rod's Olde, en Sea Girt, y, felizmente cansados, decidimos emprender el viaje de regreso a Mendham. Por el camino, le dije a Alex que quería hacer clases de equitación en el Washington Valley.

—¿Por qué no en Peapack? —preguntó.

—Porque en Washington Valley hay un hombre llamado Zach que dicen que enseña muy bien.

—¿Quién te ha hablado de él?

—Georgette —dije, y la mentira casi se me atraganta—. El viernes por la tarde llamé y hablé con él. Dijo que no estaba especialmente atareado y aceptó darme clases. Creo que lo engatusé. Le dije que mi marido era un excelente jinete y que me avergonzaba empezar de cero en un lugar donde sus amigos podrían ver lo poco que sé.

Una mentira tras otra. La verdad es que montar a caballo es como montar en bicicleta. Una vez que aprendes, nunca lo olvidas. Lo que me daba miedo era que mi experiencia, no mi inexperiencia, me delatara.

Y, por supuesto, tomar clases con Zach sería la forma más normal de ver a un hombre cuyo nombre estuvo en boca de mi madre unos segundos antes de que muriera.

32

El detective Paul Walsh fue uno de los primeros en llegar a la iglesia presbiteriana de Hilltop para el servicio en memoria de Georgette Grove. Para asegurarse de que no se le escapaba nada, se sentó en el último banco. Durante la noche, se habían instalado cámaras ocultas en el interior de la iglesia y en los alrededores. Las cintas se analizarían más tarde. Seguramente el asesino o asesina de Georgette Grove no sería el primero en llegar, pero lo más probable era que apareciera por allí.

Walsh había descartado definitivamente la posibilidad de que el asesino fuera un desconocido que la había seguido al interior de la casa para atracarla. En su opinión, la fotografía de Celia Nolan que encontraron en el bolso de la difunta eliminaba esa posibilidad. Era evidente que alguien había limpiado las huellas de la fotografía por alguna razón.

Cuanto más lo pensaba, más convencido estaba de que Celia Nolan era una mujer desequilibrada y que había acudido a Holland Road con una pistola. Podía imaginarla buscando a Georgette, yendo de una habitación a otra, pistola en mano. Apuesto a que no la llamó, pensó. La encontró de rodillas con el trapo empapado en aguarrás, le disparó y luego le puso la fotografía del periódico en el bolso. Era su forma de explicar por qué la había matado. Incluso el hecho de colocar la pistola sobre la mancha de pintura era, en su opinión, otro indicio de que estaban ante una persona desequilibrada.

El registro de la casa de Georgette durante el fin de semana no dio ningún resultado. En el armario de su habitación, uno de los policías de Mendham había encontrado escondido un archivo con los e-mails que cruzaron entre Henry Paley y Ted Cartwright. En uno de ellos Cartwright le prometía a Paley un plus si conseguía obligar a Georgette a vender los terrenos de la Ruta 24. En varios de sus e-mails, Paley mencionaba que la agencia estaba en una delicada situación económica y que hacía todo lo posible para que siguiera así al no buscar clientes.

Buena persona, pensó Walsh, tratando de echar a su socia del negocio. No me sorprendería que Paley hubiera contratado a alguien para que causara los destrozos en la casa de la pequeña Lizzie. MacKingsley estaba convencido de que Paley era el asesino, que había perdido los nervios cuando Georgette descubrió de alguna forma ese archivo. Él no estaba tan seguro.

Todo el mundo sabía que MacKingsley quería presentarse para gobernador dentro de dos años, y muchos estaban convencidos de que lo conseguiría. Y un caso con la repercusión de aquel era justo lo que necesitaba en esos momentos. Bueno, solucionar este caso también sería un bonito añadido en mi currículum, pensó. Quería retirarse pronto, y buscar un trabajo más cómodo como jefe de seguridad de alguna gran empresa.

A las diez menos diez, el órgano empezó a sonar y de pronto la iglesia empezó a llenarse de gente. Walsh reconoció a algunos representantes de la prensa local que, al igual que él, permanecieron en los bancos del fondo. Dru Perry se distinguía con facilidad por su mata de pelo canoso. Aunque era demasiado persistente para su gusto, la consideraba una buena periodista. Se preguntó si, como le sucedía a Sansón, extraería su fuerza del pelo.

Vio que Marcella Williams, la vecina de Old Mill Lane, se instalaba en el cuarto banco. No se quiere perder cucharada, pensó Walsh. Me extraña que no haya ido hasta el fondo y se haya sentado en el altar.

Cuando faltaban cinco minutos para las diez, llegó la familia. Walsh sabía que eran tres: Thomas Madison y sus dos hermanas. Los que los acompañan deben de ser los maridos de las hermanas y la esposa de Madison. Bajaron por el pasillo y tomaron asiento en el banco de delante.

En esta ocasión, los familiares no tenían ningún interés para las personas que investigaban el asesinato de Georgette Grove. Una discreta comprobación había confirmado que se trataba de ciudadanos respetables de la zona de Filadelfia. A Walsh le encantaba la expresión «sujetos de interés». Traducido, significa que creemos que sois culpables y que nos partiremos el espinazo para demostrarlo.

Henry Paley, adecuadamente triste, y Robin Carpenter fueron los siguientes en bajar por el pasillo y sentarse delante. Robin había elegido un vestido blanco y negro que le marcaba la figura. La corbata negra fue la única concesión que Henry hizo a su atuendo, y no parecía muy en consonancia con su chaqueta beis de sport y los pantalones marrones. Apuesto a que se cambia la corbata en cuanto oiga el último «Amén», decidió Walsh.

Hablando de sujetos de interés, pensó cuando Celia y Alex Nolan entraron en la iglesia, justo en el momento en que el ministro se situaba ante el altar. Los Nolan se sentaron apenas unas filas por delante, al otro lado del pasillo. Celia llevaba un traje visiblemente caro, de color gris claro con finas rayas amarillas. Unas gafas oscuras le ocultaban los ojos. Su pelo largo y oscuro estaba sujeto en un moño en la nuca. Cuando se volvió para susurrarle algo a su marido, Walsh tuvo un primer plano de su perfil.

Tiene clase, reconoció... una asesina con cara de ángel.

Y vio que Alex Nolan, en un gesto protector, le daba unas palmadas en la espalda, como si quisiera relajarla o reconfortarla.

No lo hagas, pensó Walsh. Me gustaría verla estallar otra vez.

Un solista empezó a cantar «El Señor es mi pastor» y todos los presentes en la concurrida iglesia se pusieron en pie.

El pastor, en su elogio, habló de una mujer que daba desinteresadamente por el bien de los demás.

—Una y otra vez, a lo largo de los años, he visto a personas que querían vivir en esta hermosa comunidad y que me han contado que Georgette había conseguido encontrarles una casa que se pudieran permitir. Todos conocemos sus esfuerzos desinteresados por preservar la belleza y la paz de nuestra comunidad...

Al final de la ceremonia, Walsh siguió en su asiento, observando las expresiones de la gente que iba saliendo. Le alegró comprobar que algunos se daban toquecitos con el pañuelo en los ojos, y que una de las familiares estaba visiblemente trastornada. En los pocos días que habían pasado desde la muerte de Georgette Grove, le había dado la impresión de que, si bien mucha gente la admiraba, había muy pocas personas que estuvieran próximas a ella. En sus últimos momentos de vida, sus ojos se habían encontrado con los de alguien que la odiaba tanto como para matarla. Habría sido bonito pensar que, de alguna forma, Georgette era consciente del afecto de las personas que habían ido a llorarla allí ese día.

Cuando Celia Nolan pasó a su lado, Walsh vio que estaba muy pálida y que se agarraba con fuerza a la mano de su marido. Por una décima de segundo, sus miradas se cruzaron. A ver si adivinas lo que pienso, decían los ojos de Walsh. Ya puedes echarte a temblar. Porque estoy impaciente por esposarte, señora.

Al salir de la iglesia, Walsh se encontró a Robin Carpenter esperando.

—Detective Walsh —dijo la mujer con tono vacilante—, mientras estábamos ahí dentro no he dejado de pensar en Georgette, por supuesto, y entonces he recordado algo que casualmente le oí decir el miércoles por la tarde. Serían las seis. Yo ya me iba, y fui a su despacho a decirle adiós. Ella estaba mirando su álbum de recortes con mucha atención y no me oyó entrar, porque la puerta solo estaba entornada. Y, mientras estaba allí plantada, le oí decir algo que tal vez debe saber.

Walsh esperó.

—Georgette hablaba para sí misma, pero dijo algo así como «Dios, nunca le diré a nadie que la he reconocido».

Walsh supo enseguida que aquello era importante. No sabía exactamente de qué se trataba, pero su instinto le decía que era muy importante.

—¿Dónde está ese álbum? —preguntó.

—Henry se lo dejó a Dru Perry, la periodista, para la historia que salió ayer en el *Star-Ledger*. No quería, pero ella le convenció. Tiene que devolverlo esta tarde.

—Estaré allí para recogerlo. Gracias, señora Carpenter.

Paul Walsh se dirigió hacia su coche sumido en sus pensamientos. Esta información tiene relación con Celia Nolan. Sé que la tiene.

33

Sue Wortman fue la joven que se ocupó de atender al poni mientras estábamos en Spring Lake. Estaba en el cobertizo con Estrella cuando volvimos a casa el domingo por la tarde. Dijo que había pasado por casa para asegurarse de que el animal estaba bien, por si nos habíamos retrasado.

Sue es una chica imponente, con el pelo rubio rojizo, piel clara y ojos azul verdoso. Es la mayor de sus cuatro hermanos, y se le dan bien los niños. A Jack le cayó bien enseguida. Mi hijo le explicó que al principio el poni se llamaba Lizzie, pero que no era un buen nombre y por eso le pusimos Estrella. Sue le dijo que el nombre de Estrella era mucho mejor y que estaba segura de que Jack se iba a convertir en un campeón con su Estrella.

Cuando volvíamos de Spring Lake, Alex sugirió que asistiéramos al servicio en memoria de Georgette Grove.

—Dedicó mucho tiempo a llevarme a ver casas antes de que me decidiera —dijo.

Pues no le estoy precisamente agradecida, pensé yo, pero accedí. Por eso, cuando Sue me dijo que también podía hacer de canguro con Jack, la contraté enseguida. Había pensado ir a mis clases de equitación en el club de hípica Washington Valley mientras Jack estaba en la escuela, pero poder contar con Sue me permitió cambiar la clase de aquel lunes de las diez a las dos de la tarde.

Cuatro horas no eran gran cosa, pero en cierto modo me

alegró poder tener esas horas de más antes de conocer a Zach. El domingo tuve pesadillas toda la noche. En todas tenía miedo. En uno de los sueños, me estaba ahogando y me sentía demasiado débil para luchar. En otro Jack desaparecía. Luego estaba cerca de mí, en el agua, pero no podía alcanzarle. En otro sueño, una gente sin cara me señalaba con el dedo, pero eran dedos con forma de pistola. Y coreaban: «*J'accuse! J'accuse!*» Estaba soñando en francés, con lo que había aprendido en el instituto.

El lunes me desperté tan agotada como si hubiera participado en una batalla. Los ojos me pesaban. Me sentía los hombros y el cuello tensos y doloridos. Me di una larga ducha caliente y dejé que el agua cayera sobre mi cabeza, mi rostro y mi cuerpo, como si así pudiera librarme de los malos sueños y el miedo constante a que me descubrieran que me atenazaba en mis horas de vigilia.

Yo pensaba que iríamos al servicio cada uno en su coche, porque después Alex tenía que irse a trabajar, pero él quiso que fuéramos juntos y dijo que me dejaría en casa cuando acabara. Mientras estaba sentada en la iglesia, lo único que podía pensar era en la imagen de Georgette la primera vez que la vi, tratando de sacar aquella manguera para eliminar la pintura del césped. Pensé en la expresión estresada de su rostro, en sus frenéticas disculpas. Luego mi mente saltó al momento en que giré la esquina en la casa de Holland Road y casi tropecé con su cuerpo. Casi podía oler el aguarrás que se había derramado en el suelo.

Evidentemente, Alex notó mi inquietud.

—Ha sido una idea absurda, Ceil —dijo—. Lo siento.

Cuando ya salíamos, cogidos de la mano, pasamos junto al detective Walsh. Nos miramos un momento, y en su cara vi tanto odio hacia mí que casi podía palparse. Su desdén y su desprecio por mí eran evidentes, y quería que yo lo supiera. Él era el Inquisidor Mayor. Él era todas las voces de mi pesadilla: «*J'accuse! J'accuse!*».

Alex y yo volvimos al coche. Yo sabía que estaba preocupado por la hora. Le dije que sentía no haber ido con mi coche, que sabía que llegaba tarde. Por desgracia, Marcella Williams venía detrás y nos oyó.

—¿Por qué va a perder el tiempo llevando a Celia? —insistió—. Yo voy directa a casa. Y así podremos charlar un rato. Quería pasarme un día a verlos, para ver cómo estaban, pero no había querido molestar.

Alex y yo nos miramos. Mi mirada expresaba desaliento, lo sé, pero, cuando subí en el coche de Marcella Williams, traté de tranquilizarme diciéndome a mí misma que solo serían diez minutos.

Creo que mis conocimientos sobre interiorismo, que me permiten mirar una habitación y conocer enseguida los aspectos buenos y malos que tiene, se extienden también a la primera impresión que me formo por la apariencia de la gente. Conocí a Marcella Williams cuando era niña, y volví a encontrarla el día que Alex y yo nos mudamos, pero aquel día yo estaba demasiado alterada. En cambio ahora, cuando me senté a desgana a su lado y me abroché el cinturón de seguridad, me di cuenta de que la estaba estudiando.

Marcella tiene atractivo. Tiene el pelo de un rubio algo oscuro, pero lo ha animado hábilmente con unas mechas, facciones bonitas, y una excelente figura. Pero juraría que se ha sometido a bastantes operaciones de cirugía estética. Las comisuras de la boca se ven tirantes, como quedan después de un lifting. Y sospecho que el Botox es el responsable de la tersura de su frente y sus mejillas. Lo que muchas mujeres no parecen entender es que las líneas de expresión que se forman alrededor de los ojos y en las comisuras de la boca nos dan carácter y nos definen como personas. Pero su rostro no reflejaba el paso del tiempo, así que sus ojos y su boca me llamaban poderosamente. Los ojos, inteligentes, agudos, inquisitivos. La boca, ligeramente entreabierta, mostrando los dientes afilados y demasiado blancos. Llevaba un traje de Chanel de color crema y verde claro y con ribete de un verde más oscuro. Y en ese momento se me ocurrió que había acudido al servicio vestida para que la vieran y la admiraran.

—Me alegra que podamos estar juntas un rato, Celia —dijo cordialmente mientras salía con su BMW del aparcamiento—. Ha sido bonito, ¿verdad? Y ha sido un bonito detalle por su parte venir. Apenas conocía a Georgette. La mujer le vendió la casa a su marido sin avisarle de los antecedentes, y luego tuvo la desgracia de ser usted quien encontró el cadáver... e incluso así ha venido a presentar sus respetos.

—Georgette le dedicó mucho tiempo a Alex cuando estaba buscando casa. Ha pensado que debíamos venir.

—Ojalá todos pensaran lo mismo. Podría darle una lista de personas que llevan muchos años viviendo en Mendham y que deberían haber asistido, pero que en un momento u otro han tenido sus diferencias con Georgette. Oh, bueno. —Iban por Main Street—. Según me ha parecido entender, ya estaba usted buscando otra casa y por eso fue a Holland Road. Me encantaría que siguiéramos siendo vecinas, pero la entiendo. Soy muy amiga de Ted Cartwright. Es el padrastro a quien Liza Barton disparó después de matar a su madre. Imagino que a estas alturas ya conocerá toda la historia.

—Sí, la conozco.

—Me pregunto dónde andará esa criatura. Claro que ya no será ninguna niña. Debe de tener treinta y pocos. Pero sería interesante saber qué ha sido de ella. Ted dice que le importa un comino.

¿Estaba jugando conmigo?

—Entiendo perfectamente que quiera dejar atrás todo lo que pasó —dijo.

—En todos estos años, no ha vuelto a casarse. Oh, ha tenido amiguitas, claro. Montones. Ted no es ningún ermitaño, al contrario. Pero es evidente que estaba loco por Audrey. Cuando lo dejó por Will Barton le partió el corazón.

¡Mi madre dejó a Ted por mi padre! No lo sabía. Mamá tenía veinticuatro años cuando se casó con papá. Traté de hacer la pregunta con indiferencia:

—¿Cómo que lo dejó? ¿Audrey iba en serio con Cartwright antes de casarse con Barton?

—Oh, sí, cielo. Un gran anillo de compromiso, planes de boda. Todo. Ella parecía tan enamorada como él, pero entonces tuvo que hacer de dama de honor en la boda de una amiga de la universidad, en Connecticut. Y Will era el padrino. Y, bueno, ya se sabe cómo van estas cosas.

¿Por qué yo no sabía nada de aquello?, pensé. Pero, si lo pensaba un poco, era perfectamente comprensible que mi madre no me hubiera dicho nada. Con la lealtad férrea que sentía por mi padre, mi resentimiento hacia Ted habría sido mucho mayor de haber sabido que ya había sido parte de la vida de mi madre y ahora volvía a ocupar su sitio después de unos años de lapso.

Pero ¿por qué le tenía miedo, por qué él la arrojó contra mí cuando le estaba apuntando con la pistola?

Ya habíamos llegado a Old Mill Lane.

—¿Le apetece entrar un momento en casa a tomar un café? —me preguntó Marcella.

Yo me excusé diciendo que tenía que hacer algunas llamadas antes de ir a recoger a Jack. Con la vaga promesa de quedar un día, por fin conseguí bajar del coche. Entré en casa por la puerta de la cocina dando un suspiro de alivio, y luego la cerré con llave.

El piloto del contestador automático parpadeaba, así que cogí el auricular, apreté el botón de Play y escuché.

Era la misma voz misteriosa del otro día. Esta vez susurraba.

«Más sobre la pequeña Lizzie...

»Y cuando aquel acto terrible ya estaba hecho,

»le asestó cuarenta y una a su padre.

»El jueves cogió otra pistola,

»mató a Georgette y echó a correr.»

34

Jeff MacKingsley convocó a los detectives asignados a la investigación del asesinato de Georgette Grove a una reunión a las dos. A la hora indicada Paul Walsh, Mort Shelley y Angelo Ortiz estaban presentes y listos para dar sus respectivos informes.

Shelley fue el primero:

—Los códigos personales de ocho agentes inmobiliarios locales estaban grabados en la caja de seguridad de la casa de Holland Road. Dos de ellos corresponden a Georgette Grove y Henry Paley. Hay un registro informático donde aparece el código de cada agente y la hora en que ha sido marcado. Paley nos dijo que había estado allí una vez. Pero lo cierto es que estuvo tres veces. La última fue el domingo por la tarde, hace una semana. Y la pintura del armario se utilizó en la casa de los Nolan en algún momento del lunes por la noche.

Bajó la vista a sus notas.

—He preguntado a los agentes de las otras inmobiliarias que enseñaron la casa la semana pasada. Todos juran y perjuran que no dejaron abierta ni la puerta de la cocina ni la del patio. Pero estuvieron de acuerdo en que podía pasar... y había pasado. La alarma está conectada para saltar en caso de incendio o de emisión de monóxido de carbono, pero no de allanamientos. Esto es así porque en varias ocasiones, al tratar de desconectar el sistema de alarma, había quien marcaba el código equivocado y como resultado la policía acudía a toda prisa. Los propietarios decidieron que, puesto que la casa estaba vacía y Charley Hatch iba con frecuencia a ocuparse del mantenimiento, la alarma era una molestia más que otra cosa.

—¿Alguno de los agentes con los que habló recuerda haber visto la llave del armario trastero? —preguntó Jeff.

—Uno de la agencia Mark Grannon enseñó la casa el domingo por la mañana. Dice que la llave estaba. Lo recuerda justamente porque abrió el armario. Las latas de pintura que había dentro estaban todas sin abrir. Volvió a dejar la llave en la cerradura y cerró.

—A ver, vayamos por partes —dijo Jeff—. Sabemos que la llave del armario estaba allí el domingo por la mañana. Paley enseñó la casa el domingo por la tarde y dice que no se fijó si la llave estaba o no. El miércoles, en el Black Horse Georgette acusó públicamente a Ted Cartwright de haberse puesto de acuerdo con Henry para obligarla a vender los terrenos de la Ruta 24. Y, ahora que hemos encontrado el archivo de Henry en la casa de Georgette, sabemos por qué hizo esa acusación. Tenía pruebas de que estaban trabajando juntos.

—Creo que en la taberna todo el mundo se enteró —comentó Mort Shelley.

—Eso es —concedió Jeff—. A ver. Yo no creo que Henry Paley pintara personalmente aquellas palabras en el césped, o que grabara la calavera en la puerta, pero es muy probable que él o Cartwright pagaran a alguien para que lo hiciera. También es evidente que Henry debió de ponerse muy nervioso si descubrió que Georgette tenía pruebas de su conexión con lo sucedido en casa de los Nolan. No creo que ningún juez lo deje salir con unas palmaditas, sobre todo si tenemos en cuenta que su propósito era destruir a su socia. Creo que le va a caer una buena temporada en la cárcel.

Jeff entrelazó las manos y se recostó en su asiento.

—Henry sabía que la pintura estaba ahí. Quería recuperar el capital que había puesto en la inmobiliaria y su parte de los terrenos de la Ruta 24. Cartwright le había prometido una buena recompensa si forzaba la venta. Si Georgette Grove lo descubrió, por lo que he oído era de las que se hubieran aferrado a esa propiedad aunque se estuviera muriendo de hambre antes que dejar que Henry le pusiera las manos encima. Yo digo que Paley y Cartwright son los principales sospechosos de la muerte de Grove, así que los vamos a vigilar muy de cerca. Cartwright nunca se vendrá abajo, pero apuesto a que podemos hacer que Paley se ponga nervioso.

—Jeff, con todos mis respetos, pero creo que está meando fuera de tiesto. —Esta vez, la voz de Paul Walsh no tenía su habitual tono de sarcasmo—. La muerte de Georgette está relacionada con la bella damisela de Old Mill Lane.

—Tenía que comprobar las huellas de Celia Nolan en la base de datos —dijo Jeff. Aunque su voz sonaba tranquila, la ira que empezaba a dominarla era inconfundible—. Imagino que ya lo ha hecho. ¿Qué ha averiguado?

—Oh, está limpia —reconoció Walsh voluntariamente—. Nunca ha cometido ningún crimen por el que la hayan atrapado. Pero aquí hay algo raro. Celia Nolan tiene miedo. Está a la defensiva, y oculta algo. Cuando salía del servicio religioso, Robin Carpenter me esperaba fuera de la iglesia.

—Esa sí que es una bella dama —terció Ortiz.

La mirada de Jeff MacKingsley le hizo callar.

—Como ya sabemos, el miércoles Georgette se quedó a trabajar hasta tarde en la oficina —prosiguió Walsh—. Mi opinión es que sospechaba de Henry Paley, registró su mesa y encontró ese archivo. Y luego, cuando estaba cenando en el Black Horse, vio a Ted Cartwright y le atacó verbalmente. Pero creo que estos hechos palidecen en comparación con lo que la otra socia de Georgette, Robin, me dijo esta mañana.

Hizo una pausa para resaltar sus palabras.

—Dice que el miércoles, cuando fue a despedirse de Georgette, encontró abierta la puerta de su despacho y entró sin llamar. Georgette estaba mirando su álbum de recortes y, sin saber que la estaban observando, dijo: «Dios mío, nunca le diré a nadie que la he reconocido».

—¿De quién estaba hablando? —preguntó Jeff.

—Sospecho que en ese libro podría haber una fotografía de Celia Nolan.

—¿Tiene ese álbum?

—No. Henry se lo dejó a Dru Perry, del *Star-Ledger*, para un artículo que está escribiendo. Según la Carpenter, prometió devolverlo esta tarde a las cuatro. Luego iré a recogerlo. No he llamado a la periodista porque no quiero que sepa que nos interesa el álbum.

—Una vez más, Paul, creo que tendría que ser un poco más abierto, porque de lo contrario dejará escapar lo evidente solo porque no encaja en su teoría —espetó Jeff—. Tuvimos esta misma conversación el viernes. Sigamos adelante. ¿Qué hay de las huellas?

—Las hay en los lugares habituales en la casa —informó Mort Shelley—. En pomos de las puertas, interruptores, en los cajones de la cocina... ya sabe, en todos los lugares donde se espera encontrar huellas. Las hemos pasado todas por la base de datos y no hemos encontrado nada. Ninguna de las personas que dejaron esas huellas tiene un historial delictivo.

—¿Y la pistola?

—Lo que usted esperaba, Jeff —le dijo Shelley—. Es imposible rastrearla.

Angelo Ortiz era el siguiente.

—Clyde Earley habló con el jardinero, Charley Hatch, el viernes por la tarde. Le pareció que Hatch estaba nervioso, no como lo está la gente cuando la policía le hace preguntas, sino a la defensiva, como si tuviera algo que ocultar.

—¿Ha investigado Earley a ese jardinero? —preguntó Jeff.

—Sí. Hablé con él esta mañana. No ha encontrado nada que indique que pudiera tener algo contra Georgette Grove. A él le pagan los propietarios de las casas, no las inmobiliarias. Pero Earley ha tenido una de esas corazonadas suyas. Sigue olfateando por allí a ver qué encuentra.

—Bueno, pues dígale que no se saque de la manga ninguno de sus «lo llevaba a la vista» —dijo Jeff—. Hace un par de años perdimos un caso porque el juez no creyó su declaración cuando dijo que el detenido llevaba la cocaína en el asiento delantero del coche, a plena vista.

—Earley tiene una vista excelente —dijo Mort Shelley muy suave—. Si no recuerdo mal, modificó un poco la historia y le dijo al juez que encontró restos de droga en la guantera.

—Avísele, Angelo —le advirtió Jeff—. El problema de Clyde es que, desde que consiguió toda aquella publicidad con el caso Barton hace veinticuatro años, no ha dejado de buscar la forma de volver a estar en el candelero. —Se puso en pie—. Muy bien. Por ahora hemos terminado.

A unos quince kilómetros de allí, el sargento Clyde Earley estaba ante el cobertizo de Charley Hatch. Sabía que Charley no estaba en casa, porque había visto su camioneta con el material delante de una de las casas de Kahdena Road. Yo solo venía para preguntarle sus horarios de trabajo en la casa de Holland Road, se dijo Earley a sí mismo. Qué pena que no esté en casa.

Los cubos de basura del cobertizo estaban llenos. No pierdo nada por mirar, ¿no?, pensó. De todos modos, la tapa de aquel prácticamente se está cayendo. Sé que en estos momentos no puedo conseguir una orden de registro porque no existe causa probable sobre Charley Hatch, así que tendré que arreglarme sin orden. Qué tiempos, cuando los tribunales consideraban los cubos de basura propiedad abandonada y no hacía falta una orden para registrarlos. Pero las cosas ya no son como antes. ¡No me extraña que haya tantos delincuentes que se salen con la suya!

Una vez hubo tranquilizado a su conciencia, Clyde Earley derribó con un toque la tapa del primer cubo. Dentro había embutidas dos bolsas negras de basura, cada una con su nudo bien cerrado. Dando un tirón con sus fuertes manos, Clyde Earley abrió la primera. Lo que encontró allí fueron los restos nada apetecibles de las comidas más recientes de Charley Hatch. Dijo un taco por lo bajo y volvió a dejarla en el interior del cubo, luego cogió la otra y la abrió. Esta estaba llena de ropa

177

vieja, lo que sugería que Charley había estado haciendo limpieza en su armario.

Clyde sacudió el contenido de la bolsa en el suelo. Lo último que cayó fueron unas zapatillas deportivas, unos vaqueros y una bolsa con unas pequeñas figurillas de madera. Con una sonrisa de satisfacción, Clyde examinó los vaqueros y las zapatillas deportivas y encontró lo que buscaba: gotas de pintura roja en los vaqueros y una mancha de pintura roja en la suela de la zapatilla del pie izquierdo. Charley debió de cambiarse de ropa a toda prisa cuando me vio llegar, pensó. Si hubiera sido un poco más listo y se hubiera limitado a liarse en una toalla no habría sospechado nada.

Las figurillas eran media docena de intrincadas tallas de animales y pájaros de unos quince centímetros de altura. Están muy bien, pensó Clyde. Si Charley las ha hecho, realmente tenía muy callado su talento. ¿Por qué iba a querer deshacerse de ellas? No hacía falta ser ningún genio para saberlo. No quiere que estén en su casa porque no solo hizo lo de la pintura en la casa de Lizzie, también se puso creativo y grabó una calavera y unos huesos en la puerta. Creo que por ahí puedo pillarlo. Alguien tiene que estar al tanto de su pequeño hobby.

Plenamente satisfecho por su labor de investigación, el sargento Clyde Earley metió cuidadosamente las figuras, las zapatillas deportivas y los vaqueros en su coche patrulla.

Si no hubiera venido, mañana por la mañana el basurero se habría llevado todo esto, pensó con suficiencia. Al menos ahora sabemos quién fue el responsable de los destrozos en casa de la pequeña Lizzie. Lo siguiente es averiguar por qué lo hizo y para quién trabajaba.

Ahora que tenía lo que quería, Earley estaba deseando marcharse. Volvió a meter el resto de ropa que Hatch había tirado en la bolsa y la cerró con un nudo, pero la dejó tirada en el suelo expresamente. Que sude un poco cuando vea que alguien ha estado aquí y se ha llevado las pruebas de las que quería deshacerse. Ojalá fuera un pajarillo y pudiera verle la cara cuando llegue...

Earley subió al coche y arrancó. No creo que Charley Hatch vaya a denunciar ningún robo, se dijo, así que no tengo de qué preocuparme. Aquella posibilidad tan ridícula le hizo reír entre dientes mientras se alejaba.

35

Mi primer impulso fue borrar aquel horrible mensaje, pero no lo hice. En lugar de eso, saqué la cinta del contestador y me la llevé a mi estudio. Saqué el cajón archivador de mi mesa y marqué la combinación para abrir el compartimiento secreto. Como si me quemara en las manos, solté la cinta en el interior, donde guardaba el resto de material que se había ido escribiendo con los años sobre el caso de la pequeña Lizzie Borden. Cuando el compartimiento secreto estuvo bien cerrado, me senté ante mi mesa con las manos en las rodillas, tratando de contener los temblores.

No podía creerme lo que había oído. Alguien sabía que yo era Liza Barton y me acababa de acusar del asesinato de Georgette Grove. He pasado veinticuatro años preguntándome cuánto tardaría en aparecer alguien que me señalara con el dedo y gritara mi verdadero nombre, pero ni siquiera eso podía compararse con un ataque como este. ¿Cómo podía pensar nadie que soy capaz de matar a una mujer a la que solo había visto una vez y durante menos de una hora?

El detective Walsh, claro. El nombre me vino enseguida a la mente. «¿Alguna vez ha disparado un arma de fuego?» Es la clase de pregunta que harías a un sospechoso, no a una mujer inocente que acaba de pasar por el trauma de encontrar un cadáver. ¿Es posible que fuera Walsh quien había dejado aquel mensaje, que estuviera jugando al gato y al ratón conmigo?

Pero, incluso si sabe que yo soy Liza Barton —¿y cómo po-

dría saberlo?—, ¿por qué iba a pensar que he matado a Georgette Grove? ¿Creía Walsh que estaba lo bastante furiosa con
Georgette por haberle vendido la casa a Alex como para matarla? ¿De verdad me creía tan retorcida como para llegar a ese extremo? Solo de pensarlo me ponía mala.

De todos modos, aunque Walsh no fuera la persona que conoce mi verdadera identidad, es evidente que sospecha de mí.
Ya le he mentido. Y si vuelve a preguntar, me veré obligada a
seguir mintiendo.

Pensé en la semana antes. La semana pasada, a esta hora,
estaba en mi piso de la Quinta Avenida. En mi mundo todo iba
bien. Parece que hayan pasado mil años.

Era hora de ir a recoger a Jack. Como siempre, saber que me
necesita tanto constituye el eje de mi vida. Me levanté, fui al
cuarto de baño y me lavé la cara con agua fría, tratando de obli-
garme a volver a la realidad. Por alguna razón, recordé a Henry
Paley señalando las ventajas de tener cuartos de baño separados
en la suite. Me hubiera gustado poder decirle que aquello fue
idea de mi padre.

Me quité el traje que había llevado al servicio religioso y me
puse unos vaqueros y un jersey de algodón. Cuando subí al
coche, me recordé que debía comprar otra cinta para el contestador. De lo contrario Alex querría saber qué había pasado
con la otra.

Recogí a Jack en Saint Joe's y propuse que comiéramos en la
cafetería. Me di cuenta de que al hecho de estar en la casa se había sumado otro elemento atemorizador: a partir de ahora, cada
vez que sonara el teléfono el pánico me dominaría.

Conseguí convencer a Jack de que pidiera un sándwich de
queso gratinado en lugar de su inevitable sándwich de mantequilla de cacahuete y gelatina. Tenía un montón de cosas que
contarme, incluyendo que una niña había tratado de besarle.

—¿Y dejaste que te besara? —le pregunté.

—No, es una tontería.

—Pues a mí sí me has dejado besarte —dije bromeando.

—Eso es diferente.

—Entonces, ¿nunca dejarás que ninguna niña de tu clase te bese?

—Oh, sí. Dejé que Maggie me besara. Algún día me voy a casar con ella.

Lleva cuatro días de clase y ya ha decidido su futuro. Pero por el momento, en esta cafetería, con su sándwich de queso gratinado, se contenta con estar conmigo.

Y yo por estar con él, por supuesto. Es curioso, la verdadera razón de que me casara con Alex fue Jack. Conocí a Alex en el funeral de Larry, hace dos años. Larry siempre fue de esos hombres para quienes los socios son la familia. Yo había conocido a muy pocos familiares suyos, y solo los veíamos cuando, como Larry decía «Era totalmente inevitable».

Incluso en aquellos momentos, cuando estaba ante el ataúd de mi marido, no pude evitar pensar que Alex Nolan era un hombre muy atractivo. No volví a verle hasta que, un año después, se acercó a mí y se presentó durante una comida para beneficencia. Una semana después fuimos juntos a comer, y unas noches más tarde fuimos a cenar y al teatro. Desde el principio era evidente que yo le interesaba, pero en aquellos momentos yo no estaba preparada para empezar una relación con nadie. Quería a Larry de verdad, aunque me perturbaba enormemente su fijación con mi pasado.

Larry fue el hombre que me dijo que la época más feliz de su vida empezó el día que me conoció. El hombre que me rodeó con sus brazos y dijo: «Dios, pobre criatura» cuando le enseñé las historias sensacionalistas que se habían escrito sobre la pequeña Lizzie. El hombre que se puso a gritar de alegría el día que le dije que estaba embarazada. Y que no me dejó sola ni un minuto durante el largo y difícil parto. Larry fue el hombre que, en su testamento, me dejó un tercio de su fortuna y me hizo heredera subsidiaria de la herencia de Jack.

Larry también fue el hombre que, en su lecho de muerte, mientras se aferraba débilmente a mi mano, con la mirada apagada por la inminencia de la muerte, me suplicó que no perjudicara a su hijo revelando mi pasado.

Alex y yo empezamos a salir dando por supuesto que aquello no llegaría a ninguna parte, que sería algo meramente platónico, una palabra que, a día de hoy, estoy segura de que a mucha gente le resulta divertida.

—Seré tu amor platónico mientras tú lo quieras, Ceil —me decía bromeando—, pero no pienses ni por un momento que mis pensamientos sobre ti son platónicos. —Y entonces se volvía hacia Jack—. Oye, amigo, tenemos que trabajarnos a tu madre. ¿Qué tengo que hacer para gustarle?

Llevábamos cuatro meses así cuando de pronto una noche todo cambió. La canguro de Jack llegaba tarde. Llegó a las ocho menos diez, y a mí me esperaban a las ocho para una cena en el West Side. El portero estaba ocupado tratando de parar un taxi para otro vecino. Yo vi otro taxi que bajaba por la Quinta Avenida y corrí para pararlo. No vi la limusina que acababa de doblar la esquina.

Me desperté dos horas más tarde, en el hospital, magullada y dolorida, con un traumatismo craneal, pero por lo demás estaba bien. Alex estaba a mi lado. Y contestó a mi pregunta antes de que pudiera hacerla.

—Jack está bien. La canguro me llamó cuando la policía trató de localizar a algún pariente en tu piso. No han podido ponerse en contacto con tu padre y tu madre en Florida. —Me pasó la mano por la mejilla—. Ceil, podías haber muerto. —Y entonces contestó la siguiente pregunta que no hice—. La canguro esperará hasta que yo vaya. Yo me quedaré con Jack esta noche. Si se despierta, conmigo se sentirá seguro.

Dos meses más tarde Alex y yo nos casamos. Evidentemente, la diferencia estaba en que, mientras estuvimos saliendo sin ninguna clase de compromiso, yo no estaba obligada a nada. En cambio, al convertirme en su mujer... no, antes de convertirme en su mujer, tendría que haberle dicho la verdad.

Todos estos pensamientos y recuerdos me estuvieron pasando por la cabeza mientras veía a Jack terminarse su sándwich con una leve sonrisa en los labios. ¿Estaría pensando en Maggie, la niña de cuatro años con la que pensaba casarse?

Es curioso, pero, aunque mi vida se estaba convirtiendo en un caos, aún era capaz de disfrutar de momentos de paz y normalidad como aquel, mientras comía con Jack. Cuando indiqué que me trajeran la cuenta, Jack me dijo que su amigo Billy le había invitado a jugar en su casa al día siguiente y que si podía llamar a su madre. Se sacó un papel con el número del bolsillo.

—¿No era Billy el niño que estaba llorando el primer día? —pregunté.

—Ese era otro Billy. Y sigue llorando.

Subimos al coche y me dirigí a casa, pero entonces recordé que no había comprado la cinta para el contestador. Volví atrás y, como resultado, cuando llegamos a casa ya eran las dos menos veinte. Sue ya estaba allí. Subí corriendo a mi habitación y cambié mis zapatillas deportivas por unas botas que servirían para mi primera clase.

Curiosamente, no se me ocurrió cancelar la clase. Estaba alterada por la doble amenaza de que alguien conocía mi identidad y de que el detective Walsh, incluso sin conocer mi identidad, sospechaba de mí.

Pero mi instinto me decía que, si conocía a Zach, quizá lograría averiguar por qué mi madre gritó su nombre aquella noche.

Me dirigí hacia el club hípico mientras me asaltaban vívidos recuerdos de mi madre. La recuerdo con su impecable chaqueta negra y los pantalones de montar de color crema, con su pelo liso y rubio recogido en un moño que quedaba casi escondido bajo la gorra de montar. Y a mi padre y a mí viendo cómo saltaba los obstáculos en Peapack. «Mamá parece una princesa, ¿a que sí?», recuerdo que me preguntaba mi padre cuando mamá pasaba a medio galope. Sí, lo parecía. Me pregunto si para entonces papá ya habría empezado con sus clases.

Dejé el coche en la zona de aparcamiento del club, entré y le dije a la recepcionista que tenía una cita con Zach Willet. Noté que miraba mi atuendo con cara de desaprobación y me prometí a mí misma que en lo sucesivo me vestiría de manera más apropiada.

Zach Willet vino a recogerme a recepción. Debía de tener unos sesenta años. Su rostro arrugado indicaba que había pasado mucho tiempo expuesto a los elementos, y los capilares rotos de sus mejillas y la nariz me hicieron pensar que era demasiado aficionado a la botella. Sus cejas eran muy tupidas, y llamaban la atención sobre los ojos. Eran de un curioso tono avellana, tirando a verde, y casi parecían desvaídos, como si también hubieran pasado demasiados años expuestos al sol.

El hombre me echó una ojeada y noté una cierta insolencia en sus maneras. Sabía muy bien lo que estaba pensando: que soy una de esas personas que quieren aprender a montar porque lo consideran algo glamuroso, pero que seguramente sería un desastre y no pasaría de las dos primeras clases.

Una vez hechas las presentaciones, dijo:

—Venga conmigo. He preparado un caballo que solemos utilizar con principiantes. —Cuando nos dirigíamos hacia los establos, preguntó—: ¿Ha montado alguna vez? Y no me refiero a que montara una vez en poni cuando era pequeña.

Yo ya tenía la respuesta preparada, pero cuando la dije me sonó de lo más estúpida.

—Una amiga mía tenía un poni cuando era pequeña. Y a veces me dejaba montar.

—Vaya. —No parecía muy impresionado.

Había dos caballos ensillados y atados a un poste. Evidentemente, la hembra era para él. El caballo castrado, más pequeño y de aspecto más dócil, era para mí. Escuché atentamente las primeras indicaciones de Zach sobre cómo se debe montar.

—Recuerde, siempre debe montar al caballo por la izquierda. Venga, la ayudaré. Ponga el pie en el estribo e incline el talón hacia abajo, así no se le irá el pie. Sujete las riendas entre estos dedos y, recuerde, no tire, porque le haría daño en la boca. Se llama Galleta. Fue una broma de su antiguo dueño.

Hacía mucho tiempo que no montaba, pero enseguida me sentí como en casa. Sujeté las riendas con una mano y di unas palmaditas en el cuello de Galleta, y luego me volví hacia Zach buscando su aprobación. Él asintió y empezamos a andar al paso por el picadero, uno al lado del otro.

Estuve con él durante una hora y, aunque no era muy sociable, yo le hice hablar. Me dijo que trabajaba en aquel club desde que tenía doce años, que la compañía de los caballos le resultaba mucho más agradable que la de la mayoría de la gente. Dijo que los caballos son animales gregarios y les gusta estar en grupo; que a veces, para tranquilizar a un caballo antes de una carrera, bastaba con poner a su lado a un compañero de establo.

Me acordé de cometer los errores que suelen cometer los novatos, como dejar que se me escaparan las riendas, o soltar un gritito cuando de forma inesperada Galleta salió al trote.

Por supuesto, Zach sentía curiosidad por mí. Cuando se dio cuenta de que vivía en Old Mill Lane, enseguida me relacionó con la casa de la pequeña Lizzie.

—¡Entonces usted es la señora que encontró el cuerpo de Georgette!

—Sí, soy yo.

—Qué desagradable. Georgette era una buena persona. Leí que su marido le compró la casa como regalo de cumpleaños. ¡Menudo regalo! Ted Cartwright, el padrastro de la niña que hizo lo de aquella noche, solía tener a sus caballos aquí —siguió explicando—. Somos viejos amigos. Ya verá cuando le diga que le estoy dando clases a usted. ¿Ha visto ya algún fantasma en la casa?

Me obligué a sonreír.

—Ni uno, y no espero ver ninguno, la verdad. —Entonces, tratando de hablar con normalidad, dije—: Me suena haber oído decir que Liza, o Lizzie, como la llama todo el mundo..., que su padre murió en un accidente de equitación por aquí. ¿Es verdad?

—Sí, es verdad. La próxima vez que venga, le enseñaré el sitio. Bueno, no es el sitio exacto, porque está en un camino por donde solo va gente que sabe montar muy bien. Nadie entiende por qué Will Barton fue por allí. Era un hombre inteligente. Ese día yo tendría que haber estado con él.

—¿Y lo estaba? —Intenté que mi interés pareciera circunstancial—. ¿Qué pasó?

—Había tomado ya unas diez lecciones y ya sabía ensillar al caballo. A mi caballo se le había clavado una piedra en la pezuña y me paré para tratar de sacársela. Y Will dijo que quería adelantarse. Creo que le entusiasmaba la idea de ir él solo, pero la verdad, le daban miedo los caballos, y eso los caballos lo notan. Hace que se pongan nerviosos. Pero Will estaba decidido a seguir. El caso es que unos cinco minutos después yo reanudé la marcha, pero no le alcanzaba y empecé a ponerme nervioso. No se me ocurrió buscarlo por aquel camino. Como le he dicho, Will era demasiado listo para ir por allí, o al menos eso pensaba yo.

»No pude encontrarle, y para cuando volví a los establos todo el mundo lo estaba comentando. Él y el caballo se habían caído por el barranco. Will estaba muerto, y el caballo se había partido las patas. Tampoco tenía salvación.

—¿Por qué cree que fue por el camino?

—Se equivocó.

—¿No había ninguna señal para avisarle?

—Claro que había señales, pero apuesto a que el caballo estaba alterado y Will se puso tan nervioso que no reparó en ellas. Y cuando vio dónde se había metido me imagino que tiró de las riendas y el caballo se encabritó. Por allí la tierra y las piedras están muy sueltas. Pero bueno, el caso es que los dos se cayeron, y no he dejado de culparme todos estos años. Tendría que haberle obligado a esperarme.

De modo que así es como pasó. La secuencia de hechos se inició con una piedra en la pezuña de un caballo. Cuando se enteró de la historia seguramente mi madre culpó a Zach Willet por no haber estado con mi padre, pero ¿por qué le gritaría su nombre a Ted?

A menos que Ted Cartwright hubiera incitado a mi padre a tomar esas clases de equitación con Zach para causarle la muerte.

—Ahora volveremos a los establos —me dijo Willet—. Va muy bien. Siga así y se convertirá en una buena jinete.

No hubo necesidad de que hiciera la pregunta.

—¿Sabe? —dijo Willet—, me dijo usted que Georgette Grove me había recomendado como profesor. También fue ella quien me recomendó a Will Barton. Y ahora está usted viviendo en esa casa. Eso sí que es una coincidencia, o el destino, no sé.

Cuando volvía a casa, me asustó pensar que, si el detective Walsh sabía o conseguía averiguar que soy Liza Barton, tendría una nueva razón para pensar que odiaba a Georgette Grove. Al recomendarle a Zach Willet como profesor de hípica a mi padre había contribuido directamente a su muerte.

No puedo contestarle a Walsh ninguna pregunta más, pensé. No puedo dejarme atrapar por mis propias mentiras. Tengo que contratar a un abogado criminalista.

Pero ¿cómo explicarle eso a mi marido abogado?

36

Dru Perry escribió un breve artículo sobre el servicio en memoria de Georgette Grove, se lo entregó a su jefe en el *Star-Ledger* y luego siguió con el reportaje para la sección «La historia que hay detrás de la noticia». Era la clase de reportajes que a ella le gustaban y estaba intrigadísima ante la perspectiva de revisar el caso de Liza Barton/pequeña Lizzie Borden.

Le había dejado un mensaje en el contestador a Benjamin Fletcher, el abogado que se encargó de la defensa en el juicio contra Liza. Finalmente, el hombre la llamó al móvil cuando ella estaba subiendo los escalones de la iglesia de Hilltop antes del servicio. Quedaron en reunirse en el despacho de Fletcher en Chester a las cuatro.

Dru quería preguntarle por Diane Wesley, la ex novia de Ted Cartwright que, cuando empezó el juicio, se puso en contacto con la prensa e hizo una entrevista. La mujer había dicho que estuvo cenando con Ted la noche antes de la tragedia y que él le contó que la culpable de la separación era la niña, que le odiaba.

Dru también había encontrado una entrevista que apareció en una revista sensacionalista en el segundo aniversario de la tragedia. En ella, otra de las novias de Ted, Julie Brett, algo ligera de ropa, revelaba que la defensa la había citado para refutar la afirmación de Ted de que jamás había maltratado a ninguna mujer. «Subí al estrado de los testigos —le había dicho al reportero— y les dejé muy claro que cuando Ted Cartwright se emborracha, se convierte en un hombre malo y mezquino. Empieza a hablar de la gente a la que odia y se pone hecho una furia. Y entonces se desfoga tirando cosas o sacudiendo a la persona que tiene más cerca. Créame, si hubiera tenido una pistola la noche que me pegó, no estaría aquí ahora.»

Es una pena que no lo dijera durante el juicio, pensó Dru secamente, pero me imagino que el juez le había prohibido hablar con la prensa.

Benjamin Fletcher, Diane Wesley y Julie Brett... sí, quería hablar con los tres. Después, buscaría a personas que hubieran tenido amistad con Audrey Barton en el club hípico de Peapack antes y después de su boda con Will Barton.

Por lo que he visto, fueron un matrimonio muy feliz, pensó Dru, pero eso es lo que se dice siempre. Pensó en sus mejores amigos, que se habían separado después de cuarenta y dos años de matrimonio. Natalie, la esposa, le había confesado: «Dru, el día de la boda, cuando me dirigía hacia el altar, sabía que me estaba equivocando. Y he tardado todos estos años en reunir el valor para hacer algo».

A la una y media, Dru compró un sándwich de queso y jamón y un vaso de café para llevar en la cafetería. Como vio que Ken Sharkey estaba delante en la cola, se fue con su bolsa a la mesa de su jefe.

—¿Le gustaría a mi editor comer conmigo?

—¿Cómo? Oh, por supuesto, Dru.

Por la cara que puso, Dru no estaba tan segura, pero quería comentar algunas ideas con él, y le pareció un buen momento.

—Paul Walsh ha asistido al servicio en memoria de Georgette Grove —dijo para empezar.

Ken se encogió de hombros.

—Era de esperar. Él lleva la investigación.

—¿Son imaginaciones mías o hay cierta tensión entre él y Jeff? —preguntó Dru.

Sharkey, un hombre larguirucho que siempre tenía una expresión burlona, frunció el ceño.

—No son imaginaciones, no, la tensión está ahí. Walsh está

celoso de Jeff. Le gustaría ser él quien se presentara para el cargo de gobernador. Pero, como no es así, me imagino que pronto se jubilará y buscará un empleo cómodo como jefe de seguridad en alguna empresa. Evidentemente, le sería de gran ayuda si consigue resolver algún caso importante, y ahora tiene su oportunidad. Pero independientemente de lo que esté pasando entre bastidores, se rumorea que él y MacKingsley no están en muy buenos términos, y que la brecha no deja de aumentar.

—Creo que voy a tener una pequeña charla con la secretaria de Jeff. No es ninguna chismosa, pero tiene una forma de decir las cosas que siempre me ayuda a leer entre líneas. —Dru dio unos cuantos bocados a su sándwich y unos sorbos al café, y luego siguió pensando en voz alta—. Ken, he seguido en contacto con Marcella Williams, o tal vez sería más apropiado decir que ella se ha mantenido en contacto conmigo. Es la vecina de los Nolan, la que tenía tantas cosas que contar a la prensa cuando se descubrió aquel acto de vandalismo. Y me ha dicho que el pasado miércoles vio a Jeff MacKingsley pasar con el coche. Y claro, siendo quien es, Marcella se fue por el camino y vio que había parado delante de la casa de los Nolan. No es muy normal que el fiscal del condado de Morris se implique tanto en un caso de vandalismo, ¿no? Porque eso fue antes del asesinato de Georgette, claro.

—Utiliza tu imaginación, Dru —dijo Sharkey—. Jeff es ambicioso, y pronto empezará a cantar a los cuatro vientos lo seguro que ha sido este condado durante los cuatro años que él ha ocupado su cargo. Lo sucedido en la casa de los Nolan ha aparecido en la primera página de todos los diarios. Por eso estaba allí. Si lo he entendido bien, la gente empieza a pensar que hay alguien obsesionado con la historia de la pequeña Lizzie, que esa persona atacó la casa y luego mató a Georgette porque se estaba inmiscuyendo. Es lógico que Jeff trate de asegurarse de que los dos casos se resuelven lo antes posible. Espero que sea así. Si se presenta para gobernador, pienso votarle.

Sharkey se terminó su sándwich.

—No me gusta Paul Walsh. Desprecia a los periodistas,

pero nos utiliza para difundir historias sobre arrestos inminentes y presionar así a personas que cree que ocultan algo. ¿Recuerdas el caso Hartford? Cuando desapareció la mujer de Jim Hartford. Walsh prácticamente le acusó de asesinarla. Y al final resultó que su coche se había salido de la carretera porque no se encontraba bien. La autopsia reveló que había muerto de un ataque al corazón. Pero hasta que no encontraron el coche, un día tras otro Hartford no solo tuvo que afrontar la ausencia de la que había sido su mujer durante cuarenta años, sino los comentarios que aparecían continuamente en la prensa diciendo que la policía sospechaba que había sido agredida y que estaban «investigando» al marido, o sea, que pensaban que él la había matado.

Sharkey dobló el papel en el que iba envuelto su sándwich y lo tiró a la papelera que tenía a los pies.

—Walsh es un tipo listo, pero no juega limpio con la gente... ni con los inocentes, ni con la prensa, ni siquiera con sus hombres. Si yo fuera Jeff MacKingsley le habría despedido hacía tiempo.

Dru se puso en pie.

—Bueno, pues creo que yo también me despido —dijo—. Tengo que hacer algunas llamadas. Y he quedado a las cuatro con Benjamin Fletcher, el abogado que se encargó de la defensa de Liza Barton.

Sharkey pareció sorprendido.

—Eso fue hace veinticuatro años y, por lo que creo recordar, Fletcher tendría cincuenta y tantos. ¿Aún sigue ejerciendo?

—Tiene setenta y cinco años y aún ejerce, pero no es ningún Clarence Darrow. En su web no ofrece sus servicios como experto en casos de asesinato.

—Mantenme informado —le dijo Sharkey.

Dru atravesó la sala sonriendo para sus adentros. Me pregunto si Ken le ha dicho alguna vez a alguien «Nos vemos» o «Tómatelo con calma» o «Que te diviertas» o incluso «Adiós». Apuesto a que cada mañana, cuando sale de casa, le da un beso a su mujer y le dice «Mantenme informado».

Dos horas más tarde, Dru estaba sentada en la minúscula oficina de Benjamin Fletcher, mirándolo desde el otro lado de una mesa atestada de archivos y fotografías familiares. No sabía muy bien qué esperaba, pero desde luego no era encontrarse con un gigante de metro noventa de altura, con cuarenta kilos de sobrepeso, como mínimo. Los pocos pelos que le quedaban estaban húmedos, y la frente le brillaba como si estuviera a punto de empezar a sudar.

Tenía la chaqueta sobre el respaldo de la silla. Se había desabrochado el último botón de la camisa y se aflojó la corbata. La montura al aire de sus gafas resaltaba sus enormes ojos gris verdoso.

—¿Tiene usted idea de los periodistas que me han llamado durante todos estos años para preguntarme por el caso Barton? —le preguntó a Dru—. La verdad, no sé qué esperan encontrar que no se haya escrito ya. Liza pensó que su madre estaba en peligro. Cogió la pistola de su padre, le dijo a Cartwright que soltara a su madre y el resto es historia.

—Creo que todos conocemos los detalles básicos del caso —concedió Dru—. Yo lo que quería era hablar de su relación con Liza.

—Yo era su abogado.

—Sí, pero la niña no tenía parientes cercanos. ¿Se sintió muy apegada a usted? En los meses que estuvo usted asignado a su defensa, ¿la veía con frecuencia? ¿Es cierto que nunca dijo una palabra a nadie?

—Después de darle las gracias al policía por arroparla con una manta, pasó dos meses sin decir ni una sola palabra. Pero incluso después, los psiquiatras tampoco consiguieron sacarle gran cosa, y lo que dijo no ayudó a aclarar el caso. Mencionaba al profesor de equitación de su padre y se alteraba muchísimo. Si le preguntaban por su padrastro, decía «Le odio».

—Es normal, ¿no cree? Le culpaba por la muerte de su madre.

Fletcher se sacó un pañuelo arrugado del bolsillo y se limpió la cara.

—La medicación que estoy tomando me hace sudar como si estuviera en una sauna —dijo con tono realista—. Ya empiezo a acostumbrarme. Desde que he cumplido los setenta, parezco una farmacia ambulante. Pero sigo aquí, que es más de lo que se puede decir de mucha gente de mi edad.

Sus maneras afables desaparecieron.

—Señora Perry, le diré una cosa. Esa niña era muy pero que muy lista. Nunca quiso matar a su madre. Para mí es un hecho. Pero Ted Cartwright, el padrastro, ese ya es otra cosa. Me sorprendió mucho que la prensa no indagara un poco más en su relación con Audrey Barton. Evidentemente, sabían que habían estado prometidos y ella lo dejó para casarse con Will Barton y que la llama volvió a reavivarse cuando ella enviudó. Barton era un intelectual, un buen arquitecto, pero no tenía mucho éxito. No había mucho dinero en esa casa, y el que había procedía de Audrey. Ella venía de una familia con posibles. Había estado en contacto con los caballos desde niña. Y, cuando se casó con Barton, siguió cabalgando a diario. ¿Y adivina quién cabalgaba con ella en el club de hípica de Peapack? Ted Cartwright. Y claro, su marido nunca iba con ella porque le aterraban los caballos.

—¿Me está diciendo que Audrey tuvo una aventura con él estando casada?

—No, no lo digo, porque no sé si es cierto. Lo que digo es que veía a Ted Cartwright en el club prácticamente a diario. Que salían juntos por los senderos o saltaban obstáculos juntos. En aquel entonces Ted estaba ampliando su negocio de construcción y empezaba a ganar mucho dinero.

—¿Me está sugiriendo que Audrey se arrepentía de haberse casado con Will Barton?

—No, no lo sugiero, lo afirmo. Media docena de personas me lo dijeron en el club cuando estaba preparándome para el juicio. Y, puesto que era un secreto tan conocido, ¿no sería lógico pensar que una niña tan lista como Liza seguramente se enteró?

Fletcher cogió el cigarrillo sin encender que había colocado en un cenicero a su lado, se lo puso entre los labios y lo volvió a sacar.

—Estoy tratando de dejarlo —comentó, y siguió con su exposición—. Desde el momento en que enterró a su marido, Audrey estuvo saliendo con Ted Cartwright. Y si esperó dos años para casarse fue porque la niña no aceptaba su presencia.

—Y entonces, ¿por qué pidió Audrey el divorcio? ¿Por qué le tenía tanto miedo?

—Nunca lo sabremos. Yo me imagino que la convivencia de los tres bajo el mismo techo se hizo intolerable y, evidentemente, Audrey no podía abandonar a su hija. Pero hay un pequeño detalle que surgió durante las investigaciones y que no debemos olvidar. —Benjamin Fletcher dedicó una mirada incisiva a Dru, desafiando sus conocimientos sobre el caso.

—Creo recordar que había ciertas dudas sobre el sistema de alarma —dijo Dru.

—Exacto, señora Perry, el sistema de alarma. Una de las cosas que conseguimos sacarle a Liza es que aquella noche su madre conectó la alarma antes de que las dos se fueran a dormir. Pero cuando llegó la policía la alarma estaba desconectada. Cartwright no entró por la fuerza. Si la hubiera cortado desde el exterior, se habría visto enseguida. Así que creo que dijo la verdad y que Audrey le llamó y le invitó a ir a la casa para reconciliarse. Y ahora, señora Perry, lamento decirle que hoy quería marcharme temprano.

—Una cosa más, señor Fletcher. He leído un artículo que se publicó un par de años después del juicio en una de esas abominables revistas sensacionalistas. Era una entrevista con Julie Brett. En el juicio declaró que Ted Cartwright la maltrataba.

Fletcher chasqueó la lengua.

—Desde luego, pero el único maltrato que recibió de Cartwright fue que la dejó por otra. No me malinterprete. Todo el mundo sabe que el tipo tiene muy mal carácter y ha dado algún golpe que otro, pero no a Julie.

—¿Está diciendo que mintió?

—No, yo no he dicho eso. Creo que lo que pasó es que discutieron. Él la iba a dejar. Ella lo cogió del brazo y él la empujó. Pero adornó un poco la historia porque Liza le daba pena. Tiene muy buen corazón. Esto que quede entre nosotros, claro.

Dru miró al viejo abogado. El hombre tenía una sonrisa satisfecha en el rostro. Evidentemente, el recuerdo de Julie Brett le divertía. Luego su rostro volvió a adoptar una expresión grave.

—Señora Perry, Julie causó una fuerte impresión al juez. Créame, de no ser por ella, Liza Barton habría acabado en algún centro de menores hasta los veintiuno.

—¿Y qué me dice de Diane Wesley, otra de las novias de Cartwright? —se apresuró a preguntar Dru—. Dijo a la prensa que había cenado con Ted la noche antes de la tragedia, y que había acusado a Liza de sus problemas con Audrey.

—Es lo que dijo a la prensa, pero no llegó a decirlo ante el juez. Pero, sea como sea, es otro testimonio que confirma que Liza provocó la ruptura. —Fletcher se puso en pie y le tendió la mano—. Encantado de conocerla, señora Perry. Cuando escriba su artículo, espero que tendrá algunas buenas palabras sobre este antiguo abogado de oficio mal pagado. Esa niña tuvo una magnífica defensa.

Dru le estrechó la mano.

—Gracias por su tiempo, señor Fletcher. ¿Tiene alguna idea de dónde puede estar Liza ahora?

—No. De vez en cuando me acuerdo de ella. Solo espero que recibiera la ayuda psiquiátrica que necesitaba. Si no, no me extrañaría que cualquier día se presente por aquí y le vuele la tapa de los sesos a Ted. Buena suerte, señora Perry.

37

El lunes, a media tarde, Charley Hatch estaba sentado en la sala de estar de su casa, tomándose una cerveza y esperando nervioso la llamada. No dejaba de pensar cómo iba a explicar que había un problema.

No es culpa mía, pensó. El viernes, cuando aquel policía se fue, traté de comunicar con el número de siempre, pero estaba desconectado, y no sabía qué pasaba. Luego, un minuto más tarde suena el teléfono y me dice que compre uno de esos móviles con un saldo determinado para que nadie pueda localizarlos.

Yo, para que viera voy con cuidado, dije que había visto unas manchas de pintura en mis vaqueros y mis zapatillas, y que me las arreglé para cambiarme antes de que el policía entrara en mi casa. Yo pensaba que con eso entendería que soy cuidadoso, y en vez de eso va y me dice que me deshaga de los vaqueros y las zapatillas y me asegure de que no hay manchas de pintura en la camioneta. Y vuelve a recordarme que fue una estupidez grabar aquella figura en la puerta.

Así que el fin de semana dejé los vaqueros y las zapatillas hechos un montón junto con mis figurillas en un estante del garaje, y luego decidí que lo mejor era deshacerme de ellos para siempre. Hasta me tomé la molestia de sacar alguna ropa vieja que quería tirar y lo tiré todo junto en una gran bolsa de basura. Hice un nudo muy fuerte y lo dejé en el cubo. Y vacié la nevera para que la bolsa de encima estuviera llena de cosas...

comida china pasada, porciones secas de pizza, posos de café y unas naranjas que se habían puesto verdes.

Se supone que pasan a recoger la basura los martes y los viernes. Así que no vi ningún problema en dejarla en el cubo de la basura el domingo por la noche. ¿Cómo demonios iba yo a saber que un listillo se iba a poner a revolver entre mi basura? Apuesto a que fue el poli curioso, el sargento Earley. Pero bueno, el caso es que los vaqueros y las zapatillas y las figurillas ya no están. Reconozco que fui un tonto al ponerme esos pantalones de pana tan tupidos en un día tan caluroso. Earley se fijó, hasta hizo algún comentario.

El móvil normal de Charley sonó. Con un nudo en la garganta, respiró hondo y contestó.

—Hola.

—¿Has comprado el otro móvil?

—Me dijo que lo comprara y lo he comprado.

—Dame el número.

—973 555 0347.

—Ahora te llamo.

Charley dio un largo trago a su cerveza y apuró la botella. Cuando su nuevo móvil sonó, contestó. En lugar de dar la explicación que tan bien había ensayado, se puso a balbucear muy nervioso.

—Tiré a la basura mis zapatillas deportivas, mis vaqueros y mis figurillas. Y alguien se las ha llevado. Seguro que fue el poli que estuvo en mi casa el viernes.

Aquel prolongado silencio fue peor que la furiosa parrafada que le había soltado por el asunto de la calavera.

Cuando su interlocutor habló por fin, su voz era tranquila y neutra.

—¿Por qué lo tiraste a la basura?

—Se suponía que tenían que recogerlo mañana. Me ponía demasiado nervioso tenerlo en el garaje —dijo Charley a la defensiva.

—No me interesan los horarios de recogida de basura. Lo que te estoy diciendo es que poner esas cosas en la basura más de un día antes de la recogida ha sido una estupidez. Podías haberte limitado a tirarlo todo en algún contenedor junto a algún almacén y olvidarte. Escúchame bien. No sé quién mató a Georgette Grove, pero si la policía encuentra pruebas que demuestran que tú eres el responsable de lo sucedido en casa de los Nolan, te culparán.

—*Nos* culparán —le corrigió Charley.

—No me amenaces, Charley. Sé que ese poli no tenía derecho a rebuscar entre tu basura y llevarse tus cosas sin una orden, así que incluso si han encontrado algo que pueda incriminarte, no podrán utilizarlo en tu contra. Lo que harán será tratar de acorralarte. Así que búscate un abogado y no contestes a ninguna pregunta.

—¡Un abogado! ¿Y quién va a pagarlo?

—Sabes perfectamente que lo pagaré yo.

Hubo una pausa, y el interlocutor de Charley dijo:

—Mira, Charley, si consigues salir de esta sin complicar más las cosas, no vas a tener que preocuparte nunca más por el dinero.

—¡Eso sí que es una buena noticia! —Charley cerró el móvil de golpe.

Profundamente aliviado, fue a la nevera y cogió otra cerveza. Si no podían utilizar los vaqueros y las zapatillas contra él, ¿qué tenían? Pero eso sí, las figurillas de madera demostrarán que tengo mucho talento, aunque claro, eso no me convierte en la única persona del mundo que puede haber grabado esa calavera en la puerta.

Salió de la casa con la cerveza en la mano, rodeó el cobertizo y se quedó mirando su material de jardinería, el cortacésped, las tijeras para podar setos, los rastrillos, las palas. Todos ellos representaban horas, días, meses y años de trabajo duro y aburrido.

Muy pronto podré pagar para que otros me corten el césped, se prometió a sí mismo.

38

El lunes por la noche, Zach se tomó una hamburguesa y un par de bebidas en el bar de Marty y estuvo debatiéndose entre llamar o no llamar a Ted Cartwright. La fotografía que le había enviado ya debía de estar en su oficina. E iría directa hasta él. No habría ninguna secretaria que decidiera si era o no lo bastante importante para hacerla llegar a su jefe.

En la esquina inferior izquierda del sobre Zach había escrito «Personal».

A Zach le hacía gracia ese pequeño detalle. Quedaba tan afectado... hacía un par de años, una mujer que le debía el dinero de una clase de equitación le mandó un cheque al club y escribió eso en el sobre. Desde entonces, Zach lo ponía en todo su correo, hasta en las facturas.

Supuso que la policía interrogaría a Ted Cartwright acerca de la muerte de Georgette Grove. En el pueblo todo el mundo sabía la inquina que le tenía porque siempre bloqueaba sus planes de urbanización. Y las pruebas en su contra serían mucho más consistentes si un tal Zach Willet tenía un repentino ataque de conciencia y decidía compartir cierto recuerdo con la policía.

Pero eso solo sería después de que la fiscalía le garantizara la inmunidad, o como se dijera, pensó.

Yo soy el pequeño pececillo que les va a conducir al tiburón, pensó, saboreando la sensación de poder que todo aquello le producía.

Finalmente, decidió no tomarse un tercer whisky escocés y subió al coche para volver a casa. ¡A casa! Hasta hace no mucho su casa siempre le había gustado. No era grande, pero para él solo ya tenía bastante. Tres habitaciones y un porche trasero donde podía sentarse con su periódico y su televisor portátil cuando hacía buen tiempo. Pero un año atrás, la vieja señora Potter había muerto, y la hija se instaló en la planta baja. La mujer tenía cuatro hijos, y uno de ellos tocaba la batería. A Zach tanto ruido le estaba volviendo loco. A veces tenía la sensación de que pagaba al crío para que tocara porque quería que se fuera. Pero aún le quedaban dos años de contrato, y no pensaba marcharse.

Ted está construyendo una urbanización en Madison, pensó Zach. Su nombre aparece por todas partes. Casi está terminada, y las casas tienen buen aspecto. Habrá unas setenta u ochenta. No me importaría tener algo más de espacio. Y una plaza de aparcamiento, pensó, mientras conducía por su calle y comprobaba que todas las plazas estaban ocupadas. Evidentemente, los hijos de la propietaria tenían a sus amigos en casa.

Finalmente, Zach encontró aparcamiento a una manzana y media de allí y caminó con aire sombrío hasta su casa. Era una noche templada, y cuando subió los escalones del porche, había críos por todas partes. Algunos le saludaron, aunque él no hizo caso. Cuando estaba abriendo la puerta que llevaba al primer piso, le pareció notar olor a marihuana. Subió las escaleras con paso deliberadamente pesado. Le habría gustado sentarse en el porche de atrás con un cigarro, pero allí había más críos, y no dejaban de alborotar.

El hecho de saber que seguramente alguno de los vecinos llamaría a la policía no tranquilizó a Zach. Se sentía inquieto e irritable. Se sacó el móvil y lo dejó sobre la mesa, tratando de decidir si hacía o no la llamada. Se había puesto en contacto con él haría cosa de una semana, y en circunstancias normales no habría vuelto a intentarlo tan pronto. Pero eso fue antes de que a Georgette le metieran una bala en la cabeza. Ted debe de estar muy nervioso, se dijo Zach sintiéndose mejor.

De pronto, una batería empezó a sonar en el piso de abajo y Ted se sobresaltó. Maldiciendo por lo bajo, marcó el número de Ted.

—«El número al que llama está fuera de cobertura... Si desea dejar un mensaje...»

Zach esperó con impaciencia a que la voz informatizada terminase, y entonces dijo:

—Siento no haberte encontrado, Ted. Sé lo preocupado que debes de estar por la muerte de Georgette. Apuesto a que te ha afectado mucho. Espero que me puedas oír. El ruido del piso de abajo me está volviendo majareta. La verdad, necesito cambiar de casa, a una de esas que estás construyendo, por ejemplo. Espero que ya tengas la bonita fotografía que te he enviado.

Estaba a punto de cortar cuando se le ocurrió algo.

—Por cierto, tengo una nueva alumna para mis clases de hípica. Es Celia Nolan, la que vive en tu antigua casa. Ha estado preguntando por el accidente de Barton. He pensado que querrías saberlo.

El lunes me pasé toda la tarde tratando de decirle a Alex que quería contratar un abogado criminalista, pero las palabras no querían salir de mi boca. El agradable fin de semana en Spring Lake había suavizado parte de la tensión que había entre nosotros, pero me sentía lo bastante cobarde para querer que aquella sensación de bienestar durara un poco más.

Cuando volvía de la clase de equitación, tuve que parar a comprar comida. Kathleen, mi madre adoptiva, es de esas mujeres que saben preparar un manjar con lo que encuentra en la nevera. Yo no estoy a su altura, pero me gusta cocinar. Me relaja.

Jack y la canguro, Sue, se lo pasaron divinamente mientras yo estuve fuera. La chica lo llevó a pasear con el poni y Jack me habló entusiasmado de los niños que había conocido en la calle de al lado. Uno de ellos va a su clase.

—El Billy que no llora. Y acuérdate, mamá. Tienes que llamar a su madre para decirle que puedo ir a jugar con Billy mañana después del cole.

Jack me ayudó a mezclar la harina, la mantequilla y la leche para las galletas, giró el secador para secar la lechuga y me ayudó con la salsa de mostaza para el salmón, y él solito puso los espárragos a escalfar.

Cuando Alex volvió a casa a las seis y media, nos sentamos todos juntos en la sala de estar. Alex y yo tomamos un vaso de vino y Jack bebió un refresco. Luego comimos nuestra primera cena en el comedor. Alex me habló de su clienta, una mujer muy mayor que finalmente había cambiado su testamento.

—Esta vez la nieta se queda con la casa de los Hampton. Eso va a provocar una auténtica guerra en la familia —dijo—. La verdad, creo que la vieja disfruta torturando a sus parientes. Pero si a ella no le importa pagarme por mi tiempo, yo encantado.

Alex se había cambiado de ropa y llevaba una camiseta de sport y unos pantalones chinos. Como siempre, me descubrí pensando el aspecto tan increíble que tiene. Me encanta la forma de sus manos, y sus dedos largos y delicados. Si me pidieran que dibujara las manos de un cirujano, dibujaría las suyas. Aunque sé que son muy fuertes. Si está en la cocina cuando yo intento abrir algún tarro, lo único que tengo que hacer es pasárselo a él. Con un sencillo movimiento, la tapa se abre.

La cena fue tranquila y agradable, una cena familiar normal. Y cuando Alex dijo que mañana por la tarde tenía que ir a Chicago para tomar una declaración para un caso que llevaba y que tendría que pasar allí al menos una noche, casi me sentí aliviada. Si se producía alguna de aquellas horribles llamadas, no tendría que preocuparme por si él contestaba al teléfono. Quería llamar al doctor Moran, que me había visitado cuando era pequeña. Ya estaba jubilado, pero tenía su teléfono. Necesitaba su consejo. La última vez que hablé con él fue cuando decidí casarme con Alex. Y ya entonces me advirtió del riesgo que corría al no ser sincera con Alex respecto a mi pasado. «Larry no tenía derecho a pedirte eso, Celia», me había dicho.

Si llamaba al doctor Moran y no le encontraba, no tendría que preocuparme si le dejaba un mensaje diciendo que me llamara él. Y podía pedir su opinión sobre cómo decirle a Alex que quería un abogado.

Todo esto lo pensaba yo mientras preparaba a Jack para acostarlo. Le leí un cuento, y luego dejé que él leyera otro. Luego apagué la luz.

La habitación de Jack, que en otro tiempo fue mi habitación, es grande, pero solo hay un sitio donde puede ir la cama... la extensa pared que hay entre las ventanas. Cuando vi que los de las mudanzas iban a poner la cama ahí, les pedí que la pusieran en la pared de enfrente, pero se veía fuera de sitio.

De pequeña yo tenía muebles blancos, perfectos para el dormitorio de una niña, y el cubrecama y los marcos de las ventanas estaban en azul y blanco. Los muebles de Jack son más apropiados para un chico, de madera de arce, muy fuertes. Sobre la cama tiene la colcha de patchwork que le hice cuando estaba embarazada. Es de colores muy vivos, rojo, amarillo, verde y azul. Cuando Jack se queda dormido y le arropo con ella pienso en la alegría con que la cosí, porque en aquella época creía que podía vivir como si fuera Celia Kellogg Foster.

Antes de bajar, me quedé un momento en la puerta, mirando la habitación, recordándome a mí misma cuando tenía la edad de Jack, en aquella habitación, leyendo mi libro, segura y feliz, ajena a lo que me deparaba el futuro.

¿Qué le deparaba a Jack el futuro? En mis sueños más disparatados, ¿podría haberme imaginado que, en unos pocos años, me iba a convertir en el instrumento, si no la causa, de la muerte de mi madre? Fue un accidente, pero aun así, he matado, y sé lo que significa presenciar el final de una vida. Los ojos de mi madre se quedaron muy fijos. Su cuerpo se puso flácido. Jadeó, profiriendo un leve borboteo. Y entonces, mientras la pistola seguía disparando y Ted se arrastraba tratando de llegar a mí, mi madre se desplomó sobre la moqueta y su mano cayó junto a mi pie.

Eran unos pensamientos absurdos y negros. Pero, cuando empiezo a bajar las escaleras, noto de nuevo la sensación abrumadora de que tengo que proteger a Jack. Le encanta contestar al teléfono. Corre para contestar en cuanto oye el primer timbrazo. ¿Y si oye la voz misteriosa hablando de la pequeña Lizzie? Después del episodio del poni, le hemos dicho que Lizzie era una niña muy mala. Sé que intuyó que había algo muy malo en esa idea. El acto de vandalismo contra la casa, la policía, la prensa y la ambulancia... todo eso tiene que haberle afectado. Parece que está bien, pero me gustaría saber qué pasa por esa cabecita suya tan inteligente.

En un intento por recuperar la atmósfera agradable que había reinado durante la cena, me sacudí mentalmente, tratando de alejar las tinieblas de mi mente. Entré en la cocina. Alex se había ofrecido a recoger la mesa y poner los platos en el lavavajillas mientras yo acostaba a Jack.

—Justo a tiempo —me dijo con una sonrisa—. El exprés está listo. Podemos tomarlo en la sala de estar.

Nos sentamos frente a frente en los sillones que había ante la chimenea. Tenía la sensación de que Alex estaba buscando el momento más adecuado para decirme algo.

—¿A qué hora le has dicho a Jack que tiene que apagar la luz?

—A las ocho y media. Pero ya le conoces. Se habrá dormido mucho antes.

—Aún no acabo de acostumbrarme a eso de que los niños supliquen y supliquen que les dejes quedarse más tiempo y luego se queden dormidos en cuanto apoyan la cabeza en la almohada. —Y entonces me miró y supe que pasaba algo—. Ceil, el sábado traerán mi piano —dijo. Levantó una mano antes de que yo pudiera protestar—. Lo echo de menos. Hace seis meses que me fui de mi apartamento y lo dejé en un guardamuebles. A lo mejor encuentras otra casa mañana, o a lo mejor no encuentras nada hasta dentro de un año. Pero, incluso si la encuentras, lo más probable es que no esté disponible de manera inmediata.

—Quieres quedarte en esta casa, ¿verdad? —pregunté.

—Sí, quiero quedarme. Sé que, con tu talento, si la decoraras, sería maravillosa, además de cómoda. Podemos instalar una verja de seguridad para asegurarnos de que no se repita lo del otro día.

—Pero en la mente de todos esto siempre será la casa de la pequeña Lizzie —protesté.

—Mira, Ceil, yo conozco la forma de poner freno a eso. He estado hojeando algunos de los libros que se han escrito sobre el tema en la zona. Antiguamente, muchos de los propietarios de las grandes casas de campo solían poner nombre a sus casas.

mañana, pensó. Participó en una jornada de puertas abiertas para agentes inmobiliarios. Los otros corredores de fincas con los que habló Angelo recuerdan haberle visto allí hacia las nueve y cuarto. Celia Nolan llegó a la casa de Holland Road a las diez menos cuarto. Eso significa que Henry tuvo entre quince y veinte minutos para salir del edificio, atravesar los bosques, disparar a Georgette, volver a donde había dejado su coche y marcharse.

Pero, si Henry es el asesino, ¿a quién contrató para que provocara los destrozos en la casa de los Nolan? No creo que lo hiciera personalmente. Esas latas de pintura pueden ser bastante pesadas. Las salpicaduras de la casa estaban demasiado altas para que lo hiciera él. Y los grabados de la puerta no eran cosa de un aficionado.

En opinión de Jeff, lo más desconcertante era la fotografía de Celia Nolan que habían encontrado en el bolso de Georgette. ¿Cuál era el objetivo de aquello? ¿Por qué le habían limpiado las huellas? Puedo entender que Georgette la recortara del periódico, pensó. Quizá se estaba castigando por la reacción de Celia Nolan ante aquel acto de vandalismo. Pero lo que está claro es que no fue Georgette quién limpió las huellas. Eso fue algo deliberado, hecho por otra persona.

¿Y qué hay de la fotografía que Celia Nolan encontró el día después del acto de vandalismo, la de la familia Barton, una fotografía que había querido ocultar? Suponiendo que no quisiera más publicidad, lo lógico sería que estuviera preocupada porque un tarado se había colado en su propiedad. O quizá no tuvo tiempo de pensarlo con calma. Acababa de encontrar la fotografía, y ni siquiera se lo había dicho a su marido.

Dos fotografías: la familia Barton y Celia Nolan. Una estaba pegada a un poste a plena luz. La otra no tenía huellas y, cualquiera que hubiera visto alguna serie de ladrones y policías, sabría que eso es algo muy importante.

Jeff miró a su cuaderno y vio que la hoja estaba llena de dibujitos, y que solo había escrito tres palabras «Ted», «Henry» y «fotografías». Sonó el teléfono. Le había dicho a Anna que no le pasara ninguna llamada a menos que fuera urgente. Cogió el auricular.

—Dígame, Anna.

—El sargento Earley le llama. Dice que es muy importante. Habla como un gato que se ha tragado al canario.

—Pásemelo. —Jeff oyó un clic y dijo—: Hola, Clyde, ¿qué pasa?

—Jeff, he estado pensando quién puede haber hecho el trabajito en casa de la pequeña Lizzie.

¿Espera que juguemos a preguntas y respuestas?, pensó Jeff.

—Vaya al grano, Clyde.

—Ya estoy yendo al grano. Y yo pensé, ¿quién, además de los corredores de fincas, pudo tener acceso a esa pintura, ya sabe, la de Benjamin Moore, roja con ocre tostado?

Este espera algo, pensó Jeff, pero no pienso dejarle que me complique. Sabía que Clyde esperaba que se entusiasmara, pero no dijo nada.

Tras otra pausa que no tuvo el efecto que él esperaba, Earley siguió hablando con voz decidida.

—Y me puse a pensar en el jardinero, Charley Hatch. Tenía acceso a la casa todo el día. Su trabajo era mantenerla limpia. Seguro que sabía que esas latas de pintura estaban en el armario.

La verborrea de Clyde había dejado de impacientarle.

—Siga —le dijo.

—De todos modos, el viernes por la tarde tuve una pequeña charla con él y, cuando me hizo pasar a su casa, me dio la sensación de que estaba muy nervioso. ¿Recuerda el calor que hizo el viernes?

—Lo recuerdo. ¿Por qué dice que Charley Hatch estaba nervioso?

Ahora que por fin había conseguido la atención del fiscal, el sargento Clyde Earley no pensaba dejar que le metieran prisas.

—Lo primero que me llamó la atención es que Charley llevaba puestos unos pantalones de pana muy tupidos, y me pareció muy peculiar. Y llevaba lo que podría considerarse calzado de vestir, un par de mocasines. Cuando le pregunté me dijo que estaba desvistiéndose para ducharse cuando yo llamé a la puerta y que por eso cogió lo primero que encontró para ponerse. La verdad, no me lo trago. Y me entró mucha curiosidad por ver dónde andaban sus pantalones y el calzado que usa normalmente para el trabajo.

Jeff sujetó el auricular con más fuerza. Los pantalones y el calzado de Hatch quizá tenían manchas de pintura, pensó.

—Así que esta mañana esperé junto a la casa de Charley Hatch hasta que pasó el tipo que recoge la basura. Yo sabía que era la primera vez que el basurero pasaba desde que yo estuve allí el viernes, y pensé que seguramente Charley es lo bastante tonto para tirar unas pruebas tan comprometidas en su cubo de basura. Finalmente, el camión de la basura apareció hará cosa de media hora. Esperé a que el tipo recogiera las bolsas y le seguí hasta que salió de la propiedad de Charley. Estaba a punto de echar las bolsas al camión. Creo que, para ese momento, ya se puede considerar que las bolsas eran legalmente propiedad abandonada. Le pedí al de la basura que abriera las bolsas. Él lo hizo y, *voilà*, en la segunda bolsa, debajo de algunos jerséis viejos, encontramos un par de vaqueros con manchas de pintura roja, unas zapatillas deportivas con pintura roja en el pie izquierdo y unas bonitas figurillas con las iniciales CH en la base. Por lo visto a Charley Hatch le encanta hacer figurillas de madera. Lo tengo todo en mi oficina.

Al otro extremo de la línea, ante su mesa en la comisaría de Mendham, Clyde Earley sonrió para sus adentros. No le pareció necesario decirle al fiscal que, ese mismo día, a las cuatro de la madrugada, cuando aún estaba oscuro como boca de lobo, había regresado a la casa de Charley y había vuelto a dejar todas aquellas cosas en la bolsa, con el resto de ropa que seguía esperando a que pasara el camión. Su plan había funcionado a la perfección, y había sacado todas aquellas pruebas en presencia de un testigo de fiar: el hombre del camión de basura.

—¿El basurero le vio abrir la bolsa y sabía que venía de la casa de Charley? —preguntó Jeff, con un entusiasmo que Earley consideraba totalmente merecido.

—Efectivamente —replicó Clyde—. Como he dicho, llevó las bolsas hasta el camión, que estaba parado justo delante de la casa de Charley. También me aseguré expresamente de levantar un par de las tallas de madera para que pudiera ver las iniciales de la base.

—Clyde, como ya se puede imaginar, esto es un bombazo —dijo Jeff—. Es un trabajo estupendo. ¿Dónde está Charley ahora?

—Trabajando en algún jardín.

—Enviaremos la ropa al laboratorio criminalístico y estoy seguro de que confirmarán que la pintura de los pantalones coincide con la de los destrozos —dijo Jeff—. Pero los resultados podrían tardar uno o dos días, y no estoy dispuesto a esperar. Creo que tenemos suficientes pruebas. Voy a presentar una denuncia contra él por vandalismo y le detendremos. Clyde, no sabe lo agradecido que le estoy.

—Mi opinión es que alguien pagó a Charley para que provocara esos destrozos en la casa de Old Mill Lane. No es la clase de persona que haría algo así por iniciativa propia.

—Yo también lo creo. —Jeff colgó y apretó el botón del intercomunicador—. Entra un momento, Anna. Tengo que dictarte una denuncia.

La secretaria apenas había tenido tiempo de sentarse ante su jefe cuando el teléfono volvió a sonar.

—Coja el mensaje —dijo Jeff—. Quiero conseguir esa orden de arresto lo antes posible.

La llamada era de Clyde Earley.

—Acabamos de recibir un aviso del 911. Una mujer histérica dice que ha encontrado el cadáver del jardinero Charley Hatch en el límite norte de su propiedad. Estaba en el suelo, con un disparo en la cara, y cree que está muerto.

41

A las doce y media del martes por la tarde, Henry Paley fue caminando desde su oficina hasta el Black Horse Tavern para reunirse con Ted Cartwright, que le había llamado y había insistido en que comieran juntos. Cuando llegó, echó un vistazo al comedor, medio esperando ver allí al detective Shelley o a Ortiz. Durante el fin de semana, los dos se habían pasado en diferentes momentos por la agencia para volver a preguntar qué había dicho Georgette aquella última tarde. Y se mostraron particularmente interesados por si sabía lo que Georgette quiso decir cuando Robin la oyó musitar «Nunca le diré a nadie que la he reconocido».

Les dije a los dos que no tenía ni idea, pensó Henry, y por sus caras, ninguno me creyó.

Como de costumbre, la mayoría de las mesas estaban ocupadas, pero para su alivio, Henry no vio ni a Shelley ni a Ortiz en ninguna. Ted Cartwright le esperaba en una mesa del rincón. Se había sentado de cara a la pared, pero su pelo blanco le delataba enseguida. Seguramente ya se está bebiendo su primer whisky escocés, pensó Henry mientras se abría paso por la sala.

—¿Cree que este encuentro es buena idea, Ted? —preguntó mientras sacaba una silla y se sentaba.

—Hola, Henry. Y, respondiendo a su pregunta, sí, creo que es una excelente idea —dijo Cartwright—. Como propietario del veinte por ciento de los terrenos de la Ruta 24 tiene todo el derecho a reunirse con cualquier posible comprador. Me encantaría que no hubiera dejado constancia en papel de nuestro acuerdo para que Georgette y luego el fiscal pudieran encontrarlo, pero eso ya no tiene arreglo.

—Parece mucho menos preocupado por esas anotaciones mías que el otro día —comentó Henry, y entonces se dio cuenta de que el camarero estaba allí—. Un vaso de Merlot, por favor —dijo.

—Y a mí tráeme otro de estos —añadió Cartwright. Luego, cuando vio que el joven iba a cogerle el vaso, le dijo con irritación—: Todavía no he terminado. Puedes dejar el vaso tranquilo.

Está bebiendo demasiado deprisa, pensó Henry. No está tan tranquilo como quiere hacerme creer.

Cartwright le miró.

—Me siento más tranquilo, y le diré por qué. He contratado a un abogado, y el motivo de esta entrevista no es solo demostrar a la gente que no tengo nada que ocultar, sino decirle que usted también haría bien en contratar a otro abogado. La oficina del fiscal quiere resolver este caso, y una de las opciones que barajan es demostrar que nos pusimos de acuerdo para deshacernos de Georgette y que uno de los dos le disparó o pagó a alguien para que lo hiciera.

Henry se lo quedó mirando, pero no dijo nada hasta que el camarero volvió con las bebidas. Dio un sorbo a su Merlot y dijo con tono reflexivo:

—Ni siquiera se me había pasado por la imaginación que el fiscal me considerara sospechoso. Aunque, la verdad, no se puede decir que lamente la muerte de Georgette. En otra época le tuve mucho aprecio, pero con los años Georgette se había vuelto más obstinada, como usted bien sabe. Sin embargo, no soy muy amante de la violencia. Nunca he tenido una pistola en las manos.

—¿Está practicando para su defensa? —preguntó Cartwright—. Porque, si es así, conmigo está perdiendo el tiempo. Conozco a los que son como usted. Muy taimado. ¿Estaba usted detrás de lo que pasó en Old Mill Lane? Es la clase de triquiñuela que esperaría de usted.

—¿Podemos pedir ya? —propuso Henry—. Esta tarde tengo que enseñar algunas casas a unas personas. Es curioso, pero la muerte de Georgette ha sido como una inyección de adrenalina para la agencia. De pronto han aparecido varias personas interesadas en comprar casa en la zona.

Ninguno de los dos volvió a hablar hasta que les sirvieron los sándwiches que habían pedido. Luego, con tono informal, Henry dijo:

—Mire, Ted, ahora que he convencido al sobrino de Georgette para que venda los terrenos de la Ruta 24, sería un detalle que me pagara ese cheque que me prometió. Creo recordar que la suma que acordamos era de cien mil dólares.

El tenedor de Cartwright se quedó paralizado en el aire.

—Bromea, ¿no?

—No, nada de bromas. Hicimos un pacto y espero que cumpla su parte.

—El acuerdo era que usted convenciera a Georgette para que vendiera esos terrenos en lugar de cederlos al estado.

—El acuerdo era y sigue siendo vender los terrenos. De todos modos ya suponía que no querría abonarme ese dinero. Durante el fin de semana me he puesto en contacto con el sobrino de Georgette, Thomas Madison. Le señalé que, si bien su oferta es razonable, en los pasados años hemos tenido otras buenas ofertas por esos terrenos. Me he ofrecido a revisarlas, ponerme en contacto con las personas que las hicieron y ver si todavía están dispuestas a iniciar las negociaciones.

—Es un farol —dijo Cartwright enrojeciendo de ira.

—No, para nada, Ted. Lo suyo sí es un farol. Le aterra que puedan detenerle por la muerte de Georgette. Ese día estuvo cabalgando cerca de la casa de Holland Road. Y es un orgulloso miembro de la National Rifle Association con permiso de armas. Discutió con Georgette en este mismo lugar la noche antes de su muerte. Así que, qué me dice, ¿tanteo esas otras partes interesadas en los terrenos de la Ruta 24 o cree que puede tener el cheque en cuarenta y ocho horas? —Henry se puso en pie sin esperar respuesta—. De verdad, tengo que volver a la oficina, Ted. Muchas gracias por la comida. Ah, por cierto, por curiosidad: ¿sigue viéndose con Robin o solo fue una diversión pasajera para usted?

42

La mujer que llamó histérica al 911 para avisar de la muerte de Charley Hatch era Lorraine Smith. En el lugar no solo se personó la policía, sino también una ambulancia, el forense, la prensa y una representación de la oficina del fiscal, incluyendo al propio fiscal, Jeffrey MacKingsley.

Lorraine, de cincuenta años y madre de unas gemelas de dieciocho años, fue recuperando poco a poco la suficiente compostura para reunirse con el equipo de investigación en la salita de su casa de estilo federal en Sheep Hill Road.

—Charley llegó hacia la una —dijo a Jeff, Paul Walsh, Angelo Ortiz y Mort Shelley—. Viene todos los martes a cortarme el césped.

—¿Habló con él? —le preguntó Jeff.

—Hoy sí. Pero a veces puede pasar un mes entero sin que coincidamos. Él llega, descarga su material y se pone a trabajar. En un par de semanas tiene que... bueno habría tenido que arrancar la balsamina y las otras plantas anuales y preparar las plantas de otoño. Normalmente yo le ayudo. Pero, cuando se limita a cortar el césped no tenemos por qué hablar necesariamente.

Lorraine sabía que estaba hablando demasiado y deprisa. Dio un sorbo a su café y decidió serenarse y limitarse a contestar las preguntas del fiscal.

—¿Por qué ha hablado con él hoy?

—Porque ha llegado tarde y estaba molesta. Se supone que

tiene que estar aquí a las nueve de la mañana. Hoy tenía invitados a la hora de comer. Estábamos en el patio y hemos estado oyendo todo el rato el dichoso cortacésped. Así que al final he salido y le he dicho que parara y volviera mañana.

—¿Y él qué ha dicho?

—Se ha reído y ha dicho algo así como «Sabe, señora Smith, no es tan horrible si estoy cansado y algún día me duermo. Será mejor que disfrute de mis servicios mientras puede».

—¿Y luego qué ha pasado?

—Ha sonado su móvil. —Lorraine Smith hizo una pausa—. O quizá debería decir *uno* de sus móviles.

—¿Tenía dos móviles? —preguntó Paul Walsh.

—A mí también me sorprendió. Se sacó un móvil del bolsillo de la camisa, pero seguía sonando, así que se sacó el que llevaba en el bolsillo de atrás del pantalón.

—¿Por casualidad no oiría el nombre de la persona que llamaba?

—No. En realidad, me ha parecido que no quería hablar delante de mí. Le dijo a la persona que llamaba que esperara un momento, y luego dijo «Recogeré mis cosas y me iré enseguida, señora Smith».

—¿Y eso fue a la una y media?

—Como muy tarde las dos menos veinticinco. Y volví a entrar. Mis amigos y yo terminamos de comer y se fueron hacia las dos y cuarto. Habían aparcado en la pequeña rotonda que hay delante de la casa, así que no me di cuenta de que la camioneta de Charley seguía en la parte de atrás, junto al garaje. Cuando la vi, fui a ver qué hacía.

—¿Y eso fue mucho después de que sus amigos se fueran, señora Smith? —preguntó Angelo Ortiz.

—Solo unos minutos. Vi que no estaba en el patio trasero, así que miré por la zona vallada donde están la piscina y la pista de tenis. Un poco más allá hay una hilera de setos que plantamos para tener más intimidad, porque por ese lado la casa mira a Valley Road. Charley estaba tendido en el pequeño espacio que queda entre dos setos, con los ojos abiertos, fijos, y tenía mucha sangre en el lado derecho de la cara. —La señora Smith se pasó la mano por la frente como si quisiera borrar aquel recuerdo.

—Señora Smith, cuando marcó el 911, dijo que «creía» que estaba muerto. ¿Hay alguna razón para que pensara que podía estar vivo cuando le encontró?

—La verdad, no creo que supiera ni lo que decía.

—Es comprensible. Antes ha mencionado una cosa, señora Smith. Charley le dijo que disfrutara de sus servicios mientras podía. ¿Tiene idea de lo que quería decir con eso?

—Charley era un hombre muy susceptible. Hacía muy bien su trabajo, pero nunca me pareció que le gustara. Ya sabe, hay jardineros a los que les encanta trabajar con plantas y verlas crecer. Pero para Charley solo era un trabajo, y creo que el hecho de que no le importara que me sintiera molesta con él significaba que iba a dejar de trabajar para nosotros.

—Entiendo. —Jeff se puso en pie—. Más tarde tendrá que hacer una declaración jurada, pero de momento, gracias por su colaboración. Nos ha facilitado mucho las cosas.

—Mamá, ¿qué pasa? ¿Estás bien?

Dos adolescentes idénticas, con el pelo rojizo como la madre y cuerpos atléticos, entraron corriendo en la habitación. Lorraine Smith se levantó de un salto cuando las dos chicas corrieron a abrazarla. Parecían muy asustadas.

—Cuando hemos visto a toda esa gente y la policía hemos pensado que te había pasado algo —dijo una de ellas.

—Es una suerte que no estuviera hablando con Charley Hatch cuando le han disparado —le comentó Mort Shelley a Jeff cuando se dirigían hacia la puerta—. ¿Usted qué opina?

—Creo que la persona que pagó a Charley para que provocara los destrozos en la casa de Old Mill Lane se puso nerviosa y temía que, si presionábamos a Charley, acabara diciéndonos para quién trabajaba.

La detective Lola Spaulding, de la policía científica, había estado recopilando pruebas. Se reunió con los cuatro hombres cuando salieron de la casa.

—Jeff, su cartera está en la camioneta. No parece que falte nada. No hay rastro de ningún móvil. Pero en su bolsillo hemos encontrado una cosa que creo que le interesará. Todavía no hemos comprobado las huellas.

La fotografía que le enseñó, al igual que la que encontraron en el bolso de Georgette Grove, había sido recortada de un periódico. En ella aparecía una mujer increíblemente atractiva de treinta y pocos años. Vestía con ropa de montar y sostenía un trofeo de plata.

—Estaba en el bolsillo del chaleco de Charley —dijo Lola—. ¿Alguna idea de quién puede ser?

—Sí —dijo Jeff—. Es Audrey, la madre de Liza Barton, y esta es una de las fotografías que los periódicos utilizaron la semana pasada, cuando hablaron de los destrozos en la casa de Old Mill Road.

Le devolvió la fotografía a Spaulding y caminó hasta el cordón policial que habían colocado para mantener a raya a la prensa. Audrey Barton vivía en la casa de Old Mill Lane, pensó. La clave de todo esto está en esa casa. Hay un psicópata suelto que ha matado a dos personas y va dejando fotografías. Y, o está jugando con nosotros o nos está pidiendo a gritos que le detengamos.

¿Qué estás tratando de decirnos?, le preguntó Jeff mentalmente al asesino mientras las luces del coche policial empezaban a destellar delante de él. ¿Cómo podemos detenerte antes de que vuelvas a matar?

43

Cuando volvía a casa después de hacer unas compras en Bedminster, no dejé de mirar por el espejo retrovisor para ver si el
detective Walsh aún me seguía. Llegué a la conclusión de que
no, porque no vi ni rastro del Chevrolet sedán negro. Recogí a
Jack en la escuela, fuimos a casa, le hice lavarse la cara y las manos y le llevé a casa de su amigo, el Billy que no llora.

Carolyn Browne, la madre de Billy, me cayó bien enseguida. Debe de ser de mi edad, y tiene pelo oscuro y rizado, ojos
marrones y un carácter alegre y cordial.

—Esta semana Billy y Jack se han hecho inseparables —me
dijo—. Me alegra que tenga un amigo tan cerca, porque en esta
calle no hay otros niños de su edad.

Carolyn me invitó a tomar un café con ella mientras los niños comían, pero yo me excusé, y dije que tenía que hacer algunas llamadas. A diferencia de ayer, cuando le puse la misma
excusa a Marcella Williams, esta vez era verdad. Tenía que hablar con el doctor Moran. En California serían las diez de la
mañana, una buena hora para llamar. Y también quería llamar a
Kathleen. Ahora que a Martin empezaba a traicionarle la cabeza, ella era la única persona en quien podía confiar aparte del
doctor Moran. El doctor Moran creía que debía haberle contado a Alex la verdad, en cambio Kathleen era de la opinión de
que hay que olvidar el pasado.

Jack me dio un beso apresurado cuando me iba y, tras pro-
meterle que volvería a por él a las cuatro, me fui. En cuanto lle-

gué a casa, fui a comprobar el contestador. Ya me había fijado cuando llegué después de recoger a Jack del colegio en que la luz parpadeaba, pero tuve miedo de escuchar los mensajes por si era alguna de esas llamadas sobre Lizzie Borden y mi hijo lo oía.

El mensaje era del detective Walsh. Dijo que estaba deseando que repasáramos juntos mi declaración. Que seguramente me había equivocado respecto a la hora en que encontré el cadáver de Georgette, porque era imposible que alguien que no conocía el camino fuera de Holland Road a mi casa tan rápido.

—«Entiendo que estaba usted traumatizada por lo que vio, señora Nolan —decía con voz melosa pero sarcástica—, pero espero que ahora podrá aclararnos la cuestión del tiempo algo mejor. Me gustaría hablar con usted.»

Apreté el botón de borrar, aunque sabía que borrando su voz no lograría borrar lo que sus palabras insinuaban. Lo que me estaba diciendo es que le había mentido o bien sobre la hora a la que llegué a Holland Road o sobre el hecho de que no sabía cómo llegar hasta allí.

Mi inquietud por hablar con el doctor Moran iba en aumento. Me había dicho que le llamara cuando quisiera, de día o de noche, pero el caso es que no había vuelto a hablar con él desde mi boda. No quería tener que admitir que él tenía razón... no tendría que haberme casado con Alex sin antes sincerarme con él.

Descolgué el auricular del teléfono de la cocina y volví a dejarlo en su sitio y saqué mi móvil. Cuando estábamos en el apartamento, las facturas del teléfono de casa iban directamente a mi gestor, pero Alex me había dicho que cuando nos mudáramos haría que las enviaran a su despacho. Ya me lo imaginaba repasando la factura del teléfono y preguntando por curiosidad a quién había llamado en California. La factura de mi móvil seguía yendo a mi gestor.

El doctor Moran contestó al segundo tono.

—Celia —dijo con la misma voz cordial y tranquilizadora de siempre—. Últimamente pienso mucho en ti. ¿Cómo va todo?

—No muy bien, la verdad. —Le conté que Alex había comprado la casa, el acto de vandalismo, la muerte de Georgette, las extrañas llamadas y las amenazas del detective Walsh.

Con cada nueva pregunta que me hacía, su voz se iba volviendo más grave.

—Celia, tendrías que confiar en Alex y contarle la verdad ahora.

—No puedo, no todavía, no hasta que pueda demostrar que lo que dicen de mí no es cierto.

—Mira, Celia, si ese detective está tratando de relacionarte con la muerte de la mujer de la inmobiliaria es posible que indaguen en tu pasado y acaben por descubrir quién eres. Considero que tendrías que contratar un buen abogado e intentar protegerte.

—Los únicos abogados que conozco son como Alex, se mueven en el campo de las finanzas.

—¿Aún está en activo el abogado que te defendió cuando eras pequeña?

—No lo sé.

—¿Recuerdas su nombre? Si no, seguro que lo tengo en tu archivo.

—Se llamaba Benjamin Fletcher, y no me gustaba.

—Pero consiguió que te absolvieran. Y según tengo entendido, hizo un trabajo estupendo, teniendo en cuenta lo que declaró tu padrastro. ¿Tienes una guía de teléfonos a mano?

—Sí, la tengo.

—Pues busca el número.

Las guías estaban en el taquillón, bajo el teléfono. Cogí las Páginas Amarillas y busqué la sección de abogados.

—Sí, aquí está —le dije al doctor Moran—. Trabaja en Chester. Eso está solo a veinte minutos de aquí.

—Celia, creo que deberías consultarle. Todo lo que le digas quedará protegido por el secreto profesional. Si otra cosa no, al menos él podrá recomendarte a algún buen abogado.

—Le llamaré, doctor, lo prometo.

—¿Seguirás en contacto conmigo?

—Sí.

Después llamé a Kathleen. Ella siempre ha entendido que me resulte difícil llamarla «mamá». No podía ocupar el lugar de mi madre, pero la quiero mucho. Cada pocas semanas hablamos por teléfono. Se quedó muy preocupada cuando le conté lo de la casa, pero luego reconoció que seguramente podría convencer a Alex para que nos mudáramos a otro sitio.

—Y, por lo que se refiere a Mendham —dijo—, los antepasados de tu madre proceden de esa zona. Uno de ellos luchó en la guerra de la independencia junto a Washington. Tus raíces están ahí, aunque no lo puedas decir.

Cuando Kathleen contestó al teléfono, podía oír a Martin de fondo.

—Es Celia —le dijo.

Y oí lo que contestaba él. Se me heló la sangre.

—Se llama Liza —dijo él—. El otro nombre se lo ha inventado.

—Kathleen —dije con un hilo de voz—. ¿Va diciendo eso a todo el mundo?

—Ha empeorado mucho —me contestó ella también en un susurro—. Nunca sé lo que va a decir. Estoy que no puedo más. Lo llevé a un geriátrico que está solo a kilómetro y medio de aquí, pero él intuyó que estoy pensando en internarlo. Primero se puso a gritarme y, cuando llegamos a casa, se echó a llorar como un crío. Durante un rato estuvo perfectamente lúcido, y me suplicó que le dejara seguir en casa.

Le notaba la desesperación en la voz.

—Oh, Kathleen —dije, e insistí en que buscara alguien que la ayudara en la casa, que yo lo pagaría.

Creo que, para cuando la conversación terminó, había conseguido animarla un poco. Evidentemente, no le conté lo que estaba pasando en mi vida. Bastantes problemas tenía ya para que la agobiara también con los míos. Pero ¿y si Martin le contaba mi historia a alguien que había leído sobre el caso de la pequeña Lizzie Borden y esa persona lo contaba a otros o hablaba del tema en algún chat de internet?

Ya me imaginaba la conversación. «Hay un anciano vecino nuestro que tiene una hija adoptada. Está en los primeros estadios del Alzheimer, pero el caso es que va por ahí diciendo que es la pequeña Lizzie Borden, la niña que mató a su madre hace unos años.»

Seguí la única opción viable. Marqué el número de Benjamin Fletcher. Contestó él personalmente. Le dije que era Celia Nolan. Que me lo habían recomendado y que quería cita para consultarle.

—¿Quién me ha recomendado, Celia? —preguntó, y por su risa era evidente que no me creía.

—Prefiero que lo hablemos cuando le vea.

—Perfecto. ¿Le va bien mañana?

—Sí, entre las nueve y las diez, mientras mi hijo esté en la escuela.

—Perfecto. A las nueve entonces. ¿Tiene la dirección?

—Si es la que está en la guía, sí.

—Es la misma, sí. Entonces, hasta mañana.

Oí el clic cuando el abogado colgó. Dejé el auricular en su sitio, preguntándome si me estaba equivocando. Al oír su voz, aunque con los años se había vuelto más ronca, lo vi con claridad en mi mente: aquel gigante del que me escondía cuando venía a verme al centro de detención juvenil.

Por unos momentos, me quedé indecisa en medio de la cocina. La noche anterior, otra noche de insomnio, había decidido hacer que aquella casa fuera más habitable hasta que pudiéramos marcharnos. Se lo debía a Alex. Con la excepción del piano, había vendido todo lo que tenía en su antiguo apartamento, porque decía que, cuando compráramos una casa, le encantaría que su mujer, una fabulosa diseñadora de interiores, empezara de cero.

Había decidido comprar algunos módulos para la biblioteca y algunas piezas más para la sala de estar, y encargar unas cortinas. Al menos intentaría adecentar el piso de abajo. Alex tenía razón, claro: incluso si encontrábamos otra casa, quizá pasarían meses antes de que pudiéramos mudarnos.

Pero no estaba de humor para ir de compras. Si salía, cuando mirara por el espejo retrovisor seguramente vería al detective Walsh detrás. Me acordé de la asistenta que Cynthia Granger me había recomendado tan encarecidamente y la llamé. Quedamos en que vendría a entrevistarse conmigo la semana siguiente.

Fue entonces cuando tomé la decisión que me hundiría en una pesadilla aún más horrible. Llamé al club de hípica Washington Valley, pedí que me pusieran con Zach y le pregunté si podía darme una clase a las dos.

Él accedió. Así que subí corriendo a mi habitación a cambiarme y me puse los pantalones, las botas y la camisa de manga larga que acababa de comprarme. Cuando saqué la chaquetilla de montar, pensé lo mucho que se parecía a la que utilizaba mi madre. Pensé con indiferencia que Zach Willet había sido la última persona con la que mi padre habló antes de morir. En cierto modo, amaba a mi padre por haber intentado superar su miedo a los caballos para complacer a mi madre. Pero, por otro lado, también me sentía furiosa con él, porque se fue solo sin esperar a Zach. Nunca sabríamos por qué hizo aquello, ni lo que pasó realmente.

Esa era la pregunta que seguía sin contestar. Seguramente mi madre quiso conocer las circunstancias exactas de la muerte de mi padre. No podía culpar a Zach Willet si mi padre se fue voluntariamente sin esperarle, ni por el hecho de que siguiera un camino peligroso. Pero entonces, ¿por qué le gritó su nombre a Ted Cartwright unos momentos antes de morir?

Tenía la sensación de que, si pasaba el tiempo suficiente con Zach, quizá recordaría las otras cosas que le oí gritar a mi madre aquella noche.

Llegué al club a las dos menos diez, y Zach me recibió con un gruñido de aprobación al ver mi nuevo atuendo. Salimos a montar, y pensé lo mucho que disfrutaba mi madre montando en tardes como aquella. Mientras pensaba en ella, la experiencia que adquirí a caballo de niña fue volviendo a mí, como una segunda naturaleza. Hoy Zach estaba mucho más callado, pero se le veía de buen humor. Cuando ya volvíamos, se disculpó por haber hablado tan poco, pero dijo que lo estaba haciendo muy bien, y que no había dormido bien la noche antes porque los críos del piso de abajo hicieron una fiesta.

Cuando dije con tono comprensivo que debe de ser difícil tener vecinos ruidosos, el hombre sonrió y dijo que no tendría que aguantarlos mucho tiempo, porque estaba pensando mudarse a una urbanización. Luego salimos a campo abierto, y ya veíamos el edificio del club de hípica a lo lejos.

—Vamos —dijo, y se lanzó al galope.

Galleta lo siguió de forma instintiva, y cabalgamos sobre la hierba hasta que llegamos a los establos.

Desmontamos y, cuando me miró, los ojos de Zach me parecieron cansados.

—Usted ya sabía montar —dijo categóricamente—. ¿Por qué no me lo había dicho?

—Ya le dije que mi amiga tenía un poni.

—Ya. Bueno, pues a menos que le apetezca tirar su dinero, ¿por qué no comprobamos hasta qué punto sabe y empezamos por ahí?

—Eso estaría muy bien, Zach —dije enseguida.

«Ted, has reconocido que Zach...»

De pronto oí la voz de mi madre... sí, aquella noche también le oí gritar esas palabras.

¿Qué había reconocido Ted? Tratando de no dejar que mi expresión me traicionara, musité que ya le llamaría y fui directa al coche.

Cuando pasaba por Sheep Hill Road, vi que había pasado algo en la casa de la esquina. Había pasado por allí hacía poco más de una hora y no había ninguna señal de actividad. En cambio ahora había coches patrulla y furgonetas de la prensa aparcados ante la casa, y había policías por los alrededores. No quería ver aquello, así que pisé el acelerador, luego traté de girar a la derecha, por Valley Road. Estaba cerrada al tráfico, y vi un coche de la funeraria y un grupo de gente reunida en una abertura de un seto. Seguí recto, sin preocuparme de adónde me llevaba la carretera, porque lo único que quería era dejar de ver los coches policiales y todos los arreos de la muerte.

Cuando llegué a casa eran las cuatro menos cuarto. Estaba deseando ducharme y cambiarme, pero no quería llegar tarde para recoger a Jack. Vestida todavía con la ropa de montar, fui a pie hasta la calle de al lado, le di las gracias a Carolyn, le pregunté a Billy si vendría a vernos un día para montar en el poni de Jack y luego volví a casa con Jack cogido de la mano.

Acabábamos de entrar y estábamos tomándonos un refresco en la cocina cuando llamaron a la puerta. Fui a abrir con un nudo en la garganta. Incluso antes de abrir ya sabía que sería el detective Paul Walsh.

Y tenía razón. Pero esa vez, no solo venía acompañado del fiscal, sino de otros dos hombres que me presentó como los detectives Ortiz y Shelley.

Por la forma en que los cuatro me miraron comprendí que mi atuendo les había sorprendido. Más adelante descubriría que los cuatro me estaban comparando mentalmente con la fotografía de mi madre que habían encontrado en el bolsillo de la camisa de Charley Hatch.

44

Dru Perry acudió al juzgado del condado de Morris a última hora de la mañana del martes para buscar entre los viejos archivos. Al principio pensó que estaba perdiendo el tiempo. Los documentos sobre la adopción de Liza Barton estaban clasificados. La transcripción del juicio de la niña ante el tribunal de menores también era un documento clasificado. Ya lo imaginaba, pero en nombre del *Star-Ledger* quería comprobar hasta qué punto era efectiva la ley que dice que los ciudadanos tienen derecho a «conocer la verdad».

—Olvídelo —le dijo con tono pragmático una secretaria—. Los casos de menores y las adopciones no se incluyen en esa ley.

Luego, cuando ya se iba, una mujer con aspecto maternal que se presentó como Ellen O'Brien, la alcanzó en la puerta.

—Usted es Dru Perry. Tengo que decirle que me encanta cuando sale alguna historia suya en la sección «La historia que hay detrás de la noticia» del *Star-Ledger*. ¿Va a salir alguna dentro de poco?

—Quería escribir un reportaje sobre el caso de Liza Barton —confesó Dru—. He venido para buscar información, pero no hago más que golpearme contra una pared de piedra.

—Con ese caso se podría escribir una historia estupenda —comentó O'Brien con entusiasmo—. Llevo treinta años en este juzgado, y nunca he visto nada igual.

Treinta años, pensó Dru. Eso significa que trabajaba aquí cuando pasó. Vio que ya eran las doce.

—Ellen, ¿por causalidad no tendría pensado salir a comer ahora? —preguntó.

—Sí, sí que iba a salir. Me voy a la cafetería. La verdad es que la comida que sirven no está nada mal.

—Bueno, pues, si no tenía otros planes, ¿le importaría si la acompaño?

Quince minutos más tarde, mientras comía una ensalada, Ellen O'Brien le estaba contando de buena gana sus recuerdos de lo que sucedió desde el momento en que Liza Barton pasó a la custodia del estado.

—No se imagina la curiosidad que sentíamos todos por ella —dijo—. En aquel entonces mi hijo era un adolescente y ya sabe cómo son los críos. Si le gritaba por alguna cosa, me decía «Ten cuidado, mamá, o acabarás como esa Audrey Barton».

Ellen miró a Dru, esperando obviamente que la periodista riera entre dientes ante el humor tan macabro de su hijo. Pero como no pasó, siguió su relato con menos convicción.

—Bueno, el caso es que la noche que disparó a su madre y su padrastro, llevaron a Liza Barton a la comisaría local. O sea, la comisaría de Mendham. Allí la ficharon, le hicieron las fotografías y le tomaron las huellas. La niña estuvo más fría que un témpano. Y no preguntó ni una vez por su madre o su padrastro. Sé con total seguridad que nadie le había dicho que su madre estaba muerta. Luego la llevaron a un centro de detención juvenil y fue examinada por un psiquiatra del estado.

O'Brien rompió un pedazo de un bollo y lo untó con mantequilla.

—Siempre digo que no voy a comer pan con la comida, pero es que está tan rico... ¿verdad? Los expertos en nutrición siempre están hablando de la dieta, pero cambian más de opinión que el hombre del tiempo. Cuando era pequeña, yo siempre me comía un huevo por la mañana. Mi madre pensaba que era la mejor manera de empezar el día. Pero de pronto los expertos decidieron que no era así. Los huevos producen colesterol. Come huevos y acabarás con un ataque al corazón. Y ahora resulta que los huevos vuelven a estar en el candelero. Luego nos dicen que una dieta baja en carbohidratos ayuda a vivir hasta los cien años, así que toca olvidarse de la pasta y el pan. Pero por otro lado hay también quien dice que necesitamos carbohidratos, así que tenemos que consumir más. Hay que comer mucho pescado, pero, recuerda, el pescado tiene mucho mercurio, así que no lo comas si estás embarazada. La verdad, el cuerpo ya no sabe qué hacer.

Aunque estaba totalmente de acuerdo, Dru trató de devolver la conversación a su cauce.

—Por lo que he leído, Liza no dijo ni una palabra en los primeros meses que pasó bajo custodia.

—Eso es, aunque una amiga mía, que era amiga de una de las celadoras del centro de detención y lo oyó directamente de sus labios, dice que a veces Liza pronunciaba el nombre de Zach. Y entonces se ponía a sacudir la cabeza y a mecerse. ¿Sabe usted lo que es un *keening*?

—Sí, una especie de lamento fúnebre, el llanto por un muerto —dijo Dru—. Es una palabra común en las historias irlandesas.

—Exacto. Yo soy irlandesa, y recuerdo que mi abuela utilizaba mucho esa palabra. Bueno, el caso es que mi amiga dice que oyó al psiquiatra describir las emociones de Liza con esa palabra cada vez que pronunciaba ese nombre.

Importante, pensó Dru. Muy importante. Anotó una palabra en su cuaderno: Zach.

—Fue examinada por los psiquiatras del estado —siguió explicando O'Brien—. Si hubieran llegado a la conclusión de que no constituía un peligro para sí misma o para los demás, la habrían enviado a un centro de acogida. Pero eso no pasó. La retuvieron en el centro de detención. Dicen que durante meses estuvo profundamente deprimida, al borde del suicidio.

—El juicio tuvo lugar seis meses después de la muerte de su madre —dijo Dru—. ¿Qué pasó durante ese tiempo en el centro de detención?

—Recibió atención psiquiátrica. Y un trabajador social lo arregló para que recibiera clases. Y luego absolvieron a Liza, y los servicios sociales trataron de buscarle una casa adecuada. Mientras decidían qué hacer con ella la trasladaron al centro de acogida. Lo que quiero decir es que... bueno, nadie quiere una cría que ha disparado a dos personas durmiendo bajo el mismo techo. Y entonces aparecieron unos parientes y la adoptaron.

—¿Tiene alguien idea de quiénes eran?

—Todo se hizo muy en secreto. Por lo que me pareció entender, pensaban que la única posibilidad de que Liza tuviera una vida normal era enterrando su pasado. Y el tribunal estuvo de acuerdo.

—Imagino que en los tres estados más próximos, cualquiera hubiera reconocido a la niña solo con mirarla a la cara —apuntó Dru—. Apuesto a que esos familiares no eran de por aquí.

—Creo que eran parientes lejanos. Audrey y Will Barton eran muy jóvenes. Qué ironía. Los antepasados de Audrey se instalaron aquí antes de la guerra de la independencia. El apellido de soltera de la madre de Liza era Sutton. Es un nombre muy común en los registros del condado de Morris. Pero en esta zona la familia se ha extinguido. Así que sabe Dios lo lejanos que serían los parientes que la adoptaron. Esa niña siempre me ha dado pena. Pero, por otro lado, pienso en aquella película *The Bad Seed*, sobre una niña sin conciencia. ¿Lo recuerdo mal o también mató a la madre?

Ellen O'Brien dio un último trago a su té helado y consultó su reloj.

—El estado de Nueva Jersey me reclama —anunció—. No se imagina lo que me ha encantado hablar con usted, Dru. Dice que está escribiendo sobre el caso. Preferiría que no mencionara mi nombre. Ya me entiende. Por aquí no les gusta que divulguemos ningún tipo de información.

—Es lógico —concedió Dru—. Le estoy muy agradecida. Me ha sido de gran ayuda, Ellen.

—No le he dicho nada que no pudiera decirle cualquier otro empleado de la oficina —protestó la mujer con modestia.

—Bueno, en realidad sí. Al mencionar a los Sutton me ha

dado una idea. Y ahora, si me dice dónde puedo encontrar los registros matrimoniales, creo que me pondré manos a la obra.

Seguiré la línea familiar de Liza hasta tres generaciones, pensó Dru. Mi opinión es que seguramente la adoptó algún miembro de la familia de su madre. Anotaré los nombres de los Sutton que se casaron y seguiré la pista a sus descendientes para ver si alguno tiene una hija de treinta y cuatro años. Vale la pena probar, pensó.

Mi historia depende de que pueda localizar a Liza Barton, fue la conclusión a la que Dru llegó mientras pagaba la cuenta. Y tengo que conseguir lo antes posible imagen informatizada del aspecto que podría tener ahora. Y pienso averiguar quién es ese Zach y por qué la niña solo era capaz de decir su nombre con tono de lamento.

45

Tenía que mostrarme decidida. No podía dejar que aquellos cuatro hombres entraran en mi casa y me interrogaran sobre la muerte de una mujer a la que solo había visto una vez. Aquellos hombres de la oficina del fiscal no sabían que yo soy Liza Barton, y quería que siguiera siendo así. Estaban tratando de relacionarme con la muerte de Georgette solo porque no llamé al 911 desde Holland Road y porque llegué a mi casa demasiado rápido.

Jack había venido detrás de mí cuando iba a abrir la puerta, y en aquel momento me cogió de la mano. No sé si aquello lo hizo para tranquilizarse o para tranquilizarme a mí. La ira que me producía pensar cómo le estaría afectando todo aquello me dio el impulso para atacar.

Dirigí mi primera pregunta a Jeffrey MacKingsley.

—Señor MacKingsley, ¿podría explicarme por qué el detective Walsh ha estado siguiéndome esta mañana?

—Señora Nolan, le pido disculpas si la hemos molestado —dijo el hombre—. ¿Podemos pasar y hablar unos minutos con usted? Deje que le explique. El otro día, me enseñó usted una fotografía de la familia Barton que estaba sujeta a un poste del establo. En ella no había huellas, excepto las suyas y, como comprenderá, es algo inusual. Usted la arrancó del poste y me la dio a mí, pero alguien tuvo que manipularla antes. No hemos hecho público este detalle, pero en el bolso de Georgette Grove hemos encontrado una fotografía de periódico en la que aparece usted a punto de desmayarse. Tampoco había huellas. Y hoy hemos encontrado una fotografía de Audrey Barton en la escena de otro crimen.

Estaba tan histérica que estuve a punto de gritar: «¡Una fotografía de mi madre en la escena de un crimen!». Pero lo que dije fue:

—¿Y eso qué tiene que ver conmigo? —tratando de sonar lo más tranquila posible.

Yo seguía en la puerta, y MacKingsley vio que no tenía intención ni de contestar a sus preguntas ni de invitarles a entrar. El hombre se había dirigido a mí con tono de disculpa. Pero en aquellos momentos cualquier sentimiento de simpatía que pudiera suscitar en mí había desaparecido.

—Señora Nolan, hace unas horas han asesinado de un disparo al jardinero de la casa de Holland Road. Tenemos pruebas que demuestran que él fue quien provocó los destrozos en su casa. Tenía una fotografía de Audrey Barton en el bolsillo, y dudo que la pusiera él. Lo que estoy tratando de decirle es que los asesinatos de Georgette Grove y de Charley Hatch de alguna manera están relacionados con su casa.

—¿Conocía usted a Charley Hatch, señora Nolan? —me preguntó Walsh de improviso.

—No, no le conocía. —Le miré—. ¿Qué hacía usted en la cafetería esta mañana, por qué me siguió a Bedminster?

—Señora Nolan —dijo Walsh—. Estoy convencido de que, cuando descubrió el cadáver de Georgette Grove, usted salió de la casa de Holland Road mucho antes de lo que dice o bien que conocía tan bien las calles como para volver a su casa y llamar al 911 a la hora en que llamó.

Antes de que pudiera contestar, MacKingsley dijo:

—Señora Nolan. Georgette Grove le vendió esta casa a su marido. Charley Hatch la hizo objeto de un acto de vandalismo. Usted vive aquí. Georgette tenía su fotografía. Hatch tenía una fotografía de Audrey Barton. Usted encontró una fotografía de la familia Barton. Es evidente que hay una relación, y estamos tratando de resolver dos homicidios, por eso estamos aquí.

—¿Está segura de que no conocía a Charley Hatch, señora Nolan? —volvió a preguntar Walsh.

—Ni siquiera había oído su nombre. —La ira hizo que mi voz sonara de lo más inflexible.

—Mamá. —Jack me tiró de la mano.

Sabía que el tono de mi voz le asustaba, y también la actitud provocativa del detective Walsh.

—No pasa nada, Jack. Estos señores solo quieren que sepamos lo contentos que están por tenernos en su ciudad. —No hice caso de Walsh ni de los otros dos y miré directamente a Jeff MacKingsley—. Llegué aquí la semana pasada y me encontré con unos destrozos intolerables en el exterior. Quedo con Georgette Grove, una mujer a la que solo había visto una vez, y me la encuentro muerta. Estoy segura de que el médico que me atendió en la sala de urgencias del hospital dará fe del estado de shock en que me encontraba cuando llegué. No sé qué está pasando, pero sugiero que se concentren en encontrar al responsable de estos crímenes y que tengan la decencia de dejarnos en paz a mí y a mi familia.

Hice ademán de cerrar la puerta. Walsh puso el pie para impedirlo.

—Una pregunta más, señora Nolan. ¿Dónde estaba usted entre la una y media y las dos esta tarde?

Eso tenía fácil respuesta.

—Había quedado a las dos para una clase en el club de hípica Washington Valley. Llegué allí a las dos menos cinco. ¿Por qué no cronometra el tiempo que se tarda en llegar desde aquí, señor Walsh? Así podrá deducir por sí mismo a qué hora salí de mi casa.

Cerré de un portazo contra su pie y él lo apartó, pero, mientras echaba el pestillo, se me ocurrió una posibilidad espantosa. Toda aquella actividad policial en la esquina de Sheep Hill con Valley Road... ¿estaría relacionada con la muerte del jardinero que había causado los destrozos en mi casa? De ser así, al contestar aquella última pregunta me había situado justamente en la zona del crimen.

El martes a las cuatro, Henry Paley volvió a la agencia.

—¿Cómo ha ido? —le preguntó Robin.

—Creo que tenemos una venta. Como ya sabes, es la tercera vez que los Mueller van a ver la casa, y la segunda vinieron con los padres de él. Evidentemente, es el padre el que paga. El propietario también estaba. El hombre me llevó a un aparte y me preguntó si podía ahorrarse mi comisión.

—Conociéndote, seguro que te sentó como una patada en la barriga —comentó Robin.

Henry le sonrió.

—Pues sí. Apuesto a que Miller padre habló con él, porque considera que reducir la comisión es una buena forma de bajar el precio. Seguramente es de esos que escatiman hasta el último penique por un cuarto de litro de leche.

Se acercó a la mesa de Robin.

—Robin, ¿te había dicho que hoy te veo muy provocativa? No creo que Georgette hubiera visto con buenos ojos ese suéter tan revelador que llevas, pero claro, seguramente tampoco habría visto con buenos ojos a tu novio si hubiera sabido quién es, ¿verdad?

—Mira, Henry, no me siento nada cómoda hablando de este tema —dijo ella con tono pragmático.

—Ya me lo imagino. Solo estaba pensando en voz alta, claro, pero me pregunto si Georgette sospechaba algo. No sé. Desde luego, nunca se le pasó por la imaginación que tú y

Cartwright estuvisteis saliendo el año pasado. Si lo hubiera sabido te habría dado un buen tirón de orejas.

—Conocía a Ted Cartwright de antes de trabajar aquí. No tengo una relación personal con él. El hecho de que nos conociéramos nunca mermó mi lealtad hacia Georgette.

—Mira, Robin, tú eres quien filtraba las llamadas sobre los terrenos que estaban disponibles. Tú eres quien trataba con los posibles compradores. Reconozco que yo tampoco he trabajado con mucho empeño últimamente, pero lo tuyo es diferente. ¿Te pagaba Ted para que rechazaras a posibles compradores?

—¿Te refieres a algo parecido al cheque que te iba a pagar a ti por conseguir que Georgette vendiera los terrenos de la Ruta 24? —preguntó Robin con sarcasmo—. Por supuesto que no.

La puerta que daba a East Main Street se abrió. Los dos se volvieron sobresaltados y vieron que el sargento Clyde Earley acababa de entrar con expresión sombría.

Clyde Earley iba en el primero de los coches patrulla que habían llegado haciendo chirriar los frenos a la casa de Lorraine Smith en Sheep Hill Road. Después de que la mujer describiera atropelladamente cómo había encontrado el cadáver de Charley Hatch, Clyde indicó al oficial que le acompañaba que se quedara con ella mientras él corría por el césped hacia la zona de la piscina. Allí encontró el cuerpo sin vida del jardinero.

En aquel momento Clyde se había permitido sentir auténtico pesar. No tenía intención de reconocer que, el día antes, había torturado deliberadamente a aquel hombre volviendo a dejar la bolsa de la basura en el suelo para que cuando llegara del trabajo viera que sus vaqueros, sus zapatillas deportivas y sus figurillas no estaban. Pero, cuando vio su rostro ensangrentado, comprendió que aquello era inevitable. Seguramente Charley se asustó y llamó a la persona que le había pagado para que causara los destrozos en la casa. Y esa persona decidió que se había convertido en un peligro. Pobre Charley. No parecía un mal tipo. Pero seguro que no era la primera vez que hacía algo ilegal. Debían de haberle pagado bien.

Procurando no pisar alrededor del cadáver, Earley estudió la escena del crimen. El cortacésped está detrás de la casa. Mi opinión es que vino a la parte de atrás para reunirse con alguien. Pero ¿cómo quedaron? Estoy seguro de que Jeff hará que comprueben las llamadas de Charley enseguida. Y su cuenta del banco. O quizá encuentren un fajo de dinero escondido en su casa.

Desde luego la casa de Old Mill Lane parece maldita, pensó Clyde. Charley la ataca y ahora está muerto. Georgette la vende y está muerta. A la señora Nolan parecía que le iba a dar algo. ¿Adónde irá a parar todo esto?

Llegaron más coches patrulla. Clyde se ocupó de cerrar Sheep Hill Road, de acordonar la escena del crimen y de apostar un policía ante la verja para asegurarse de que ningún vehículo no autorizado accedía a la zona.

—Y eso aplícalo sobre todo a la prensa —le indicó con firmeza.

A Clyde le gustaba estar al mando. Le molestó mucho que, cuando llegaron los de la fiscalía, dejaran a la policía local al margen. Jeff MacKingsley era más considerado que la mayoría, pero aun así, no había duda: en la ley del más fuerte, los locales siempre quedaban fuera.

Cuando Jeff llegó, saludó a Clyde algo brusco. Se acabaron los elogios por mi excelente trabajo policial al encontrar la ropa de Charley manchada de pintura, pensó.

Cuando se llevaron el cuerpo y los de la policía científica se adueñaron de la escena del crimen, Clyde pensó en ir a la comisaría, pero entonces cambió de opinión y aparcó ante las oficinas de la inmobiliaria Grove, en East Main Street. Desde el coche veía a Robin Carpenter sentada ante su mesa y a Henry Paley hablando con ella. Quería ser él quien les informara de la muerte de Charley Hatch, y preguntarles si alguno de ellos había estado en contacto con él.

No me extrañaría que Charley hubiera estado informando a Paley, pensó Clyde con aire sombrío cuando abría la puerta. No me gusta ese tipo.

—Me alegra encontrarles a los dos —dijo—. ¿Conocen a Charley Hatch, el jardinero que se ocupaba de la casa de Holland Road?

—Le he visto alguna vez, sí.

—Esta tarde, entre la una y media y las dos, le han disparado mientras estaba trabajando en Sheep Hill Road.

Robin se levantó de un salto, blanca como el papel.

—¡Charley! ¡No puede ser!

Los dos hombres la miraron.

—Charley era medio hermano mío —dijo quejumbrosa—. No puede ser que esté muerto.

47

A las cinco de la tarde del martes, Zach Willet condujo hasta la localidad vecina de Madison y aparcó ante la oficina de ventas de la Cartwright Town Houses Corporation. Entró y se encontró a la responsable de ventas, una mujer de treinta y tantos, recogiendo para cerrar el balance del día. Se fijó en el nombre que había en su placa: Amy Stack.

—Hola, Amy —dijo Zach mientras echaba un vistazo a la habitación—. Veo que se está preparando para marcharse, así que no le robaré mucho tiempo.

En las paredes había esbozos de los diferentes modelos de casas, y propuestas de cómo podían quedar una vez vestidas. Zach fue mirándolos uno a uno, examinándolos atentamente. Los precios aparecían en unos folletos que había en la mesa, así como las dimensiones y las diferentes características de cada una.

Zach cogió uno de los folletos y leyó en voz alta la descripción del modelo más caro.

—«Casa de tres pisos, con cuatro habitaciones, suite nupcial, cocina ultramoderna, tres chimeneas, cuatro cuartos de baño, lavadora y secadora, garaje con dos plazas, terraza privada y patio, servicios de alta.» —Zach sonrió con expresión apreciativa—. Con esta seguro que no me equivoco —dijo. Volvió a dejar el folleto en la mesa, fue hasta el esbozo más grande y lo señaló—. Bueno, Amy, me imagino que tendrá prisa para ir a reunirse con su marido o su novio, pero ¿qué le parecería complacer a una persona agradable como yo y enseñarle esa maravillosa casa?

—Lo haré encantada, señor... —Amy vaciló—. Creo que no me ha dicho su nombre.

—Es cierto. No lo he dicho. Soy Zach Willet, y a menos que haya tomado prestada la placa de alguien, usted es Amy Stack.

—Exacto. —Amy abrió el cajón de arriba de su mesa y cogió su llavero—. Está en el número 8 de Pawnee Avenue. Debo decirle que es una casa de alto standing. Está equipada con todas las comodidades, y evidentemente eso se refleja en el coste. Es la casa piloto, y por eso está amueblada.

—Suena estupendo —dijo Zach cordialmente—. Echémosle un vistazo.

Mientras recorrían la urbanización, Amy Stack señaló que la parte de los jardines casi estaba terminada y que aparecería en una revista nacional de jardinería, y que los caminos de acceso de todas las casas tenían un sistema de calefacción para evitar la formación de hielo en invierno.

—El señor Cartwright ha pensado en todo —dijo con orgullo—. Es uno de esos promotores que se ocupan personalmente hasta del último detalle.

—Ted y yo somos buenos amigos —dijo Zach muy expansivo—. Nos conocemos hace cuarenta años, desde que éramos niños y montábamos a pelo. —Miró a su alrededor. Algunas de las bonitas casas de ladrillo rojas de la urbanización ya estaban ocupadas—. Coches caros en las entradas —comentó—. Vecinos con clase. Eso se nota.

—Totalmente —le aseguró Amy—. Aquí solo encontrará a la gente más selecta. —Dio unos pasos más y dijo—: Aquí es, el número 8. Como ve, está en una esquina y es la joya de la urbanización.

La sonrisa de Zach se hizo más amplia cuando Amy giró la llave, abrió la puerta y le hizo pasar al salón familiar que había en la planta baja.

—Chimeneas, bar... ¿hay algo que no pueda gustarme aquí? —preguntó retóricamente.

—Algunas personas utilizan la habitación que hay al otro lado como gimnasio, y evidentemente cuenta con un baño completo con jacuzzi. Es extraordinario —dijo Amy, con la voz llena de entusiasmo profesional.

Zach insistió en subir en ascensor a cada una de las plantas de la casa. Era evidente que estaba disfrutando como un crío con cada detalle.

—Un armarito para mantener la comida caliente. Oh, señor, Amy... recuerdo que mi madre ponía los platos sobre la estufa para que se mantuvieran calientes. La pobre siempre acababa con los dedos quemados.

»Dos habitaciones para invitados —bromeó—. No tengo parientes próximos, pero con estas dos habitaciones, creo que tendré que localizar a unos primos que tengo en Ohio e invitarles a pasar algún fin de semana.

Volvieron a bajar en ascensor y salieron a la calle y, cuando Amy estaba echando la llave, Zach dijo:

—Me la quedo. Como está. Con muebles y todo.

—Es estupendo —exclamó Amy—. ¿Cuándo puede pagar el depósito?

—¿No le ha dicho nada Ted Cartwright? —le preguntó Zach con tono asombrado—. Es un regalo. En una ocasión le salvé la vida y, como me veo obligado a abandonar la casa donde vivo, me dijo que viniera y eligiera una casa. Ted nunca olvida los favores. Debería estar orgullosa de trabajar para él.

48

Alex llamó poco después de que el fiscal y sus hombres se fueran. Estaba en el aeropuerto de Chicago.

—Mañana tendré que volver por un par de días más —dijo—. Pero os echo de menos y al menos podré pasar la noche con vosotros. ¿Por qué no miras a ver si Sue puede quedarse con Jack esta noche y tú y yo vamos a cenar al Grand Café?

El Grand Café de Morristown es otro de los restaurantes del pasado. Papá y mamá iban allí con frecuencia y los fines de semana muchas veces me llevaban con ellos. Sabía que lo pasaría bien si iba allí con Alex.

—Suena estupendo —le dije—. Jack ha estado jugando en casa de un amigo, así que se acostará pronto. Llamaré a Sue enseguida.

Yo aún llevaba puesta la ropa de montar. Llamé a Sue. Podía venir, sí. Hice la reserva en el restaurante. Dejé que Jack diera un paseo a lomos de Estrella y luego lo dejé viendo un vídeo de los Teleñecos y subí a mi habitación. Durante la semana que hacía que estábamos allí, me había estado duchando cada mañana. Pero esta vez, en el cuarto de baño que mi padre había diseñado para mi madre, me explayé en la bañera, tratando de desprenderme de los desconcertantes acontecimientos de aquel día. Habían pasado tantas cosas: el detective Walsh que me seguía. Haber pasado por el lugar donde mataron al jardinero más o menos hacia la misma hora en que le habían matado. El fiscal, que hasta entonces había sido tan cortés, mostrándose tan frío y formal cuando me negué a dejarles pasar a él y sus hombres. Mi cita con Benjamin Fletcher mañana.

¿Qué debía contarle a Alex? O quizá lo mejor era no decirle nada y pasar una velada tranquila con él. Mañana por la mañana volvería a Chicago. Quizá lograrían resolver los dos crímenes en los próximos días y la oficina del fiscal perdería su interés por mí. Traté de convencerme con todas mis fuerzas de que eso era lo que pasaría, porque era lo único que me podía ayudar a conservar la cordura.

Cuando salí de la bañera, me puse un albornoz, le di la cena a Jack, le bañé y le acosté. Luego volví a mi habitación para cambiarme. De pronto me asaltó un recuerdo, y no era precisamente agradable. Yo había ido a la habitación para darle las buenas noches a mi madre antes de que ella y Ted Cartwright salieran a cenar. Yo pensaba que él estaba abajo, y sabía que mi madre se estaría vistiendo. La puerta estaba abierta, y vi que mi madre se estaba desatando el albornoz. Y entonces, antes de que tuviera tiempo de decir nada, Ted salió de su cuarto de baño arreglándose la corbata. Se acercó a mi madre por detrás y le quitó el albornoz. Ella se volvió y lo besó con el mismo apasionamiento con que él la besó a ella.

Eso fue solo unos días antes de que lo echara de casa.

¿Qué pasó? ¿Qué la hizo cambiar de forma tan drástica? Desde el momento en que empezaron a verse hasta el día en que se separaron, ella siempre me suplicó que tratara de ser amiga de Ted.

—Sé que querías mucho a papá, Liza, y sé que le echas de menos. Pero no es malo que quieras un poco a Ted. Papá estaría contento si supiera que Ted cuida de nosotras.

Y recuerdo lo que yo le contesté:

—Papá lo que quería era vivir con nosotras para siempre.

Qué diferente con Jack... evidentemente, él casi no recuerda a su padre, pero quiere a Alex de verdad.

Tengo un traje shantung de seda verde oscuro que es elegante sin ser llamativo. Decidí ponérmelo esa noche. Cuando vivíamos en Nueva York, Alex y yo habíamos tomado por costumbre salir a cenar fuera un par de noches por semana. La canguro llegaba cuando yo le estaba leyendo un cuento a Jack, y entonces Alex y yo nos íbamos al Neary's, nuestro pub irlandés favorito o, si nos apetecía pasta, íbamos a Il Tennille. A veces íbamos con algún amigo, pero normalmente estábamos solos.

Desde luego, la sensación de ser una recién casada ha desaparecido totalmente desde que nos instalamos aquí la semana pasada, pensé mientras me ponía el rímel y me aplicaba el lápiz de labios. Me había lavado el pelo, y decidí dejármelo suelto porque sé que a Alex le gusta así. Me puse mis pendientes favoritos de esmeralda y oro, los que Larry me regaló en nuestro primer aniversario de casados. Larry... qué triste que el recuerdo de aquellos pocos años de felicidad que compartimos haya quedado manchado por la promesa que me arrancó en su lecho de muerte.

No había oído entrar a Alex, y no me di cuenta de que estaba allí hasta que sentí sus brazos a mi alrededor. Di un respingo del susto y eso le hizo reír. Luego me hizo volverme hacia él. Sus labios buscaron los míos y yo respondí, deseando que me abrazara.

—Te he añorado —dijo—. Esas estúpidas declaraciones no se acaban nunca. La verdad, necesitaba volver a casa, aunque solo fuera para pasar la noche.

Acaricié su pelo negro.

—Me alegro.

Jack entró corriendo.

—No me has dicho hola.

—Pensaba que estabas durmiendo —dijo Alex riendo, y lo cogió en brazos, así que ahora sus fuertes brazos nos abrazaban a los dos.

Me hizo sentirme tan bien... todo parecía perfecto y, durante unas horas, pude actuar como si lo fuera.

Varias personas se pararon ante nuestra mesa en el Grand Café. Amigos que Alex había hecho en el club hípico de Peapack. Todos le dijeron lo mucho que sentían lo que había pasado en nuestra casa, lo desagradable que debía de haber sido para mí encontrar el cadáver de Georgette. La respuesta de Alex fue que estábamos pensando volver a ponerle a la casa su antiguo nombre, Knollcrest, y prometió:

—Cuando Ceil obre su magia en la casa, daremos la madre de todas las fiestas.

Cuando nos quedamos solos en la mesa, Alex sonrió y me dijo:

—No puedes echarme en cara que tenga esperanzas.

Y fue en ese momento cuando le conté que el fiscal había venido a casa y que el detective Walsh me había estado siguiendo y decía que le parecía sospechoso que hubiera vuelto a casa tan deprisa desde Holland Road.

Vi que los músculos del rostro de Alex se tensaban y que sus mejillas enrojecían.

—¿Me estás diciendo que esa gente no tiene otra cosa que hacer que preocuparse porque volviste a casa más deprisa de lo normal estando en estado catatónico?

—Las cosas cada vez se ponen más feas —le dije, y le hablé del asesinato del jardinero y del hecho de que yo había pasado por la zona a la hora en que lo mataron—. Alex, no sé qué hacer. —Le hablaba prácticamente en un susurro—. Dicen que todo esto está relacionado con nuestra casa, pero, de verdad, me miran como si yo fuera la responsable de la muerte de Georgette.

—Oh, Ceil, eso es ridículo —protestó Alex, pero entonces se dio cuenta de que estaba a punto de derrumbarme—. Cariño —dijo—. Mañana cogeré el avión más tarde. Pienso ir a Morristown a primera hora y hablaré con ese fiscal. Es imperdonable que permita que uno de sus hombres te siga. Y también es imperdonable que se presente en casa y te pregunte dónde estabas cuando mataron al jardinero. A esos los voy a poner más derechos que velas.

Por un lado, me sentía agradecida. Mi marido quiere defenderme, pensé. Pero por otro, ¿qué pensará la próxima vez que Walsh o Jeff MacKingsley se presenten y yo me niegue a contestar a sus preguntas porque podrían incriminarme? Ya les he mentido al decir que nunca he disparado un arma, y sobre las indicaciones para ir a la casa de Holland Road.

Ni siquiera puedo contestar una pregunta tan simple como «Señora Nolan, ¿había estado usted en Mendham antes de su cumpleaños el mes pasado? ¿Había estado en Holland Road alguna vez antes del pasado jueves?». Y si contestaba, las respuestas llevarían a muchas otras preguntas.

—Ceil, no tienes por qué preocuparte. Esto es ridículo —dijo Alex. Estiró el brazo sobre la mesa para cogerme la mano, pero yo la aparté, y me puse a buscar mi pañuelo en el bolso.

—Me parece que no soy muy oportuna, Celia. La veo algo alterada.

Alcé la vista y me encontré mirando a Marcella Williams. Su voz era amable y tranquilizadora, pero sus ojos, !lenos de curiosidad, delataban su entusiasmo ante la perspectiva de haberse encontrado con nosotros cuando estábamos tan visiblemente preocupados.

El hombre que estaba a su lado era Ted Cartwright.

49

A las cuatro y media del martes, Jeff MacKinsgley acababa de llegar a su despacho cuando el sargento Earley le llamó para decirle que se había enterado de que Robin Carpenter y Charley Hatch eran medio hermanos.

—He convocado una rueda de prensa para las cinco —le dijo Jeff—. Dígale que venga a mi despacho a las seis. O, mejor, tráigala usted.

Tal como esperaba, la rueda de prensa fue algo controvertida.

—Ha habido dos asesinatos en el condado de Morris en menos de una semana, y los dos en casas de precios millonarios. ¿Hay alguna relación entre esas muertes? —preguntó el enviado del *Record*.

—Charley Hatch era el jardinero de la casa de Holland Road. El basurero dice que esta tarde el sargento Earley le ha confiscado una bolsa de basura que había cogido del cubo de Hatch y que dentro había unos vaqueros, unas zapatillas deportivas y unas figurillas de madera, ¿es cierto eso? ¿Era sospechoso Charley Hatch de la muerte de Georgette Grove? —El que preguntaba era un periodista del *New York Post*.

—¿Estos asesinatos tienen algo que ver con el acto de vandalismo perpetrado contra la casa de la pequeña Lizzie, en Old Mill Lane? ¿Tiene alguna pista la oficina del fiscal? —quiso saber el enviado del *Asbury Park Press*.

Jeff se aclaró la garganta. Tratando de escoger las palabras con mucho cuidado, dijo:

—Charley Hatch, jardinero, recibió un disparo esta tarde entre la una cuarenta y las dos y diez. Creemos que su atacante le conocía y seguramente habían quedado para verse. Nadie en la zona ha oído ningún disparo, lo cual no es raro, puesto que había un cortacésped en marcha en una casa vecina en Valley Road. —No quería decir más, pero entonces cambió de opinión, porque comprendió que no podía dar por terminada la rueda de prensa sin dar más detalles—. Creemos que las muertes de Charley Hatch y Georgette Grove están relacionadas, y también que podrían estar vinculadas al acto vandálico contra la casa de Old Mill Lane. Estamos siguiendo diferentes pistas. Les tendremos informados.

Volvió a su despacho, consciente de que su irritación y su sentimiento de frustración se estaban concentrando exclusivamente en Clyde Earley. Apuesto a que no esperó a que la basura estuviera fuera de la propiedad de Charley Hatch para examinarla, pensó echando humo. Apuesto a que Charley sabía que habían encontrado sus cosas y se asustó. Si Earley sospechaba de él, tenía que haber esperado a que la basura llegara al vertedero. Luego podíamos haber pinchado el teléfono de Charley y descubrir para quién trabajaba. En cambio, ahora lo único que tenemos es al tipo que recogió la basura contándole su aventura a todo el mundo.

¿Y cómo encaja en todo esto la recepcionista sexy de la inmobiliaria Grove, la que dice ser medio hermana de Charley Hatch?, se preguntó.

A las seis en punto, escoltada por el sargento Earley, Robin Carpenter llegó al despacho de Jeff. Walsh, Ortiz y Shelley estuvieron presentes durante la entrevista. Jeff estaba convencido de que todos eran conscientes de una cosa: Robin era la clase de mujer que puede conseguir lo que quiere de un hombre. Es curioso, pensó. La semana pasada se mostró muy discreta cuando hablamos con ella después de encontrar el cadáver de Georgette Grove. Y ahora está jugando abiertamente con mis hombres, pensó, porque vio que Ortiz no podía apartar los ojos de ella.

—Señorita Carpenter, me gustaría expresarle mis condolencias por la muerte de su hermano. Estoy seguro de que esto debe de haber sido un duro golpe para usted.

—Gracias, señor MacKingsley, pero no quiero darles una impresión equivocada. Siento mucho lo de Charley, pero la verdad es que, hasta hace un año, ni siquiera sabía que existía.

Jeff escuchó con atención mientras Robin explicaba que a los diecisiete años su madre había tenido un hijo. Lo dio en adopción a una pareja que no había tenido hijos.

—Hace diez años que mi madre murió. Y entonces, el año pasado, un día Charley se presentó en la casa de mi padre y le dijo quién era. Tenía su partida de nacimiento y algunas fotografías en las que estaba en brazos de mi madre. Así que no había duda de que era quien decía ser.

»Mi padre se había vuelto a casar, así que Charley no le interesaba para nada. Sinceramente, puede que fuera mi medio hermano, pero cuanto más le conocía, menos me gustaba. Siempre se estaba quejando, siempre decía que tenía que pagar mucho a su ex mujer. Y que odiaba la jardinería pero que, una vez se metió en el negocio, ya no pudo salir. No soportaba a la mayoría de la gente para la que trabajaba. No era la clase de persona que uno querría como amigo.

—¿Tenía mucha relación con él? —preguntó Jeff.

—Si he de serle sincera, no quería relacionarme con él. De vez en cuando llamaba y me invitaba a tomar un café. El divorcio aún estaba muy reciente, y estaba algo desorientado.

—Señorita Carpenter, tenemos razones para creer que Charley Hatch es la persona que provocó los destrozos en la casa de Old Mill Lane.

—Eso es imposible —protestó Robin—. ¿Por qué iba a hacer una cosa así?

—Eso es exactamente lo que queremos saber —replicó Jeff—. ¿Fue alguna vez Charley a la agencia a verla?

—No, nunca.

—¿Sabía Georgette que era familiar suyo?

—No. No había ningún motivo para que le hablara de él.

—¿Cree que Georgette o Henry tuvieron algún contacto con él?

—Seguramente. A veces la gente que vende las casas no está, y alguien tiene que ocuparse del mantenimiento. Charley era jardinero, y también tenía un servicio de quitanieves para el invierno. Si Georgette tenía la venta de alguna casa en exclusiva, ella era la responsable de asegurarse que todo estaba en orden, y por tanto lo más probable es que conociera a Charley si era él quien se ocupaba. Pero durante el año que llevo trabajando con ella, nunca ha mencionado su nombre.

—¿Y puede decirse otro tanto de Henry Paley? —preguntó Jeff—. Es posible que él y Charley ya se conocieran antes de la semana pasada.

—Por supuesto.

—¿Cuándo fue la última vez que habló con su medio hermano, señorita Carpenter?

—Al menos hace tres meses.

—¿Dónde estaba usted esta tarde entre la una cuarenta y las dos y diez?

—En la oficina. Henry había quedado para comer con Ted Cartwright. Cuando volvió poco después de la una, yo fui un momento a la acera de enfrente a por un sándwich y volví a la oficina. Henry había quedado con otro cliente a la una y media.

—¿Y se reunió con su cliente?

Robin vaciló y entonces dijo:

—Sí, lo hizo, pero el señor Mueller, el posible comprador, llamó para avisar que llegaba con retraso y no podría llegar hasta las dos y media.

—Entonces, ¿Henry estuvo con usted en la oficina hasta esa hora?

Robin Carpenter vaciló. Los ojos se le llenaron de lágrimas y se mordió el labio para controlar el temblor.

—No puedo creerme que Charley esté muerto. ¿Es por eso que...? —Se quedó sin voz.

Jeff esperó y entonces dijo deliberadamente:

—Señorita Carpenter, si tiene alguna información que pueda ayudarnos en esta investigación, su obligación es dárnosla. ¿Qué quería decir?

Robin perdió la compostura.

—Henry ha estado tratando de chantajearme —dijo en un estallido—. Antes de trabajar para Georgette, salí algunas veces con Ted Cartwright. Evidentemente, cuando me di cuenta de lo mucho que le despreciaba, decidí no decirle nada. Henry ha estado tratando de tergiversarlo todo para que parezca que yo estaba perjudicando a Georgette. Y no es verdad. Lo que sí es cierto es que Henry Paley no ha estado hoy en la oficina desde que salió a la una y cuarto hasta casi las cuatro. En realidad, acababa de llegar cuando el sargento Earley ha entrado para decirnos que Charley estaba muerto.

—¿Y la cita que tenía para enseñar una casa pasó de la una y media a las dos y media? —preguntó Jeff.

—Sí.

—Gracias, señorita Carpenter. Sé que esto ha sido muy duro para usted. Si espera unos minutos, en cuanto la copia de su declaración esté lista puede firmarla y el sargento Earley la llevará a casa.

—Gracias.

Jeff miró a sus ayudantes, cada uno de los cuales había estado tomando notas en silencio.

—¿Alguna otra pregunta para la señorita Carpenter?

—Solo una —dijo Paul Walsh—. Señorita Carpenter, ¿cuál es el número de su móvil?

50

A las tres menos cuarto, Dru Perry recibió una llamada de su editor, Ken Sharkey, avisándola de la noticia que había llegado a través de la frecuencia de la policía. Charley Hatch, el jardinero de la casa de Holland Road donde habían asesinado a Georgette Grove, había muerto de un disparo. Ken iba a mandar a otro a cubrir la historia en la escena del crimen, pero quería que ella asistiera a la rueda de prensa que MacKingsley seguramente convocaría.

Dru le aseguró a su jefe que estaría para esa rueda de prensa, pero no le habló de la sorprendente información que acababa de descubrir. Había estado siguiendo el árbol genealógico de los antepasados maternos de Liza Barton. La madre y la abuela fueron hijas únicas. La bisabuela había tenido tres hermanas. Una de ellas nunca se casó. Otra se casó con un hombre llamado James Kennedy y murió sin descendencia. La tercera se casó con un hombre llamado William Kellogg.

El apellido de soltera de Celia Foster Nolan es Kellogg. Uno de los periodistas de Nueva York lo mencionó cuando habló del acto de vandalismo contra la casa, recordó Dru. Yo me limité a escribir que era la viuda del financiero Laurence Foster. Creo que fue el tipo del *Post* el que habló de su pasado: que había conocido a Foster cuando la contrató para que decorara su apartamento, y que en aquel entonces tenía su propio negocio de decoración, Interiorismo Celia Kellogg.

Dru bajó a la cafetería del juzgado y pidió una taza de té.

Estaba casi vacía, y a ella le pareció perfecto. Necesitaba tiempo para pensar. Las implicaciones de la información que acababa de descubrir no habían hecho más empezar a insinuarse.

Dru se puso a pensar, con la taza de té en las manos. Quizá el hecho de que se apellide Kellogg no sea más que una coincidencia, pensó. Pero no, no creo en esa clase de coincidencias. Celia Barton tiene exactamente la misma edad que tendrá ahora Liza Barton. ¿Es realmente una coincidencia que Alex Nolan comprara esa casa para darle una sorpresa? Hay una posibilidad entre un millón, pero podría pasar. Pero, si realmente la compró como una sorpresa, eso significa que Celia nunca le ha hablado de su pasado. Dios, ya me imagino la impresión que debió de sentir cuando el hombre la llevó a la casa el día de su cumpleaños, y encima tuvo que fingir que estaba contenta.

Y, como si eso no fuera ya bastante malo, el día que se instalaron fue recibida por esa pintada en el césped, la pintura en la fachada, la muñeca con la pistola y la calavera y los huesos grabados en la puerta. No me extraña que se desmayara cuando vio a los periodistas corriendo hacia ella.

¿Se habrá trastocado por culpa de todo esto?, pensó. Celia Nolan fue quien encontró el cadáver de Georgette Grove. ¿Es posible que estuviera tan histérica por el hecho de volver a estar en la casa y por la publicidad que se estaba dando al asunto como para matar a Georgette?

No le gustaba pensar en esa posibilidad.

Más tarde, durante la rueda de prensa, estuvo inusualmente callada. Que el sargento Earley hubiera confiscado los vaqueros, el calzado y las figurillas del jardinero solo podía significar una cosa. Estaban tratando de relacionar a Charley Hatch con el acto de vandalismo.

Dru se dio cuenta de que en el fondo deseaba que Celia Nolan tuviera una coartada sólida para explicar dónde había estado entre la una cuarenta y las dos y diez de aquella tarde, aunque a cada minuto que pasaba estaba más convencida de que no sería así.

Había sido un día muy largo, pero después de la rueda de

prensa, Dru volvió a la su oficina. Encontró varios artículos sobre Celia Kellogg en internet. Uno de ellos era una entrevista publicada en el *Architectural Digest* hacía siete años. Cuando el diseñador de renombre para el que Celia trabajaba se retiró, ella decidió montar su propio negocio. Según la revista era una de las diseñadoras de la nueva generación más innovadora y con más talento.

Se mencionaba que era hija de Martin y Kathleen Kellogg. Pero no que fuera adoptada. Se había criado en Santa Barbara. Dru siguió leyendo y encontró la información que buscaba. Poco después de que Celia se trasladara a la Costa Este para matricularse en el Instituto Tecnológico de Diseño, los Kellogg se habían mudado a Naples, Florida.

Fue fácil conseguir su teléfono en el listín. Dru lo anotó en su cuaderno. Todavía no es el momento de llamarlos, pensó. Evidentemente, negarán que la hija que adoptaron sea Liza Barton. Ahora necesito una imagen informatizada del aspecto que tendrá actualmente Liza Barton, luego ya decidiré si comparto mis sospechas con Jeff MacKingsley. Porque, si no me equivoco, la pequeña Lizzie Borden no solo ha vuelto, sino que está trastornada y llena de ansias de matar. Su abogado dijo que no le sorprendería que algún día volviera y le volara los sesos a Ted Cartwright.

Y tengo que averiguar quién es ese Zach. Si su nombre le venía a los labios cuando estaba lamentándose en el centro de detención, quizá también esté resentida con él.

Incluso en aquel momento, cuando nos estaban presentando, estaba segura de que al verme algo se había removido dentro de él. No podía apartar sus ojos de mi cara, y estoy segura de que lo que veía era a mi madre. Sabía que por alguna razón aquella noche me parecía mucho a ella.

—Encantada de conocerla, señora Nolan —dijo Ted Cartwright.

Su voz era discordante... campechana, resonante, imponente, segura, la misma voz que se convirtió en una fea mofa cuando empujó a mi madre contra mí.

En los veinticuatro años que han pasado desde aquello, he oído su voz en mi mente en muchas ocasiones. A veces hubiera hecho lo que fuera por olvidarla, y en cambio otras, trataba desesperadamente de reconstruir las últimas palabras que se cruzaron entre ellos antes de que yo llegara.

Y, todos estos años, las últimas palabras que yo le dije no han dejado de resonar en mi mente: «Suelta a mi madre».

Le miré. No toqué la mano que me ofrecía, pero tampoco quería levantar sospechas mostrándome abiertamente desagradable.

—¿Cómo está usted? —murmuré, y me volví de nuevo hacia Alex.

Él, sin saber lo que estaba pasando, hizo lo que hace la mayoría de la gente cuando se produce un silencio desagradable. Trató de suavizarlo con una conversación educada, y me contó que Ted también es miembro del club hípico de Peapack y que habían coincidido algunas veces.

Por supuesto, Marcella Williams no tenía intención de irse sin tratar de averiguar por qué me había tenido que limpiar unas lagrimitas.

—Celia, ¿puedo ayudarla en alguna cosa? —preguntó.

—Quizá podría empezar metiéndose en sus asuntos —dije.

La sonrisa comprensiva de Marcella se le heló en los labios. Antes de que pudiera decir nada, Ted la cogió del brazo y se la llevó.

Miré a Alex y vi su cara de disgusto.

—Celia, ¿a qué ha venido eso? No tenías ningún motivo para mostrarte tan desagradable.

—Yo creo que sí. Estábamos en mitad de una conversación privada. La mujer ha visto que estoy preocupada y se moría de ganas de meter las narices. En cuanto al señor Cartwright, tú viste lo mismo que yo esa larga entrevista en la que tan alegremente sacó a relucir esa historia tan morbosa sobre la casa en que quieres que vivamos.

—Celia, leí esa entrevista, sí —protestó él—. El hombre contestó a las preguntas que le hizo el periodista, nada más. Casi no le conozco, pero es una persona muy respetada en el club. Creo que Marcella solo quería ayudar. Dios, si hasta te llevó en coche a casa cuando supo que yo iba mal de tiempo.

«¡Me dijiste que Zach te había visto!»

La voz de mi madre no dejaba de gritar en mi cabeza. Estaba segura de que esa era una de las cosas que dijo aquella noche. La voz de Ted me acababa de confirmar el recuerdo que había estado llegándome en flashes momentáneos aquella última semana. Mi madre había pronunciado el nombre de Zach, y ahora había conseguido estirar unas palabras más: «¡Me dijiste que Zach te había visto!».

¿Qué vio Zach hacer a Ted?

Y entonces dije en voz alta:

—¡Oh, no!

—Ceil, ¿qué pasa? Estás blanca como el papel.

Se me había ocurrido una posible explicación a las palabras de mi madre. El día que mi padre murió, iba con Zach, pero entonces se adelantó y siguió el camino equivocado. Al menos eso es lo que Zach me había dicho a mí y a los demás. Pero aquel hombre también presumía de su larga amistad con Ted Cartwright. ¿Estaba Ted Cartwright también cabalgando por la zona aquel día? ¿Tuvo algo que ver con la muerte de mi padre? ¿Lo vio Zach?

—Ceil, ¿qué tienes?

Yo había notado literalmente que la sangre abandonaba mi rostro, así que traté de encontrar una explicación plausible. Al menos podía decirle una media verdad.

—Antes de que Marcella llegara, estaba a punto de decirte que hoy he hablado con mi madre. Dice que mi padre no está muy bien.

—¿El Alzheimer está avanzando?

Asentí.

—Oh, Ceil, lo siento mucho. ¿Podemos hacer alguna cosa?

El hecho de que hablara en plural me reconfortó.

—Le he dicho a Kathleen que contrate una mujer que la ayude todo el día. Que yo lo pagaría.

—Deja que lo haga yo.

Le di las gracias pero negué con la cabeza.

—No será necesario, pero eres un encanto.

—Ceil, te daría el mundo en bandeja si pensara que es lo que quieres. —Alargó el brazo y entrelazó sus dedos con los míos.

—Yo solo quiero un pedacito del mundo —dije—, un pedacito normal, en el que estéis tú y Jack.

—Y Jill y Junior —dijo Alex sonriendo.

Trajeron la cuenta. Cuando nos levantamos de la mesa, Alex sugirió que pasáramos por la mesa de Marcella y Ted para despedirnos.

—No creo que haga daño si tratamos de suavizar las cosas —me apremió—. Marcella es nuestra vecina, y no tenía mala intención. Cuando empecemos a frecuentar más el club de Peapack, te vas a encontrar con Ted, te guste o no te guste.

Estaba a punto de contestarle de mala manera, pero entonces se me ocurrió una cosa. Si Ted me había reconocido, entonces seguro que le preocupaba que pudiera recordar lo que mi madre le gritó. Si no me había reconocido pero le resultaba familiar, había una forma de hacer que reaccionara.

—Tienes razón —dije.

Yo estaba segura de que Ted y Marcella nos habían estado mirando, pero cuando nos volvimos hacia ellos, se miraron e hicieron como si estuvieran charlando. Fuimos hasta su mesa. Ted sostenía una tacita de exprés que parecía perdida en su enorme mano. La mano izquierda estaba apoyada en la superficie blanca de la mesa, con los dedos largos y gruesos extendidos. Yo conocía muy bien la fuerza de esas manos, de cuando arrojó a mi madre contra mí como si fuera un simple juguete.

Le sonreí a Marcella, a pesar del profundo desprecio que sentía por ella. Recordaba perfectamente cómo flirteaba con Ted después de que se casara con mi madre, y la prisa que se dio después por apoyar su versión sobre la muerte de mi madre basándose en los recuerdos que tenía de mí.

—Marcella, lo siento mucho —dije—. Hoy he recibido muy malas noticias sobre mi padre. Está muy enfermo. —Miré a Ted—. He estado tomando lecciones de equitación de un hombre que dice que le conoce a usted muy bien. Se llama Zach. Es un maestro extraordinario. Me alegro de haberle encontrado.

Más tarde, cuando estábamos en casa preparándonos para acostarnos, Alex dijo:

—Ceil, esta noche estabas tan guapa... pero te seré sincero. Cuando te has puesto tan blanca, por un momento he pensado que te ibas a desmayar. Sé que no duermes muy bien últimamente. ¿Estás inquieta por ese tal Walsh, además de la enfermedad de tu padre?

—El detective Walsh no me ha ayudado precisamente.

—Mañana a las nueve en punto estaré en la oficina del fiscal. Luego iré directo al aeropuerto, pero te llamaré y te diré cómo va.

—De acuerdo.

—Como ya sabes, no soy muy amante de los somníferos, pero creo que te harías un favor a ti misma si te tomaras uno ahora. Una noche de sueño reparador hace que se vean las cosas con otros ojos.

—Buena idea —concedí. Y entonces añadí—: No estoy siendo muy buena esposa estos días...

Alex me besó.

—Tenemos miles de días por delante. —Volvió a besarme—. Y de noches.

El somnífero hizo efecto. Casi eran las ocho de la mañana cuando desperté. En mis primeros momentos de conciencia recordaba que en sueños había oído la primera parte de la frase que mi madre le gritó a Ted aquella noche.

«Me lo dijiste cuando estabas borracho.»

52

El miércoles por la mañana, a las ocho y media Jeff MacKingsley estaba puntualmente en su despacho. Intuía que iba a ser un
día muy largo, y no precisamente bueno. Tanto su abuela esco-
cesa como su abuela irlandesa le habían advertido que las des-
gracias siempre vienen de tres en tres, sobre todo la muerte.

Primero Georgette Grove, luego Charley Hatch. El lado
celta y supersticioso de Jeff le decía que el espectro de la muerte violenta aún se cernía sobre el condado de Morris, esperando para reclamar una tercera víctima.

A diferencia de Paul Walsh, que seguía empeñado en creer
que Celia Nolan había matado a Georgette Grove porque estaba desequilibrada y que había tenido el motivo y la ocasión de
matar a Charley Hatch, Jeff estaba convencido de que aquella
mujer no era más que una víctima de las circunstancias.

Por eso, cuando Anna entró en su despacho y le dijo que un
tal señor Alex Nolan estaba fuera e insistía en hablar con él, su
instinto fue sentirse agradecido por poder hablar con el marido de Celia Nolan. Por otro lado, no quería que pudiera haber
malentendidos.

—¿Mort Shelley está en su despacho? —le preguntó a Anna.

—Acaba de pasar con un vaso de café.

—Pues dígale que lo deje y venga aquí enseguida. Dígale al
señor Nolan que espere cinco minutos y luego hágale pasar.

—Bien.

Cuando Anna se dio la vuelta para irse, Jeff añadió:

—Si Walsh pasa ante su mesa, no le diga que Alex Nolan está aquí. ¿Entendido?

A modo de respuesta, Anna arqueó las cejas y se llevó un dedo a los labios. Jeff sabía que Walsh no era santo de su devoción. Apenas un minuto más tarde, Mort Shelley entró.

—Siento haberle privado de su café, pero el marido de Celia Nolan está aquí, y necesito un testigo de nuestra entrevista —le dijo Jeff—. No tome notas delante de él. Tengo la sensación de que no será un intercambio agradable.

Desde el momento en que Alex Nolan entró en la habitación se hizo evidente que estaba furioso y quería pelea. Prácticamente no hizo caso cuando Jeff le saludó y le presentó a Shelley.

—¿Por qué está siguiendo uno de sus hombres a mi mujer? —preguntó con tono autoritario.

Jeff tenía que reconocer que, si él hubiera sido el marido de Celia Nolan, habría reaccionado exactamente igual. Incluso admitiendo que la fijación que tenía con Celia Nolan, Walsh se había excedido al seguirla abiertamente cuando estaba de compras. El hombre creía que, al ver que la vigilaba, se pondría tan nerviosa que confesaría el asesinato de Georgette. Y en vez de eso lo que había conseguido era su hostilidad y despertar la ira de su marido abogado.

—Señor Nolan, por favor, siéntese y deje que le explique una cosa —dijo Jeff—. Su casa fue objeto de un acto vandálico. La persona que se la vendió ha sido asesinada. Y tenemos pruebas que indican que el hombre que ayer murió de un tiro fue el responsable de ese acto de vandalismo. Voy a poner las cartas sobre la mesa. Evidentemente, ya conoce usted la historia de su casa: que hace veinticuatro años Liza Barton mató a su madre de un disparo e hirió a su padrastro. El día que se instalaron en la casa había una fotografía de la familia Barton pegada a un poste en el establo.

—¿La de la playa? —preguntó Alex.

—Sí. No había huellas, excepto las de su mujer, lo cual es normal, dado que fue ella quien la encontró y me la entregó a mí.

—Eso es imposible —protestó Alex Nolan—. La persona que la puso allí tuvo que dejar sus huellas.

—Ahí es justamente donde quería llegar. Alguien había limpiado las huellas de la fotografía. En su bolso, Georgette Grove llevaba una fotografía de su mujer a punto de desmayarse. La habían sacado del *Star-Ledger*. Tampoco había huellas. Y, finalmente, Charley Hatch, el jardinero que murió ayer de un disparo en el patio de una casa muy próxima al club de hípica Washington Valley, donde casualmente su mujer estaba tomando una clase de equitación, llevaba una fotografía de Audrey Barton en el bolsillo de su chaleco. Al igual que las otras, no tenía huellas.

—Sigo sin entender qué tiene que ver todo esto con mi mujer —dijo Alex llanamente.

—Quizá no tenga nada que ver con su mujer, pero sí tiene que ver con su casa, y tenemos que descubrir cuál es la conexión. Le aseguro que estamos investigando todas las posibilidades, y estamos interrogando a diferentes personas.

—Celia piensa que se está dando demasiada importancia al hecho de que volviera tan deprisa a casa tras encontrar el cadáver de Georgette Grove. Señor MacKingsley, estoy seguro de que conoce las cosas increíbles que la gente puede hacer cuando está sometida a un fuerte estrés. Recuerdo el caso de un hombre que levantó él solo un coche para rescatar a su hijo, que estaba atrapado debajo. Mi esposa es una mujer joven, y estaba muy alterada por el acto de vandalismo contra nuestra casa. Dos días después se encuentra con el cadáver de una mujer a la que apenas conocía en una casa en la que jamás había puesto los pies. Cabía la posibilidad de que la persona que había disparado a Georgette todavía siguiera en la casa. ¿No cree que, estando en estado catatónico y con la sensación de estar en peligro, su inconsciente supo encontrar el camino?

—Le comprendo —dijo Jeff con franqueza—. Pero el hecho es que sigue habiendo dos muertos, y nosotros tenemos que investigar a cualquier persona que pueda saber algo y ayudarnos a resolver los dos crímenes. Sabemos que la señora Nolan tuvo que pasar con el coche por delante de la casa de Sheep Hill Road donde mataron a Charley Hatch. Sabemos que estaba en esa calle hacia la hora de la muerte. Lo hemos comprobado con el club. Llegó allí aproximadamente a las dos menos ocho minutos. Quizá vio algún coche al pasar, o a alguien que caminaba por la calle. Ayer nos dijo que nunca había visto a Charley Hatch. ¿No le parece razonable que la interroguemos por si inconscientemente ha reparado en algún detalle importante?

—Estoy seguro de que Celia quiere ayudarles en lo que pueda —dijo Alex Nolan—. Evidentemente, no tiene nada que ocultar. Dios, si ni siquiera conocía este pueblo hasta que yo la traje el día de su cumpleaños... Pero insisto, que ese tal Walsh la deje en paz. No pienso tolerar que la acose y la atosigue. Ayer por la noche, cuando estábamos cenando fuera, Celia se derrumbó. Desde luego, no se puede negar que he sido un estúpido al comprar una casa sin habérsela enseñado primero.

—Sí, es una cosa bastante inusual en los tiempos que corren —comentó Jeff.

En la sonrisa fugaz de Alex Nolan no había ni una pizca de alegría.

—Más que inusual, yo diría idealista —dijo—. Celia ha tenido que vivir situaciones muy duras en los últimos años. Su anterior marido estuvo un año en estado terminal antes de morir. Hace ocho meses la atropelló una limusina y sufrió un fuerte traumatismo. Su padre tiene Alzheimer y ayer mismo se enteró de que su estado degenera muy deprisa. Tenía muchas ganas de marcharse de la ciudad y venir a esta zona, pero nunca encontraba el momento para que viniéramos a mirar casas. Quería que lo hiciera yo. Cuando vi la que compré, pensé que era perfecta para ella. Es justamente lo que estábamos buscando: una casa antigua, bonita y espaciosa, con habitaciones grandes, bien conservada y con terrenos.

Jeff se dio cuenta de que la mirada de Alex se suavizaba al hablar de su mujer.

—Ceil me habló de una casa muy bonita que había visitado hacía unos años, y era exactamente como la nuestra. ¿Tenía que haberla llevado a verla antes de comprarla? Sí, por supuesto. ¿Tenía que haberme parado a escuchar la historia de la casa? Pues sí. Pero no estoy aquí para justificarme, ni para explicar por qué estamos en la casa. Estoy aquí para asegurarme de que sus hombres no molestan a mi mujer. —Se puso en pie y le ofreció la mano—. Señor MacKingsley, ¿me da su palabra de que el detective Walsh se mantendrá alejado de mi mujer?

Jeff se levantó.

—Se la doy —dijo—. Tengo que preguntarle por la hora en que pasó ante la casa en que mataron a Charley Hatch en Sheep Hill Road, pero lo haré yo mismo.

—¿Considera que mi mujer es sospechosa de alguno de esos dos crímenes?

—Basándonos en las pruebas que tenemos, no.

—En ese caso, le diré a mi esposa que hable con usted.

—Gracias. Le estaría muy agradecido. Me gustaría que quedáramos para hoy mismo. ¿Estará usted por aquí, señor Nolan?

—No, voy a estar fuera unos días. He estado en Chicago, tomando declaraciones en un caso relacionado con un testamento. Y desde aquí me tengo que ir directo al aeropuerto.

La puerta acababa de cerrarse detrás de Nolan cuando Anna entró.

—Eso sí es un hombre atractivo —dijo—. Todas las empleadas de menos de cincuenta no han dejado de preguntar si está soltero. Les he dicho que lo olviden. Parecía mucho más relajado al salir que cuando ha llegado.

—Sí, creo que lo estaba —concedió Jeff, aunque no estaba muy seguro de haber sido del todo sincero con el marido de Celia Nolan. Miró a Mort Shelley—. ¿Qué opina, Mort?

—Estoy de acuerdo con usted, no creo que la mujer sea sospechosa, pero sé que hay algo que no nos ha dicho. De verdad, ayer, cuando nos abrió la puerta y la vi con aquella ropa de montar, por un momento pensé que era la mujer de la fotografía que encontramos en el bolsillo de Charley Hatch.

—Yo tuve la misma impresión pero, evidentemente, si com-

53

El miércoles por la mañana, Ted Cartwright se pasó por las oficinas de Urbanizaciones Cartwright. A las diez y media, entró en la recepción. Amy Stack le recibió con unos gorgoritos.

—¿Cómo van las cosas por el Polo Norte, Santa Claus?

—Amy —le dijo el hombre irritado—. No sé qué se supone que significa eso, ni me interesa. Tengo un día muy ocupado y encima he tenido que buscar un hueco para venir y hablar otra vez con Chris Brown. Por lo visto no le entra en la cabeza que no pienso pagar más horas extras a sus hombres.

—Lo siento, señor Cartwright —dijo Amy con tono de disculpa—. Es que no dejo de pensar que no es fácil encontrar personas tan generosas como usted, ni siquiera con alguien que le ha salvado la vida.

Cartwright estaba a punto de dirigirse a su despacho, pero se detuvo en seco.

—¿De qué hablas?

Amy le miró y tragó con nerviosismo. Le gustaba trabajar para Ted Cartwright, pero siempre tenía que andar con pies de plomo y tratar de hacerlo todo exactamente como él quería. A veces el hombre se mostraba relajado y divertido, pero enseguida comprendió que no tenía que haber bromeado sin antes asegurarse del humor que tenía esa mañana. Normalmente parecía satisfecho con su trabajo, pero las pocas veces que hacía algo mal, Cartwright la machacaba con su sarcasmo.

paramos a la mujer de la fotografía con la señora Nolan, la diferencia es evidente. Nolan es más alta, tiene el pelo más oscuro, la forma de la cara es distinta. Fue una casualidad que llevara una ropa casi idéntica a la que llevaba la señora Barton en la fotografía. Hasta llevaba el pelo arreglado de una forma parecida.

La diferencia era evidente, pensó Jeff, pero seguía habiendo algo en Celia Nolan que le recordaba a Audrey Barton. Y no era solo que las dos fueran bellas mujeres con ropa de montar.

Y ahora le estaba pidiendo una explicación por aquella broma sobre el señor Willet.

—Lo siento —dijo. Tenía la sensación de que, dijera lo que dijese, el señor Cartwright no se daría por satisfecho. Quizá le molestaba que el señor Willet le hubiera contado la razón por la que iba a regalarle la casa—. El señor Willet no dijo que fuera un secreto que pensaba regalarle la casa piloto porque le salvó la vida hace unos años.

—¡Que me salvó la vida y por eso le regalo la casa piloto! ¿Me estás diciendo que Zach Willet te ha dicho eso?

—Sí, y si no es cierto, me temo que hemos perdido una venta. La pareja de Basking Ridge, los Matthew, llamaron hace un rato para preguntar y les dije que ya estaba vendida.

Cartwright siguió mirando a Amy fijamente, y su tez normalmente rubicunda perdió el color.

—El señor Willet llamó hace un rato. Dijo que pensaba instalarse el fin de semana —siguió diciendo Amy, tratando de animar, porque aquello no era culpa suya—. Le dije que, tratándose de la casa piloto, lo ideal sería que esperara unos meses, hasta que hayamos vendido el resto de casas, pero dijo que no sería posible.

Ted Cartwright estaba inclinado hacia delante, mirándola. Luego se puso derecho y permaneció un momento en completo silencio.

—Yo hablaré con el señor Willet —dijo muy pausado.

En el año que llevaba trabajando como agente de ventas para la empresa de Cartwright, Amy había tenido que aguantar los estallidos de su jefe por retrasos en la construcción y presupuestos que se desbordan, pero jamás había visto que se pusiera blanco de ira.

Y, entonces, inesperadamente, Ted Cartwright sonrió.

—Amy, tengo que confesar que, por unos momentos, me he quedado tan perplejo como tú. Todo esto no ha sido más que una broma. Una broma de mal gusto, lo reconozco. Zach y yo somos amigos desde hace muchos años. La semana pasada apostamos al partido entre los Yankees y los Red Sox. Él es un forofo de los Yankees, yo aposté por los Red Sox. Nos apostamos cien pavos, pero Zach dijo que si la diferencia en el marcador era de más de diez *runs*, le debía una casa. —Ted Cartwright chasqueó la lengua—. Yo lo tomé a broma, pero parece que Zach ha querido probar suerte. Siento que te haya hecho perder el tiempo.

—Vaya que si me hizo perder el tiempo —concedió Amy disgustada. Por culpa de Zach Willet, la noche antes había llegado tarde a su cita con su nuevo novio, y tuvo que oír sus quejas porque tenían que cenar a toda prisa si querían llegar a tiempo al cine—. Por la ropa que llevaba tendría que haber sabido que no podía permitirse esa casa. Pero la verdad, señor Cartwright, me molesta mucho pensar que podemos haber perdido una venta por su culpa.

—Ponte en contacto con los Matthew enseguida —le indicó Cartwright—. Si han llamado esta misma mañana, tal vez aún estemos a tiempo. Convéncelos y tendrás un regalo. En cuanto a Zach Willet, que esta historia quede entre nosotros, ¿de acuerdo? Haber picado de esta forma nos haría quedar a los dos como unos tontos.

—De acuerdo —concedió Amy, feliz ante la posibilidad de cobrar un incentivo—. Pero, señor Cartwright, cuando hable con el señor Willet, dígale que no tiene gracia, que esa clase de bromas no se gastan a los amigos.

—No, tienes toda la razón —dijo Cartwright—. Desde luego que no.

54

De nuevo Alex y yo nos despedimos con prisas. Se iría directamente al aeropuerto desde la oficina del fiscal. La promesa de ponerlos «más derechos que velas» me dio a la vez esperanza y miedo. Si dejaban de hacerme preguntas, estupendo, pero si no lo hacían y yo me negaba a contestar, sabía que me convertiría en su principal sospechosa. Cuando besé a Alex, le susurré:

—Haz que me dejen en paz.

—Puedes apostar a que lo haré —dijo él con tono inflexible, y eso me tranquilizó.

Además, había quedado con Benjamin Fletcher. Si le contaba que soy Liza Barton, estaría atado por el secreto profesional. Y quizá fuera la persona más adecuada para guiarme a través de aquella investigación... si sabía la verdad, claro. Decidí esperar a encontrarme cara a cara frente a él para tomar esa decisión.

Dejé a Jack en la escuela a las ocho y cuarto. Esa mañana no pensaba entrar en la cafetería, sobre todo porque tenía miedo de encontrarme al detective Walsh esperándome. Así que, en vez de eso, fui al cementerio, detrás de la iglesia. Quería visitar las tumbas de mi madre y mi padre, aunque tenía miedo que alguien se fijara y sintiera curiosidad. No había nadie, así que pude permanecer al pie de las dos tumbas donde estaban enterrados, uno junto al otro.

La lápida es muy sencilla, con un dibujo de una hoja sobre el mármol y las palabras «El amor es eterno» grabadas sobre la base. También aparecen los nombres de mis padres y las fechas de nacimiento y de muerte. Generaciones de mi familia están enterradas en otras zonas del cementerio, pero cuando mi padre murió, mi madre compró esta parcela e hizo erigir esta lápida. Recuerdo su funeral perfectamente. Yo tenía siete años y llevaba un vestido blanco. Tenía una rosa con el tallo largo en las manos, y me dijeron que tenía que dejarla sobre el ataúd. Era consciente de lo que significaba que mi padre hubiera muerto, pero no podía llorar. Estaba demasiado ocupada repitiendo las oraciones del cura y las respuestas de las personas congregadas.

En mi mente, yo trataba de alcanzar a mi padre, de oír su voz, de coger su mano y hacer que se quedara con nosotros. Mi madre mantuvo perfectamente la compostura durante la misa, y también después, ante la tumba. Pero finalmente, en el último momento, después de dejar su flor sobre el ataúd, gritó: «¡Quiero a mi marido! ¡Quiero a mi marido!», y se dejó caer de rodillas entre sollozos.

¿Es posible que mi recuerdo sea exacto y Ted Cartwright hiciera ademán de acercarse a ella para consolarla pero se contuviera?

Creo que el amor es eterno. Mientras estaba ante sus tumbas, recé por mis padres y les supliqué. Ayudadme, por favor, ayudadme. Dejad que supere esto. Guiadme. No sé qué tengo que hacer.

Las oficinas de Benjamin Fletcher están en Chester, a veinte minutos en coche de Mendham. Tenía hora con él a las nueve en punto. Fui directa allí desde el cementerio, aparqué y encontré un delicatessen a la vuelta de la esquina donde tomé un café y mordisqueé una porción de *bagel*.

En el aire se intuía ya el otoño. Yo llevaba un cárdigan con trenzas, con un chal en un tono que estaba entre el teja y el cinamomo. El jersey daba calidez a mi cuerpo, que en aquellos últimos días había sentido frío incluso cuando el sol brillaba con fuerza. Sentía que el color alegre del jersey me animaba la cara, tan triste y atormentada.

Un minuto antes de las nueve, estaba yo subiendo las escaleras que llevaban a las oficinas de Benjamin Fletcher en el segundo piso. Entré en una pequeña antesala con una mesa vieja, de la secretaria, imaginé, si es que tenía. Las paredes necesitaban urgentemente una mano de pintura. Los suelos de parquet habían perdido el brillo y estaban rayados. Dos pequeños sillones forrados de vinilo estaban apoyados contra la pared de enfrente de la mesa. Entre ambos había una mesita auxiliar, con un montón desordenado de revistas muy manoseadas.

—Usted debe de ser Celia Nolan —gritó una voz desde el interior del despacho.

El solo hecho de oír su voz hizo que las manos empezaran a sudarme. Estaba segura de que había cometido un error al ir allí. Me dieron ganas de darme la vuelta y salir corriendo. Pero ya era tarde. Aquel gigante estaba en la puerta, ofreciéndome la mano, con una sonrisa tan falta de alegría y tan amplia como el día que le conocí, hacía tantos años. «¿Así que esta es la niña que tiene tantos problemas?», me dijo en aquella ocasión.

¿Por qué no me había acordado de aquello?

El hombre avanzó hacia mí y, tras cogerme la mano, dijo:

—Siempre es un placer ayudar a una bella dama en apuros. Pase.

No podía hacer nada, así que entré tras él en la habitación atestada que tenía por despacho. Él se instaló detrás de la mesa. Sus amplias caderas sobresalían por debajo de los reposabrazos, y tenía gotas de sudor en la cara, aunque la ventana estaba abierta. Supongo que aquella mañana se había puesto la camisa limpia, pero, con las mangas subidas y los botones del cuello desabrochados, parecía lo que sospecho que era: un abogado retirado que mantenía abierto su negocio porque no tenía ningún otro sitio a donde ir.

Pero Fletcher no era ningún estúpido. Me di cuenta en cuanto me senté a desgana en el asiento que me ofrecía y empezó a hablar.

—Celia Nolan, del número 1 de Old Mill Lane, en Mendham —dijo—. Tiene usted una dirección muy emocionante.

Cuando le pedí cita, le había dado mi nombre y mi número de teléfono, nada más.

—Sí, lo es —concedí—. Por eso estoy aquí.

—He leído todo lo que se ha escrito. Su marido le compró la casa como un regalo sorpresa. Menuda sorpresa, ¿verdad? Me parece que su marido no entiende muy bien a las mujeres. Y entonces llega usted y se encuentra con aquel estropicio, y un par de días más tarde se encuentra con el cadáver de la mujer que les vendió la casa. Están pasando muchas cosas en su vida. Y bien, ¿quién le ha hablado de mí y por qué está aquí?

Antes de que tuviera ocasión de contestar, el hombre levantó la mano.

—Pero no queramos empezar la casa por el tejado. Cobro tres cincuenta la hora más gastos, y un depósito de diez mil dólares si quiere llegar al «Ayúdeme abogado, porque he pecado».

Sin decir palabra, saqué mi talonario y le firmé un cheque. Benjamin Fletcher no lo sabía, pero al buscar información sobre mí me había proporcionado la protección que yo quería sin necesidad de decirle que soy Liza.

Tratando de moverme entre lo que quería que supiera y lo que no, dije:

—Me alegro de que haya comprobado mi identidad. Seguro que entiende lo desagradable que es que la oficina del fiscal me esté acusando prácticamente del asesinato de Georgette Grove.

Hasta ese momento, los párpados de Fletcher habían permanecido fijos en mitad de los ojos, pero entonces se levantaron.

—¿Por qué iban a pensar algo así?

Le hablé de las tres fotografías sin huellas que habían encontrado, de mi precipitado regreso a casa cuando encontré el cadáver de Georgette, de la posibilidad de que hubiera pasado delante de la casa de Sheep Hill Road hacia la hora aproximada en que mataron al jardinero.

—No conocía a Georgette Grove hasta el día en que me mudé a mi casa —protesté—. No sabía ni que existía ese jardinero hasta que el fiscal me preguntó por él, pero sé que piensan que de alguna forma estoy implicada, y todo es por culpa de la casa.

—Sin duda a estas alturas ya conoce la historia —dijo Fletcher.

—Por supuesto. Lo que pienso es que a causa de esas tres fotografías, en la oficina del fiscal creen que todo esto tiene que ver con la casa o con la familia Barton. —No sé cómo, pero el caso es que pronuncié mi apellido con total indiferencia, y eso que le estaba mirando a los ojos.

Y entonces él dijo algo que me heló la sangre.

—Siempre he pensado que esa niña, Liza, volvería algún día y mataría a su padrastro. Pero es absurdo que esos memos de la oficina del fiscal la molesten a usted, una desconocida que tuvo la mala suerte de recibir esa casa como regalo de cumpleaños. Celia, se lo prometo, nos ocuparemos de ellos, porque, ¿sabe lo que pasará? Yo se lo diré. Usted empezará a contestar a sus preguntas, y ellos la confundirán y tergiversarán sus palabras de tal manera que al final acabará creyendo que mató a esa gente simplemente porque no le gustaba la casa.

—¿Quiere decir que no debería contestar a sus preguntas? —pregunté.

—Eso es exactamente lo que digo. Conozco a Paul Walsh. Quiere labrarse un nombre. ¿Ha leído algo de filosofía?

—Hice varios cursos de filosofía en la universidad

—Supongo que no conocerá a Tomás Moro. Era abogado, canciller del reino de Inglaterra. Y escribió un libro que se llama *Utopía*. En él escribió: «No hay abogados en el cielo», y aunque Walsh es detective, las palabras de Moro también se le pueden aplicar. Ese tipo siempre barre para su casa, y que nadie se interponga en su camino.

—Está haciendo que me sienta un poco mejor —dije.

—A mi edad se dicen las cosas como son. Por ejemplo, el lunes por la tarde, esa señora del *Star-Ledger*, Dru Perry, vino a verme. Escribe para una serie de reportajes bajo el nombre de «La historia que hay detrás de la noticia». Y, debido a la publicidad que se ha dado por lo sucedido en su casa, ahora está escribiendo sobre el caso Barton. Le di toda la información que pude. Sospecho que la mujer simpatiza con Liza, pero le dije que estaba perdiendo el tiempo. Liza sabía muy bien lo que hacía cuando siguió disparando y disparando contra Ted Cartwright. El hombre había estado cortejando a su madre desde antes de que se casara con Will Barton.

La frase bíblica «De mi boca te vomitaré» me vino a la cabeza, y sentí el fuerte impulso de levantarme, quitarle el cheque que acababa de firmarle y romperlo. Pero necesitaba a aquel hombre. Así que dije:

—Señor Fletcher. Estoy casada con un abogado. Y tengo una idea bastante exacta de lo que significa el pacto de confidencialidad entre abogado y cliente. Así que, si tengo que contratarle, quiero que dejemos una cosa bien clara. No quiero un abogado que vaya contando chismes sobre la familia de una clienta, aunque sea un cuarto de siglo más tarde.

—La verdad no son chismes, Celia —me dijo—, pero la entiendo. Bueno, si Jeff MacKingsley o Paul Walsh o cualquiera de los otros trata de interrogarla, mándemelos a mí. Yo me ocuparé. Y, escuche, no he dicho nada malo de la pequeña Lizzie. La pobre niña nunca quiso matar a su madre, y ese desgraciado de Ted Cartwright tuvo lo que se merecía.

Lena Santini, la ex esposa del difunto Charley Hatch, accedió a hablar con el detective Angelo Ortiz a las once en la casa de Charley en Mendham. Era una mujer delgada de unos cuarenta y cinco años, con un llamativo pelo rojo que no era el suyo natural. Parecía realmente apenada por la muerte de su ex marido.

—No puedo creerme que le hayan disparado. No tiene sentido. ¿Por qué iba nadie a querer dispararle? Nunca se metió con nadie.

»Lo siento por él, no por mí —explicó—. No puedo fingir que hubiera ya nada entre nosotros. Nos casamos hace diez años. Yo ya había estado casada, pero no había funcionado. Mi marido era un bebedor. Entre Charley y yo las cosas podían haber ido mejor. Yo soy camarera. Tengo un sueldo respetable y me gusta mi trabajo.

Estaban sentados en la sala de estar. Lena dio una calada al cigarrillo.

—Mire este sitio —dijo agitando la mano con desdén—. Está tan desordenado que se me pone la piel de gallina. Pues cuando estaba conmigo era igual. Yo siempre le decía que no se tarda ni un nanosegundo en poner la ropa interior y los calcetines en la cesta de la ropa sucia, pero no, él siempre tenía que dejarlos tirados en el suelo. ¿Y no adivina quién iba siempre detrás recogiendo? Yo le decía: «Charley, cuando picas algo de comer, lo único que tienes que hacer es aclarar el plato, el vaso y el cuchillo o lo que sea y meterlos en el lavavajillas». Pero nunca lo hacía. Charley lo dejaba todo en la mesa, o en la alfombra, donde se había sentado. Y se quejaba. La verdad, a quejica no le ganaba nadie. Apuesto a que si hubiera ganado diez millones de pavos en la lotería, se hubiera puesto furioso porque la semana anterior el premio había sido diez veces mayor. Yo ya no podía más y nos separamos hace un año.

La expresión de Lena se suavizó.

—Pero tenía un gran talento con las manos. Tallaba unas figuras muy bonitas. Yo siempre le decía que montara un negocio, pero no me hacía caso. Solo le apetecía hacer figurillas de vez en cuando. Oh, bueno, que Dios lo acoja en su seno. Espero que le guste el cielo. —Una sonrisa apareció fugazmente en sus labios—. ¿No sería gracioso si san Pedro lo nombra jardinero mayor del cielo?

Ortiz, que estaba sentado en el borde de la tumbona de Charley, escuchaba con gesto comprensivo. En aquel momento decidió que ya era hora de iniciar el interrogatorio.

—¿Veía con frecuencia a Charley desde que se divorciaron?

—No mucho. Vendimos la casa y dividimos el dinero que habíamos ahorrado. Yo me quedé con los muebles y él con el coche. Mitad y mitad. De vez en cuando me llamaba y tomábamos un café por los viejos tiempos. Me parece que no salía con muchas mujeres.

—¿Sabe si estaba muy unido a su medio hermana, Robin Carpenter?

—¡A esa! —Lena levantó los ojos al techo—. Eso era otra cosa. Las personas que adoptaron a Charley eran buena gente. Fueron muy buenos con él. El padre murió hará unos ocho años. Cuando la madre se estaba muriendo, le dio a Charley fotografías de cuando era pequeño y le dijo cuál era su verdadero nombre. La verdad, no se imagina lo emocionado que estaba. Supongo que esperaba que su verdadera familia tuviera mucho dinero. ¡Qué chasco se llevó! Su verdadera madre ya se había muerto y su padre no quería saber nada de él. Pero conoció a su medio hermana, Robin, y desde entonces ella no ha dejado de jugar con él.

Ortiz se puso tenso y se irguió pero, no queriendo que la mujer se diera cuenta de la importancia de lo que decía, volvió a relajar su postura.

—Entonces, ¿se veían con frecuencia?

—¡Vaya que sí! «Charley ¿me puedes bajar a la ciudad?» «Charley, ¿te importa llevar mi coche a que le hagan una revisión?»

—¿Y le pagaba?

—No, pero hacía que se sintiera importante. Supongo que ya la conoce. Es de las que sabe atraer a los hombres. —Lena le echó un vistazo a Ortiz—. Usted es un hombre atractivo. ¿No se le ha insinuado ya?

—No —contestó el detective sinceramente.

—Dele tiempo. Bueno, el caso es que a veces llevaba a Charley a cenar con ella a Nueva York. Eso le hacía sentirse especial. Ella no quería que por aquí la gente supiera que era su medio hermano, ni que los vieran juntos, porque tiene un novio rico. Oh, y escuche esto. Charley le dijo que a veces se quedaba a dormir en las casas que cuidaba cuando los dueños estaban fuera. Que tenía la llave y conocía los códigos de seguridad y podía entrar y salir cuando quería. Y Robin tuvo la cara de pedirle que le dejara usar esas casas cuando estaba con su novio. ¿Se lo imagina?

—Señora Santini, ¿está enterada de lo que sucedió en Old Mill Lane la semana pasada?

—¿En la casa de la pequeña Lizzie? Pues claro, todo el mundo lo sabe.

—Tenemos motivos para creer que Charley fue el responsable.

—Bromea, ¿no? —dijo la mujer atónita—. Charley nunca haría algo así. No tiene ni pies ni cabeza.

—¿Y lo haría si le pagaran?

—¿Quién iba a pedirle que hiciera una cosa tan absurda? —Lena Santini estrujó la colilla de su cigarrillo en el cenicero y sacudió otro cigarrillo del paquete sobre la mesa—. Ahora que lo pienso, la única persona que podría lograr que Charley hiciera algo tan estúpido es Robin.

—Robin Carpenter nos dijo que no había visto a Charley desde hacía tres meses.

—¿Y entonces cómo es que cenó con él en Nueva York hace poco, en el restaurante Patsy's, en la Calle 56 Oeste?

—¿Por casualidad no recordará la fecha exacta?

—Era el sábado del día del trabajador. Lo recuerdo porque era el cumpleaños de Charley y le llamé para ver si quería cenar conmigo. Me dijo que Robin iba a llevarle a Patsy's.

De pronto los ojos de Lena destellaron.

—Si ya ha terminado, tengo que irme. Charley me dejó esta casa. No es que valga mucho, y encima está hipotecada. Le he pedido que nos encontráramos aquí porque quería coger un par de las figurillas de Charley para ponerlas en el ataúd con él, pero han desaparecido.

—Las tenemos nosotros —le dijo Ortiz—. Por desgracia son una prueba, así que tenemos que quedárnoslas.

56

El detective Mort Shelley entró en la agencia inmobiliaria Grove con el álbum de recortes de la difunta Georgette Grove bajo el brazo. Él y todos los miembros del equipo de investigación, incluido Jeff, habían repasado cada página y no habían encontrado ni un solo recorte de periódico que pudiera hacer pensar que Georgette había reconocido a alguien. El libro cubría varios años, y la mayoría de las fotografías correspondían a actos públicos en los que ella intervenía o en los que recibía algún premio o sonreía junto a pequeñas celebridades a las que había vendido terrenos en la zona.

—A lo mejor tenía el libro de recortes en la mesa, pero sea quien sea la persona a la que reconoció no está aquí —fue la conclusión de Jeff.

Pero por lo menos el álbum cumplirá con su cometido, pensó Shelley. Devolverlo me dará otra ocasión para charlar con Robin y Henry. Robin estaba ante su mesa y alzó la vista en cuanto oyó que la puerta se abría. Su sonrisa profesional de bienvenida se desvaneció cuando vio que era él.

—Solo venía a devolver el álbum de recortes —dijo Mort con expresión dócil—. Gracias por dejármelo.

—Espero que les haya sido de ayuda —dijo Robin.

Tenía unos papeles sobre la mesa y bajó la vista, dejando muy claro que estaba muy ocupada para que la interrumpieran.

Mort, con el aire de quien no tiene nada que hacer y todo el tiempo del mundo para hacerlo, se sentó en el módulo del sofá que miraba hacia la mesa de Robin.

Ella lo miró, visiblemente molesta.

—Si tiene alguna pregunta, la contestaré encantada.

Mort se levantó con gran esfuerzo.

—Este sofá es muy cómodo, pero se hunde demasiado para mi gusto. Casi no me puedo ni levantar. Será mejor que me siente en una silla.

—Señor... mmm... lo siento. Sé que nos han presentado, pero he olvidado su nombre.

—Shelley. Como el poeta. Mort Shelley.

—Señor Shelley, ayer fui a la oficina del fiscal para contarle al señor MacKingsley todo lo que sé que pudiera servirles en sus investigaciones. No tengo más que añadir, y, mientras esta agencia funcione, tengo trabajo que hacer.

—Yo también, señora Carpenter, yo también. Son las doce y media. ¿Ha comido ya?

—No. Esperaré a que Henry vuelva. Ha salido con un cliente.

—Henry es un hombre muy ocupado, ¿verdad?

—Sí, eso parece.

—Bueno, bueno, supongamos que no volviera hasta las cuatro. ¿Llamaría para que le trajeran algo de comer a la oficina? Porque, claro, supongo que no esperaría hasta las cuatro para comer, ¿verdad?

—No. Pondría el cartelito de cerrado en la puerta e iría en una carrera a buscar algo a la acera de enfrente.

—¿Es eso lo que hizo ayer, señora Carpenter?

—Ya le dije que ayer fui a buscar algo de comer porque Henry iba a salir con un cliente.

—Sí, pero no nos dijo que puso ese cartelito en la puerta en algún momento antes de las dos, ¿verdad? Según la encantadora viejecita de la tienda de cortinas que hay poco más abajo, el cartelito estaba colocado en la puerta cuando pasó por aquí a las dos y cinco.

—¿De qué está hablando? Oh, ya veo adónde quiere ir a parar. Están pasando tantas cosas que ayer tenía un espantoso dolor de cabeza. Fui un momento a la farmacia a por unas aspirinas. Fueron solo unos minutos.

—Ajá. Hablando de otra cosa, hace un rato mi compañero, el detective Ortiz, ha estado hablando con su ex medio cuñada, si es así como se dice.

—¿Con Lena?

—Exacto, con Lena. Usted nos dijo que hacía más o menos tres meses que no hablaba con Charley. Pues Lena dice que cenó con él en Patsy's, en Nueva York, hace menos de dos semanas. ¿Quién dice la verdad?

—Yo. Hace unos tres meses Charley llamó casualmente un día que mi coche se negaba a arrancar. Se ofreció a ayudarme y me lo llevó al concesionario. Yo había quedado con una amiga en Patsy's y él me llevó. Aquella noche me dijo que quería que le llevara allí para su cumpleaños y yo de broma le dije que de acuerdo. Luego, más adelante, me dejó un mensaje en el contestador recordándomelo, y yo le dejé a él otro diciendo que no era buena idea. El pobre se había creído que lo decía en serio.

—¿En estos momentos tiene alguna relación sentimental?

—No. Me imagino que la relación a la que se refiere es con Ted Cartwright. Como les dije ayer, solo es un amigo. Hemos salido algunas veces. Y punto.

—Una última pregunta, señora Carpenter. La ex mujer de su medio hermano dice que usted le pidió que les dejara a usted y su novio rico pasar algunas noches en las casas que cuidaba cuando los dueños estaban fuera. ¿Es cierto?

Robin Carpenter se puso en pie.

—Se acabó, señor Shelley. Dígale al señor MacKingsley que si él o alguno de sus lacayos quiere preguntarme algo más, tendrán que ponerse en contacto con mi abogado. Mañana les daré su nombre.

57

El miércoles por la mañana, Dru Perry llamó al periódico y habló con Ken Sharkey.

—Tengo algo importante —le dijo—. Manda a otro a cubrir la información en el juzgado.

—Claro. ¿Quieres que lo comentemos?

—Por teléfono no.

—De acuerdo. Mantenme informado.

Dru tenía una amiga, Kit Logan, con un hijo que era de la policía estatal de Nueva Jersey y estaba trabajando en el departamento de informática. Llamó a Kit, intercambiaron las habituales palabras de cortesía, prometieron verse pronto y entonces Dru le pidió el número de casa de Bob.

—Necesito que me haga un favor, y no quiero llamarle al trabajo.

Bob vivía en Morristown. Dru lo cogió justo cuando se iba al trabajo.

—Claro, puedo utilizar el ordenador para conseguir una semblanza del aspecto actual de una persona a partir de una fotografía —le prometió—. Si me la dejas hoy en el buzón, te la tendré lista para mañana por la noche. Supongo que no hace falta que lo diga, pero cuanto más definida sea la fotografía mejor.

Dru estuvo dándole vueltas a aquello mientras untaba de mermelada su tostada integral y bebía su café. Las fotografías que los periódicos habían recuperado después del acto perpetrado contra la casa eran casi todas de Liza con sus padres. En una estaban los tres en una playa de Spring Lake; otra estaba hecha en el club de hípica de Peapack, cuando Audrey ganó un trofeo, y había una tercera en una especie de fiesta en el club de golf. Pero ninguna era particularmente nítida. Audrey se casó con Ted poco más de un año después de morir su marido, pensó Dru. Apuesto a que el *Daily Record*, el periódico local, cubrió el evento.

¿Cómo podía conseguir otras fotografías? Dru se levantó y puso otra rebanada de pan en la tostadora.

—¿Por qué no? —se preguntó a sí misma en voz alta.

Hay otra persona que quizá tenga fotografías de Liza. La semana pasada, cuando hablé con Marcella Williams, dijo algo sobre el aspecto tan amargo que la niña tenía en la boda de su madre con Ted Cartwright. Hoy mi primera parada será en su casa. Aunque mejor llamo para asegurarme de que la encuentro. Si sabe que voy me esperará. Si no, es capaz de subirse en su escoba y salir volando para aprovisionarse de más cotilleos.

Dru vio su reflejo en la puerta de cristal de la vitrina. Al verse, sacó la lengua e hizo como si jadeara. Con este flequillo la verdad es que parezco un perro de lanas, pensó. Bueno, no tengo tiempo para ir a la peluquería, así que me lo cortaré yo misma. ¿Qué más da si no está parejo? Lo bueno del pelo es que siempre vuelve a crecer. Al menos el de algunos, pensó riendo en silencio, porque se acordó de su editor, Ken Sharkey.

La tostada saltó. Como de costumbre, solo estaba tostada por un lado. Dru le dio la vuelta y volvió a meterla en la tostadora. Y tengo que comprar otra tostadora, decidió al bajar la palanca. Esta ya me empieza a fastidiar.

Ya con su segunda tostada delante, Dru siguió planificando mentalmente la jornada. Tengo que averiguar quién es Zach. Creo que me pasaré por la comisaría para ver si Clyde Earley está por allí. No pienso decirle quién creo que es Celia Nolan, pero podría mencionarla a ver qué pasa. A Clyde le encanta oírse a sí mismo. Sería interesante comprobar si sospecha algo sobre la que posiblemente sea la verdadera identidad de Celia Nolan.

Posiblemente... esa era la palabra. Sí, los Kellogg eran primos lejanos, y tenían una hija adoptada de la edad de Celia, pero eso no demostraba que Celia fuera Liza. Y había otra cosa, pensó Dru. Clyde Earley acudió al lugar cuando Ted Cartwright llamó al 911 aquella noche. Quizá él sepa si había un hombre llamado Zach metido en todo aquello. Sea quien sea, ese Zach tuvo que ser importante. De otro modo, ¿por qué iba Liza a mostrarse tan traumatizada cuando pronunciaba su nombre?

Una vez lo tuvo todo planificado, Dru recogió con rapidez lo que había ensuciado durante el desayuno, subió a su cuarto, echó la colcha por encima de la cama para que no se viera tan desordenada y luego entró en el baño y se duchó. Envuelta en un albornoz de felpa que casi disimulaba sus generosas proporciones, Dru abrió la ventana, comprobó la temperatura y decidió que con aquel tiempo lo mejor sería un chándal. Bueno, nadie es perfecto. Se dijo a modo de consolación.

A las nueve en punto telefoneó a Marcella Williams. Apuesto a que la mujer ya lleva una hora en pie, pensó Dru mientras escuchaba el tercer tono. Quizá está en la ducha.

Marcella contestó justo cuando saltaba el contestador.

—Espere un momento —le dijo por encima del mensaje del contestador.

Parece irritada, pensó Dru. A lo mejor resulta que sí la he cogido en la ducha.

El mensaje del contestador se interrumpió.

—Señora Williams, soy Dru Perry, del *Star-Ledger*. Espero no haberla despertado.

—Oh, no, en absoluto, señora Perry. Hace una hora que estoy levantada. Cuando ha sonado el teléfono estaba saliendo de la ducha.

La imagen de Marcella Williams envuelta en una toalla y goteando agua en la alfombra hizo que Dru se felicitara por lo oportuno de su llamada.

—Estoy escribiendo un reportaje para la sección «La historia que hay detrás de la noticia» para el dominical del *Star-Ledger* —le explicó.

—Lo conozco, sí. Siempre espero impaciente para leer esos reportajes —dijo Marcella interrumpiéndola.

—Estoy preparando uno sobre Liza Barton. Sé que usted conocía de cerca a la familia, y me preguntaba si podría entrevistarla para que me hablara un poco de ellos, y sobre todo de Liza, claro.

—Será un placer que me entreviste una escritora tan buena.

—¿Por casualidad no tendrá ninguna fotografía de los Barton?

—Sí, por supuesto. Éramos buenos amigos. Y cuando Audrey se casó con Ted, la recepción se hizo en el jardín de su casa y yo hice algunas fotografías. Pero se lo aviso, no hay ni una sola en que la niña salga sonriendo.

Es mi día de suerte, pensó Dru.

—¿Le parece bien a las once?

—Estupendo. He quedado para comer a las doce y media.

—Con una hora tendremos más que suficiente. Y, señora Williams...

—Oh, por favor, Dru, llámeme Marcella..

—Qué detalle... Marcella, ¿podría pensar y ver si recuerda a un tal Zach que fuera amigo de Audrey o Will Barton o Ted Cartwright?

—Oh, conozco a Zach. Le dio clases de equitación a Will Barton en la hípica Washington Valley. El día que murió, Will iba con él y se adelantó y se fue por un camino equivocado. Por eso tuvo aquel fatal accidente. Mire, Dru, estoy aquí chorreando. Nos vemos a las once.

Dru oyó el clic del teléfono, pero durante un largo minuto siguió con el auricular pegado a la oreja, hasta que una voz le dijo mecánicamente que hiciera una nueva llamada o colgara. El fatal accidente, pensó. Zach era el profesor de equitación de Will Barton. ¿Fue Zach el responsable de la muerte de Will Barton? ¿Había sido una negligencia dejar que Barton se adelantara por su cuenta?

Cuando bajaba las escaleras, a Dru se le ocurrió otra posibilidad. Supongamos que la muerte de Barton no fue un accidente y, si no lo fue, ¿cuándo supo Liza la verdad?

58

A la una, Ted Cartwright rodeó la esquina del edificio de la hípica Washington Valley y se dirigió a los establos.

—¿Zach está por aquí? —preguntó a Manny Pagan, uno de los mozos de cuadra.

Manny estaba cepillando a una yegua asustadiza a la que un dueño demasiado insensible había forzado demasiado.

—Tranquila, tranquila —le decía el mozo tratando de sosegarla.

—¿Estás sordo? Te he preguntado que si Zach está por aquí —le gritó Cartwright.

Manny, irritado, estaba a punto de decirle que lo buscara él solito, pero al levantar la vista vio que Cartwright, a quien conocía solo de vista, estaba temblando de ira.

—Seguramente está comiendo en la mesa de picnic que hay allí —y señaló a un grupito de árboles que habría a unos cien metros.

Ted cubrió aquella distancia en unos segundos con zancadas apresuradas. Zach se estaba comiendo la segunda mitad de un sándwich de boloñesa cuando Ted llegó y se sentó frente a él.

—¿Quién demonios te crees que eres? —le preguntó en un susurro amenazador.

Zach dio otro bocado a su sándwich y dio un trago antes de contestar.

—Esas no son maneras de hablarle a un amigo —dijo suavemente.

—¿Qué te hace pensar que puedes visitar mis casas y decirle a mi agente de ventas que te voy a regalar la casa piloto?

—¿Te ha dicho que llamé y que quería instalarme el fin de semana? —preguntó Zach—. De verdad, Ted, el sitio donde estoy ahora se ha convertido en un auténtico infierno. Los hijos de la casera hacen fiestas todas las noches, tocan la batería tan fuerte que a veces pienso que los oídos me van a estallar. Y mira por dónde resulta que tú tienes esa casa tan maravillosa rodeada de casas maravillosas y sé que la quieres para mí.

—Como se te ocurra poner un pie en la casa llamaré a la policía.

—¿Por qué será que no te creo? —dijo Zach mirando a Cartwright con gesto pensativo.

—Mira, Zach, llevas más de veinte años sangrándome. Será mejor que pares o no tendrás ocasión de volver a sangrarme.

—Eso es una amenaza, Ted, y no creo que sea eso lo que quieres. A lo mejor resulta que soy yo quien tendría que acudir a la policía. Durante muchos años he evitado que vayas a la cárcel. Claro está que, si hubiera hablado entonces, a estas alturas seguramente ya habrías cumplido la pena y estarías empezando de nuevo: sin tu empresa de obras públicas ni tus urbanizaciones ni tus complejos de negocios ni tus cadenas de gimnasios. Podrías dar charlas en las escuelas dentro de ese programa para aleccionar a los niños sobre los peligros de la delincuencia.

—También el chantaje está penado. —Cartwright escupió las palabras.

—Mira, Ted, esa casa no es nada para ti, pero para mí lo sería todo. Estos huesos viejos están llenos de achaques. Me encanta cuidar de los caballos, pero es mucho trabajo. Y está la cuestión de la conciencia. Imagina que me paso por la comisaría de Mendham y digo lo que sé sobre un accidente que no fue un accidente y les digo que tengo una prueba pero que antes de decir nada más quiero que se me garantice la inmunidad. Creo que ya lo había mencionado, ¿verdad?

Ted Cartwright se puso en pie. Las venas se le marcaban en las sienes. Sus manos se aferraban al borde de la mesa como si necesitara refrenarse para no lanzarse sobre el hombre que tenía delante.

—Ten cuidado, Zach. —Sus palabras eran afiladas, cortantes como una navaja.

—Ya lo tengo —le aseguró Zach alegremente—. Por eso, si me pasara algo, la prueba de lo que digo se descubriría rápidamente. Bueno, tengo que volver. Una bella dama viene para una lección. Vive en tu antigua casa... ya sabes, donde te dispararon. Es una mujer misteriosa. Dice que solo ha montado algunas veces en poni, pero es mentira. Es una buena amazona. Y por alguna razón parece muy interesada en el accidente que tú y yo sabemos.

—¿Le has hablado de aquello?

—Oh, claro. De todo menos de lo que importa. Piénsalo, Ted. A lo mejor hasta te interesa decirle a tu agente de ventas que me tenga la nevera llena para cuando llegue el sábado. Sería un bonito gesto de bienvenida, ¿no crees?

59

El miércoles a las dos Paul Walsh, Angelo Ortiz y Mort Shelley se reunieron en el despacho de Jeff MacKingsley para repasar sus progresos en lo que la prensa había empezado a describir como «los crímenes de la pequeña Lizzie». Todos iban con la correspondiente bolsa de papel, con un sándwich y un café o alguna otra bebida.

A petición de Jeff, empezó Ortiz. El detective les hizo un rápido resumen de su entrevista con Lena Santini, la ex mujer de Charley Hatch, y de lo que había explicado sobre la relación de Robin Carpenter y Charley.

—¿Me está diciendo que lo que Carpenter nos dijo ayer es una mentira descarada? —preguntó Jeff—. ¿Es que nos toma por idiotas?

—He visto a Carpenter esta mañana —dijo Mort Shelley—. Sigue diciendo que no ha hablado con Charley desde hace tres meses. La explicación que dio es que Charley quería que le llevara a ese restaurante, pero ella le dejó un mensaje en el contestador diciendo que no podía ser. Niega rotundamente haber estado en Patsy's aquella noche.

—Consigue una fotografía de Robin Carpenter y de Charley y enséñaselas al maître, el barman o los camareros de Patsy's —dijo Jeff—. Creo que tenemos suficiente para conseguir que un juez nos autorice a revisar el registro de sus llamadas. Comprobaremos los cargos que se han hecho en su tarjeta de crédito y en su pase de la autopista. Ya tenemos una orden para acceder al registro de las llamadas de Charley Hatch. Seguramente las tendremos hoy a última hora. Será mejor que también comprobemos sus tarjetas de crédito y el pase de la autopista. Una de las dos mujeres miente. Veamos quién es.

—Lena Santini no me ha parecido ninguna mentirosa —objetó Ortiz—. Simplemente se limitó a repetir lo que Charley le había dicho de Robin Carpenter. Por cierto, hasta preguntó si podía meter un par de esas figurillas de madera con el difunto en el ataúd. Le dije que de momento no podíamos dárselas.

—Es una pena que no preguntara por la calavera y los huesos que Charley grabó en la puerta de la casa de los Nolan —comentó Mort Shelley secamente—. Eso sí que es arte. Ayer me sorprendió ver que aún seguía allí.

—Sí, tuvimos tiempo de sobra para mirar esa puerta cuando Celia no quiso dejarnos pasar —dijo Paul Walsh—. Si no me equivoco, hoy piensa ir a verla, ¿verdad, Jeff?

—No, no la veré —dijo Jeff muy escueto—. Cuando la llamé me dijo que hablara con su abogado, Benjamin Fletcher.

—¡Benjamin Fletcher! —exclamó Mort Shelley—. ¡Ese era el abogado de la pequeña Lizzie! ¿Por qué demonios ha acudido a él?

—Ya la salvó una vez, ¿no? —comentó Walsh muy tranquilo.

—¿Salvar a quién?

—A Liza Barton, ¿quién va a ser?

Jeff, Mort y Angelo se le quedaron mirando. Paul Walsh sonrió, disfrutando de la expresión perpleja de sus caras.

—Apuesto a que la niña trastornada de diez años que disparó a su madre y a su padrastro ha vuelto como Celia Nolan, una mujer que sufrió un colapso nervioso al volver a su querido hogar.

—Está loco —espetó Jeff—. Y si ha tenido que buscarse un abogado es por tu culpa. Si no la hubiera importunado tanto con el asunto del tiempo que tardó en volver a su casa desde Holland Road habría cooperado con nosotros.

—He estado revisando los antecedentes de Celia Nolan. Es

adoptada. Tiene treinta y cuatro años, la misma edad que tendrá ahora Liza Barton. Todos nos sentimos impresionados al verla ayer con ropa de montar y les diré por qué. Sí, lo reconozco, es más alta que Audrey Barton. Y tiene el pelo más oscuro, aunque creo que eso es cosa del tinte. Casualmente resulta que me fijé y vi que tiene las raíces rubias. Así que lo diré sin tapujos: Audrey Barton es la madre de Celia Nolan.

Jeff permaneció en silencio un rato, negándose a creer lo que empezaba a creer: que quizá Paul Walsh había encontrado algo.

—Después de ver a Celia Nolan con ropa de montar, hice algunas averiguaciones. Está tomando clases de equitación en el club hípico de Washington Valley. Su maestro es Zach Willet, que casualmente es el mismo que daba clases a Will Barton cuando murió por una caída del caballo —siguió explicando Walsh, sin poder disimular apenas su satisfacción por la fuerte impresión que sus palabras estaban causando en sus compañeros.

—Si Celia Nolan es Liza Barton, ¿cree que considera a Zach Willet responsable de la muerte de su padre? —preguntó Mort Shelley.

—Digámoslo de esta forma: si yo fuera Zach Willet, no me gustaría quedarme a solas con esa señora —fue la respuesta de Walsh.

—Paul, su teoría (porque sigue siendo una teoría) pasa totalmente por alto el hecho de que Charley Hatch atentó contra la casa —le dijo Jeff—. ¿Sugiere acaso que Celia Nolan conocía a Charley Hatch?

—No, en absoluto, y creo realmente que no conocía a Georgette hasta hace una semana, cuando se instaló en la casa. Lo que digo es que perdió la cabeza cuando vio aquellas palabras escritas en el césped y la muñeca y la calavera y las salpicaduras de pintura. Quería vengarse de las personas que la habían puesto en esa situación. Fue ella quien encontró el cuerpo de Georgette. Si realmente es Liza Barton, eso explicaría por qué conocía el camino de vuelta desde Holland Road. Su abuela vivía muy cerca. Además, ha admitido haber pasado en coche ante la casa donde Hatch estaba trabajando más o menos a la hora en que le mataron. Incluso esas fotografías que hemos encontrado parecen pedirnos a gritos que la reconozcamos.

—Pero eso no significa que ella matara a Hatch. ¿Cómo podía saber que fue él quien provocó los destrozos en su casa? —preguntó Ortiz.

—El basurero ha ido por ahí contando que Clyde Earley había encontrado los vaqueros y las figuritas de Hatch en la bolsa de la basura —respondió Walsh.

Jeff empezó a ver una base en el rechazo que le provocaba la teoría de Walsh.

—¿Me está sugiriendo que Celia Nolan, incluso si es Liza Barton, casualmente oyó al basurero, adivinó dónde estaba trabajando Charley Hatch, a quien nunca había visto, consiguió que se acercara a la abertura del seto en la calle, le disparó y luego se fue a su clase de equitación?

—Estaba en esa calle a la hora en que pasó —insistió Walsh con obstinación.

—Sí, es cierto. Y si no la hubiera puesto entre la espada y la pared ahora estaría aquí diciéndonos algo útil sobre algún coche o alguna persona a las que quizá vio por la calle. Mire, Paul, usted se lo quiere cargar todo a Celia Nolan y estoy de acuerdo en que la historia suena verosímil: la pequeña Lizzie ataca de nuevo. Lo que yo creo es que alguien pagó a Charley Hatch para que provocara esos destrozos en la casa de los Nolan. Ni por un momento me he creído la historia de Earley. Todo es demasiado oportuno, demasiado conveniente. Apuesto a que Clyde registró las bolsas de basura cuando aún estaban en la propiedad de Hatch, luego se las llevó y Hatch se dio cuenta. Earley volvió y las dejó otra vez en el cubo de la basura y esperó para tener un testigo que le viera abrirlas. Si Hatch se asustó, lo más probable es que la persona que le pagaba también se asustara. Y creo que Georgette Grove descubrió quién había detrás de aquel acto vandálico y pagó con su vida.

—Jeff, habría sido usted un excelente abogado para Celia

Nolan. Es una mujer atractiva, ¿verdad? Ya me he fijado en cómo la mira.

Cuando vio la mirada glacial del fiscal, Walsh comprendió que había ido demasiado lejos.

—Lo siento —musitó—. Pero sigo defendiendo mi posición.

—Cuando terminemos con este caso, estoy seguro de que preferirá que le asignen a otra sección de este departamento —dijo Jeff—. Es un hombre inteligente, Paul, y podría ser un buen detective, de no ser por una cosa: cuando se le mete una teoría en la cabeza, es como un perro con un hueso. No se abre a nuevas ideas y, la verdad, estoy cansado de historias, y de usted. Esto es lo que vamos a hacer.

»A última hora de hoy seguramente ya tendremos los registros de las llamadas de Charley Hatch. Mort, quiero que prepare una declaración jurada para solicitar al juez la orden para acceder a los registros de llamadas de Robin Carpenter, Henry Paley y Ted Cartwright... el personal y el de las oficinas. Quiero conocer todas las llamadas que han hecho o recibido en los últimos dos meses. Creo que tenemos suficiente base para solicitarlas. También quiero el extracto de las tarjetas de crédito de Carpenter y Hatch y los cobros cargados a sus pases de la autopista. Yo pediré al tribunal de menores que nos permita acceder a los archivos sobre la adopción de Liza Barton.

Jeff miró a Paul Walsh.

—Me apuesto a que, incluso si Celia Nolan es Liza Barton, ella es la víctima de lo que está pasando. Siempre he creído que aquella niña fue la víctima de las fechorías de Ted Cartwright y creo que ahora, por la razón que sea, alguien está tratando de hacer que la acusen de esos asesinatos.

60

Cuando salí de la oficina de Benjamin Fletcher, estuve conduciendo sin rumbo fijo, preguntándome si no tendría que haberle dicho que soy Liza Barton, o incluso si había hecho bien al ir
a verle. Aquella terrible afirmación de que mi madre tuvo una
aventura con Ted estando casada con mi padre me había enfurecido, aunque tuve que reconocer la amarga verdad: cuando se
casó con Ted estaba enamorada.

Lo bueno de contratar a Fletcher era que despreciaba profundamente a Paul Walsh y se emplearía a fondo para mante-
nerlo alejado de mí. Además, haber contratado a Fletcher me
permitiría explicar con mayor facilidad a Alex mi negativa a
cooperar con la oficina del fiscal. Podía decirle que, puesto
que todo lo sucedido parecía estar relacionado con el caso de
Liza Barton, acudí directamente a su abogado. Parecía lo más
lógico.

Sabía que tarde o temprano tendría que decirle a Alex la verdad —y arriesgarme a perderle—, pero no quería hacerlo todavía. Si pudiera recordar exactamente lo que mi madre le gritó
a Ted aquella noche eso me daría la clave para saber por qué él
la arrojó contra mí y quizá me permitiría saber si le disparé
deliberadamente o no.

En los dibujos que hice para el doctor Moran de pequeña, la
pistola siempre estaba suspendida en el aire. No había ninguna
mano que la sujetara. Sé que el impacto contra el cuerpo de mi
madre hizo que se me cayera de las manos. Lo único que quie-

ro es poder demostrar que cuando disparé contra Ted estaba en estado catatónico.

Zach tenía la clave para todas aquellas preguntas. Durante todos estos años jamás se me había ocurrido pensar que la muerte de mi padre quizá no fue un accidente. Pero ahora estoy tratando de recordar las últimas palabras de mi madre y no consigo encontrar las que me faltan.

«Me lo dijiste cuando estabas borracho... Zach te vio...»

¿Qué le dijo Ted a mi madre? ¿Qué vio Zach?

Solo eran las diez. Llamé a la redacción del *Daily Record* y me dijeron que todos los números antiguos estaban en microfilm en la biblioteca del condado, en Randolph Street. A las diez y media ya estaba yo en la sala de referencia de la biblioteca, pidiendo el microfilm de los periódicos, incluyendo el del 9 de mayo, el día que mi padre murió hace veintisiete años.

Evidentemente, en cuanto me puse a leer la edición del 9 de mayo, me di cuenta de que las noticias sobre la muerte de mi padre debieron de aparecer en los diarios del día siguiente. De todos modos, lo hojeé y reparé en una noticia sobre un concurso de tiro con armas antiguas que se iba a celebrar aquel día en Jockey Hollow. Iban a participar veinte coleccionistas de armas antiguas, entre ellos el eminente coleccionista del condado de Morris, Ted Cartwright.

Miré la fotografía de Ted. En aquel entonces rondaba los cuarenta, aún tenía el pelo oscuro y tenía un aire jactancioso y despreocupado. Estaba mirando a la cámara y llevaba en las manos la pistola que iba a utilizar en el concurso.

Pasé rápidamente al día siguiente. En la primera página aparecía la noticia de la muerte de mi padre: «Will Barton, arquitecto premiado, muere en accidente de equitación».

En la fotografía mi padre está exactamente como yo le recuerdo: los ojos reflexivos, siempre insinuando una sonrisa, la nariz y la boca aristocráticas, la mata de pelo rubio oscuro. Si no hubiera muerto, ahora tendría sesenta y algo. Me descubrí jugando el peligroso juego de pensar cómo habría sido mi vida si mi padre aún viviera, si aquella horrible noche no hubiera existido.

El relato del accidente que aparecía en el periódico coincidía con el de Zach Willet. Otras personas le oyeron decir que prefería adelantarse en lugar de esperar a que Zach sacara la piedra de la pezuña del caballo. Nadie vio a mi padre entrar en el camino peligroso, que estaba claramente señalizado. La opinión general era que algo había asustado al caballo y que «Barton, un jinete inexperto, no fue capaz de controlarlo».

Y entonces leí una frase que pareció ampliarse exponencialmente ante mis ojos: «Herbert West, un mozo de los establos que en aquellos momentos estaba ejercitando a un caballo en un camino cercano, dice haber oído un sonido muy fuerte parecido a un disparo en el momento en que el señor Barton debía de estar acercándose a la encrucijada que llevaba al camino peligroso».

«Un sonido muy fuerte parecido a un disparo.»

Hice avanzar el microfilm hasta llegar a la sección de deportes de la edición de aquel día. Ted Cartwright sostenía un trofeo en una mano y una vieja Colt .22 en la otra. Había ganado el concurso de tiro, y el periódico decía que lo iba a celebrar comiendo con sus amigos en el club de Peapack y que luego saldría a montar. «He estado tan ocupado practicando para el concurso de tiro que hace semanas que no salgo a montar como Dios manda», le dijo al reportero.

Mi padre murió a las tres en punto... Ted tuvo tiempo de sobra de comer y salir a montar por el camino que lleva a las pistas del Washington Valley. ¿Es posible que se encontrara con mi padre, el hombre que le había arrebatado a su novia, y lo viera debatiéndose por controlar el caballo?

Es posible, sí, pero no era más que una conjetura. Solo había una forma de averiguar la verdad, y era Zach Willet.

Imprimí los artículos, el del accidente de mi padre y el de la victoria de Ted en el concurso de tiro. Tenía que ir a recoger a Jack. Salí de la biblioteca, subí al coche y me dirigí a Saint Joe's.

Por la cara de desolación de Jack enseguida comprendí que aquella mañana no le había ido bien. No quiso decirme qué le había pasado pero, cuando ya estábamos sentados a la mesa de la cocina, comiendo, me lo contó.

—Uno de los niños de mi clase dice que en la casa donde vivo una niña mató a su madre. ¿Es verdad, mamá? —me preguntó.

Rápidamente mi mente se adelantó al día en que quizá supiera que esa niña era yo. Respiré hondo y dije:

—Mira, Jack, por lo que yo sé, esa niña vivía en esta casa con su mamá y su papá y era muy muy feliz. Y entonces su padre murió y una noche una persona trató de hacerle daño a su madre y ella intentó salvarla.

—Si alguien tratara de hacerte daño, yo te salvaría —me prometió Jack.

—Lo sé, cielo. Así que si tu amigo te vuelve a hablar de esa niña, dile que fue muy valiente. No pudo salvar a su madre, pero eso era lo que intentaba.

—Mamá, no llores.

—No quiero llorar, Jack —le dije—. Pero es que me da mucha pena esa niña.

—A mí también me da pena —decidió Jack.

Le dije que, si le parecía bien, Sue se quedaría un rato con él y yo me iría a otra clase de equitación. Vi una sombra de duda en su cara y me apresuré a decir:

—Sue te está enseñando a montar a ti, y yo tengo que hacer clases para estar a tu altura.

La explicación pareció convencerle, pero cuando se terminó su sándwich, echó su silla hacia atrás, rodeó la mesa y me tendió los brazos.

—¿Puedo sentarme un rato contigo? —preguntó.

—Pues claro. —Lo cogí y lo abracé—. ¿Quién piensa que eres un niño perfecto? —le pregunté.

Era un juego que teníamos entre nosotros. Vi que esbozaba una sonrisa.

—Tú —dijo él.

—¿Quién te quiere con locura?

—Tú, mamá.

—Qué listo eres —dije asombrada—. No puedo creer que seas tan listo.

Jack estaba riendo.

—Te quiero, mamá.

Mientras lo abrazaba, pensé en la noche que la limusina me golpeó. En aquel terrible momento antes de que perdiera la conciencia, lo único que podía pensar era qué pasaría con Jack si yo me moría. Cuando me desperté en el hospital, fue lo primero que pensé. Kathleen y Martin eran sus padrinos, pero Kathleen tenía setenta y cuatro años y Martin se había convertido en una obligación para ella. Incluso si se mantenía sana otros diez años, cuando ella tuviera ochenta y cuatro años, Jack solo tendría catorce. Por eso fue un alivio tan grande que Alex estuviera allí, saber que iría a mi apartamento y se quedaría con Jack. En estos últimos seis meses, me he sentido muy segura sabiendo que Alex sería el tutor legal de Jack. Pero ¿y si Alex nos deja cuando descubra quién soy? ¿Cómo afectará eso a Jack?

Mi pequeño se durmió en mis brazos, una pequeña siesta de veinte minutos. Me pregunté si a mi lado se sentía igual de seguro que yo con mi padre aquel día que la ola nos arrastró a la orilla. Le recé a mi padre para que me ayudara a descubrir la verdad sobre su muerte. Pensé en lo que Benjamin Fletcher había dicho de Ted Cartwright y de mi madre. En mi madre, cuando se dejó caer de rodillas en el funeral de mi padre. «Quiero a mi marido. Quiero a mi marido.»

«Me lo dijiste cuando estabas borracho. Tú mataste a mi marido. Me dijiste que Zach te había visto.»

¡Eso es lo que mi madre gritó aquella noche! Tan seguro como que tenía a mi hijo en mis brazos. Finalmente las piezas habían encajado. Durante un buen rato estuve sentada, asimilando aquellas palabras. Aquello explicaba por qué mi madre echó a Ted. Por qué le tenía miedo. Y explica que él estuviera dispuesto a matarla para salvarse.

¿Por qué no acudió mi madre a la policía? ¿Tenía miedo de lo que yo pudiera pensar si sabía que otro hombre había matado a mi padre por ella?

Cuando Sue llegó, salí para mi última clase de equitación con Zach Willet.

61

Por mucho que Marcella Williams le desagradara, Dru Perry tenía que reconocer que como fuente de información aquella mujer era una mina de oro. Insistió en que tomara un café con ella y hasta le ofreció pastelillos daneses a los que Dru trató de resistirse en vano.

Cuando Dru insinuó que Audrey Barton podía haber tenido una aventura con Ted Barton estando casada, Williams se mostró inflexible.

—Audrey quería a su marido —dijo—. Will Barton era un hombre muy especial. Tenía clase, y a Audrey eso le encantaba. Ted siempre ha sido un hombre emocionante. Y lo sigue siendo. ¿Habría dejado Audrey a Will por él? No. ¿Se habría casado con él de haber estado libre? Bueno, la prueba está ahí... se casó con él. Pero nunca adoptó su nombre de casada. Creo que conservó el apellido de Barton para apaciguar a Liza.

Marcella tenía un montón de fotografías que podían interesarle.

—Will Barton y mi ex se llevaban muy bien —le explicó—. Es la única cosa en la que creo que Will no era juicioso. Luego, cuando Will murió y Ted empezó a visitar a Audrey, mi ex y yo a veces nos pasábamos por su casa para tomar algo con ellos. Creo que Audrey no quería que su hija se diera cuenta de que tenía una relación con Ted, y el hecho de que nosotros estuviéramos allí aliviaba un poco la tensión. Siempre me ha gustado tomar fotografías. Cuando a Liza le dio el arrebato y se puso a disparar, las reuní todas y di algunas a los medios de comunicación.

Apuesto a que sí, pensó Dru. Pero, mientras examinaba las fotografías y estudiaba los primeros planos de Will y Audrey Barton, le resultó difícil ocultar sus emociones a la mirada inquisitiva de Marcella.

Le pediré a Bob la reconstrucción de la imagen actual de Liza, pensó, pero creo que ya sé cuál será el resultado. Celia Nolan es Liza Barton. Es una combinación de sus padres. Se parece a los dos.

—¿Utilizará todas las fotografías en su reportaje? —preguntó Marcella.

—Depende del espacio que me den. Marcella, ¿conoce personalmente a Zach, el hombre que daba clases de equitación a Will Barton?

—No. ¿Por qué iba a conocerle? Audrey se puso furiosa cuando se enteró de que Will había estado tomando clases sin decírselo. Will dijo que no había querido hacer las clases en el club de Peapack para no quedar como un idiota. No se le daban bien los caballos y sabía que seguramente siempre sería así, pero quería aprender para poder acompañar a su mujer. Si quiere mi opinión, yo creo que no le hacía gracia que Audrey saliera a montar tan a menudo con Ted Cartwright.

—¿Sabe si Audrey culpaba a Zach del accidente?

—No podía culparle. En los establos todo el mundo le dijo que Will había insistido en adelantarse por su cuenta, a pesar de que Zach le dijo que esperara.

El teléfono de Marcella sonó justo cuando Dru acababa de levantarse para irse. Marcella fue corriendo a contestar y, por la cara que puso, parecía decepcionada.

—Bueno, la vida es así —le dijo a Dru momentos después—. Había quedado para comer con Ted Cartwright, pero ha estado con su contratista toda la mañana y ahora ha de reunirse con otra persona por un asunto urgente. No pasa nada. Por la voz, me ha parecido que estaba de muy mal humor, y le aseguro que cuando está así lo mejor es estar lo más lejos posible de él.

Cuando se separó de Marcella, Dru fue directamente a la sala de referencia de la biblioteca del condado. Entregó la hoja solicitando el microfilm del *Daily Record* donde estaba el número del día después de la muerte de Will Barton. La bibliotecaria sonrió.

—Vaya, parece que ese día es muy popular. Hace una hora he entregado esa misma sección a otra persona.

Celia Nolan, pensó Dru. Ha estado hablando con Zach Willet y sospecha algo sobre el accidente.

—No sería mi amiga Celia Nolan, ¿verdad? —preguntó—. Las dos estamos trabajando en el mismo proyecto.

—Vaya, pues sí —confirmó la bibliotecaria—. Imprimió varias secciones de ese número del periódico.

Varias, pensó Dru, mientras pasaba el microfilm hasta llegar al ejemplar del 10 de mayo. ¿Por qué varias?

Cinco minutos después, Dru estaba imprimiendo la noticia de la muerte de Ted. Luego, para ver si se había saltado algo, siguió repasando el periódico hasta que llegó a la sección de deportes y, al igual que Celia Nolan, llegó a la conclusión de que Ted Cartwright pudo haber estado en la zona cuando Will Barton tuvo el accidente. Con una pistola.

Preocupada por el estado mental de Celia, Dru hizo otra parada, esta vez en la comisaría de policía de Mendham. Tal como esperaba, el sargento Clyde Earley estaba de servicio, y dejó que le entrevistara encantado.

Adornando considerablemente la historia, el sargento le contó paso a paso su visita a Charley Hatch, sus sospechas cada vez mayores de que Charley se había puesto aquellos pantalones de pana porque, según dijo «Ese tipo no quería que le viera con los vaqueros manchados de pintura roja».

Cuando remató la historia con el descubrimiento de las pruebas en la bolsa de la basura, en presencia del basurero, Dru pasó a otro tema.

—Parece que todo está relacionado con el caso de la pequeña Lizzie, ¿no es cierto? —dijo con tono reflexivo—. Me imagino que guarda usted un recuerdo claro de lo que pasó aquella noche.

—Pues sí. Aún puedo ver a aquella niña fría como el hielo sentada en mi coche patrulla, dándome las gracias por haberla arropado con una manta.

—Usted se la llevó, ¿cierto?

—Cierto.

—¿Le dijo algo cuando iban en el coche?

—Ni una palabra.

—¿Adónde la llevó?

—La traje aquí. La fiché.

—¡La fichó!

—¿Y qué esperaba? ¿Que le diera un chupa chups? Le tomé las huellas y le hice la fotografía.

—¿Aún conserva las huellas?

—Cuando un menor queda absuelto, se supone que hay que destruir las huellas.

—¿Destruyó usted las huellas de Liza, Clyde?

Me guiñó un ojo.

—Entre nosotros, no. Las tengo guardadas con el archivo del caso, como recuerdo.

Dru pensó en Celia Nolan tratando de esconderse de los fotógrafos el día que la conoció. Pobrecilla. Pero tenía que seguir con la investigación. Ya habían muerto dos personas y si Celia era realmente Liza Barton, ahora sabía que la muerte de su padre quizá no fue un accidente. Y es posible que estuviera en peligro.

Pero si el asesino era ella, entonces había que detenerla.

—Clyde, tiene que hacer una cosa —dijo—. Llévele las huellas de Liza Barton a Jeff MacKingsley enseguida. Creo que Liza ha vuelto a Mendham y se está vengando de las personas que le hicieron daño.

62

Cuando me reuní con Zach Willet en el establo intuí que algo había cambiado. Parecía tenso, a la defensiva. Yo sabía que estaba tratando de averiguar qué quería y no me interesaba que desconfiara de mí. Tenía que lograr que hablara. Si había presenciado el «accidente» de mi padre y estaba dispuesto a decir la verdad, la única forma de conseguir que hablara era hacer que le saliera a cuenta.

Me ayudó a ensillar el caballo y luego fuimos al paso hasta el lugar donde los diferentes senderos se adentran en el bosque.

—¿Por qué no vamos por el camino que lleva a la bifurcación donde Will Barton tuvo el accidente? —pregunté—. Tengo curiosidad por verlo.

—Sí, ya veo que está usted muy interesada por ese accidente —comentó Zach.

—He estado leyendo sobre el tema. Es interesante, porque parece que uno de los mozos de los establos dijo haber oído un disparo. Se llamaba Herbert West. ¿Sigue trabajando aquí?

—Ahora trabaja en el hipódromo de Monmouth Park.

—Zach, ¿estaba usted muy por detrás de Will Barton aquel día? ¿Digamos, tres minutos, cinco minutos?

Zach y yo íbamos lado a lado. Una fuerte brisa se había llevado las nubes y hacía un día soleado y fresco, perfecto para salir a montar. Las hojas de los árboles ya insinuaban la proximidad del otoño. El verde del verano empezaba a teñirse con leves toques de amarillo, naranja, rojizo, formando una cúpula de colores bajo el intenso azul del cielo. El olor a tierra húmeda me hizo pensar en cuando salía a montar con mi madre en el club Peapack. A veces mi padre venía con nosotras y se sentaba a leer el periódico o un libro mientras nosotras estábamos con los caballos.

—Yo diría que estaba unos cinco minutos más atrás —fue la respuesta de Zach—. Y, mire, señora, será mejor que aclaremos las cosas. ¿A qué vienen tantas preguntas sobre el accidente?

—Podemos discutir eso en la encrucijada —propuse.

Sin hacer el menor esfuerzo por disimular mi soltura con el caballo, apreté las piernas contra el costado del animal y este salió al trote. Zach me siguió. Seis minutos después tiramos de las riendas y nos detuvimos.

—Verá usted —le dije—. Lo he cronometrado. Salimos de los establos a las dos y diez. Ahora son las dos diecinueve, y durante parte del recorrido hemos ido a buen paso. Así que es imposible que solo estuviera a cuatro o cinco minutos de donde estaba Will Barton, ¿no le parece?

Vi que fruncía los labios.

—Mire, Zach, voy a serle sincera.

Evidentemente, solo me iba a sincerar con él hasta cierto punto.

—La hermana de mi abuela era la madre de Will Barton. Y murió convencida de que había algo más detrás de su muerte. Está ese disparo que Herbert West dijo haber oído. Un disparo puede asustar a un caballo, ¿verdad? Sobre todo con un jinete inexperto y nervioso que tira demasiado de las riendas. ¿No está de acuerdo? Lo que quiero decir es que quizá iba usted detrás de Will Barton, tratando de alcanzarle, y entonces lo vio galopando por el camino peligroso con un caballo fuera de control y supo que no podría detenerlo. Que quizá vio también al hombre que disparó el arma. Y que quizá ese hombre era Ted Cartwright.

—No sé de qué está hablando —dijo Zach.

Pero tenía sudor en la frente, y no dejaba de abrir y cerrar los puños con nerviosismo.

—Me dijo usted que es un buen amigo de Ted Cartwright. Entiendo que no quiera buscarle problemas. Pero Will Barton no tendría que haber muerto. Nuestra familia está en una posición bastante acomodada. Me han autorizado a pagarle un millón de dólares si acude a la policía y les dice lo que pasó de verdad. Lo único malo que usted hizo fue mentirle a la policía. No creo que vayan a castigarlo por un delito de esa clase después de tantos años. Sería usted un héroe, un hombre con conciencia que ha querido enmendar un agravio.

—¿Ha dicho un millón de dólares?

—En efectivo. Enviados por transferencia a su banco.

La sonrisa de Zach hacía que sus finos labios parecieran más finos.

—¿Habría algún extra si además digo que vi a Cartwright abalanzarse con su caballo contra Barton, obligándolo a seguir por aquel camino, y que luego disparó para que el caballo de Barton se desbocara?

Sentí que el corazón empezaba a latirme con fuerza. Traté de controlar la voz.

—Tendrá un diez por ciento más, cien mil dólares. ¿Es eso lo que pasó?

—Justo. Cartwright llevaba su vieja Colt. Esa pistola necesita unas balas especiales. En cuanto disparó, se volvió por el camino que conecta con Peapack.

—¿Y usted qué hizo?

—Oí a Barton gritar cuando cayó por el precipicio. Sabía que no tenía ninguna posibilidad. Me sentía bastante impresionado. Y me limité a cabalgar por los diferentes caminos como si le estuviera buscando. Al final, alguien vio el cuerpo al fondo del precipicio. Entretanto, yo me había hecho con una cámara y había vuelto al cruce de caminos. Quería protegerme. Estábamos a 9 de mayo. Conseguí un ejemplar del periódico de la mañana, donde había un artículo sobre Ted con una fotografía en la que aparecía con la Colt .22 que iba a utilizar en el concurso de tiro. Puse la fotografía junto a la bala que había disparado (estaba medio clavada en el tronco de un árbol) e hice una foto. Luego la saqué con ayuda de un cuchillo. También encontré el casquillo, en el camino. Luego fui al camino peligroso y tomé una fotografía de lo que pasaba abajo: ya sabe, los coches de policía, ambulancias, veterinarios para el caballo. Pero no había nada que hacer, claro.

—¿Me enseñaría esas fotografías? ¿Aún tiene la bala y el casquillo?

—Le enseñaré las fotografías, sí. Pero las quiero conservar hasta que tenga el dinero. Y sí, también tengo la bala y el casquillo.

No sé por qué le hice a Zach Willet la siguiente pregunta, pero el caso es que la hice.

—Zach, ¿la única razón de que haga esto es el dinero?

—Sobre todo —dijo—. Pero hay otra razón. Estoy harto de que Ted Cartwright siempre se salga con la suya y luego se permita venir a amenazarme.

—¿Cuándo puedo ver esas pruebas que dice?

—Esta noche, cuando vuelva a casa.

—Si la canguro está libre, ¿puedo ir a recogerla a su casa, hacia las nueve?

—Por mí, perfecto. Le daré mi dirección. Recuerde, solo le enseñaré las fotografías. La bala, el casquillo y las fotografías las entregaré a la policía, pero solo cuando tenga mi dinero y me hayan asegurado que no se me castigará por no haber hablado.

Volvimos a los establos en silencio. Traté de imaginar cómo debió de sentirse mi padre cuando Ted se abalanzó sobre él, cuando el caballo se desbocó y lo llevó a una muerte segura. Estoy segura de que sintió lo mismo que yo cuando Ted arrojó a mi madre contra mí y luego empezó a avanzar hacia mí.

Cuando estábamos desmontando en los establos, el móvil de Zach sonó. El hombre contestó y me guiñó un ojo.

—Hola —dijo—. ¿Qué pasa? Oh, ¿que la casa de la urbanización vale setecientos mil dólares amueblada pero no quieres que yo viva ahí y en vez de eso prefieres darme el dinero? Llegas tarde. He recibido una oferta mejor. Adiós.

»Qué gusto... —me dijo Zach mientras garabateaba su dirección en el dorso de un sobre—. La veré a las nueve. Es difícil ver el número de la casa desde la calle, pero enseguida la reconocerá por el montón de chicos que hay alrededor y el sonido de la batería.

—La encontraré.

Me fui consciente de que, si Ted Cartwright iba alguna vez a juicio, su abogado argumentaría ante el jurado que el testimonio de Zach se había comprado con dinero. Hasta cierto punto, sería verdad pero ¿cómo iban a rechazar las pruebas que Zach había conservado durante todos aquellos años? Y ¿hasta qué punto era eso distinto de lo que hace la policía cuando ofrece recompensas a las personas que den información?

Simplemente, yo estaba ofreciendo una recompensa más grande.

63

A las cuatro, el sargento Clyde Earley y Dru Perry estaban esperando fuera del despacho de Jeff MacKingsley.

—No sé si le va a hacer mucha gracia que venga usted conmigo —se quejó Clyde.

—Mire, Clyde. Soy periodista, y esta es mi historia. Quiero proteger mi exclusiva.

Anna estaba sentada ante su mesa. Veía perfectamente la cara de incomodidad de Clyde Earley, y eso la hacía disfrutar enormemente. Cuando el hombre llamaba a su jefe, ella siempre lo anunciaba como Don Tocanarices. Sabía que su costumbre de saltarse la ley cuando le convenía atacaba los nervios a Jeff. Por el informe que había escrito, Anna sabía que su jefe cuestionaba seriamente la historia de Clyde sobre la forma en que había descubierto las pruebas que incriminaban a Charley Hatch, y no estaba seguro de poder utilizarlas durante un juicio.

—Espero que le traiga buenas noticias al fiscal —le dijo a Clyde con tono amistoso—. Hoy está de un humor de perros.

Cuando Clyde estaba encogiendo los hombros, el intercomunicador se activó.

—Hágalos pasar —dijo Jeff.

—Deje que hable yo primero —le susurró Dru a Clyde, que le abrió la puerta para que pasara.

—Dru, Clyde —dijo Jeff—. ¿Qué puedo hacer por ustedes?

—Gracias. Me sentaré —dijo Dru—. Mire, Jeff, entiendo

que está muy ocupado, pero creo que se va a alegrar mucho de nuestra visita. Lo que tengo que decirle es muy importante y necesito que me dé su palabra de que no se filtrará la información a la prensa. Esta historia es mía, y si vengo a contársela es porque lo considero mi obligación. Me preocupa que pueda haber otra vida en peligro.

Jeff se inclinó hacia delante, con los brazos cruzados sobre la mesa.

—Continúe.

—Creo que Celia Nolan es Liza Barton y, gracias a Clyde, quizá pueda demostrarlo.

Al ver la expresión de gravedad de Jeff, Dru comprendió dos cosas: que Jeff MacKingsley ya estaba al tanto de esa posibilidad y que no le hacía mucha gracia que se la confirmaran. Sacó las fotografías de Liza que Marcella Williams le había dado.

—Quiero pasarlas por el programa informático para saber qué aspecto tendrá ahora más o menos —dijo—. Aunque no creo que haga falta. Jeff, mírelas bien y luego piense en Celia Nolan. Es una combinación de su madre y su padre.

Jeff cogió las fotografías y las colocó sobre la mesa.

—¿Dónde piensa conseguir esa semblanza?

—Un amigo.

—Un amigo de la policía del estado, ¿no? Yo puedo conseguirla más deprisa.

—Quiero que me devuelva las fotografías o una copia. Y también quiero una copia de la versión con el aspecto actual —insistió Dru.

—Dru, ¿sabe usted lo poco habitual que es hacer una promesa como esa a un periodista? Pero sé que ha acudido a mí porque teme por la vida de otra persona. Así que se lo debo. —Se volvió hacia Clyde—. ¿Y usted qué hace aquí?

—Bueno, verá... —empezó a decir Clyde.

—Jeff —interrumpió Dru—. Clyde está aquí porque es posible que Celia Nolan ya haya matado a dos personas y quizá esté detrás del hombre que al menos fue en parte responsable del accidente de su padre. Mire lo que he encontrado hoy en la biblioteca.

Mientras él miraba los artículos por encima, Dru dijo:

—Fui a hablar con Clyde porque fue él quien fichó a Liza la noche que mató a su madre y le disparó a Ted Cartwright.

—He conservado las huellas —dijo Clyde Earley sin rodeos—. Las he traído conmigo.

—Ha conservado las huellas —repitió Jeff—. Creo recordar que tenemos una ley que dice que, cuando un menor es absuelto, todos los documentos relacionados con el caso deben destruirse, incluidas las huellas.

—Solo lo guardé como recuerdo —dijo Clyde a la defensiva—. Y ahora le permitirá descubrir rápidamente si Celia Nolan es Liza Barton.

—Mire, Jeff —dijo Dru—, si tengo razón y Celia es Liza, es posible que busque venganza. He entrevistado al abogado que la defendió hace veinticuatro años y me dijo que no le sorprendería que algún día volviera y le volara los sesos a Ted Cartwright. Y una funcionaria que lleva muchos años trabajando en el juzgado me dijo que cuando Liza estaba en el centro de detención juvenil, oyó decir que, mientras estuvo en estado de shock, no dejaba de pronunciar el nombre de Zach y luego se sacudía de dolor. Quizá estos artículos nos están diciendo el porqué. Hoy he llamado al club hípico de Washington Valley preguntando por Zach y me han dicho que estaba dando una clase de equitación a Celia Nolan.

—De acuerdo. Gracias a los dos —dijo Jeff—. Clyde, ya sabe lo que pienso de su costumbre de saltarse las normas cuando le interesa, pero me alegro de que haya tenido las agallas de venir a entregarme esas huellas. Y, Dru, esta es su historia. Tiene mi palabra.

Cuando se fueron, Jeff estuvo varios minutos examinado las fotografías de Liza Barton. Es Celia Nolan, pensó. Podemos asegurarnos comparando las huellas con las que encontramos en la fotografía del cobertizo. Sé que ante un tribunal no podría utilizarlas, pero al menos me permitirán saber con quién estoy tratando. Y con un poco de suerte esto quedará resuelto antes de que encontremos otro cuerpo.

La fotografía del cobertizo.

Jeff no dejaba de pensar, con los ojos clavados en las fotografías que tenía sobre la mesa. ¿Era ese el detalle que se le había escapado?

En la asignatura de Criminología 101 nos dicen que la causa de la mayoría de homicidios es el amor o el dinero, pensó.

Activó el intercomunicador.

—¿Mort Shelley está por aquí?

—Sí, miraré si está en su despacho. Clyde parecía aliviado cuando ha salido —comentó Anna—. Parece que no le ha colgado usted de los dedos gordos de los pies.

—Tenga cuidado o la colgaré a usted de los dedos gordos, Anna. Dígale a Mort que venga a mi despacho, por favor.

—Ha dicho «por favor». Parece que estamos de mejor humor.

—Seguramente.

Cuando Mort Shelley fue a su despacho, Jeff dijo:

—Deje lo que estaba haciendo. Quiero que averigüe todo lo que pueda sobre otra persona. —Y le enseñó el nombre que había escrito en el papel.

Shelley abrió los ojos desmesuradamente.

—¿Usted cree?

—Todavía no sé lo que creo, pero ponga a trabajar en esto a toda la gente que haga falta. Quiero saberlo todo, hasta el día que echó el primer diente y cuál fue.

Mort Shelley se levantó y Jeff le entregó las copias de los artículos que Dru le había dado.

—Por favor, dele esto a Anna. —Se volvió hacia el intercomunicador—. Anna, hace veintisiete años hubo una muerte en el club de hípica Washington Valley. Tuvo que haber una investigación, o a cargo de la policía de Mendham o de nosotros. Quiero el archivo completo del suceso si es que todavía existe. Puede sacar los detalles de los artículos que Mort le dará cuando salga. Y llame a ese club a ver si puedo hablar con Zach Willet.

64

Cuando volví de mi clase de equitación, el poni no estaba en el establo y Sue y Jack se habían ido. Evidentemente, Sue se había llevado a mi hijo a dar un paseo con el poni por el barrio, y me alegré. Llamé a mi contable para asegurarme de que podía disponer de forma inmediata de un millón cien mil dólares.

Hacía dos años que Larry había muerto, pero aún se me hacía extraño pensar en cantidades tan enormes. El asesor financiero de Larry, Karl Winston, sigue asesorándome, y normalmente sigo sus sugerencias. Es un hombre conservador, igual que yo. Pero noté el tono inquisitivo de su voz cuando le dije que estuviera preparado para transferir esa suma a la cuenta de otra persona.

—Sé que no podremos justificarlo como una obra de caridad —le dije—, ni incluirlo en los gastos. Pero créeme, es un gasto imprescindible.

—Es su dinero, Celia. Y desde luego se lo puede permitir. Pero debo advertírselo, por muy rica que sea, un millón cien mil dólares es una cantidad muy grande.

—Pagaría cien veces ese dinero para conseguir lo que espero conseguir, Karl.

Y era cierto. Si Zach Willet tenía las pruebas que decía y podía demostrar que Ted Cartwright fue el responsable directo de la muerte de mi padre y llevarlo a juicio, con mucho gusto subiría al estrado y pronunciaría las últimas palabras que mi madre le gritó a Ted. Y por primera vez el mundo escucharía mi versión de lo que pasó aquella noche. Bajo juramento diría que Ted quería matar a mi madre cuando la arrojó contra mí, y que me hubiera matado también a mí de haber tenido ocasión. Diría eso porque sé que es la verdad. Ted quería a mi madre. Pero se quería mucho más a sí mismo. No podía arriesgarse a dejar que un día fuera a la policía y les contara lo que él le había dicho estando borracho.

Alex telefoneó a la hora de la cena. Se alojaba en el Ritz-Carlton, su hotel favorito de Chicago.

—Ceil, os echo mucho de menos a ti y a Jack. Definitivamente, tengo que quedarme aquí hasta el viernes por la tarde, pero... estaba pensando. ¿Te apetece bajar este fin de semana a Nueva York? Podríamos ir al teatro. A lo mejor tu antigua canguro podría quedarse con Jack el sábado por la noche, y luego el domingo podíamos ir a una sesión matinal con él. ¿Qué me dices?

Sonaba estupendo, y se lo dije.

—Haré una reserva en el Carlyle —le dije. Y luego respiré hondo—. Alex, me has dicho que intuías que había algo que no iba bien entre nosotros y lo hay. Tengo que decirte una cosa que tal vez cambie tus sentimientos hacia mí. Si es así, respetaré tu decisión.

—Ceil, por Dios. Nada podría cambiar mis sentimientos hacia ti.

—No estoy tan segura, pero tendré que arriesgarme. Te quiero.

Cuando colgué, la mano me temblaba. Pero sabía que había tomado la decisión correcta. También le diría la verdad a Benjamin Fletcher. Me pregunto si querrá seguir representándome. Si no, tendría que buscar a otra persona.

Yo no sabía quién había matado a Georgette ni al jardinero, pero definitivamente, el hecho de que yo fuera Liza Barton no era suficiente para incriminarme. Son todas esas evasivas las que me han hecho parecer sospechosa. Zach Willet es el instrumento de mi liberación.

Ahora podré decirle la verdad a Alex, y hablar con la voz de quien ha sufrido un profundo agravio durante mucho tiempo. Le pediré que me perdone por no haberle contado la verdad, pero también que me proteja como marido.

—Mamá, ¿estás contenta? —me preguntó Jack cuando le estaba secando después de bañarlo.

—Siempre estoy contenta cuando te tengo cerca, Jack —dije—. Pero hoy estoy contenta por más cosas. —Y entonces le dije que Sue se iba a quedar con él un rato porque yo tenía que hacer un par de recados.

Sue llegó a las ocho y media.

Zach vivía en Chester. Yo busqué su calle en el mapa y señalé el camino. Vivía en un barrio de casas pequeñas, divididas muchas para alojar a dos familias. Encontré la casa —era el número 358—, pero tuve que seguir hasta la siguiente manzana para encontrar aparcamiento. Había farolas en la calle, pero quedaban bastante escondidas a causa de los tupidos árboles de la acera. Hacía un poco de frío, y no vi a nadie fuera.

Zach tenía razón en una cosa. La casa se reconocía enseguida por el sonido de la batería que llegaba desde el interior. Subí las escaleras del porche. Había dos puertas, una en el centro y otra a un lado. Supuse que la del lado era la que llevaba al piso de arriba, así que me acerqué. Había un nombre encima del timbre y, forzando un poco la mirada conseguí reconocer una Z. Llamé y esperé, pero nadie contestó. Volví a llamar y escuché, pero estaban tocando la batería, y no estaba segura de que el timbre funcionara.

No sabía qué hacer. Solo eran las nueve. Quizá Zach había salido a cenar y aún no había vuelto. Bajé las escaleras del porche y miré arriba desde la acera. Las ventanas del piso de arriba estaban a oscuras, al menos las que daban a la calle. No, no podía ser que Zach hubiera cambiado de opinión. Deseaba tanto aquel dinero que cuando lo dije casi se puso a salivar. ¿Le habría hecho una oferta mejor Ted Cartwright? Si era así, entonces yo doblaría la mía.

No quería seguir allí plantada, pero tampoco quería renunciar a la esperanza de que Zach volvería en cualquier momento.

Decidí ir a buscar el coche y aparcar en doble fila delante de su casa. Casi no había tráfico, así que no molestaría mucho.

No sé por qué lo hice, pero el caso es que me di la vuelta y miré al coche que había aparcado justo delante de la casa. Zach estaba sentado en el interior, y parecía dormido. La ventanilla del conductor estaba abierta. Quizá ha preferido esperarme fuera, pensé, mientras caminaba hacia el coche.

—Hola, Zach —manifesté—. Pensaba que me había dado plantón.

Cuando vi que no contestaba, le toqué el hombro y el hombre cayó hacia delante, contra el volante. Noté algo pegajoso en mi mano, me la miré y vi que estaba cubierta de sangre. Me aferré a la puerta del coche para sostenerme. Pero cuando me di cuenta de que la había tocado me puse a limpiar las huellas como una loca con el pañuelo. Luego volví corriendo a mi coche y me fui a casa, tratando de limpiarme la sangre en los pantalones. No sé qué me pasó por la cabeza durante aquel trayecto. Solo sabía que tenía que huir.

Cuando entré en casa, Sue estaba viendo la televisión. La luz del vestíbulo no estaba encendida.

—Sue —dije—, se me hace tarde para llamar a mi madre. Bajo enseguida.

Subí a mi habitación, entré corriendo en el baño, me desvestí y abrí la ducha. Me sentía como si todo mi cuerpo estuviera cubierto con la sangre de Zach. Tiré los pantalones en la ducha y vi cómo el agua se volvía roja a mis pies.

No creo que hiciera nada de todo esto racionalmente. Pero sabía que tenía que pensar una coartada. Me vestí a toda prisa y volví abajo.

—La persona a la que iba a ver no estaba en casa —dije.

Sue se dio perfecta cuenta de que me había cambiado de ropa, pero se alegró cuando vio que le pagaba el equivalente a tres horas de canguro. Cuando se fue, me puse un whisky escocés en una taza y me senté a tomarlo en la cocina, preguntándome qué podía hacer. Zach estaba muerto, y no tenía forma de saber si las pruebas que tenía para mí habían desaparecido.

No tenía que haber huido. Lo sabía. Pero Georgette había recomendado a mi padre que hiciera clases con Zach. Zach había dejado que mi padre se fuera solo. ¿Y si descubrían que yo era Liza Barton? Si llamaba a la policía, ¿cómo iba a explicar que había vuelto a encontrarme con el cadáver de una de las personas que contribuyó a la muerte de mi padre?

Me terminé el whisky, subí a mi cuarto, me desvestí, me acosté y me di cuenta de que me enfrentaba a una noche de preocupación, o incluso desesperación. Sabía que no era lo correcto, pero me tomé un somnífero. Hacia las once me pareció que oía sonar el teléfono. Era Alex.

—Ceil, debías de estar acostada. Siento haberte despertado. Quería decirte que, sea lo que sea lo que tienes que decirme, mis sentimientos hacia ti no van a cambiar.

Estaba medio dormida, pero me alegré tanto de oír su voz, de oír sus palabras...

—Te creo —le susurré.

Y entonces, con tono risueño, dijo:

—Creo que ni siquiera me importaría si me dijeras que eres la pequeña Lizzie Borden. Buenas noches, cariño.

65

El cuerpo de Zacharie Eugene Willet fue encontrado por un batería de dieciséis años, Tony Rap Corrigan, a las seis de la mañana. Cuando se estaba preparando para salir con su bicicleta a repartir periódicos.

—Pensé que el viejo Zach había pillado una buena curda —le explicó entusiasmado a Jeff MacKingsley y Angelo Ortiz, que acudieron al lugar de los hechos en cuanto la policía de Chester les informó de la llamada al 911—. Pero entonces vi toda esa sangre seca. Glup. Casi vomito.

Nadie de la familia Corrigan recordaba haber visto aparcar a Zach.

—Seguro que fue después de anochecer —dijo Sandy Corrigan, la madre de Rap, una mujer coqueta de unos cuarenta—. Lo sé porque había una furgoneta aparcada en ese sitio cuando llegué a casa después del trabajo, hacia las siete y cuarto. Trabajo como enfermera en el hospital de Morristown. Las niñas venían conmigo. Después de clase van a casa de mi madre, y yo las paso a recoger cuando vengo para casa.

Las tres niñas, de diez, once y doce años, estaban sentadas junto a su madre. En respuesta a la pregunta de Jeff, quedó claro que ninguna había visto nada inusual cuando volvieron a casa. Habían pasado a toda velocidad junto a la furgoneta y pasaron el resto de la noche viendo la televisión.

—Hacemos los deberes con la yaya —explicó la niña de doce años.

El marido de Sandy, Steve, un bombero, había llegado del trabajo a las diez.

—Me metí directamente en el garaje sin mirar siquiera a la calle —explicó—. Tuvimos un turno muy ajetreado, porque hubo un incendio en una casa que iban a derribar. Creemos que lo hicieron unos críos. Gracias a Dios, mis cuatro hijos son buenos. Y les animamos a que hagan amigos entre los niños de la zona. Rap es un estupendo batería. Practica continuamente.

—Zach iba a cambiarse de casa este fin de semana —explicó *motu proprio* Sandy Corrigan—. Siempre se estaba quejando de la batería de Rap, y de todos modos yo ya le había dicho que cuando terminara su contrato no pensaba renovárselo. Necesitamos el espacio. Esta casa pertenecía a mi suegra. Nos instalamos aquí cuando ella murió. En parte Zach me daba pena. Era un solitario. Pero la verdad, para mí fue una alegría cuando me dijo que se iba.

—Entonces, ¿no solía tener visitas?

—Nunca —dijo Sandy Corrigan con gran énfasis—. Llegaba aquí a las seis o las siete de la tarde y casi nunca volvía a salir. Los fines de semana si no tenía que ir a la hípica se quedaba arriba, aunque casi siempre estaba allí. Aquello era su verdadera casa.

—¿Le dijo dónde pensaba mudarse?

—Sí. Iba a instalarse en la casa piloto de la urbanización Cartwright, en Madison.

—¿Cartwright? —exclamó Jeff.

—Sí, Ted Cartwright, el promotor inmobiliario. Él es el constructor.

—¿Hay algo que no haya construido él? —preguntó su marido con acritud.

—Vaya, pues habría jurado que cualquiera de esas casas sería carísima —comentó Jeff, tratando de no demostrar la emoción que sentía.

Cartwright otra vez.

—Sobre todo si ya está amueblada y equipada —concedió

Sandy Corrigan—. Zach decía que el señor Cartwright se la iba a regalar porque una vez le salvó la vida.

—Ayer vinieron dos de una casa de mudanzas para preparar las cosas de Zach, señor MacKingsley —apuntó Rap—. Hacia las tres. Yo les dejé pasar, y les dije que seguramente uno solo ya habría podido recogerlo todo en una hora. Zach no tenía gran cosa. No se quedaron mucho tiempo, y solo se llevaron un par de cajas que no pesaban mucho.

—¿Te dieron su tarjeta? —preguntó Jeff.

—Pues no. Iban vestidos con uniforme, y llevaban el camión. Y, de todos modos, ¿por qué iba a venir nadie a recoger las cosas de Zach si no era en serio?

Jeff y Angelo se miraron.

—¿Puedes describir a esos hombres? —preguntó Jeff.

—Uno era muy grandullón. Llevaba gafas oscuras y tenía el pelo rubio y muy divertido. Creo que era teñido. Era viejo... más de cincuenta. El otro era bajito, y tendría unos treinta. La verdad, no me fijé mucho.

—Entiendo. Bueno, si recuerdas algo, le voy a dejar mi tarjeta a tu madre. —Jeff se volvió hacia Sandy Corrigan—. ¿Tiene una copia de la llave del apartamento de Zach, señora Corrigan?

—Por supuesto.

—¿Puede dejármela, por favor? Gracias por su colaboración.

El equipo de la policía científica estaba cubriendo de polvo el picaporte de la puerta del apartamento de Zach y el timbre.

—Oh, aquí tenemos una muy clara —comentó Dennis, del laboratorio criminalístico—. Y hemos sacado una parcial de la puerta del coche. Alguien trató de limpiarla.

—Todavía no había tenido ocasión de decírselo —le dijo Jeff a Angelo cuando giró la llave de la puerta del porche y la abrió de un empujón—. Ayer a las cinco hablé con Zach Willet por teléfono.

Empezaron a subir por la escalera, que crujía bajo el peso de sus pies.

—¿Y qué clase de persona le pareció?

—Un engreído. Muy seguro de sí mismo. Cuando le pregunté si podía venir a verle para hablar con él, me dijo que, en realidad, tenía pensado concertar una entrevista conmigo. Que tenía algunas cosas interesantes que contarme, aunque aún tenía que aclarar algunos detalles. Dijo que, entre nosotros tres, estaba seguro de que podríamos llegar a un acuerdo.

—¿Nosotros tres? —preguntó Angelo.

—Sí, nosotros tres: Celia Nolan, Zach y yo.

Al final de la escalera había un estrecho pasillo.

—La antigua disposición de las casas —comentó Jeff—. Todas las habitaciones salen del vestíbulo. —Caminaron unos pasos y miraron a lo que se suponía que era una sala de estar.

—Cuánto desorden —dijo Angelo.

El sofá y las sillas habían sido acuchillados. El relleno se salía de la tapicería. Habían enrollado la alfombra y la habían tirado a un lado. Todo lo que había en las estanterías estaba tirado sobre una manta.

Los dos hombres entraron en silencio en la cocina y la habitación. Por todas partes lo mismo: el contenido de cajones y armarios tirado sobre toallas o mantas. El colchón estaba totalmente destrozado. En el cuarto de baño habían vaciado el armarito con los medicamentos en la bañera. Había baldosas sueltas amontonadas en el suelo.

—Los hombres de las mudanzas —dijo Jeff pausado—. Parece más bien un escuadrón de derribos.

Volvieron a la habitación. Había diez o doce álbumes de fotografías tirados en un rincón. Era evidente que habían arrancado algunas páginas.

—Yo diría que el primero es de la época en que inventaron la cámara de fotos —comentó Ortiz—. Nunca he comprendido la fijación de la gente por las fotos antiguas. Cuando la gente se muere, la siguiente generación conserva las fotografías por motivos sentimentales. La tercera generación conserva algunas de los bisabuelos para demostrar que tienen antepasados, y a las otras, puerta.

—Junto con las medallas y los premios que los abuelos guardaban como un tesoro —dijo Jeff completamente de acuerdo—. Me pregunto si los hombres que estuvieron aquí encontraron lo que buscaban.

—¿Vamos a hablar con la señora Nolan? —preguntó Angelo.

—Se está protegiendo detrás de su abogado, pero quizá acceda a contestar algunas preguntas si él está presente.

Volvieron a pasar por la sala de estar.

—El niño de abajo dice que los hombres se llevaron algunas cajas. ¿Qué cree que había en ellas?

—¿Qué diría usted que falta aquí?

—A saber.

—Papeles —dijo Jeff escuetamente—. ¿Ve alguna factura o alguna carta o algún pedazo de papel por algún sitio? Yo creo que los hombres que estuvieron aquí no encontraron lo que buscaban. Quizá estaban buscando el resguardo de alguna caja de seguridad o un guardamuebles.

—¿Qué es esta porquería? —preguntó Ortiz secamente levantando el marco roto de un espejo—. Parece que era el espejo que presidía el sofá, y Zach quitó el espejo e hizo esta monstruosidad. —En medio del marco había una gran caricatura de Zach Willet, rodeada por docenas de fotografías con dedicatorias. Ortiz leyó lo que ponía bajo la caricatura—. «Para Zach, con ocasión de sus veinticinco años en el Washington Valley.» Apuesto a que esa noche todo el mundo tuvo que entregar su fotografía y anotar en ella un sentimiento. Y apuesto que hasta le cantaron «Es un muchacho excelente» al pobre.

—Nos lo llevamos con nosotros —dijo Jeff—. Quizá encontremos algo interesante. Y ahora, son más de las ocho, no creo que sea temprano para que hagamos una pequeña visita a la señora Nolan.

Una pequeña visita a Liza Barton, pensó corrigiéndose mentalmente.

66

—Mamá, ¿puedo quedarme en casa contigo? —preguntó Jack.

La pregunta era tan inesperada que me sorprendió, pero enseguida encontré una explicación.

—Estabas llorando. Lo sé —dijo muy práctico.

—No es verdad —protesté—. Anoche no dormí bien y tengo los ojos cansados, nada más.

—Estabas llorando —dijo sin más.

—¿Quieres apostar? —Traté de decirlo como si fuera un juego.

A Jack le encantan los juegos.

—¿Qué clase de apuesta? —preguntó.

—Te diré lo que haremos. Cuando te deje en la escuela, volveré a casa y dormiré un poco y si mis ojos están bien cuando te recoja, me deberás cien trillones de dólares.

—Y si no están bien tú me deberás a mí cien trillones de dólares. —Se echó a reír.

Normalmente saldábamos aquellas apuestas con un cucurucho de helado o una sesión en el cine.

Después de apostar, Jack aceptó encantado que lo llevara al colegio. Y conseguí volver a casa antes de desmoronarme otra vez. Me sentía atrapada e indefensa. Por lo que yo sabía, Zach había dicho a otras personas que me iba a reunir con él. ¿Cómo iba a explicar que me había dicho que tenía pruebas de que Ted Cartwright había matado a mi padre? ¿Y dónde estaban ahora esas pruebas? Prácticamente me habían acusado del asesinato de Georgette Grove y ese jardinero. Había tocado a Zach, y quizá mis huellas estaban en el coche.

Estaba terriblemente cansada, así que decidí que quizá lo mejor era hacer lo que le había dicho a Jack, dormir un poco. Estaba subiendo al piso de arriba cuando llamaron al timbre. Mi mano se quedó paralizada sobre la baranda. Mi instinto me impulsaba a seguir subiendo, pero cuando el timbre volvió a sonar, bajé. Estaba segura de que sería alguien de la oficina del fiscal. Lo único que tengo que hacer es decirles que no contestaré a ninguna pregunta si no está presente mi abogado, pensé.

Cuando abrí la puerta, fue un alivio comprobar que el detective Walsh no estaba allí. El fiscal estaba en el porche con el detective joven y de pelo negro que había sido tan educado conmigo.

Me había dejado las gafas de sol en la cocina, así que ya me imagino lo que debieron de pensar al verme los ojos hinchados y enrojecidos. Por un momento creo que no me importó. Estaba cansada de huir, de luchar. Me pregunté si habrían venido a arrestarme.

—Señora Nolan, sé que tiene un abogado que la representa, y le aseguro que no voy a preguntarle nada relacionado ni con la muerte de Georgette Grove ni con la de Charley Hatch —dijo Jeff MacKingsley—. Pero creo que quizá tenga cierta información que podría sernos de utilidad en relación con un asesinato que acaba de cometerse. Sé que ha estado tomando clases de equitación con Zach Willet. Esta mañana lo han encontrado muerto de un disparo.

No dije nada. No me sentía con fuerzas para fingir que estaba sorprendida. Que piensen que mi silencio se debe a la impresión y el malestar... eso si no deciden que significa que ya lo sabía.

MacKingsley esperaba una respuesta, pero cuando vio que no llegaba, dijo:

—Sabemos que tuvo una clase con él ayer por la tarde. ¿Le dijo si tenía intención de reunirse con alguien?

—¿Pensaba reunirse con alguien? —repetí, y mi voz rozaba la histeria. Me llevé la mano a la boca—. Tengo un abogado. —Logré que mi voz sonara menos aguda—. No hablaré si él no está presente.

—Mire, señora Nolan, la pregunta que quiero hacerle es muy sencilla. La fotografía de la familia Barton que encontró en el poste del cobertizo. ¿Se la enseñó usted a su marido?

Pensé en cuando encontré la fotografía, cuando la escondí en el compartimiento secreto, cuando Jack se lo dijo a Alex y Alex se molestó tanto porque no se lo había dicho. Aquella fotografía era uno más en una secuencia de sucesos que cada vez hacían más grande la brecha entre Alex y yo.

Al menos podía contestar aquella pregunta sin miedo.

—Mi marido ya se había ido al trabajo cuando la encontré. Y volvió a casa cuando yo se la estaba entregando a usted. No, señor MacKingsley, no la vio.

El fiscal asintió y me dio las gracias pero, cuando se dio la vuelta para marcharse, me dijo en un tono que me pareció extrañamente comprensivo:

—Celia, de verdad, creo que todo empieza a encajar. Todo irá bien, ya lo verá.

67

Jeff MacKingsley fue muy callado en el coche de camino a la oficina y Angelo Ortiz lo conocía demasiado bien y prefirió no molestarle. Era evidente que su jefe estaba muy preocupado, y él sabía por qué. Celia Nolan parecía al borde del colapso total.

Cuando llegaron, el equipo de la policía científica les estaba esperando.

—Tenemos unas bonitas huellas para usted, Jeff —le anunció con gran satisfacción Dennis, el experto en huellas del laboratorio criminalístico—. Una bonita huella del índice del timbre y una del pulgar del coche.

—¿Había alguna en el apartamento de Zach?

—Montones y montones de huellas de Zach. Y de nadie más. Según tengo entendido, entraron unos hombres para una mudanza. Y seguro que lo pusieron todo patas arriba. Es curioso... debían de llevar guantes.

—¿Le parece curioso? —preguntó Jeff.

—Sí, jefe. ¿Cuándo se ha visto que un empleado de una compañía de mudanzas utilice guantes?

—Dennis, tengo dos grupos de huellas que quiero que compruebes —dijo Jeff. Vaciló un momento y entonces, con tono firme, añadió—: y contrástalas con las que has encontrado en el coche y el timbre de Zach.

Jeff no dejaba de debatirse consigo mismo. Si las huellas que Clyde había conservado de Liza Barton coincidían con las de la fotografía del cobertizo, tendría una prueba concluyente de que Liza Barton era Celia Nolan. Y si las huellas coincidían también con las que se habían encontrado en el coche y el timbre de Zach Willet, también tendrían una prueba concluyente de que Celia había estado en la escena del crimen.

Las huellas de un menor son pruebas conservadas de forma irregular, se recordó Jeff, lo que significa que no podría utilizarlas ante un tribunal. Pero no importa, pensó con obstinación. No creo que Celia Nolan haya tenido nada que ver con la muerte de Zach Willet.

Dennis volvió a verle media hora más tarde.

—Señor fiscal, tenemos una coincidencia. Las tres huellas pertenecen a la misma persona.

—Gracias, Dennis.

Jeff se quedó sentado en silencio durante casi veinte minutos, agitando un lápiz mientras sopesaba los pros y los contras de la decisión que estaba a punto de tomar. Luego, con un movimiento decidido, partió el lápiz y llenó su mesa de trocitos.

Cogió el teléfono y, sin pasar por Anna, llamó a información para pedir el número de Benjamin Fletcher, abogado.

68

Jimmy Franklin había ocupado recientemente el cargo de detective y, de forma extraoficial, estaba bajo la tutela de su buen amigo Angelo Ortiz. El jueves por la mañana, armado con su móvil con cámara y siguiendo las instrucciones de Angelo, pasó por las oficinas de la agencia Grove para preguntar si tenían alguna casa modesta por la zona de Mendham.

Jimmy tenía veintiséis años pero, al igual que Angelo, tenía un aire aniñado que resultaba muy atractivo. Robin le explicó amablemente que en Mendham había pocas casas modestas disponibles, pero que tenía otras en algunas localidades vecinas.

Mientras ella le marcaba algunas casas en su carpeta para que él las revisara después, Jimmy fingía estar hablando por teléfono. Aunque en realidad lo que hacía era tomar fotografías de Robin. Luego corrió a la oficina a descargarlas, pero no sin antes estudiar las casas que Robin pensó que podían interesarle.

La noche anterior había conseguido que Lena, la ex esposa de Charley Hatch, le diera una fotografía del difunto, una fotografía donde según ella no salía muy favorecido.

Jimmy amplió bastante las fotografías que había hecho de Robin y la que no le hacía justicia a Charley, y se fue con ellas a Manhattan. Aparcó en la calle Cincuenta y Seis Oeste, cerca del restaurante Patsy's.

Cuando llegó eran las doce menos cuarto. El seductor aroma a salsa de tomate y ajo le recordó a Jimmy que solo había desayunado un café y un *bagel*, a las seis de la mañana.

Primero el trabajo, pensó, sentándose a la barra. Aún no habían empezado a llegar los clientes de la hora de la comida y, aparte de él, solo había otra persona tomándose una cerveza en un taburete de un rincón. Jimmy sacó las fotografías y las dejó sobre la barra.

—Zumo de arándanos —pidió al tiempo que mostraba su placa—. ¿Reconoce a alguna de estas personas? —le preguntó al camarero.

El hombre miró las fotografías.

—Me suenan, sobre todo la mujer. Seguramente los he visto pasar ante la barra cuando entraban a comer. Pero no estoy seguro.

Lo mejor sería que probara suerte con el maître. Sí, este sí reconoció a Robin.

—Viene a veces. Es posible que haya venido con el hombre. Aunque no es la persona que suele acompañarle. Deje que pregunte a los camareros.

Jimmy observó mientras el maître iba de un camarero a otro. Subió al comedor de la primera planta y, cuando volvió a bajar, iba acompañado por un camarero y tenía la expresión satisfecha de quien ha cumplido su misión con éxito.

—Dominick le informará —dijo—. Lleva cuarenta años trabajando aquí, y le aseguro que nunca olvida una cara.

Dominick tenía las fotografías en la mano.

—Ella viene de vez en cuando. Guapa. Es de las que llaman la atención, ya sabe, muy sexy. A él solo le he visto una vez. Vino con ella hará un par de semanas, diría que poco después del día del Trabajo. Lo recuerdo porque era su cumpleaños. Ella pidió una porción de tarta de queso y pidió que pusiéramos una velita. Y entonces le dio un sobre. Había puesto una bonita suma. El hombre lo contó en la mesa. Veinte billetes de cien dólares.

—Bonito regalo de cumpleaños —concedió Jimmy.

—El tipo era de lo más teatral. Contó el dinero en voz alta: cien, doscientos, trescientos... Y cuando llegó a dos mil se lo metió todo en el bolsillo.

—¿Le dio una postal de cumpleaños? —preguntó Jimmy.

—¿Y quién quiere una postal cuando te hacen un regalo así?

—Solo quería saber si realmente era un regalo de cumpleaños o en realidad le estaba pagando por hacer algo. Dice que la mujer viene a veces con otro hombre. ¿Sabe su nombre?

—No.

—¿Puede describirlo?

—Claro.

Jimmy sacó su cuaderno y empezó a anotar los detalles de la descripción del acompañante de Robin. Luego, sintiéndose extraordinariamente complacido por el éxito de sus pesquisas de aquella mañana, decidió que era su deber comerse unos *linguini* en Patsy's.

69

Paul Walsh quedó suficientemente doblegado por la amenaza de su jefe de asignarlo a otro departamento, y aceptó de buena gana la tarea de comprobar si era cierto lo que había dicho la casera de Zach y el hombre pensaba mudarse a una casa que Ted Cartwright le había regalado.

A las nueve y media de la mañana del jueves, Paul se encontraba hablando con Amy Stack, quien le contó con tono indignado la broma tan pesada que Zach Willet tuvo la desfachatez de gastarles a ella y el señor Cartwright.

—Sonaba tan convincente cuando me dijo que el señor Cartwright le había regalado la casa piloto... Me siento como una completa idiota por haberle creído.

—¿Qué dijo el señor Cartwright cuando le dijo usted que Zach quería esa casa?

—Al principio no me creyó, y luego pensé que se iba a poner echo una furia. Pero en vez de eso se echó a reír y me dijo que habían hecho una estúpida apuesta y que Zach estaba actuando como si él hubiera ganado.

—Con apuesta o sin ella, ¿le dio la impresión de que el señor Cartwright tenía intención de cederle a Zach Willet esa casa? —preguntó Walsh.

—Incluso si hace años le salvó la vida al señor Cartwright, Zach Willet no tenía la más mínima posibilidad de volver a poner los pies en esa casa —dijo Amy con el tono solemne de quien está prestando juramento.

—¿Estuvo ayer aquí todo el día el señor Cartwright?

—No. Se pasó entre las nueve y las diez, pero se quedó muy poco rato. Dijo que volvería a las cuatro para reunirse con el contratista, pero supongo que cambió de opinión.

—Los hay que tienen suerte —dijo Walsh con un deje de ironía—. Gracias, señora Stack. Me ha sido de gran ayuda.

La noticia de la muerte de Zach se había difundido por el club hípico Washington Valley. A la gente que trabajaba en los establos le parecía impensable que alguien hubiera podido dispararle.

—No habría hecho daño ni a una mosca —dijo protestando Alonzo, un anciano flacucho, cuando Walsh preguntó si Zach Willet tenía enemigos—. Zach era muy reservado. En los cincuenta años que hace que le conozco nunca se ha metido en ninguna pelea.

—¿Sabe si alguien le guardaba rencor por algún motivo?

A nadie se le ocurría nada, hasta que Alonzo recordó que Manny Pagan había comentado algo sobre una discusión entre Ted Cartwright y Will el día antes.

—Manny está con un caballo en el picadero. Iré a buscarlo —se ofreció Alonzo.

Manny Pagan fue al establo con el caballo.

—El señor Cartwright prácticamente me gritó. Nunca había visto a un hombre tan furioso. Le señalé la mesa de picnic donde Zach estaba comiendo y Cartwright fue hacia allí como un toro enfurecido. Vi que discutían. Le juro que, cuando volvió a pasar a mi lado unos minutos más tarde de camino a su coche, le salía humo de las orejas.

—¿Y eso fue ayer a la hora de comer?

—Exacto.

Paul Walsh había averiguado lo que quería y estaba deseando marcharse de allí. Era alérgico a los caballos y los ojos empezaban a llorarle.

70

—Benjamin Fletcher, que le devuelve la llamada —anunció Anna por el intercomunicador.

Jeff MacKingsley respiró hondo y cogió el auricular.

—Hola, Ben —dijo con tono cordial—. ¿Cómo está?

—Hola, Jeff. Me alegra oírle, pero estoy seguro de que no le interesa especialmente mi salud, que podía estar mejor, por cierto.

—Por supuesto que me interesa su salud, pero tiene razón, esa no es la razón por la que le llamo. Necesito su ayuda.

—No sé si me apetece mucho ayudarle, Jeff. Esa víbora que llama usted detective, Walsh, ha estado muy ocupado intimidando a mi nueva cliente.

—Sí, lo sé, y lo siento. Le pido disculpas.

—He oído que Walsh montó todo un espectáculo porque mi cliente no sabía si el asesino todavía estaba en la casa y salió huyendo. No ha sido muy amable por su parte.

—Ben, no se lo reprocho. Escúcheme. ¿Sabía usted que su clienta, Celia Nolan, es en realidad Liza Barton?

Jeff oyó que al otro extremo de la línea Benjamin Fletcher cogía aire y comprendió que no sabía que Celia y Liza eran la misma persona.

—Tengo pruebas concluyentes —dijo—. Huellas.

—Espero que no serán las huellas del juicio —dijo Benjamin Fletcher algo hosco.

—Mire, Ben, no importa de dónde han salido esas huellas.

Tengo que hablar con ella. No voy a decirle ni una palabra sobre los dos homicidios de la semana pasada, pero necesito hablar con ella de otra cosa. ¿Recuerda el nombre de Zach Willet?

—Claro. Era el hombre que daba clases de equitación a su padre. Y aunque Liza no habló en todo el tiempo que estuvo en el centro de detención, no dejaba de repetir su nombre. ¿Qué pasa con él?

—Zach fue asesinado de un disparo cuando estaba en su coche ayer por la noche. Creo que Celia había quedado con él, porque sus huellas estaban en la puerta del coche y el timbre de la casa. No creo que ella tenga nada que ver con su muerte, pero necesito que me ayude. Necesito saber por qué habían quedado y por qué Zach me dijo ayer por teléfono que vendría a verme con Celia. ¿Me dejará que hable con ella? Me preocupa que pueda haber más vidas en peligro... incluida la suya.

—Hablaré con ella y entonces decidiré. Evidentemente, si accede a hablar con usted, debo estar presente, y si en un momento dado decido dar por terminada la entrevista, usted se irá. La llamaré enseguida y trataré de ponerme en contacto con usted más tarde.

—Por favor —dijo Jeff con tono apremiante—. Que sea lo antes posible. A la hora y en el lugar que ella quiera.

—De acuerdo, Jeff, y le diré otra cosa. Con toda esa gente que tiene trabajando para usted, podía asignar a alguien para que la protegiera. Asegúrese de que no le sucede nada malo a esa bella dama.

—No permitiré que le pase nada —dijo Jeff muy sombrío—. Pero necesito hablar con ella.

71

Jack había ganado la apuesta. Tuve que reconocer que mis ojos aún parecían cansados, pero insistí en que era porque me dolía la cabeza, no porque estuviera estresada. En vez de pagarle cien trillones de dólares, lo llevé a comer a la cafetería y le compré un cucurucho de postre. Yo me dejé puestas las gafas de sol y le dije a Jack que la luz me hacía daño en los ojos por culpa del dolor de cabeza. ¿Me creyó? No lo sé. Lo dudo. Es un niño muy listo y perspicaz.

Después fuimos a Morristown. A Jack la ropa del año anterior se le había quedado pequeña y necesitaba con urgencia jerséis y pantalones nuevos. Como a la mayoría de los niños, no le interesaba especialmente comprar, así que me ceñí a las cosas realmente imprescindibles que me había anotado. Lo que me asustaba era saber que hacía aquello en previsión a una posible ausencia. Si me arrestaban, al menos Jack tendría algo de ropa.

Cuando volvimos a casa encontré dos mensajes en el contestador. Conseguí que Jack subiera arriba con la excusa de que guardara él mismo la ropa en su sitio. Como siempre, me daba miedo encontrarme con alguno de aquellos mensajes sobre Lizzie Borden, pero los dos eran de Benjamin Fletcher. Me decía que lo llamara enseguida.

Van a arrestarme, pensé. Tienen mis huellas. Me va a decir que me entregue. Marqué el número mal dos veces, pero finalmente conseguí hablar con él.

—Soy Celia Nolan. He escuchado sus mensajes —dije tratando de controlar la voz.

—Lo primero que tiene que hacer un cliente es confiar en su abogado, Liza —me dijo.

Liza. Con la excepción del doctor Moran cuando empezó a tratarme y los desvaríos de Martin, nadie me llamaba Liza desde que tenía diez años. Siempre me ha dado miedo que alguien me llamara por mi nombre de forma inesperada y desmontara la bonita farsa que he creado en torno a mi persona. La forma tan natural en que Fletcher lo hizo contribuyó a que la impresión que sentí fuera menor.

—Ayer no sabía si decírselo o no —dije—. Y sigo sin saber si puedo confiar en usted.

—Confíe en mí, Liza.

—¿Cómo ha sabido que soy yo? ¿Me reconoció ayer?

—La verdad es que no. Jeff MacKingsley me lo ha dicho hace una hora.

—¡Jeff MacKingsley!

—Quiere hablar con usted, Liza. Pero, primero, debo tener la seguridad de que si lo permito, será en su provecho. No se preocupe, yo estaré a su lado, eso se lo vuelvo a decir, estoy muy preocupado. Me ha dicho que dejó sus huellas en el timbre y en la puerta de un coche donde se ha encontrado un cadáver. Y, como le he dicho, ya sabe que es usted Liza Barton.

—¿Significa eso que van a detenerme? —Casi no fui capaz de pronunciar las palabras.

—No si puedo evitarlo. Todo esto es muy atípico, pero el fiscal me ha asegurado que no cree que usted haya tenido nada que ver. Pero sí cree que puede ayudarle a descubrir al responsable.

Cerré los ojos mientras una sensación de alivio se extendía hasta el último rincón de mi ser. ¡Jeff MacKingsley no creía que yo estuviera implicada en la muerte de Zach! ¿Me creería cuando le dijera que Zach decía haber visto a Ted Cartwright cuando provocó la muerte de mi padre? Si me creía, quizá tenía razón cuando me dijo que todo iría bien. Me pregunté si ya sabía que yo era Liza cuando me dijo aquello.

Le hablé a Benjamin Fletcher de Zach Willet. De mis sospechas de que la muerte de mi padre no había sido un accidente. De las clases de equitación que tomé para poder conocer a Zach. Y le dije que el día antes le había prometido un millón cien mil dólares si le contaba a la policía lo que pasó realmente cuando mi padre se cayó por aquel barranco.

—¿Y qué dijo Zach?

—Zach me dijo que Ted Cartwright embistió al caballo de mi padre y lo obligó a seguir por el camino peligroso y que luego lo asustó disparando su pistola. Zach había guardado la bala y el casquillo, y hasta tomó fotografías de la bala clavada en un árbol. Durante todos estos años ha guardado las pruebas de la culpabilidad de Cartwright. Ayer me dijo que Cartwright le había estado amenazando. De hecho, cuando estaba con él, recibió una llamada suya. Estoy seguro de que era de Ted Cartwright porque, aunque Zach no lo llamó por su nombre, se echó a reír y le dijo con tono sarcástico que ya no quería su casa porque había recibido una oferta mejor.

—Va a darle a Jeff MacKingsley una información sustanciosa, Liza. Pero, dígame: ¿cómo llegaron sus huellas a la puerta del coche y el timbre?

Le conté que había quedado en ir a la casa de Zach, que no contestó cuando llamé y luego, al verlo muerto en el coche, me asusté y huí.

—¿Sabe alguien que estuvo allí, Liza?

—No, ni siquiera Alex. Pero ayer llamé a mi asesor financiero y le pedí que estuviera preparado para transferir el dinero que le prometí a Zach a una cuenta privada. Él podrá corroborarlo.

—De acuerdo, Liza —dijo Benjamin Fletcher—. ¿A qué hora le va bien que vayamos a la oficina del fiscal?

—Tengo que contactar con mi canguro. Creo que hacia las cuatro me irá bien. —O al menos todo lo bien que puede irme a mí en el juzgado del condado de Morris, pensé.

—A las cuatro entonces —dijo Fletcher.

Colgué y oí que detrás de mí Jack preguntaba:

—Mamá, ¿te van a detener?

72

Todos los investigadores de la oficina del fiscal habían sido re-
tirados de sus respectivas unidades para que se concentraran en
los crímenes de Mendham. A las tres en punto, el equipo que se
había dedicado a analizar los registros de llamadas de Charley
Hatch, Ted Cartwright, Robin Carpenter y Henry Paley estaba listo para informar a Jeff.

—En los últimos dos meses Cartwright ha hablado con
Zach Willet en seis ocasiones —dijo Liz Reilly, una nueva investigadora—. La última fue ayer a las tres y seis minutos de la
tarde.

—Es posible que la señora Nolan escuchara esa llamada
—comentó Jeff—. Es más o menos la hora en que terminó su
clase con Zach.

—Cartwright y Henry Paley han hablado mucho en los últimos meses —informó Nan Newman, uno de los veteranos—.
Pero no hay constancia de que Henry haya hecho ninguna llamada a Charley Hatch.

—Sabemos que Paley y Cartwright estaban colaborando
para forzar a Georgette Grove a vender los terrenos de la
Ruta 24 —dijo Jeff—. Paley es un mafioso, y no ha podido jus-
tificar dónde estaba cuando mataron a Hatch. Necesito saber
dónde estuvo antes de poder descartarlo como responsable de
estos crímenes. Le he pedido que viniera con su abogado. Estarán aquí a las cinco. Ted Cartwright vendrá con su abogado
a las seis.

»Sabemos que Robin Carpenter ha mentido —siguió diciendo—. Mintió sobre la fecha en que estuvo en Patsy's con su hermano. Su pase de la autopista demuestra que aquella tarde llegó a Nueva York a las seis cuarenta de la tarde, que es exactamente lo que la ex mujer le dijo a Angelo. En el restaurante, Robin fue vista entregando a Hatch un sobre con dos mil dólares, un generoso regalo de cumpleaños, a menos que no fuera un regalo y le estuviera pagando por algo.

»No hay ninguna llamada de Carpenter a Hatch desde el pasado viernes. Creo que debe de haber estado utilizando un móvil de tarjeta para ponerse en contacto con él. Y es posible que le dijera que se comprara uno él también, porque la mujer a la que le estaba cortando el césped dijo haberle visto con dos teléfonos. Mi opinión es que uno debía de ser su teléfono de siempre y el otro uno de tarjeta. También creo que cuando contestó quedó con la persona que llamaba en la abertura del seto.

»Evidentemente, no podemos estar seguros de que fuera Robin quien hizo esa última llamada, pero me apuesto la comida a que Charley estaba perdido en el momento en que la persona que le pagaba se enteró de que habían confiscado los vaqueros y las bambas manchados de pintura y las figurillas de madera. No habría podido resistir un interrogatorio.

Los investigadores escuchaban con atención las explicaciones de Jeff, con la esperanza de encontrar una ocasión de contribuir de forma significativa a su análisis de los acontecimientos que habían conducido a los diferentes asesinatos.

—Ted Cartwright odiaba a Georgette Grove y quería esos terrenos, lo cual constituye al menos un móvil para matarla —siguió diciendo Jeff—. Sabemos que de alguna forma trabajaba en colaboración con Robin Carpenter, y que salían, y quizá todavía salen. Es posible que Zach Willet haya estado extorsionando a Ted desde que Will Barton murió. Tendremos más detalles cuando hablemos con la señora Nolan.

»Creo que, con un poco de suerte, en los próximos días podremos resolver todas estas incógnitas —les dijo a sus hombres, y entonces vio que Mort Shelley acababa de asomar la cabeza por la puerta. Intercambiaron una mirada y Shelley contestó la pregunta que Jeff no había hecho:

—Está donde dijo que estaría. Tenemos a alguien siguiéndole.

—Asegúrese de que no lo pierde —dijo Jeff con calma.

73

Aquel era el lugar donde me habían juzgado. Mientras caminaba por los pasillos, recordé aquellos días terribles. Recordé la mirada inescrutable del juez. El miedo y la desconfianza que me inspiraba mi abogado, y sin embargo me obligaban a sentarme con él. Recuerdo a los testigos que declararon que había matado a mi madre expresamente. Y cómo trataba de sentarme derecha, porque mi madre siempre me decía que no tenía que encorvar la espalda. Para mí era un problema, porque ya entonces era muy alta para mi edad.

Benjamin Fletcher me estaba esperando en la antesala de la oficina del fiscal. Iba mejor vestido que la vez que lo había visto en su despacho. Su camisa blanca parecía razonablemente limpia; el traje azul estaba planchado; la corbata estaba en su sitio. Cuando entré, me cogió la mano y durante un momento la sostuvo.

—Me parece que le debo una disculpa a una jovencita de diez años —dijo—. Conseguí que la exculparan. Pero reconozco que creí la versión de Cartwright.

—Lo sé —dije yo—, pero lo importante es que consiguió salvarme.

—El veredicto fue inocente —continuó diciendo—, pero se basaba únicamente en la duda razonable. La mayoría, incluyéndonos al juez y a mí, pensábamos que seguramente era culpable. Cuando logremos dejar atrás este último episodio, pienso asegurarme de que todo el mundo sepa por lo que ha tenido que pasar y entienda que siempre ha sido una víctima inocente.

Noté que los ojos se me humedecían, y creo que Fletcher también.

—Sin cobrarle —añadió—. Y le aseguro que me duele en el alma pronunciar esas palabras.

Me reí, que era lo que él quería. De pronto me sentí bien sabiendo que aquel septuagenario voluminoso cuidaría de mí.

—Soy Anna Maloy, la secretaria del señor MacKingsley. ¿Quieren hacer el favor de acompañarme, por favor?

Aquella mujer, que tendría unos sesenta años, tenía un rostro afable y paso firme y rápido. Mientras la seguía por el pasillo, tuve la sensación de que era una de esas secretarias maternales que piensan que lo saben todo mejor que sus jefes.

El despacho de Jeff MacKingsley, que ocupaba una esquina del edificio, era grande y agradable. El fiscal me había gustado instintivamente desde el principio, a pesar de lo poco que me agradó que se presentara sin avisar en mi casa. Cuando entramos, se levantó y se acercó para saludarnos. Yo había hecho lo posible para disimular los ojos hinchados con el maquillaje, pero me parece que no logré engañarlo.

Y así, con Benjamin Fletcher sentado a mi lado como un león dispuesto a saltar a la menor señal de peligro, le conté a Jeff todo lo que sabía de Zach. Le conté que, a los diez años, cuando estuve detenida, me sacudía de dolor al oír su nombre. Y le dije que hasta aquellas dos últimas semanas no había conseguido recordar claramente las últimas palabras de mi madre: «Me lo dijiste cuando estabas borracho. Tú mataste a mi marido. Me dijiste que Zach te había visto».

—Eso es lo que mi madre le gritó —le dije a Jeff.

En la habitación también estaban el detective Ortiz y una estenógrafa, pero no les hice caso. Quería que aquel hombre que había jurado velar por la seguridad de los ciudadanos del condado comprendiera que mi madre tenía motivos para temer a Ted Cartwright.

El fiscal me dejó hablar prácticamente sin interrupciones.

Creo que, a mi manera, estaba contestando a todas las preguntas que tenía pensado hacerme. Cuando le expliqué que fui a casa de Zach, llamé al timbre y luego lo encontré muerto en el coche, me preguntó por algunos detalles.

Cuando terminé, miré a Benjamin Fletcher y, sabiendo que no estaría de acuerdo, dije:

—Señor MacKingsley, quiero que me haga todas las preguntas que quiera sobre Georgette Grove y Charley Hatch. Creo que ya sabe por qué llegué a casa tan deprisa. Conocía el camino de cuando era pequeña. Mi abuela vivía cerca de allí.

—Un momento —me interrumpió Benjamin Fletcher—. Habíamos acordado que no se hablaría de estos casos.

—Tenemos que hacerlo —dije yo—. Tarde o temprano se sabrá que yo soy Liza Barton. —Miré a Jeff MacKingsley—. ¿Lo sabe ya alguien de la prensa?

—En realidad fue una periodista quien nos reveló la verdad, Dru Perry —reconoció el fiscal—. Quizá más adelante le gustaría hablar con ella. Creo que se mostrará muy comprensiva. —Y entonces añadió—: ¿Sabe su marido que es usted Liza Barton?

—No, no lo sabe. Sé que ha sido un error, pero le prometí al padre de Jack, mi primer marido, que no le revelaría a nadie mi pasado. Evidentemente, ahora tendré que decírselo. Espero que nuestra relación pueda superarlo.

Durante los siguientes minutos contesté a todas las preguntas que el fiscal me hizo sobre mi breve relación con Georgette Grove y mi absoluta falta de información sobre Charley Hatch. Hasta le hablé de las llamadas y los mensajes que había recibido sobre la pequeña Lizzie.

Cuando faltaban cinco minutos para las cinco, me puse en pie.

—¿Alguna cosa más? Tengo que irme —dije—. Mi hijo se inquieta si estoy fuera mucho rato. Si se les ocurre alguna otra pregunta, llámenme. La contestaré encantada.

Jeff MacKingsley, Fletcher y el detective Ortiz también se pusieron en pie. No sé por qué, pero me dio la sensación de que los tres me rodeaban como si pensaran que necesito protección. Fletcher y yo nos despedimos y salimos del despacho. Delante de la mesa de la secretaria había una mujer con el pelo canoso y desordenado. Estaba furiosa. La reconocí: estuvo en la casa el día que provocaron los destrozos, con los otros periodistas.

Estaba de espaldas a mí, y oí que decía:

—Le hablé a Jeff de Celia Nolan porque pensé que era mi obligación. Y ahora resulta que para compensarme pierdo mi exclusiva. El *New York Post* lo va a publicar todo en la página 3, seguramente con el título de «El regreso de la pequeña Lizzie», y prácticamente la van a acusar de los tres asesinatos.

De alguna forma conseguí llegar a mi coche y mantener la compostura cuando me despedí de Benjamin Fletcher. De alguna forma conseguí llegar a casa. Pagué a Sue, le di las gracias y rechacé su ofrecimiento de prepararnos la cena, cosa que hizo porque, según dijo, me veía muy pálida. Seguramente tenía razón.

Jack estaba algo apático. Creo que estaba empezando a resfriarse, o quizá mi pesimismo empezaba a afectarle. Pedí una pizza por teléfono y, antes de que la trajeran, le ayudé a ponerse el pijama y yo me cambié también.

Decidí que, en cuanto acostara a Jack, yo también me metería en la cama. Lo único que quería era dormir, dormir, dormir. Hubo varias llamadas de teléfono. La primera del señor Fletcher, luego del señor MacKingsley. No contesté a ninguna, y los dos hombres dejaron un mensaje diciendo lo preocupados que estaban por mí.

Por supuesto que estoy nerviosa, pensé. Mañana seré la protagonista de «El regreso de la pequeña Lizzie». A partir de ahora, por muy lejos que fuera o mucho que me escondiera, no podría escapar a mi fama como pequeña Lizzie.

Cuando la pizza llegó, cada uno nos comimos un par de porciones. Definitivamente, Jack había cogido algún virus. A las ocho lo subí a su cuarto.

—Mamá, quiero dormir contigo —me dijo con tono quejumbroso.

Me pareció bien. Cerré con llave y conecté la alarma. Y entonces llamé a Alex a su móvil. No contestó, pero ya lo esperaba. Me había comentado algo sobre una cena de negocios. Le dejé un mensaje diciendo que iba a desconectar el teléfono porque quería acostarme temprano, y que por favor me llamara a las seis de la mañana, hora de Chicago. Dije que tenía algo importante que decirle.

Me tomé un somnífero, me acosté y me dormí, con Jack acurrucado entre mis brazos.

No sé durante cuánto tiempo estuve dormida, pero estaba muy oscuro cuando noté que me levantaban la cabeza y una voz misteriosa me susurraba:

—Bebe esto, Liza.

Traté de cerrar los labios, pero una mano fuerte me obligó a abrirlos y me hizo beber un líquido amargo donde yo sabía que habían puesto somníferos.

De lejos, oí quejarse a Jack mientras alguien se lo llevaba.

74

—Mire, Dru, esa filtración no ha salido de aquí —espetó Jeff, que ya empezaba a perder la paciencia—. Parece olvidar que Clyde Earley, entre otros, también sabe que Celia Nolan es Liza Barton. No sabemos si hay más personas que la han reconocido o alguien les ha dicho quién es. Francamente, creo que la persona que planificó aquel acto vandálico contra la casa de Old Mill Lane conocía perfectamente la identidad de Celia Nolan. El *Post* se va a limitar a repescar una vieja historia y tratar de vincularla a los tres homicidios que se han producido estos días, pero están meando fuera de tiesto. Tenga un poco de paciencia y tendrá su historia.

—No me la estará jugando, ¿verdad, Jeff? —La ira de Dru empezaba a remitir.

Sus ojos se relajaron, los labios se distendieron.

—No creo habérsela jugado nunca —dijo Jeff con un tono a la vez molesto y comprensivo.

—¿Me está sugiriendo que espere?

—Lo que digo es que pronto habrá una gran historia.

Estaban ante la puerta del despacho de Jeff. El fiscal había salido al oír a Dru dando voces.

Anna se acercó.

—No se imagina lo que le ha hecho a esa pobre chica, Dru —dijo reprendiéndola—. Tendría que haberle visto la cara cuando la ha oído decir lo del Regreso de la pequeña Lizzie. La pobre está atrapada en esa casa. Estaba desolada.

—¿Me está hablando de Celia Nolan? —preguntó Dru.

—Ha salido cuando estaba usted hablando conmigo —espetó Anna—. Iba con su abogado, el señor Fletcher.

—¿Liza..., quiero decir, Celia ha vuelto con él? ¿Él la representa? —Demasiado tarde, Dru comprendió que Jeff no le había dicho a su secretaria quién era Celia—. Esperaré —añadió con tono de disculpa.

—Estoy esperando a Henry Paley y su abogado —le dijo el fiscal a su secretaria—. Son las cinco. Ya puede irse.

—De ninguna manera —le dijo Anna—. Jeff, ¿Celia Nolan es realmente Liza Barton? —La mirada del fiscal hizo que la siguiente pregunta se le atragantara—. Haré pasar al señor Paley en cuanto llegue —dijo—. Y, tanto si se da cuenta como si no, sé cuando algo es realmente confidencial.

—No sabía que hubiera ninguna diferencia entre confidencial y realmente confidencial.

—Oh, pues la hay —le aseguró Anna encarecidamente—. Mire, ¿aquel que viene por allí no es el señor Paley?

—Sí, es él —dijo Jeff—. Y el que va detrás es su abogado. Hágalos pasar inmediatamente.

Henry Paley leyó una declaración que, evidentemente, había preparado su abogado.

Había sido socio minoritario de Georgette Grove en la agencia durante más de veinte años. Y, aunque él y Georgette habían tenido ciertas desavenencias en relación con los terrenos de propiedad conjunta de la Ruta 24, y sobre si era conveniente que él se retirara, siempre habían sido buenos amigos.

—Personalmente me llevé una gran decepción cuando vi que Georgette había estado registrando mi mesa y se había llevado el archivo con las notas en las que describía mis acuerdos con Ted Cartwright —dijo con voz de palo.

Henry admitió que había estado en la casa de Holland Road más veces de las que había dicho, pero insistió en que si había sido otra cosa fue solo por descuido.

A continuación reconoció que, hacía un año, Ted Cartwright le había ofrecido cien mil dólares si conseguía persuadir a Georgette para que vendiera los terrenos de la Ruta 24 para construir un complejo comercial. Él le dijo que no le interesaba, así que la cosa no pasó de ahí.

—Ha habido ciertas dudas sobre mi paradero a la hora en que falleció Charley Hatch, el jardinero —leyó Henry—. Salí de mi oficina a la una y cuarto y fui directamente a la agencia de Mark Grannon. Allí me reuní con Thomas Madison, primo de Georgette Grove. El señor Grannon había hecho una oferta para comprar la agencia.

»En cuanto al difunto Charley Hatch, es posible que le haya visto cuando estaba enseñando algunas de las casas de las que él se ocupaba. No recuerdo haber cruzado jamás ni una palabra con él.

»En relación con el homicidio más reciente, quizá con alguna conexión con la familia Barton, no conocía a la víctima, Zach Willet, y jamás he montado a caballo ni asistido a clases de equitación.

Con expresión satisfecha, Henry dobló pulcramente su declaración y miró a Jeff.

—Confío en que esto sea suficiente.

—Tal vez —dijo Jeff con tono agradable—. Pero tengo una pregunta: ¿No cree que, al enterarse de su amistosa relación con Ted Cartwright, Georgette Grove hubiera seguido aferrándose de por vida a esos terrenos y no hubiera aceptado vender? Por lo que he oído decir sobre ella, eso es exactamente lo que hubiera hecho.

—No acepto la pregunta —dijo el abogado de Paley muy acalorado.

—Señor Paley, usted estaba cerca de Holland Road cuando asesinaron a Georgette, y su muerte ha permitido que consiga un acuerdo mejor que el que le ofrecía Ted Cartwright. De momento esto es todo. Gracias por venir, señor Paley.

75

El pesado marco que en otro tiempo había rodeado un espejo y luego se convirtió en depositario de las tarjetas del vigésimo quinto aniversario de Zach Willet en la hípica había sido colocado encima de una amplia mesa en un despacho vacío, poco más allá del despacho de Jeff MacKingsley.

La investigadora Liz Reilly solo llevaba unos meses en la oficina del fiscal, y estaba impaciente por intervenir en algún caso de asesinato. Se le había indicado que repasara cada postal y cada nota pegada en el marco, y que examinara cuidadosamente cualquier fotografía donde pudiera aparecer una bala clavada en un tronco, o en estructuras como una valla o un cobertizo. La fotografía o fotografías quizá habían sido ampliadas. También podía haber pistas para jinetes y, quizá alguna señal que indicara peligro por alguna de las pistas. Los investigadores también estaban revisando todo lo que se había encontrado en la casa de Willet, con la esperanza de encontrar la bala y el casquillo.

Liz tenía la sensación de que algo importante podía salir de aquel objeto tan saturado. Le encantaba tener ocasión de acudir a la escena del crimen, porque disfrutaba buscando pruebas, y había llegado a la casa de Zach Willet poco después que los primeros miembros del equipo de la policía científica.

Estaba segura de que aquel collage era perfecto para esconder una fotografía o algún pequeño objeto que, de haberse guardado en un cajón o un archivador, se habría descubierto enseguida.

El celo de las fotografías y las notas estaba seco y agrietado y pudo despegarlo fácilmente del cartón que Zach había puesto como refuerzo. No tardó en tener unos bonitos montones de fotografías. Y disfrutó leyendo las primeras notas de felicitación: «Que cumplas otros 25». «Tú puedes, cowboy.» «Feliz camino.»

Enseguida se acostumbró a ojearlas mientras las iba despegando una a una.

Aquello parecía estar convirtiéndose en un ejercicio inútil. Liz siguió hasta que en el marco solo quedó la caricatura. La habían dibujado con carboncillo sobre un grueso cartón, y estaba sujeta con chinchetas, no con celo. Bueno, ya puestos, también la puedo quitar, pensó Liz. Cuando la quitó del marco, le dio la vuelta y vio que había un sobre de 10 × 15 sujeto con celo a la parte de atrás. Decidió que lo mejor era tener un testigo cuando lo abriera.

Fue por el pasillo hasta la oficina del fiscal. La puerta estaba abierta y Jeff MacKingsley estaba ante la ventana, desperezándose.

—Señor MacKingsley, ¿puedo enseñarle una cosa?

—Claro, Liz, ¿de qué se trata?

—Este sobre estaba pegado a la parte posterior de la caricatura de Zach Willet.

Jeff miró el sobre, miró a Lizz, y volvió a mirar el sobre.

—Si es lo que espero que sea... —dijo.

Sin terminar la frase, se acercó a su mesa y sacó un abrecartas del cajón. Rompió el celo, abrió el sobre y lo sacudió sobre la mesa. Cayeron dos objetos de metal.

Jeff abrió el sobre y sacó una nota manuscrita y media docena de fotografías. La primera era un primer plano en el que aparecía una mano huesuda que señalaba a un árbol en cuyo tronco se veía claramente una bala. Bajo el agujero de la bala había un periódico donde aparecía la fecha —9 de mayo— y el año, el año en que murió Will Barton. En una segunda fotografía, tomada del periódico de aquel día, Ted Cartwright aparecía mostrando con orgullo su pistola.

La carta de dos páginas, llena de faltas y dirigida «A quien pueda interesar», contenía la gráfica y extrañamente digna descripción de la muerte de Will Barton.

Contaba cómo Ted Cartwright, con su poderoso caballo, había arremetido contra la yegua nerviosa de Will Barton, un jinete inexperto e inquieto. Cómo Ted obligó con su caballo a que la yegua fuera por el camino peligroso y, cuando el animal estuvo al borde del precipicio, disparó su pistola. La yegua se encabritó y jinete y caballo cayeron al vacío.

Jeff se volvió hacia Liz.

—Buen trabajo. Esto es muy importante. Seguramente es la prueba que necesitábamos.

Liz salió del despacho del fiscal satisfecha por la reacción de Jeff ante sus hallazgos.

Jeff se quedó solo, pensando que realmente todo lo que Celia Nolan le había dicho era cierto, pero volvieron a interrumpirle. El investigador Nan Newman entró a toda prisa.

—Jefe, no se lo va a creer. Rap Corrigan, el crío que encontró el cadáver de Zach Willet, ha venido para hacer la declaración jurada. Y, mientras estaba conmigo, Ted Cartwright ha llegado con su abogado. Cuando ha visto a Cartwright se ha quedado de piedra, y casi me ha arrastrado al pasillo para hablar conmigo.

»Rap jura que, quitando una ridícula peluca rubia, Ted Cartwright es uno de los dos hombres que ayer se hicieron pasar por los de las mudanzas para entrar en la casa de Zach Willet.

76

Ted Cartwright iba vestido con un impecable traje sastre azul marino, camisa azul claro con puños dobles y una corbata azul y roja. Con su mata de pelo canoso, los penetrantes ojos azules y su porte imponente, era la viva imagen de un poderoso ejecutivo cuando entró delante de su abogado en el despacho de Jeff.

Jeff observó tranquilamente sentado ante su mesa, y esperó a que Cartwright y su abogado estuvieran ante él para levantarse. No hizo ademán de estrecharles la mano a ninguno de los dos. Se limitó a señalarles las sillas que había ante su mesa.

Como testigos de la entrevista, Jeff había invitado a los detectives Angelo Ortiz y Paul Walsh, que ya estaban sentados a un lado del fiscal. La estenógrafa estaba en su sitio, con rostro inexpresivo, como siempre. De Louise Bentley se había dicho que no habría permitido que se le moviera ni un músculo de la cara ni aunque hubiera tenido que tomar nota de la confesión del mismísimo Jack el Destripador.

El abogado de Cartwright se presentó.

—Fiscal MacKingsley, soy Louis Buch y estoy aquí para proteger los intereses del señor Theodore Cartwright. Quiero que quede constancia de que mi cliente está profundamente afectado por la muerte de Zach Willet y que, en respuesta a la petición de su oficina, acude hoy aquí voluntariamente y con el deseo de ayudar en lo posible en la investigación de la muerte del señor Willet.

Jeff MacKingsley miró a Ted con gesto impasible.

—¿Cuánto hace que conoce a Zach Willet, señor Cartwright?

—Oh, creo que unos veinte años —contestó Ted.

—Piénselo un poco, señor Cartwright. ¿No será hace bastante más de treinta años?

—Veinte, treinta. —Cartwright se encogió de hombros—. Sea como sea, es mucho tiempo, ¿no le parece?

—¿Diría usted que eran amigos?

Ted vaciló.

—Depende de lo que entienda usted por amistad. Conocía a Zach. Me gustaba. A mí me encantan los caballos y él tenía mucha mano con ellos. Admiraba su habilidad para tratarlos. Por otro lado, jamás se me ocurriría invitarle a cenar a mi casa ni tener ningún tipo de trato con él.

—Entonces, ¿no cuenta usted como tener trato al hecho de tomar una copa con él en la barra del Sammy's?

—Por supuesto, si alguna vez coincidía con él en el bar, pues tomaba algo con él, señor MacKingsley.

—Entiendo. ¿Cuándo fue la última vez que habló con él?

—Ayer por la tarde, hacia las tres.

—¿Y cuál fue el motivo de su llamada?

—Nos reímos de una broma que me había gastado.

—¿Qué broma, señor Cartwright?

—Hace unos días Zach fue a la urbanización que estoy construyendo en Madison y le dijo a mi representante de ventas que le iba a regalar la casa piloto. Habíamos hecho una apuesta en un partido entre los Yankees y los Red Sox. Él decía que si los Red Sox ganaban por más de diez *runs*, tenía que darle esa casa.

—Eso no es lo que Zach le dijo a su representante de ventas —dijo Jeff—. Le dijo que le había salvado la vida.

—Estaba de broma.

—¿Cuándo vio por última vez a Zach?

—Ayer, hacia las doce del mediodía.

—¿Dónde?

—En los establos del Washington Valley.

—¿Discutió con él?

—Solo resoplé un poco. Por culpa de su bromita, casi perdemos una venta. Mi representante pensó que hablaba en serio y dijo a una pareja que estaba interesada en la casa que ya no estaba disponible. Yo solo quería decirle a Zach que se había pasado con la broma. Pero más tarde, la pareja ha vuelto y han hecho una oferta mejor, así que llamé a Zach a las tres y me disculpé.

—Qué curioso, señor Cartwright —dijo Jeff—, porque un testigo dice haber oído decirle a Zach que ya no necesitaba el dinero que le ofrecía por la casa, que tenía una oferta mejor. ¿Recuerda si Zach le dijo algo parecido?

—Esa no es la conversación que tuvimos —dijo Ted débilmente—. Se equivoca usted, señor MacKingsley, igual que su testigo.

—Yo creo que no. Señor Cartwright, ¿alguna vez le ha prometido a Henry Paley cien mil dólares si lograba convencer a Georgette Grove para que vendiera los terrenos que tenían en copropiedad en la Ruta 24?

—Tenía un acuerdo comercial con Henry Paley.

—Georgette se interponía en su camino, ¿no es así, señor Cartwright?

—Georgette tenía una forma de hacer las cosas. Yo otra.

—¿Dónde estaba usted la mañana del jueves 4 de septiembre hacia las diez?

—Había salido a montar a caballo.

—¿No estaba en el camino que conecta directamente con el camino privado de la zona arbolada que hay detrás de la casa de Holland Road donde murió Georgette?

—Yo no me meto por caminos privados.

—Señor Cartwright, ¿conocía usted a Will Barton?

—Sí, le conocía. Fue el primer marido de mi difunta esposa, Audrey.

—¿Estaba usted separado de su mujer cuando falleció?

—La noche de su muerte me había llamado para hablar de

una posible reconciliación. Estábamos muy enamorados. Liza, su hija, me odiaba, porque no quería que nadie ocupara el lugar de su padre. Y odiaba a su madre por quererme a mí.

—¿Por qué se separaron usted y su mujer, señor Cartwright?

—La tensión que provocaba el rechazo de la niña era demasiado fuerte para Audrey. Solo queríamos separarnos temporalmente, hasta que encontrara ayuda psicológica para su hija.

—Entonces, ¿no se separaron porque, una noche, cuando estaba borracho, le confesó a Audrey Barton que usted había matado a su marido?

—No conteste a eso, Ted —ordenó Louis Buch. Miró a Jeff y, echo una furia, dijo—: Pensaba que habíamos venido a hablar sobre la muerte de Zach Willet. Nadie me había dicho nada de todo esto.

—No se preocupe, Louis. No pasa nada. Contestaré a sus preguntas.

—Señor Cartwright —dijo Jeff—. Audrey Barton le tenía miedo. Su error fue no acudir a la policía. Le horrorizaba pensar cómo afectaría a su hija saber que usted había matado a su padre para casarse con ella. Pero usted tenía miedo, ¿verdad? Tenía miedo de que algún día Audrey reuniera el valor para ir a la policía. Siempre hubo ciertas dudas sobre el disparo que se oyó a la hora en que el caballo de Will Barton se precipitó por el barranco.

—Eso es ridículo —espetó Cartwright.

—No, no lo es. Zach Willet le vio. Hemos encontrado algunas pruebas interesantes en su casa: una declaración en la que explica lo que vio, además de una fotografía de la bala que disparó clavada en un árbol cerca del camino. Zach escribió lo que usted le hizo a Barton. Se llevó la bala y el casquillo y los ha guardado todos estos años. Deje que lea su declaración.

Jeff cogió la carta de Zach Willet y leyó poniendo un énfasis especial en las frases que describían cómo Ted arremetió con su caballo contra la yegua de Barton.

—Eso es pura ficción, ningún tribunal lo aceptaría —protestó Louis Buch.

—El asesinato de Zach no es ninguna ficción —espetó Jeff—. Ha estado extorsionándole durante veintisiete años y cuando se dio cuenta de que usted había matado a Georgette Grove se envalentonó demasiado y decidió matarle también.

—Yo no maté a Georgette Grove ni a Zach Willet —dijo Cartwright.

—¿Estuvo ayer en el piso de Zach Willet?

—No, no estuve allí.

Jeff miró detrás de Ted.

—Angelo, ¿podría decirle a Rap que pase?

Mientras esperaban, Jeff dijo:

—Señor Cartwright, como puede ver, tengo aquí las pruebas que estuvo buscando en la casa de Zach Willet, el casquillo y la bala que disparó para asustar al caballo de Will Barton, además de las fotografías que demuestran dónde y cuándo pasó. Acababa usted de ganar un concurso de tiro con esa pistola, ¿no es cierto? Más adelante, la donó a la colección permanente de armas de fuego del museo de Washington, ¿me equivoco? No soportaba la idea de deshacerse de ella, pero tampoco la quería en su casa porque sabía que Zach tenía la bala que había enviado a Will Barton a la muerte. Voy a conseguir una orden para que podamos confiscar esa pistola y comparar la bala y el casquillo. Eso nos permitirá determinar de modo concluyente si la bala se disparó con ella. —Jeff alzó la vista—. Oh, aquí está el hijo de la casera de Zach.

A instancias de Angelo, Rap se acercó a la mesa.

—¿Reconoces a alguien en esta habitación, Rap? —preguntó Jeff.

El intérprete que Rap llevaba dentro estaba disfrutando enormemente.

—Le reconozco a usted, señor MacKingsley —dijo—, y reconozco al detective Ortiz. Los dos estuvieron ayer en mi casa cuando encontré al pobre Zach en su coche.

—¿Reconoces a alguien más, Rap?

—Sí. Reconozco a ese señor. —Y señaló a Ted—. Ayer vino a nuestra casa vestido como si fuera de una empresa de mudanzas. Iba con otro hombre. Le di la llave del piso de Zach. Zach nos había dicho que el fin de semana se iba a mudar a una bonita casa en una urbanización en Madison.

—¿Estás seguro de que este es el hombre que fue ayer a tu casa y subió al piso de Zach?

—Segurísimo. Llevaba puesta una ridícula peluca rubia. ¡Qué pinta! Pero reconocería esa cara en cualquier sitio, y si encuentran al otro, también lo reconocería. Ahora me acuerdo de más cosas. Tenía una pequeña marca de nacimiento cerca de la frente, y le faltaba la mitad del índice de la mano derecha.

—Gracias, Rap.

Jeff no habló hasta que Rap salió a desgana de la habitación y Angelo cerró la puerta.

—Robin Carpenter es su novia —le dijo entonces a Cartwright—. Usted le dio dinero para que pagara a su medio hermano por provocar los destrozos de la casa que, gracias a usted, se conoce como «casa de la pequeña Lizzie». Usted mató a Georgette Grove y podemos demostrarlo. Hatch se convirtió en un peligro y usted o Robin lo quitaron de en medio.

—Eso no es verdad —gritó Cartwright poniéndose en pie de un salto.

Louis Buch se puso en pie, perplejo y echo una furia.

Jeff no hizo caso del abogado y miró a Cartwright con expresión furibunda.

—Sabemos que aquella noche usted fue a casa de Audrey Barton para matarla. Sabemos que usted provocó la muerte de Will Barton. Sabemos que mató a Zach Willet y que no está metido en el negocio de las mudanzas.

Jeff se puso en pie.

—Señor Cartwright, está usted arrestado por robo en la casa de Zach Willet. Señor Buch, la investigación ya está prácticamente terminada y podemos anticipar que el señor Cartwright será acusado formalmente de estos asesinatos en los próximos días. Voy a dar instrucciones al detective Walsh para que acuda a la casa del señor Cartwright y lo vigile mientras conseguimos una orden de registro. —Jeff hizo una pausa—. Estoy seguro de que encontraremos una ridícula peluca rubia y la ropa de un trabajador de mudanzas. —Se volvió hacia el detective Ortiz y dijo—: Por favor, léale sus derechos al señor Cartwright.

77

Veinte minutos después de que Ted Cartwright saliera del despacho de Jeff MacKingsley, Jeff invitó a Dru Perry a entrar para hablar con ella.

—Le prometí que tendría su historia —le dijo—, y esto es solo el principio. Acabamos de arrestar a Ted Cartwright por robo en la casa de Zach Willet.

A pesar de su experiencia como periodista, Dru Perry se quedó boquiabierta.

—Esperamos poder presentar nuevos cargos contra él en los próximos días —siguió diciendo Jeff—. Cargos relacionados con las muertes de Will Barton y Zach Willet. Y es posible que haya más, dependiendo de los resultados de nuestras investigaciones.

—¡Will Barton! —exclamó Dru—. ¿Ted Cartwright mató al padre de Liza Barton?

—Tenemos pruebas que lo demuestran, y aquella noche fue a la casa de Old Mill Lane para matar a su mujer, Audrey Barton, que se había distanciado de él. Liza, la pobre niña, solo estaba tratando de proteger a su madre. Durante veinticuatro años, Liza Barton, ahora Celia Nolan, ha vivido atormentada no solo por la pérdida de su madre, sino por la opinión generalizada de que ella les disparó a ella y a Ted expresamente porque no aceptaba su relación.

Jeff se restregó los ojos con aire cansado.

—En los próximos dos días tendremos más detalles, Dru,

pero creo que con lo que le acabo de contar ya tiene para empezar.

—Llevo mucho tiempo en esta profesión, Jeff —dijo Dru—, pero esto es increíble. Menos mal que esa pobre mujer tiene un marido que la quiere y un hijo maravilloso. Seguramente eso es lo que la ha ayudado a seguir adelante.

—Sí —replicó Jeff con tiento—. Tiene un hijo estupendo, y estoy seguro de que la ayudará a superar todo esto.

—¿Está tratando de decirme algo? No ha mencionado a su marido amantísimo.

—No, no le he mencionado —dijo Jeff algo pausado—. Por el momento no puedo decirle más, pero eso podría cambiar dentro de muy poco.

78

Me están bajando por las escaleras. No puedo abrir los ojos. Jack. Trato de decir su nombre. Pero solo puedo susurrarlo. Me siento los labios entumecidos. Tengo que despertar. Jack me necesita.

—No pasa nada, Liza. Ahora te llevo junto a Jack.

Alex me está hablando. Alex, mi marido. Está en casa, no en Chicago. Mañana tengo que decirle que en realidad soy Liza Barton.

Pero me ha llamado Liza.

Había somníferos en ese vaso.

¿Estaré soñando?

Jack. Está llorando. Me llama. Mamá. Mamá. Mamá.

—Jack. Jack. —Trato de gritar, pero solo soy capaz de mover los labios.

Noto un aire frío en el rostro. Alex me lleva en brazos. ¿Adónde me lleva? ¿Dónde está Jack?

No consigo abrir los ojos. Oigo una puerta que se abre. La puerta del garaje. Alex me tiende en algún sitio. Ya sé. Mi coche, el asiento trasero de mi coche.

—Jack...

—¿Le quieres? Pues ahí lo tienes. —Es una voz de mujer, ronca y brusca.

—¡Mammmmmá!

Los brazos de Jack me rodean el cuello. Su cabeza se hunde contra mi pecho.

—¡MAMÁ!

—Sal, Robin. Voy a arrancar el motor. —Es la voz de Alex.

Oigo que la puerta del garaje se cierra. Jack y yo estamos solos.

Estoy tan cansada... no puedo evitarlo. Necesito dormir.

79

A las diez y media de la noche, Jeff seguía en su despacho, esperando al detective Mort Shelley. Ya le habían notificado que, durante el registro en la casa de Ted Cartwright, se habían encontrado la peluca rubia, la ropa de los trabajadores de mudanzas y las cajas con documentos que se habían llevado de la casa de Zach Willet. Y, lo más importante, en la caja fuerte de su habitación habían descubierto una pistola de nueve milímetros.

Jeff estaba casi seguro de que la pistola se correspondería con la bala de nueve milímetros que habían extraído del cerebro de Zach Willet.

Con eso ya lo tenemos cogido, pensó, y si le ofrecemos un acuerdo quizá consigamos que confiese lo que de verdad quería cuando fue a casa de Audrey Barton la noche que murió.

Pero en esta ocasión, la satisfacción que Jeff habría sentido normalmente ante la posibilidad de cerrar un caso como aquel quedaba enturbiada por su preocupación por Celia Nolan. O Liza Barton, se corrigió. Soy yo quien tendrá que decirle que su marido pretendía acusarla del asesinato de Georgette Grove, pensó, y todo a causa del dinero que había heredado de su primo, Laurence Foster.

Oyó que llamaban suavemente con los nudillos en la puerta. Mort Shelley entró.

—Jeff, no entiendo como ese tal Nolan no está en la cárcel.

—¿Qué tiene, Mort?

—¿Por dónde quiere que empiece?

—Decida usted mismo. —Jeff, que hasta entonces había estado recostado contra el respaldo de su silla, se puso derecho.

—Alex Nolan es un farsante —dijo Mort rotundamente—. Es abogado, sí, y pertenece a un bufete que en otro tiempo fue prestigioso, pero que ahora no es más que una empresa con dos trabajadores y dirigida por el nieto del socio fundador. Por lo que he visto, básicamente él y Nolan van cada uno por su lado. Nolan supuestamente está especializado en testamentos y fideicomisos, pero no tiene más que un puñado de clientes. Se han presentado varios cargos contra él por violación de la ética profesional y en dos ocasiones se le ha suspendido la licencia para ejercer. Él siempre se defiende diciendo que es un contable poco riguroso, no un ladrón, y siempre se las arregla para evitar las condenas.

El desprecio de la voz de Shelley se iba acentuando conforme leía sus notas y consultaba el grueso dossier que llevaba.

—No ha ganado honradamente ni un dólar en su vida. Su dinero procedía del legado que le dejó hace cuatro años una viuda de setenta y siete años a la que estuvo cortejando. La familia estaba indignada, pero no llevaron el caso a los tribunales para no convertir a aquella dama distinguida y educada en objeto de chistes. Nolan consiguió tres millones de dólares con ese timo.

—No está mal —dijo Jeff—. La mayoría se darían por satisfechos con eso.

—Mire, Jeff, para alguien como Alex Nolan eso no es más que calderilla. Él quiere dinero de verdad, del que te permite comprar aviones privados, yates y mansiones.

—Celia... quiero decir, Liza no tiene tanto dinero.

—Ella no, pero su hijo sí. No me malinterprete. Celia tiene mucho dinero. Laurence Foster se aseguró de que no le faltara de nada, pero las dos terceras partes del legado que dejó a Jack incluyen su participación en las patentes por investigación que él financió. Hay tres empresas diferentes que están a punto de empezar a cotizar en Bolsa, y eso significaría decenas de millones de dólares que Jack cobrará algún día.

—¿Y Nolan lo sabía?

—Todo el mundo sabía que Laurence Foster invertía en empresas que estaban empezando. Los testamentos se archivan en el registro civil del condado donde se autentifican. Nolan no tenía que ser ningún genio.

Shelley sacó otra página del dossier.

—Como sugirió usted, investigamos a las diferentes enfermeras particulares que Foster tuvo después de salir del hospital. Una de ellas reconoció haber aceptado grandes sumas de Nolan para que le dejara visitar a su primo cuando este ya estaba muriéndose y las visitas se limitaban a la familia más cercana. Seguramente lo que Nolan buscaba es que Foster lo incluyera en el testamento, pero el hombre ya empezaba a desvariar, así que seguramente fue él mismo quien le habló a Nolan del pasado de Celia. No podemos estar seguros, claro, pero tiene sentido.

Jeff escuchaba, y apretó los labios.

—Con Nolan nada es lo que parece —siguió explicando Shelley—. El apartamento del SoHo no era suyo. Lo tenía subarrendado en un contrato que prorrogaba de un mes para el siguiente. Los muebles tampoco eran suyos. Nada era suyo. Estaba utilizando los tres millones de dólares que le dejó su vieja novia para convencer a Liza de que era un importante abogado.

»Hablé con Karl Winston, el asesor financiero de Celia. Me dijo que para Nolan fue una suerte que aquella limusina atropellara a Celia el pasado invierno. La mujer se asustó al pensar que, de haber muerto, Jack no habría tenido quien se ocupara de él. Winston también me dijo que en su testamento Laurence Foster dejó una tercera parte de su legado a Celia y dos terceras partes a Jack. Si Jack muere antes de los veintiuno, todo va a parar a las manos de Celia. Después de casarse con Alex Nolan, con la excepción de algunos donativos para caridad y un fondo para sus padres adoptivos, Celia dividió todo su patrimonio entre Nolan y Jack. Además, nombró a Nolan tutor de Jack y administrador de su patrimonio hasta que cumpla los veintiuno.

—Ayer, cuando Nolan vino a este despacho y habló de la fotografía que Liza había encontrado en el cobertizo y en la que aparecía la familia Barton en la playa de Spring Lake, supe que tenía que ser él quien la había puesto —dijo Jeff—. La semana pasada, cuando Liza me la dio en la cocina y yo la estaba metiendo en una bolsa de plástico, Alex entró. No me pidió que se la enseñara, así que, en principio, se supone que nunca la ha visto. Pero ayer, a pesar de que en los periódicos se han publicado diferentes fotografías de la familia, él sabía exactamente de cuál se trataba.

—Robin es su novia desde hace al menos tres años —dijo Shelley—. Llevé una fotografía de Nolan que saqué del Bar Association Directory a Patsy's. Uno de los camareros que empezó a trabajar allí hace tres años recuerda haberlos visto juntos cuando acababa de empezar en el restaurante. Dice que Nolan siempre pagaba en metálico, normal.

—Creo que Robin ha aceptado mantenerse a la sombra porque también espera que Nolan consiga el dinero —apuntó Jeff—. Una de las pocas cosas en las que seguramente no ha mentido es sobre su relación con Ted Cartwright, que nunca llegó a nada serio.

»Me pregunto si el plan de llevar a Liza a su antigua casa lo urdieron después de que Robin empezara a trabajar para Georgette Grove y la casa se pusiera en venta —dijo Jeff con tono pensativo—. Comprar la casa como un regalo, provocar aquellos destrozos. Enfrentarla a su verdadera identidad como pequeña Lizzie. Contar con una crisis nerviosa para que él pudiera hacerse cargo de sus propiedades. Pero entonces algo salió mal. Aquella última noche que Georgette se quedó hasta tarde en su oficina, quizá encontró algo que vinculaba a Robin con Alex. Henry nos dijo que Georgette había registrado la mesa de los dos. Quizá Georgette encontró una fotografía de Alex y Robin. O una nota. El martes a las diez de la noche Georgette hizo una llamada a Robin. Pero, a menos que ella confiese, nunca sabremos qué le dijo.

—Mi opinión es que Robin era la persona que estaba esperando a Georgette en la casa de Holland Road —apuntó Mort—. Si ella y Alex sabían que tenían que deshacerse de Georgette, quizá fue entonces cuando decidieron tratar de inculpar a Celia dejando su fotografía en el bolso de la víctima. Y no olvidemos una cosa, si Robin dejó una fotografía en el bolso, es posible que también sacara algo que Georgette encontró en su mesa. Y luego, cuando el sargento Earley confiscó los vaqueros, las zapatillas y las figurillas de Charley Hatch, se convirtió en una amenaza para ellos. Así que el complot para hacerse con el dinero de Liza y Jack les llevó a cometer dos asesinatos. Y si al final resulta que Celia va a la cárcel por esos asesinatos, perfecto.

—Quizá esta no sea la primera vez que Nolan interviene en un asesinato —le dijo Jeff a Shelley—. Como ya sabe, varios de mis hombres han estado investigando sus antecedentes antes de que se matriculara en la escuela de derecho. Fue sospechoso de la muerte de una joven rica con la que estuvo saliendo. Nunca consiguieron demostrarlo, pero ella le dejó por otro y, por lo visto, él perdió la cabeza y estuvo acosándola durante un año. La joven consiguió una orden de alejamiento. Lo he sabido esta misma tarde.

La expresión de Jeff era de gravedad.

—Mañana lo primero que haré será desplazarme hacia Mendham y contarle a Liza todo lo que sabemos. Después, me encargaré de asignar unos hombres que les protejan a ella y a Jack durante las veinticuatro horas. Si Nolan no estuviera en Chicago, pondría a alguien a vigilarles todo el día. Me imagino que a estas alturas Nolan y su novia deben de sentirse bastante nerviosos.

El teléfono sonó. Anne, que aún estaba en su oficina con Dru Perry, contestó al primer timbrazo, escuchó el escueto mensaje y conectó el intercomunicador.

—Jeff, el detective Ryan llama desde Chicago. Dice que han

perdido a Alex Nolan. Se escabulló de la cena de negocios hace más de tres horas y no ha aparecido por el Ritz-Carlton.

Jeff y Mort se levantaron de un salto.

—¡Tres horas! —exclamó Jeff—. ¡Con ese tiempo ha tenido tiempo de volver aquí en avión!

Oí que la puerta del garaje se cerraba. El motor del coche estaba encendido. El humo me provocaba somnolencia, pero sabía que tenía que resistirme. Jack estaba conmigo, y también se estaba durmiendo. Traté de moverlo. Tenía que llegar como fuera al asiento delantero. Tenía que apagar el motor. Si nos quedábamos allí moriríamos. Tenía que moverme. Pero mi cuerpo no me obedecía. ¿Qué era lo que Alex me había obligado a beber?

No podía moverme. Estaba echada contra el asiento, medio tumbada, medio sentada. El sonido del coche era ensordecedor. Debía de haber algo que mantenía bajado el pedal del acelerador. No tardaríamos en perder el conocimiento. Mi pequeño no tardaría en morir.

No. No. Por favor, no.

—Jack. Jack. —Mi voz era un susurro roto y débil, pero llegó hasta él, y le hizo moverse—. Jack, mamá se encuentra mal. Jack, ayúdame.

Jack volvió a moverse, movió la cabeza inquieto y la dejó caer bajo mi cuello.

—Jack, Jack, despierta, despierta.

Empezaba a dormirme otra vez. Tenía que resistirme. Me mordí el labio con tanta fuerza que noté el sabor de la sangre, pero el dolor me ayudó a seguir consciente.

—Jack, ayuda a mamá —le supliqué.

Jack levantó la cabeza. Intuí que me estaba mirando.

—Jack... ve al... asiento delantero... Saca... la llave...

Mi hijo se movió. Se sentó y se separó de mí.

—Está oscuro, mamá.

—Ve... delante... —susurré—. Ve... —Notaba cómo me sumía lentamente en la inconsciencia.

Las palabras que trataba de pronunciar desaparecían de mi cabeza...

El pie de Jack me rozó la cara. Estaba pasando al asiento delantero.

—La llave, Jack...

Oí su voz, muy lejos.

—No puedo sacarla.

—Gírala, Jack. Gírala... luego... sácala.

De pronto se hizo el silencio en el garaje, un silencio total. Luego oí el somnoliento grito de orgullo de Jack.

—Mamá, lo he conseguido. Tengo la llave.

Yo sabía que los humos aún podían matarnos. Teníamos que salir. Y Jack jamás conseguiría abrir la pesada puerta del garaje él solo.

Estaba inclinado contra el asiento delantero, mirándome.

—Mamá, ¿estás mala?

El mando que abre la puerta del garaje, pensé... está sobre el visor del asiento del conductor. Muchas veces he dejado que Jack lo apretara.

—Jack... abre... puerta del... garaje —supliqué—. Tú sabes... hacerlo.

Creo que por un instante perdí el conocimiento. Luego, el ruido atronador de la puerta del garaje me hizo volver en mí unos segundos y, con una enorme sensación de alivio, finalmente dejé de resistirme y perdí la conciencia.

Me desperté en una ambulancia. El primer rostro que vi fue el de Jeff MacKingsley. Sus primeras palabras eran justo lo que yo quería oír.

—No se preocupe, Jack está bien. —Las segundas eran de lo más prometedoras—. Liza, ya le dije que todo iría bien.

Epílogo

Hace dos años que vivimos en la casa. Después de darle muchas vueltas, decidí que nos quedáramos. Para mí ya no era la casa en la que había matado a mi madre, sino la casa en la que traté de salvarle la vida. He tratado de utilizar mis conocimientos sobre interiorismo para completar la imagen que mi padre tenía de ella. Es realmente bonita, y cada día añadimos nuevos y felices recuerdos que unir a los de mi infancia.

Ted Cartwright aceptó llegar a un acuerdo. Le cayeron treinta años por el asesinato de Zach Willet, quince por matar a mi padre, y doce por provocar la muerte de mi madre, sentencias que debían cumplirse de forma consecutiva. Parte del trato consistía en que confesara que aquella noche fue a la casa con la intención de matar a mi madre.

Él había vivido en la casa mientras estuvo casado con mi madre, así que sabía que en el sótano había una ventana que por alguna inexplicable razón nunca se había conectado al sistema de alarma. Por ahí es por donde entró.

Confesó que su idea era estrangular a mi madre mientras dormía y, si yo despertaba, matarme a mí también.

Sabía que el inminente divorcio lo habría convertido automáticamente en sospechoso, así que llamó desde el teléfono del sótano a su casa y esperó una hora antes de subir a matar a mi madre. Su plan era decir a la policía que mi madre le había pedido que fuera a casa al día siguiente para hablar de una reconciliación.

Pero tuvo que cambiar su explicación porque yo me levanté y se produjo el tiroteo. Así que, cuando subió a declarar al estrado durante el juicio, dijo que mi madre le había llamado y le había pedido que aquella noche fuera a verla mientras yo dormía.

Una vez que estuvo dentro, Ted buscó el nuevo código de la alarma en la agenda de mi madre y la desactivó. Y quitó la llave de la puerta de la cocina para que pareciera que mi madre había dejado la puerta sin cerrar en un descuido y había permitido así que se colara un intruso. En cambio, durante el juicio lo que dijo fue que mi madre había desactivado la alarma y había abierto la llave de la cocina porque le estaba esperando.

Ted también confesó que el otro hombre de las «mudanzas» era Sonny Ingers, uno de los obreros que trabajaba en su urbanización. La descripción de Rap, mencionando la marca de nacimiento y un índice al que le faltaba un trozo, sirvió para confirmar la identificación. Dado que no había pruebas que demostraran su vinculación con el asesinato de Zach, Ingers se declaró culpable del robo en el piso de Zach y fue condenado a tres años de cárcel.

Cuando el caso de Ted fue a juicio y él contó todos estos detalles al juez, creo que muchas personas de la comunidad se sintieron avergonzadas por haber creído su historia y haber condenado a una niña.

Henry Paley no fue acusado de ningún cargo tras la investigación. La oficina del fiscal llegó a la conclusión de que la conspiración de Henry con Ted Cartwright se había limitado a tratar de convencer a Georgette Grove de que vendiera los terrenos de la Ruta 24. Ninguna de las pruebas indicaba que estuviera al corriente de ningún plan para matar a nadie.

Tendrán que pasar muchos muchos años para que Robin Carpenter y Alex Nolan salgan de la cárcel. Los dos fueron condenados a cadena perpetua por los asesinatos de Georgette Grove y Charley Hatch, y por el intento de asesinato de Jack y de mí.

Robin confesó que fue ella quien disparó contra Georgette

y su medio hermano Charley Hatch. En el bolso, Georgette llevaba una fotografía en la que salían Robin y Alex que había encontrado en la mesa de Robin. Robin se la quitó y en su lugar dejó la fotografía en la que salía yo desmayándome. Y puso una fotografía de mi madre en el bolsillo de Charley Hatch.

Durante aquellas primeras semanas, después de que Jack y yo estuviéramos a punto de morir, muchas personas pasaron por casa. Nos traían comida, flores, amistad. Algunos me hablaron de sus abuelas, que habían sido compañeras de colegio de la mía. Me encanta estar aquí. Aquí es donde están mis raíces. He abierto una tienda de interiorismo en Mendham, pero solo acepto un número muy limitado de clientes. Tengo una vida muy ajetreada. Jack está en primero y juega con todos los equipos que puede.

En las semanas y meses que siguieron a la detención de Alex, mi alivio por la confesión de Ted se vio ensombrecido por la traición de Alex. Pero Jeff me ayudó a comprender que el Alex a quien yo quería nunca había existido.

No estoy muy segura de cuándo comprendí que me estaba enamorando de Jeff. Creo que él supo que estábamos hechos el uno para el otro antes que yo.

Esa es otra de las razones por las que estoy tan ocupada. Mi marido, Jeffrey MacKingsley, se está preparando para presentarse al cargo de gobernador.